Une pédiatre au château

*

Le papa idéal

*

Un médecin bien trop séduisant

ALISON ROBERTS

Une pédiatre au château

Traduction française de
GABY GRENAT

BLANCHE

HARLEQUIN

Collection : Blanche

Titre original :
CHRISTMAS MIRACLE AT THE CASTLE

HARPERCOLLINS FRANCE
83-85, boulevard Vincent-Auriol, 75646 PARIS CEDEX 13
Service Lectrices — Tél. : 01 45 82 47 47 - www.harlequin.fr
ISBN 978-2-2804-7385-9 — ISSN 0223-5056

Composé et édité par HarperCollins France.
Imprimé en novembre 2022 par CPI Black Print (Barcelone)
en utilisant 100% d'électricité renouvelable.
Dépôt légal : décembre 2022.

MIXTE
Papier issu de sources responsables
FSC® C159065

Pour limiter l'empreinte environnementale de ses livres, HarperCollins France s'engage à n'utiliser que du papier fabriqué à partir de bois provenant de forêts gérées durablement et de manière responsable.

1.

Pas de doute possible, ce Noël allait être le plus beau de sa vie !

Tout au bonheur de regarder les premiers flocons de neige tomber sur la grand-rue d'Inverness, en Écosse, la Dr Abby Hawkins demeurait figée sur place. Avec une excitation joyeuse qu'on aurait plutôt attendue de la part d'un des jeunes patients dont elle s'occupait dans son service de pédiatrie, elle levait un visage émerveillé vers le ciel gris ardoise. Ses mains chaudement gantées tendues devant elle dans l'espoir d'attraper quelques flocons, elle aurait volontiers tiré la langue pour en cueillir un au vol. La peur du ridicule la retint toutefois mais elle eut beaucoup de mal à résister à la tentation car cet instant était pour elle un moment de pure magie. Un rêve d'enfant devenu réalité, tout simplement !

— C'est la première fois que vous voyez la neige, mademoiselle ? demanda un chauffeur de taxi bloqué à côté d'elle par le trafic.

— Oui ! Nous n'en avons pas en Nouvelle-Zélande…

— Ah… si je comprends bien, vous êtes loin de chez vous ! Alors profitez-en bien parce que cette belle neige aura vite fait de se transformer en boue. Ça finit toujours comme ça.

Sur ce, la circulation reprit et le chauffeur se remit en route avec un haussement d'épaule qu'Abby choisit d'interpréter comme un au revoir et non comme un signe de résignation à l'inévitable gâchis qu'il pronostiquait. Il en aurait pourtant fallu davantage pour que cette attitude défaitiste ternisse le moment parfait qu'elle était en train de savourer. La neige tombait plus épaisse maintenant, elle commençait à recouvrir les objets environnants… le couvercle de la grosse boîte aux lettres rouge avait disparu sous une couche d'ouate immaculée. Depuis quand n'avait-elle vécu pareil enchantement ? Elle n'arrivait pas à s'en souvenir. Jamais peut-être…

Elle avait vraiment mis dans le mille en décidant de venir passer cette semaine dans le nord de l'Écosse. En fait, la pensée que c'était la meilleure option pour connaître un Noël blanc, le premier de sa vie, ne lui était venue qu'ensuite. Ce qui avait immédiatement retenu son attention était l'annonce inhabituelle qu'elle avait découverte dans la page réservée aux opportunités professionnelles de la revue *The Lancet*. La proposition lui avait paru si attirante qu'elle y aurait répondu même si on lui avait demandé de partir au fin fond du Sahara avec zéro chance de connaître la moindre chute de neige.

Pourquoi cet enthousiasme ? Parce qu'il était question à l'occasion de Noël d'offrir pendant quelques jours des vacances de rêve à des enfants atteints de malformations cardiaques congénitales qui, de surcroît, connaissaient des situations familiales difficiles quand elles n'étaient pas carrément lamentables. Ces petits malades avaient besoin d'un accompagnement médical disponible vingt-quatre heures sur vingt-quatre. Pour Abby, c'était une opportunité incroyable. Non seulement elle adorait les enfants mais elle venait juste de terminer une spécialisation de cardiologie infantile à Londres. Son diplôme en poche, elle avait décidé de s'accorder une courte pause pour réfléchir au prochain poste qu'elle souhaitait occuper. Et, cerise sur ce gâteau déjà si attrayant, ces jours de fête devaient se tenir dans un château. D'après la photo qui figurait dans la revue, avec ses grands murs de pierre, sa haute tour, son lac et la forêt qui l'entourait, Ravenswood Castle paraissait tout droit sorti d'un conte de fées.

Préoccupée par la recherche d'une droguerie, elle avait déjà oublié la remarque pessimiste du chauffeur de taxi. Franchement, elle ne pouvait pas être plus heureuse ! La seule toute petite ombre à sa journée était d'avoir oublié sa trousse de toilette dans le bed and breakfast où elle avait passé la nuit précédente afin de couper son long trajet. Elle ne pouvait décemment pas débarquer au château en demandant qu'on l'approvisionne en shampoing et dentifrice ! Ni en brosse à cheveux et encore moins en maquillage…

Aussitôt sa voiture garée, elle pénétra dans le magasin et se mit en devoir de remplir son panier avec les articles de toilette qui lui manquaient. Auxquels elle ajouta un certain nombre d'objets d'un style bien différent, mais qui lui parurent tout à coup absolument indispensables. Par exemple, un serre-tête décoré d'un petit elfe au chapeau orné d'une clochette qui tintait joyeusement quand on bougeait la tête. Les enfants dont elle allait s'occuper adoreraient sans aucun doute !

Les enfants ? Allons, elle-même aimait tellement ce genre de décorations farfelues qu'elle en arrivait à penser qu'une partie de son cœur avait oublié de grandir. D'ailleurs, c'était plutôt une bonne chose dans son métier. Cette part d'enfance qu'elle abritait encore lui permettait de trouver les mots pour expliquer aux plus grands les soins qu'elle leur dispensait, et lui servait à distraire les plus jeunes et même parfois à les faire rire. La période de Noël allait lui faciliter la tâche en lui fournissant quantité d'histoires dans lesquelles elle s'apprêtait à puiser avec enthousiasme.

Il lui semblait même que c'était un véritable honneur d'avoir été retenue pour le travail qu'elle allait effectuer au cours des prochains jours. Comment ne pas se sentir privilégiée d'aider à créer des souvenirs inoubliables pour ces enfants doublement défavorisés ? Pour la plupart d'entre eux, c'était déjà un miracle de pouvoir vivre Noël une nouvelle fois. À cette pensée, la gorge d'Abby se serrait. Heureusement, son impatience à rencontrer Margaret McKendry, la personne à l'origine de cette manifestation, la détourna de cette triste réalité. La vieille dame qui organisait ce séjour de vacances depuis vingt-cinq ans devait être une personne remarquable. Abby n'était pourtant pas moins pressée de faire la connaissance des enfants qui lui seraient confiés pendant cette semaine et du reste de l'équipe médicale. Quant au château… elle en rêvait !

Elle avait grand-hâte de reprendre la route qui la mènerait au village de Kirkwood où se trouvait Ravenswood Castle. Aussi, en apercevant la file de clients qui s'étirait devant la caisse, l'agacement s'empara d'elle mais que faire sinon prendre sa place et attendre son tour ? Elle se résigna donc à se ranger derrière un homme de grande taille, coiffé d'un bonnet en laine gris et vêtu d'une grosse doudoune, qui gardait le regard rivé sur son téléphone.

Pas de doute possible, ce Noël allait être le pire de sa vie ! Ce qui n'était pas peu dire quand il s'agissait d'Euan McKendry… Depuis le début de son adolescence, il avait appris à redouter cette période de l'année.

Le site météo qu'il était en train de consulter promettait d'importantes chutes de neige pour les deux jours suivants. Le temps s'améliorerait la veille de Noël mais de nouvelles chutes étaient annoncées dès le lendemain. Comble de malheur, un froid glacial était prévu tout au long de la semaine. Euan en frissonnait à l'avance. Dire qu'il allait comme d'habitude dormir dans la tour où les courants d'air s'amusaient à siffler en passant par les interstices des fenêtres à meneaux ! À cette pensée, ses frissons redoublèrent.

Depuis des années, il se promettait d'aller passer un Noël à la plage. En Australie ! Ou en Nouvelle-Zélande, pourquoi pas ? Bref, quelque part où il pourrait se rôtir au soleil et faire un repas de Noël à base de crevettes plutôt que de la traditionnelle dinde. Où il se baignerait dans les vagues tièdes et s'amuserait de sentir le sable chaud glisser entre ses orteils, l'esprit libre de toute préoccupation. Oui, un jour, il n'aurait plus besoin de préparer son cœur à affronter ses tristes souvenirs que la présence d'enfants gravement malades ne faisait qu'aviver.

Hélas, ce rêve ne se réaliserait pas cette année car Maggie, sa grand-mère, avait beaucoup insisté pour qu'il vienne la soutenir une dernière fois. En effet, étant donné son état de santé, c'était probablement le dernier séjour qu'elle pouvait encore organiser dans l'extraordinaire château où elle vivait.

« Euan, je t'en prie, viens encore cette année. C'est le vingt-cinquième anniversaire. Tu sais bien que c'est pour Fiona que j'organise ces vacances… Si cette fois doit être la dernière, il faut que ce soit la plus belle fête qui se sera jamais tenue ici. »

Euan s'efforça de résister à la spirale qui comme chaque fois lui faisait remonter le temps. Non, il ne devait pas penser à sa jeune sœur morte il y a si longtemps. Ni à l'incertitude angoissante qui planait au-dessus de la tête de sa grand-mère bien-aimée en attente des résultats d'une biopsie dont le chirurgien l'avait préparée à attendre le pire.

« Si cette fois doit être la dernière… »

La voix de sa grand-mère entendue au téléphone la veille résonnait encore aux oreilles d'Euan. Il se redressa. Allons, pas question de se laisser aller à la tristesse sous peine d'arriver à la caisse le visage ruisselant de larmes. Depuis vingt-cinq ans, jamais il n'avait pleuré pour Noël, il n'allait pas commencer aujourd'hui ! Si seulement il avait hérité du don de Maggie qui trouvait toujours quelque chose de positif à ce qui lui arrivait… Avec son optimisme à toute épreuve, elle prétendait que même dans le ciel le plus obscur, on trouve toujours quelque part un rayon de lumière qui se cache. Lui, tout ce qu'il savait faire, c'était de soigneusement fermer la porte à ses émotions. Les refouler au plus profond de lui-même. Il n'avait pas trouvé meilleur moyen pour s'éviter la souffrance de les affronter une nouvelle fois.

Occupé à changer le cours de ses idées, il eut la surprise de se sentir déséquilibré par un violent coup reçu dans le dos. Quelqu'un venait de le pousser assez fort pour le faire chanceler. Son téléphone lui échappa des mains et atterrit sur le sol carrelé du magasin. Au même moment, un bruit beaucoup plus violent retentit derrière lui.

— Oh… je suis désolée ! Vraiment désolée…

Avant de se tourner vers la personne qui lui parlait, dans un réflexe professionnel, Euan évaluait les risques provoqués par la scène qui se déroulait sous ses yeux. Un étalage de produits de toilette venait de s'écrouler. Évidemment, les gens s'étaient brusquement écartés des flacons et des boîtes qui leur dégringolaient dessus et ne se privaient pas de manifester vivement leur mauvaise humeur. La jeune femme à l'accent étranger qui venait de le bousculer n'y était pour rien. Elle-même avait été poussée par les personnes qui se trouvaient derrière elle.

Euan se baissa pour ramasser son téléphone et ce fut sans surprise qu'il découvrit que l'écran de l'appareil était cassé. Une contrariété de plus. Son moral plongea encore d'un cran. Comme il ne pourrait pas le faire réparer avant de quitter Inverness, ce serait difficile de l'utiliser normalement. Il était en train de pester contre sa malchance lorsque ses yeux s'arrêtèrent involontairement sur quelque chose qui ajouta à son agacement. Une bricole, certes, mais il avait les nerfs à vif. Sur le dessus du panier qui entrait dans son champ de vision trônait un de ces ridicules accessoires de Noël que les gens se croient obligés d'acheter pour la circonstance. Chapeaux pointus rouge et vert complètement ridicules ou serre-têtes décorés d'un renne ou d'un elfe, encore plus lamentables. Avec sa clochette cousue sur son bonnet, celui qu'il avait sous les yeux était sans aucun doute ce qu'il y avait de pire dans le genre.

Cet elfe lui paraissait tellement grotesque qu'Euan se demanda quel genre de personne avait acheté un accessoire d'aussi mauvais goût. Il eut tôt fait de découvrir que le panier appartenait à celle qui se tenait juste derrière lui et l'avait bousculé tout à l'heure. L'envie de lui conseiller de renoncer à ce malencontreux déguisement s'empara de lui. Ce serait lui rendre un vrai service ! Il releva son visage pour lui jeter un regard de reproche bien senti, mais cette initiative se retourna contre lui car la surprise le cloua sur place.

En fait, il demeura bouche bée.

Jamais, au grand jamais, il n'avait rencontré pareille beauté.

Une jeune femme le dévisageait de ses grands yeux bleus ombrés de cils noirs. Un sourire s'esquissait déjà sur sa bouche généreuse, visiblement créée pour partager le bonheur dont elle paraissait rayonner. Ses très longs cheveux blonds s'échappaient de son bonnet rouge pour retomber en vagues souples sur ses épaules. Certes, son chapeau était ridicule mais il ne l'empêchait pas de ressembler à un ange tombé du ciel.

Seigneur…

Voilà qu'elle lui adressait maintenant ce sourire venu tout droit du ciel !

Et bien sûr, il la rendait encore plus belle. Encore plus rayonnante.

— Votre téléphone a supporté sa chute ?

— Non, grogna Euan. L'écran est cassé.

— Oh… je suis désolée. Vous savez, je n'ai pas fait exprès de vous bousculer. J'ai moi-même été heurtée très brusquement.

Euan était incapable de détourner son regard de la merveilleuse créature qui parlait avec un accent inhabituel.

— Voyons… vous êtes étrangère… Américaine ?

— Non. Pas du tout ! répondit-elle.

Son sourire s'élargit.

— Vous êtes du mauvais côté du globe, reprit-elle, je suis ce que vous appelez une « Kiwi ». Je viens de Nouvelle-Zélande.

Elle jeta un coup d'œil sur la file des clients.

— Je vois que ça avance… suivons le mouvement sinon les gens vont rouspéter. Ils paraissent déjà assez mal disposés comme ça.

Elle secoua la tête.

— Je ne comprends vraiment pas ce climat de mauvaise humeur.

Euan avança d'un pas tandis que la voix fraîche continuait à parler dans son dos.

— Tout de même… c'est bientôt Noël. Comment peut-on être si grognon pendant la période la plus agréable de l'année ? Moi, j'adore Noël. Et en plus, il neige !

Cet enthousiasme, totalement délirant aux yeux d'Euan, était à deux doigts de le faire exploser.

— Et vous trouvez que c'est une bonne chose ?

Les grands yeux bleus s'agrandirent encore.

— Et comment ! Nous allons avoir un Noël blanc. J'en rêve depuis que je suis toute petite. Bien sûr, nous fêtons aussi Noël en Nouvelle-Zélande mais nous savons tous qu'un *vrai* Noël, c'est un Noël avec de la neige.

— Oui, avec de la neige ! rétorqua son interlocuteur en faisant la moue. Avec des gens qui se gèlent dans leurs maisons pas toujours bien chauffées, avec des routes glissantes et dangereuses, avec…

Le visage de la jeune femme s'assombrit.

— Oh là là… moi qui croyais que le chauffeur de taxi était le seul à se plaindre !

Elle secoua la tête, ce qui eut pour effet de faire étinceler ses boucles blondes éclairées pas les spots du magasin.

— À votre avis, c'est typiquement écossais de détester Noël ? demanda-t-elle sur un ton moqueur.

Un instant, Euan fut tenté d'expliquer à cette étrangère pourquoi cette fête était si difficile à vivre pour lui. Et d'ajouter que cela n'avait rien à voir avec sa nationalité ou le temps qu'il faisait. Mais, en admettant qu'elle accepte de l'écouter, il y a des choses qu'on ne dit pas à voix haute. À personne, et encore moins à une inconnue. Mieux valait ne pas y penser.

— Noël ? C'est une comédie, voilà tout ! répondit-il sèchement. De la poudre aux yeux, rien de plus. Une fête destinée à nous persuader que la vie est pleine de choses agréables alors qu'elle nous déçoit chaque jour. Son but est de nous faire croire que les vœux des enfants vont être comblés, que les familles vont toutes être heureuses de se retrouver, qu'un miracle va se produire qui rendra la vie parfaite…

Eh bien, dans le monde réel, ce n'est pas du tout comme ça que les choses se passent ! grommela-t-il intérieurement. *Quand on voit des enfants s'efforcer de profiter au maximum de chaque Noël parce que c'est sans doute le dernier qu'ils vont vivre, on a trouvé la recette qui vous brisera le cœur jusqu'à la fin de vos jours.*

Bien sûr, il garda cela pour lui. D'ailleurs, de quel repli de sa mémoire blessée tout cela remontait-il ? Il ne s'était jamais donné la peine de regarder en face le rejet qu'il faisait de Noël. De peur sans doute d'ouvrir la porte au flot d'émotions qu'il refoulait avec tant de soin ? Son téléphone endommagé avait été la goutte d'eau qui faisait déborder le vase. À moins que ce ne soit ce ridicule accessoire ? Peu importait. Quelle que soit la cause de sa mauvaise humeur, il n'avait aucune raison de la jeter à la tête de cette pauvre touriste qui paraissait si heureuse et avait parfaitement le droit de l'être !

— Je suis désolé…, marmonna-t-il en avançant d'un pas.

En arrivant à la caisse, il se retourna pour jeter par-dessus son épaule un regard d'excuse à la jeune femme.

— Joyeux Noël, mademoiselle ! Ne faites pas attention à moi…

Ne pas faire à attention à lui ?

Comme si c'était possible !

D'accord, cet homme ronchon lui avait présenté un côté inattendu de Noël, mais avec quel superbe accent il parlait !

Et même si elle n'avait jamais rencontré individu plus gratuitement grincheux, Abby devait bien admettre qu'il incarnait la séduction la plus parfaite.

Il était grand. Son visage aux yeux aussi gris qu'un ciel d'orage et ses traits affirmés dénotaient une forte personnalité, profondément attirante. Il n'en émanait pas de douceur mais les petites rides autour de ses yeux et les lignes qui marquaient son front laissaient deviner une histoire personnelle riche et intéressante. Est-ce que quelqu'un arrivait parfois à le faire sourire ? La courbure esquissée par ses lèvres au moment où il lui avait souhaité un joyeux Noël laissait supposer à Abby qu'un vrai sourire de sa part la liquéfierait sur place. Dommage, il y n'y avait aucune chance pour que cela se produise !

Au moment de payer, M. Grincheux découvrit qu'il n'avait pas d'argent sur lui et, suivant les indications du caissier, il se dirigea vers le distributeur après avoir indiqué d'un signe de tête à Abby qu'elle pouvait s'avancer.

Elle entreprit donc de déballer le contenu de son panier en commençant par le serre-tête qui se trouvait sur le dessus. Honnêtement, elle reconnaissait que c'était là une coiffure assez ridicule, en particulier pour une personne adulte mais puisqu'il ne faisait de mal à personne, pourquoi se priverait-elle de ce plaisir ? Aux yeux de quelqu'un qui détestait Noël autant que l'homme insolite qu'elle venait de rencontrer, cet objet était probablement le symbole de tout ce que cette fête pouvait avoir d'exagéré mais tout de même, il n'y avait pas de quoi déclencher pareille agressivité chez le commun des mortels ! Dans le fond, cet homme n'était sans doute pas comme le commun des mortels… il avait dû vivre quelque chose de terrible pour détester cette période avec autant de virulence.

Quoi qu'il en soit, elle ne lui emboîterait pas le pas. Aucune raison n'était valable pour gâcher le bonheur des autres, surtout quand il s'agissait d'enfants. Malades, de surcroît. Plus que personne, ils avaient besoin qu'on s'applique à les rendre heureux.

Dès qu'il fut enregistré, Abby retira l'étiquette de son petit elfe et le cala sur sa tête par-dessus son bonnet. Tant mieux si M. Grincheux revenait avant qu'elle ne soit sortie ! Il pourrait constater que même si ce serre-tête lui donnait un air de clown, elle avait la ferme intention de répandre autour d'elle autant de bonheur que possible.

Hélas, il était déjà parti quand elle quitta la droguerie.

Dommage…

L'après-midi n'était pas encore très avancé quand Abby quitta Inverness pour prendre la direction du village de Kirkwood. D'après son GPS, il lui restait à effectuer un trajet de quarante minutes mais elle estima qu'il lui faudrait davantage de temps car, en plus des flocons de neige qui commençaient à virevolter en étincelant dans la lumière de ses phares, le jour commençait déjà à baisser. Comme elle n'était pas habituée à conduire sur des routes sinueuses, il lui fallait veiller à ne pas se laisser distraire par cette féerie. Un vrai défi !

Et après ? Ce ne serait pas le premier qu'elle affronterait. Elle avait grandi dans une ferme de Nouvelle-Zélande où l'on prenait le volant pour traverser des rivières à sec, pleines de cailloux et de crevasses. La difficulté ne lui faisait pas peur. La perspective du travail passionnant qui l'attendait lui faisait oublier que les deux personnes avec lesquelles elle avait échangé quelques paroles depuis son arrivée en Écosse paraissaient s'être donné le mot pour doucher son enthousiasme.

Heureusement, la propriétaire du château, Margaret McKendry, devait comme elle-même être une fan de Noël puisqu'elle organisait chez elle à cette occasion des journées de fête pour des enfants malades.

En arrivant au village de Kirkwood, elle fut accueillie par le grand sapin de Noël dressé sur la place. Toutes les rues étaient décorées de grands nœuds rouge et vert. Les gens se pressaient dans les magasins illuminés tandis que la neige tombait de plus belle.

Une pancarte lui apprit qu'elle était bien dans la bonne direction et quelques minutes plus tard, elle eut le souffle coupé en apercevant au bout de l'allée en ligne droite la tour du Ravenswood Castle. Il faisait suffisamment sombre maintenant pour qu'il ne soit qu'une obscure silhouette mais au fur et à mesure qu'elle s'en approchait, elle apercevait de plus en plus clairement les lumières qui brillaient derrière les fenêtres à meneaux.

Elle se dépêcha de garer sa voiture et c'est en retenant sa respiration qu'elle gravit les marches du perron. Une fois arrivée devant la massive porte en bois, elle souleva le marteau en forme de tête de lion et attendit qu'on vienne lui ouvrir, le sourire aux lèvres. Elle était déjà heureuse de rencontrer la personne qui viendrait lui ouvrir, quelle qu'elle soit. Un majordome ? Un gardien ? Mme McKendry elle-même peut-être ? Son sourire s'élargit quand la porte commença à s'ouvrir. Elle avait tellement hâte de partager avec quelqu'un sa joie de se trouver ici !

À peine un battement de cœur plus tard néanmoins, le sourire se figea sur son visage avant de disparaître complètement.

— Non ! C'est incroyable..., balbutia-t-elle. Qu'est-ce que vous fichez ici ?

— Je pourrais vous demander la même chose, répondit M. Grincheux. Sauf que je le ferais de manière plus aimable.

— Qui est là ? demanda une voix de femme derrière la porte. J'espère que c'est notre second médecin. J'ai hâte de la rencontrer !

La porte s'ouvrit en grand pour laisser apparaître une vieille dame toute petite, aux cheveux blancs, au visage ridé, mais qui en dépit de son apparence fragile rayonnait d'une force morale étonnante.

— Je suis Margaret McKendry, dit-elle aussitôt, mais appelez-moi Maggie, comme tout le monde le fait. Vous devez être Abby ?

Son sourire était si engageant qu'Abby eut l'impression d'arriver chez sa grand-mère.

— En effet, je suis Abby Hawkins. Je suis très heureuse de faire votre connaissance, Maggie.

— Entrez vite ! proposa cette dernière en prenant Abby par le bras. Il ne faut pas rester dehors par un temps pareil. Un bon feu nous attend dans le salon. Vous allez vous réchauffer pendant que je vais demander quelque chose pour vous restaurer. Vous avez laissé vos clés sur la voiture ?

— Oui. Il faut que j'aille y prendre ma valise.

— Ne vous souciez de rien ! Euan ira la mettre au garage. Il s'occupera aussi de vos bagages qu'il montera dans votre chambre, expliqua Maggie tandis qu'Euan jetait un regard noir sur la nouvelle venue.

— Euan, j'ai installé Abby dans la chambre bleue, au pied de la tour.

Abby remarqua qu'Euan fermait les yeux un instant. Était-il en train de chercher à calmer ses nerfs exaspérés ? Ou en train de se préparer à affronter une situation qu'il trouvait extrêmement déplaisante ? C'est alors seulement qu'elle se souvint qu'elle portait toujours le serre-tête décoré du petit elfe qui avait tellement déplu à celui qui semblait être son hôte. Assez gênée, elle le retira d'un geste vif mais il en aurait fallu davantage pour apaiser son vis-à-vis qui, pour la deuxième fois de l'après-midi, s'éloigna en lui tournant le dos.

Sauf que… cette fois, il n'allait certainement pas disparaître.

Déconcertée, Abby se tourna vers Maggie qui devina aussitôt la question qu'elle voulait lui poser.

— Pardon, ma petite Abby, je n'ai pas fait les présentations comme j'aurais dû. Vous venez de croiser Euan, mon petit-fils. Vous aurez l'occasion de le retrouver plus longuement puisqu'il est l'autre médecin en charge avec vous des enfants qui vont arriver au château.

Tout en parlant, la vieille dame guidait Abby à travers la salle des gardes où étaient exposées quelques authentiques armures du Moyen Âge. Elles parvinrent ensuite dans un grand salon généreusement éclairé. Un grand arbre de Noël décoré de guirlandes scintillantes était dressé dans un coin. Maggie s'avança vers l'un des canapés placés près de la cheminée où brûlait un bon feu. Elle s'y installa et fit signe à Abby de venir la rejoindre.

— Ne prêtez pas attention à la mine rébarbative d'Euan, expliqua Maggie. Malgré son air un peu revêche, il a un cœur d'or et je suis certaine que votre collaboration se passera très bien.

Très bien ?

Abby avait surtout le sentiment déprimant que le Noël magique dont elle avait rêvé risquait de ne pas survivre à la fréquentation quotidienne et obligatoire de M. Grincheux.

Elle prit aussitôt la résolution de faire son possible pour que le sinistre personnage ne gâche ni le Noël des enfants ni le sien.

Heureusement, Maggie était adorable. Abby avait déjà compris qu'elle pourrait compter sur elle pour l'aider à créer l'ambiance de Noël qu'elle souhaitait.

Elle lui adressa un sourire reconnaissant.

— Ne vous inquiétez pas. J'ai déjà eu affaire à des collègues au caractère difficile. Je sais qu'il ne faut pas prendre personnellement leur mauvaise humeur. Et puis… on ne sait jamais ! Peut-être votre petit-fils finira-t-il par apprécier Noël lui aussi, qu'il le veuille ou non ?

2.

Franchement, c'était à défier l'entendement !

Voilà ce que pensait Euan McKendry en gravissant l'imposant escalier de l'incroyable édifice dont la construction remontait au dix-septième siècle. Il arriva au premier étage où se trouvaient les chambres les plus agréables de Ravenswood Castle. Chacune disposait de sa salle de bains, de sa roberie et parfois même d'un petit boudoir. Dans une main, il tenait une petite valise et dans l'autre, un sac assez lourd pour transporter tout un magasin de bouteilles de shampoing ou de produits de beauté. Ainsi donc, il avait pour mission de déposer tout cela dans la chambre où sa coéquipière allait s'installer, se doucher, laver son incroyable crinière blonde… avec des bulles de savon qui glisseraient sur sa peau… nue… Il était sûr qu'elle chantait sous la douche. Et bien sûr, des chants de Noël ! Sans trop analyser pour quelle raison, il frissonna.

Il savait que sa grand-mère avait comme chaque année engagé un autre médecin pour s'occuper des enfants pendant leur séjour au château. Lors d'une de leurs récentes conversations, Maggie lui avait confié à quel point une des réponses à l'annonce qu'elle avait fait passer dans la prestigieuse revue médicale l'avait intéressée.

« Tu te rends compte, Euan ? J'ai trouvé la perle rare ! Une personne qui vient juste de terminer sa spécialité en cardiologie pédiatrique, c'est tout simplement incroyable. »

En ce moment précis, Euan était prêt à croire n'importe quoi… Si on lui avait dit alors qu'allait atterrir sur son perron l'ange tombé du ciel découvert dans la droguerie où il faisait ses achats tout à l'heure, cet ange qui l'avait stupéfié par sa beauté, il aurait éclaté de rire. Et s'il avait deviné que c'était la personne qui allait travailler avec lui chez Maggie, il se serait dispensé de faire étalage de sa mauvaise humeur et de ses opinions iconoclastes concernant les fêtes de Noël. Pourvu que cette Abby Hawkins au visage angélique ne soit pas assez langue de vipère pour répéter à sa vieille grand-mère, sa Gammy chérie, à quel point il tenait les festivités de Noël en horreur. En particulier cette année où la santé de la vieille dame lui donnait de sérieuses inquiétudes. Il ne voulait surtout pas qu'elle apprenne à quel point lui pesait sa participation aux fêtes qu'elle organisait chaque année au château.

Aussitôt après avoir poussé la porte de la chambre bleue, il découvrit qu'elle avait été superbement préparée pour l'invitée. Un bouquet de fleurs fraîches était placé sur la coiffeuse, une pile de serviettes de toilette posée sur une chaise devant la porte de la salle de bains. Sur le grand lit à baldaquin, les broderies délicates du drap en lin invitaient au repos.

Avec un soupir, il refusa de se laisser aller à imaginer la chevelure soyeuse de la blonde Abby, étalée sur l'oreiller brodé lui aussi. La beauté de sa collaboratrice allait encore ajouter à la tension de ces journées qu'il trouvait par avance si pénibles à supporter. Déjà, sa simple présence au château avait fait monter sa nervosité d'un cran. Et même de deux… De toute urgence, il devait la supplier de ne rien rapporter à qui que ce soit de la conversation qu'ils avaient eue à la droguerie à propos de Noël. Et surtout pas à sa grand-mère.

Après avoir déposé les bagages d'Abby au pied du lit, il s'engagea dans le vaste corridor éclairé par des lampes en forme de flammes posées sur de longues torches fichées dans les murs. Elles répandaient une lumière douce sur les portraits encadrés des ancêtres qui avaient vécu au château. De part et d'autre du tapis qui courait le long du couloir, le parquet rutilait. En arrivant devant le grand escalier, il se pencha par-dessus la balustrade pour avoir une vue plongeante sur la vaste entrée. De là, il apercevait les portes entrouvertes du salon où devait se trouver Abby en ce moment. Pourtant, il n'allait pas lui parler pour l'instant. La présence dans son dos d'un petit fantôme au sourire mutin lui faisait perdre tout son courage.

Une force irrésistible le poussa à tourner la tête. Il lui semblait apercevoir le visage de la petite fille qui l'observait, impatiente qu'il monte lui raconter l'histoire du soir. La même depuis des jours et des jours, mais il adorait lui aussi ce moment privilégié. Frimousse adorable, encadrée de boucles rousses, éclairée par un regard très clair et un sourire capable d'illuminer une pièce entière.

Fiona.

La petite sœur qui était entrée dans sa vie quand lui-même venait de fêter ses sept ans, quelques semaines après la mort de leur père. Ce deuil l'avait sans doute poussé à prendre encore plus au sérieux le rôle de protecteur dont il s'était senti investi dès qu'il l'avait aperçue, petite chose fragile dans son berceau de dentelles blanches. L'amour qui lui était monté au cœur était si grand qu'il y avait puisé la certitude de pouvoir accomplir toutes les prouesses nécessaires pour la maintenir en sécurité. Oui, il allait prendre la suite de son père. Désormais, ce serait lui qui prendrait soin de sa famille – grand-mère, mère et ce bébé si précieux et fragile.

La boule qui lui nouait la gorge était hélas trop familière pour Euan. Il cligna des yeux pour chasser le fantôme. C'était la même chose chaque année. Ce serait encore pire cette fois alors que la santé de sa grand-mère donnait des inquiétudes. Comment envisager de perdre prochainement le dernier membre de sa famille sans avoir le cœur serré ?

Il fallait absolument qu'Abby garde pour elle les réflexions qu'il avait faites devant elle. Cette année devait être une réussite parfaite. La plus belle de toutes ! Depuis vingt-cinq ans, la vie de Maggie avait été illuminée par son projet de Noël. Elle n'y avait jamais failli alors que lui-même qui s'était juré de protéger sa famille avait lamentablement échoué.

Quand il pénétra dans le salon, le sourire de bonheur qui éclairait le visage de sa grand-mère lui serra le cœur encore plus que d'habitude.

— Euan, jamais tu ne devineras ce qu'Abby vient de me dire !

Euan se raidit, puis très vite, il se rasséréna. Maggie n'aurait pas l'air aussi heureuse s'il s'agissait de ce qu'il redoutait.

— Je ne sais pas, Gammy. Je donne ma langue au chat.

— Eh bien, figure-toi qu'elle a grandi dans une ferme ! Elle sait conduire un tracteur et vient de m'avouer que le fonctionnement d'une tronçonneuse n'a pas de secret pour elle.

Le regard que Maggie posa sur Abby était plein d'admiration.

— Vous allez tous les deux former une équipe sensationnelle pour partir à la recherche du grand sapin que nous dresserons comme chaque année dans l'entrée. Quel beau modèle vous allez offrir à nos jeunes filles, Abby !

Les jambes molles, Euan s'avança vers l'un des canapés.

— Plus rien ne peut me surprendre…

— Ah bon ? demanda Abby qui le regarda repousser un coussin avant de s'asseoir.

Il n'allait tout de même pas lui avouer que c'était trop beau pour être vrai ? Qu'elle était un mélange d'ange et de Superwoman ?

Avec un haussement d'épaules, il se contenta de répondre :

— Ici, en Écosse, nous nous attendons sans doute à ce que les gens d'Australie ou de Nouvelle-Zélande sachent tout faire en matière de travaux des champs…

— Ah… je vois. Exactement comme nous sommes persuadés que tout Écossais sait jouer de la cornemuse !

Maggie éclata de rire.

— C'est trop drôle ! Figurez-vous, Abby, qu'Euan est un excellent joueur de cornemuse. Vous en jugerez par vous-même quand vous l'entendrez interpréter les chants de Noël sur les remparts.

Les yeux d'Abby étincelaient.

— Est-ce qu'il porte un kilt pour cette occasion ?

— Bien sûr.

— Oh ! je meurs d'impatience de découvrir toutes ces traditions ! Comme vous vous en doutez, j'adore les chants de Noël…

Tout en parlant, elle adressa un regard malicieux à Euan qui le reçut cinq sur cinq. Évidemment ! Rien ne lui serait épargné.

— Mon préféré, c'est « Le Petit Tambour », ajouta-t-elle.

Euan haussa les épaules.

— Désolé, cet air ne fait pas partie de mon répertoire actuel.

— Tu peux certainement le réviser rapidement, intervint Maggie en se tournant vers lui. C'est l'un de mes préférés à moi aussi. Tu nous ferais plaisir à toutes les deux.

Elle regarda à tour de rôle les deux jeunes gens.

— J'ai demandé à Catherine de nous apporter du thé mais Abby, ou toi, Euan, vous voulez peut-être vous reposer un peu avant que nous nous mettions au travail ? J'aimerais que nous parlions des enfants qui vont arriver demain. Il nous faut aussi mettre au point l'organisation des activités. Tout cela risque de prendre pas mal de temps.

— Je ne suis pas fatiguée, répondit Abby. Je me suis reposée un moment à Inverness.

Euan constata avec soulagement qu'elle ne manifestait aucune intention de poursuivre plus avant. Ouf ! Si elle ne racontait pas à Maggie qu'ils s'étaient déjà rencontrés dans la droguerie, elle n'allait certainement pas lui rapporter les horreurs qu'il avait proférées à propos des promesses jamais tenues par les fêtes de Noël et de toutes les illusions destinées à s'envoler. Avec son air innocent, cette collègue inattendue devait être passée maître dans l'art de garder les secrets. Voilà qui devrait le rassurer. Bizarrement, il était plutôt déçu.

Un peu comme si elle tenait leur rencontre pour un détail dont elle ne voulait pas encombrer sa mémoire.

— Je ne suis pas fatigué moi non plus. Mais, toi, Gammy ? Tu n'as pas envie de t'allonger un moment ?

Maggie préféra ignorer le regard inquiet que son petit-fils posait sur elle.

— Gammy ? demanda Abby en riant.

Maggie aussi se mit à rire.

— C'est Fiona qui m'appelait comme ça. La petite sœur d'Euan. Comme elle n'arrivait pas à dire Granny, elle en avait fait Gammy. Euan trouvait ça très drôle et il s'est mis à l'utiliser lui aussi. Et voilà, il a beau avoir trente-six ans maintenant, il continue à le faire.

— Je trouve ça adorable !

Une fois de plus, Euan eut droit au regard malicieux, combiné à la courbure amusée des lèvres d'Abby. Euan acquit la certitude qu'elle le taquinait. Ou qu'elle lui jetait un charme ? Ce fut avec un vrai soulagement qu'il vit Catherine, la cuisinière, entrer dans le salon en poussant une table roulante sur laquelle se trouvait le thé et une assiette de friandises.

— Je vous ai apporté quelques-uns de mes petits sablés et des tartelettes à la confiture. Je vous promets, mademoiselle Abby, que vous ne mourrez pas de faim ici tant que je serai en charge de la cuisine ! Vous préférez du café ou du thé ?

— Une tasse de thé sera parfaite. Avec un de vos sablés qui paraissent délicieux. Voyons, est-ce que j'en choisis un en forme d'arbre ou d'étoile ?

Maggie paraissait au comble du bonheur.

— Je crois avoir rencontré quelqu'un qui aime Noël autant que moi !

— Voilà qui m'étonnerait ! répliqua Catherine. Mais ici, nous aimons tous Noël.

Elle tendit une tasse à Euan.

— C'est un bonheur de te voir de retour chez nous, Euan.

— Pour moi aussi, Cath. Je suis très heureux d'être ici et de retrouver Ravenswood pour les fêtes.

En sentant le regard d'Abby peser sur lui, il devina ce qu'elle pensait. Évidemment, elle avait déjà compris que Ravenswood Castle allait déployer tout ce qu'il lui avait dit détester et que donc, en plus d'être grincheux, il était un fieffé menteur. Mais c'était faux. Il était sincère. Peu importait ce qu'il pensait de Noël, il était de retour dans le monde qu'il aimait par-dessus tout, auprès de la personne qu'il aimait plus que toute autre.

Il était chez lui, voilà tout.

Et quels que soient les problèmes, c'est chez soi qu'on a envie de passer Noël.

Personne n'était au courant ?

Personne ne savait à quel point Euan McKendry détestait Noël ? Abby se sentait assez mal à l'aise face à ce qui lui apparaissait comme une évidence, mais ce n'était pas le moment de trahir pareil secret. Surtout devant cette vieille dame qui visiblement adorait son petit-fils. Ni même devant la cuisinière qui paraissait elle aussi l'aimer tendrement. Elle se tairait donc.

Une fois leur thé terminé, Maggie exhiba un paquet de dossiers qu'elle tendit à Euan et Abby.

— Jetons un coup d'œil rapide sur les dossiers médicaux des enfants qui viennent ici pour la première fois. Je sais que vous voudrez tous les deux les approfondir mais j'ai besoin pour m'organiser de savoir si, en tant que médecins, vous estimez que je dois prendre des dispositions particulières. Par exemple, au niveau de certaines fournitures que je devrai commander avant que les magasins ne baissent leur rideau. Je pense par exemple à des provisions d'oxygène, ou à certains médicaments dont vous aurez l'utilité.

Euan approuva d'un signe de tête tout en ouvrant le premier dossier. Pour la première fois, Abby le vit sourire.

— Ah… je vois que Milo revient cette année !

Un vrai sourire métamorphosait le visage d'Euan, l'adoucissait et la faisait craquer. Elle avait vu juste en anticipant l'effet qu'il produirait sur elle. Incapable d'en détacher les yeux, elle ressentit un picotement délicieux jusqu'à la pointe de ses orteils.

— Tu ne trouves pas que c'est merveilleux ? commenta-t-il à l'adresse de sa grand-mère. Sans lui, Noël ne serait pas vraiment Noël.

Maggie se tourna vers Abby.

— C'est son troisième Noël au château. Louise, sa maman, m'a dit qu'il avait commencé à compter les jours tout de suite après son anniversaire qui tombe au mois d'août. C'est un petit garçon plein de gaieté. Je suis sûre que vous allez l'adorer !

Au bout d'un moment, Abby réussit à détourner son regard d'Euan pour écouter les explications de Maggie. Elle ouvrit le dossier du petit garçon. Milo avait six ans. Atteint du syndrome de Down, il était né avec une anomalie de la valve aortique. À dix-huit mois, il avait subi une opération réparatrice, malheureusement suivie de complications postopératoires.

— Il a passé des moments difficiles, commenta Euan sur un ton neutre. Une autre opération a été nécessaire quand il a eu trois ans pour remplacer une valve défaillante. Ajoutons à cela qu'il a été abandonné à la naissance parce que ses parents n'ont pas supporté d'avoir un enfant « défectueux ».

— Mon Dieu…, souffla Abby, interloquée. Il y a encore des gens comme ça !

— Fort heureusement, intervint Maggie, il y a aussi des gens qui ne sont *pas* comme ça. Louise en fait partie. Célibataire à quarante ans, elle savait que ses chances d'avoir un enfant étaient de plus en plus réduites. Aussi, lorsqu'elle a obtenu l'autorisation d'adopter Milo, elle était folle de joie. Elle est devenue experte en langage des signes, qui est la forme principale de communication de Milo. Bien sûr, elle l'accompagne pendant son séjour ici.

— J'ai hâte de faire sa connaissance, déclara Abby. Comme j'ai commencé à apprendre le langage des signes il y a quelques mois pour un enfant qui se trouvait dans le même cas, j'espère pouvoir échanger avec lui.

— Ah…, poursuivit Euan qui feuilletait le dossier, je vois qu'il a récemment eu des crises d'essoufflement. Il faudra donc garder un œil sur lui.

Pendant qu'Euan passait à la page suivante, l'esprit d'Abby

venait de s'échapper dans une direction bien différente. Au cours des jours suivants, elle allait travailler avec cet homme. Étant donné le fourmillement troublant qui la parcourait quand il souriait, comment allait-elle supporter cette collaboration ?

Comment garder la tête froide en présence du trop séduisant Euan McKendry ?

Malgré sa détestation de Noël. Voire, à cause de… car d'une certaine façon, cela le rendait encore plus attirant. Il était différent de tous les hommes qu'elle avait rencontrés jusque-là. Peut-être parce qu'il était exactement le contraire d'elle-même ? Était-elle victime du symptôme qui rend les « mauvais » garçons si charmants aux yeux des filles d'ordinaire obéissantes et bien élevées ?

La voix de Maggie ramena Abby au moment présent.

— La petite Leah est notre plus ancienne pensionnaire cette année. Elle a douze ans. L'année dernière, elle a subi une transplantation cardiaque qui a très bien réussi mais nous avons retenu sa candidature parce qu'elle a grand besoin de reprendre confiance en elle.

— Ça se comprend…, déclara Euan. Elle a passé le plus clair de sa vie à l'hôpital. Cette transplantation a été une grande chance pour elle.

— Comme vous allez le découvrir, Abby, la majorité des enfants que nous choisissons pour les vacances au château sont atteints d'une malformation cardiaque, expliqua Maggie.

Voilà qui intrigua Abby.

— Il y a une raison à cela ?

Au lieu de lui répondre, Maggie posa son regard sur Euan, comme pour l'inciter à parler à sa place. Une atmosphère tendue les enveloppa soudain tous les trois mais au lieu de donner l'explication qu'Abby attendait, Euan se contenta de hausser les épaules, comme si cela devait suffire.

Ce que voyant, Maggie poursuivit :

— Passons à Ben maintenant. Il vient d'avoir six ans et lui aussi a été opéré à cœur ouvert. Actuellement, c'est sa grand-mère qui s'occupe de lui car sa mère vient d'avoir un bébé et elle doit prendre soin de ses autres enfants à peine plus âgés.

L'étrange tension qui s'était manifestée quelques instants plus tôt continuait à planer au-dessus d'eux. Était-ce du souci ? De la tristesse peut-être ? Maggie continuait à fixer son petit-fils lorsque la porte du salon s'ouvrit.

— Je suis désolée de vous déranger, madame McKendry mais on vous demande au téléphone. Il paraît que c'est urgent.

Maggie se leva.

— Merci, Ruth. Je viens tout de suite.

Puis, se tournant vers Abby :

— Ruth est l'une des bénévoles du village qui nous aide à gérer le côté administratif. Bien sûr, j'ai prévu de vous présenter toute notre équipe un peu plus tard.

Un long silence suivit le départ de Maggie. Le craquement du feu dans la cheminée paraissait impressionnant. Mal à l'aise, Abby faisait semblant de lire le dossier qu'elle avait entre les mains mais elle ne réussissait pas à s'y plonger. La présence d'Euan tout proche d'elle la troublait. Est-ce que lui aussi faisait semblant de lire ? Comme elle lui jetait un coup d'œil furtif, elle découvrit qu'il la regardait intensément. Elle en fut consternée. Le rouge lui monta aux joues. Comme une gamine prise en faute ? Mais pour quelle raison ? Elle voulait comprendre. Tout de suite.

— Euan, j'ai l'impression que ma présence ici vous dérange. Vous voulez lire mon CV ? Je comprendrais très bien qu'étant donné nos responsabilités ici vous souhaitiez vérifier mes qualifications.

Son hôte secoua la tête.

— Pas du tout. Ma grand-mère est tout à fait capable de choisir le personnel qualifié pour l'encadrement de ces enfants.

Il ferma les yeux et se massa le front du bout des doigts.

— C'est que… vous êtes vraiment la dernière personne que je m'attendais à trouver ici après notre rencontre dans la droguerie.

Un sourire amusé naquit sur les lèvres d'Abby.

— J'ai été encore plus surprise que vous, je vous l'assure. Quand vous mourez d'impatience à l'idée de rejoindre le lieu où l'on s'applique à faire vivre toute la magie de Noël, la dernière personne que vous vous attendez à y trouver est celle qui vous a dit pis que pendre de ces festivités.

Euan releva son visage et jeta sur Abby un regard qui lui fit se mordre la lèvre tant elle regrettait ses mots. Elle devina aussitôt le souci de son interlocuteur.

— Ne vous inquiétez pas, ajouta-t-elle aussitôt. Je m'applique à oublier ce que j'ai entendu et je vous promets de n'en rien dire à personne.

— Merci infiniment pour votre discrétion, déclara Euan. La seule excuse que je peux invoquer pour m'être ainsi laissé aller devant une inconnue, c'est que cette période est difficile à vivre pour moi. Maggie ne vous dira rien mais elle attend les résultats d'une biopsie. Sa santé m'inquiète.

— Je suis désolée. Je n'avais pas la moindre idée de …

— Bien sûr. Tous les préparatifs de la fête sont un bon moyen pour elle de se distraire de ce souci. J'en suis heureux et cela m'aide à lui cacher mon inquiétude.

— Oui, je comprends.

Ce n'était pas tout à fait vrai. Abby était persuadée qu'il y avait une autre raison au rejet que son interlocuteur faisait de Noël, mais elle n'insisterait pas. Après tout, cela ne la regardait pas.

— Ce que votre grand-mère fait pour tous ces enfants est tout simplement fabuleux. Je suis ici pour l'aider de mon mieux dans cette entreprise, et pas seulement dans le domaine médical. Autrement dit, je suis prête à participer à toutes les activités proposées.

À nouveau le sourire malicieux dansa sur ses lèvres.

— Même s'il faut manipuler une tronçonneuse !

Son regard se porta sur le sapin déjà érigé dans le salon. Cette fois, elle remarqua qu'il était décoré de petits sujets en bois, soldats, ours ou chevaux à bascule, attachés avec des brins de raphia.

— Mais je ne comprends pas pourquoi il faut préparer un autre arbre de Noël puisqu'il y en a déjà un très beau ici. Où pensez-vous le placer ?

— La tradition au château est d'en faire plusieurs. Nous en mettons un très grand dehors pour la fête à laquelle participent les enfants du village. Un autre un peu moins grand dans l'entrée qui est le cœur de la maison parce que tout le monde y passe plusieurs fois par jour, et un petit dans chaque chambre. C'est là que le Père Noël laisse quelques surprises pendant la nuit.

Maggie qui venait de revenir entendit ces derniers mots.

— À propos de surprises, je viens d'apprendre que nous aurons deux pensionnaires inattendus. Une petite fille, Lucy, et son frère Liam. C'est une assistante sociale qui vient de les orienter ici. Leur situation familiale est si précaire qu'elle est prête à renoncer à son propre Noël pour venir s'occuper d'eux ici. Qu'en pensez-vous ?

Euan échangea avec sa grand-mère un sourire plein de compréhension, reflet de l'amour profond qui les liait.

— Comme si c'était la peine de nous le demander !

Cette fois encore, Abby éprouva le picotement sensuel qui accompagnait chacun de ces sourires, mais avec une intensité encore plus violente. Elle aurait tellement aimé que quelqu'un la regarde de cette façon !

Comme si elle était la femme la plus aimée du monde…

3.

Se familiariser avec le contexte familial des enfants qui allaient venir au château n'était pas compliqué. Apprécier leurs besoins médicaux avec Abby ne le serait pas davantage. Abby elle-même ne constituerait pas une difficulté insurmontable. Euan était sûr qu'elle serait impressionnée par toutes les installations médicales qui se trouvaient à leur disposition.

Non, tout cela ne serait pas difficile à gérer. C'était tout le reste qui lui posait problème.

Autrement dit, tout ce qui concernait Noël vu sous l'angle des décorations, des réjouissances, des chants traditionnels, de sa prestation à la cornemuse…

Il aurait aimé laisser Abby en tête à tête avec sa grand-mère discuter de cet aspect qui le faisait souffrir mais quelque chose dans la voix de cette dernière lui laissa comprendre que même si elle le cachait de son mieux, l'effet des antalgiques qu'elle prenait régulièrement venait de s'arrêter. La douleur l'avait rattrapée.

— Vous avez une petite ferme d'animaux ? demanda Abby à la suite d'une remarque de Maggie.

— Oui. Elle n'est pas immense mais nous avons deux ânes adorables que mon amour des fêtes de Noël m'a fait prénommer Mary et Joseph. Mary va bientôt mettre bas mais chez les ânes, comme la durée de la gestation peut être de onze à quatorze mois, nous ne savons pas à quel moment aura lieu l'heureux événement. Nous avons aussi quelques moutons élevés au biberon et une vache. Plus nos deux vieux clydesdales.

— Des clydesdales ? Je n'ai jamais entendu ce mot.

— C'est assez normal. Ce sont de superbes chevaux de trait originaires de la Clyde, une de nos plus belles vallées écossaises. Chaque année, ils tirent le traîneau de Noël et pour l'occasion, ils portent sur le front des bois de renne.

— Comment est-ce possible ?

— J'ai fait aménager d'authentiques palmures de manière à pouvoir les fixer sur leur bride. Il y a vingt-cinq ans déjà …

Maggie évitait le regard d'Euan. Tous deux savaient que c'était la première année où le château avait accueilli plus d'une enfant malade du cœur. La petite Jamie était venue tenir compagnie à Fiona pendant les vacances. Les deux petites filles avaient pleuré de joie pendant la promenade en traîneau.

— Gammy, tu te sens bien ? demanda Euan, ému d'entendre la voix de sa grand-mère se briser au cours de son récit.

— Je suis en pleine forme ! se hâta-t-elle de répondre. Tu sais bien que rien ne me fait plus plaisir que de parler des préparations de Noël.

— Ce n'est pas ce que je te demandais, Gammy. Quand as-tu pris ton dernier médicament ?

— Tout à l'heure avec le thé. Ne t'inquiète pas.

— Est-ce que Graham est venu te voir aujourd'hui ?

— Graham est notre médecin de famille, expliqua Maggie. Il s'implique toujours dans notre séjour.

— Il s'occupe de toi aussi, Gammy ! Tu veux que je l'appelle ?

— C'est hors de question. Je me sens très bien. Inutile de le surcharger.

Le ton n'admettait pas de réplique. Euan capitula pendant que Maggie se tournait vers Abby.

— Il y a des années que ce brave Graham souhaite prendre sa retraite mais personne ne veut venir s'installer dans un petit village comme Kirkwood.

Euan perçut clairement la pointe de reproche voilé qui perçait dans ces derniers mots. Quand il avait décidé de visser sa plaque de médecin, Maggie lui avait dit à quel point chacun dans le village était déçu qu'il ait choisi d'exercer sa profession de généraliste à l'autre bout du pays. Mais elle n'était jamais revenue sur le sujet. Par conséquent, il n'allait pas chercher à se justifier. En fait, il aurait volontiers laissé les deux femmes en tête en tête discuter de tous ces préparatifs qui le plongeaient dans la tristesse la plus noire mais il y renonça. L'important était de s'assurer que les antalgiques pris par Maggie un peu plus tôt commençaient à agir. S'il remarquait sur son visage la moindre tension ou grimace trahissant une souffrance, il lui ferait prendre quelque chose de plus fort.

Mais, tout heureuse d'exposer ses projets, Maggie n'avait d'yeux que pour Abby.

— Nous avons prévu quantité d'activités d'intérieur. Comme vous l'avez remarqué, nos journées sont très courtes en cette saison. Nous n'avons guère que six heures de lumière du jour.

— En effet. Cela me surprend beaucoup. Il est à peine 4 heures de l'après-midi et il fait aussi noir que si nous étions au milieu de la nuit.

Abby venait de tourner la tête vers le mur où se découpaient les fenêtres à meneaux. Sa chevelure ondula sur ses épaules et comme elle était assise tout près de la cheminée, elle prit des reflets de vieil or à la lueur des flammes. Euan ne pouvait en détacher ses yeux.

— Je suis surprise mais j'adore ! poursuivit-elle. Cette noirceur à l'extérieur rend tout plus brillant à l'intérieur, plus chaleureux. Et quand on sort, il suffit de bien se couvrir avant de rentrer retrouver le gratin brûlant de pommes de terre ou la soupe bien chaude. Quand il fait une chaleur torride dehors, on n'a pas tous ces plaisirs.

Euan ferma les yeux. En écoutant Abby parler ainsi, son rêve d'un Noël au soleil lui paraissait beaucoup moins séduisant.

Pourtant…

Pourtant, chaque année pour lui, ces journées de fête étaient une épreuve qu'il subissait seulement parce qu'elles permettaient à d'autres d'être heureux.

Avec soulagement, il constata que Maggie ne présentait aucun signe de souffrance. Au contraire, elle paraissait enchantée de mettre Abby au courant des activités prévues. Alors que lui-même n'avait aucune envie d'entendre parler de toutes ces expéditions, la jeune médecin buvait les paroles de sa grand-mère. Couper les sapins à décorer, construire des bonshommes de neige, aller faire du patinage sur le lac gelé, autant de projets auxquels il aurait aimé se dérober. Il détestait encore plus tout ce qui aurait lieu à l'intérieur, qu'il s'agisse des séances de travaux manuels pour faire les décorations, les moments passés en cuisine à préparer des sablés sous la houlette de Catherine, ou encore les lettres au Père Noël…

La coupe était pleine ! Il n'en pouvait plus.

Il se leva si brusquement qu'Abby et Maggie sursautèrent.

— Je dois vous quitter, lança-t-il sur un ton presque impoli. Heu… excusez-moi. J'avais oublié que…

Qu'avait-il oublié ? Le fantôme qui l'attendait au détour de l'escalier ?

Les mots lui manquaient. Il se contenta de faire un signe de la main en guise d'au revoir et se retira.

Abby le suivit des yeux. Avec quelle vitesse il s'enfuyait ! C'en était presque comique. Euan McKendry paraissait avoir pris l'habitude de ne pas supporter sa présence. Hélas, l'inverse n'était pas vrai. Tandis qu'elle le regardait quitter la pièce, bien droit, la tête haute, son cœur battit plus vite. Elle avait vu juste en pensant que ce serait difficile de travailler avec lui sans qu'il trouble sa joie de vivre le Noël de ses rêves.

Quand elle se retourna, elle découvrit que Maggie l'observait.

— Je sais…, murmura la vieille dame. Euan a un cœur d'or mais il fait partie de ces Écossais au caractère revêche dont je me refuse pourtant à penser qu'ils sont le stéréotype national.

Abby s'attendait à voir réapparaître le sourire de Maggie qui lui ferait oublier le départ brutal d'Euan. Mais elle eut la surprise de découvrir celle-ci au bord des larmes.

— Il y a quelque chose dont je devrais vous mettre au courant, déclara-t-elle sur un ton calme.

Depuis le temps que son métier l'amenait à affronter elle-même des situations difficiles, Abby savait ce que cela représentait d'entendre ou de donner une information susceptible de changer la vie de quelqu'un. Ce que Maggie allait lui révéler, elle le sentait, allait pour le moins modifier les quelques jours à venir. Elle s'apprêta donc à écouter attentivement.

— Quand vous avez demandé tout à l'heure pourquoi la plupart des enfants qui viennent ici sont atteints de maladies cardiaques, j'ai cru qu'Euan allait vous répondre.

Abby se rappelait clairement l'étrange malaise qui avait pesé sur eux à ce moment-là.

— Comme il ne l'a pas fait, je vais le faire moi-même. Sa petite sœur, Fiona, est née avec une malformation cardiaque peu de temps après la mort de son père dans un accident survenu à la ferme. Euan avait tout juste sept ans.

— Oh…, souffla Abby. Cela s'est passé au moment de Noël ? C'est pour cela qu'Euan déteste autant cette période de l'année ?

— Oui.

Maggie posa la main sur son nez comme si ce geste devait l'aider à retenir ses larmes.

— La naissance du bébé l'a empêché de penser que cette mort était la fin du monde. Il est carrément tombé fou d'amour pour ce bébé. Il l'adorait.

Maintenant qu'elle avait découvert le lien intense qui rattachait Euan à sa grand-mère, Abby n'avait aucun mal à imaginer avec quelle force il avait dû aimer cette petite sœur qui le rattachait à la vie.

— En dépit de sa maladie, ou peut-être à cause d'elle, Fiona était la joie de vivre incarnée, poursuivit Maggie. Elle était une inépuisable source d'amour. C'est parce qu'elle a voulu inviter sa meilleure amie, Jamie, dont je vous parlais tout à l'heure, que j'ai commencé à organiser ces vacances de Noël au château pour des enfants atteints du même genre de maladie.

Sachant combien l'espérance de vie de ces enfants est courte, Abby se retint de poser les questions qui lui venaient à l'esprit. Pourtant, elle aurait bien aimé savoir à quel âge était morte Fiona et pour quelle raison Maggie avait tenu à maintenir une initiative qui ne pouvait que faire remonter de tristes souvenirs à sa mémoire.

Une hésitation marqua la voix de Maggie qui finit par conclure :

— Vous demanderez à Euan de vous en dire davantage. Ce n'est pas à moi de vous raconter une histoire qui est la sienne encore plus que la mienne s'il ne désire pas en parler. Je voulais juste vous aider à comprendre pourquoi il a des réactions assez surprenantes.

Elle soupira.

— Ce moment de l'année est très douloureux pour lui.

— Je comprends…, murmura Abby.

Maggie se mit debout, marquant ainsi la fin de leur conversation.

— Venez avec moi. Je vais vous conduire à votre chambre. Vous aurez un peu de temps pour vous reposer avant le dîner pendant que je vais m'occuper des aménagements nécessaires à nos deux petits hôtes supplémentaires.

Un moment plus tard, Abby se promenait sur la pointe des pieds dans sa grande chambre avec le sentiment d'être tombée dans un vrai conte de fées. En défaisant ses bagages, il lui semblait être une princesse occupée à ranger ses robes dans l'immense penderie et à installer ses affaires de toilette dans la salle de bains où trônait une grande baignoire aux pattes de lion.

Pourtant, malgré les explications de Maggie, elle continuait à se poser bien des questions.

Certes, elle comprenait parfaitement pourquoi Euan n'aimait pas Noël qui lui rappelait tant de tristes souvenirs, mais pas du tout pourquoi il s'obstinait à venir chaque année participer à une célébration qui ne pouvait que le faire souffrir. Était-ce pour faire plaisir à sa grand-mère ? Ou parce qu'il estimait nécessaire de s'occuper d'autres enfants malades maintenant qu'il ne pouvait plus le faire pour sa petite sœur ? Était-ce la raison pour laquelle il était devenu médecin ? Une autre question troublante vint à l'esprit d'Abby. Pourquoi Maggie n'avait-elle pas dit un mot de la mère d'Euan et de Fiona ?

Ces interrogations n'étaient pas le fruit de la simple curiosité. Elle pensait à Euan enfant, vivant dans cet extraordinaire château, décidé à protéger sa petite sœur de la menace qui planait sur elle, mais elle devait se contenter d'imaginer. C'était à Euan de décider s'il voulait lui en parler ou pas. L'inciter à le faire contre son gré serait pure méchanceté.

En fait, son insistance à lui dire et répéter à quel point elle aimait Noël était déjà d'une cruauté terrible, mais bien involontaire. Le serre-tête ridicule qu'elle avait acheté était pour lui une véritable provocation. Dire qu'elle l'avait catalogué comme un parfait rabat-joie qui prenait plaisir à étouffer toute source de bonheur autour de lui ! Qu'elle l'avait même baptisé « M. Grincheux »… Plus elle y pensait, plus elle était malheureuse.

Elle lui devait des excuses.

Bien plus que des excuses, en réalité.

Elle allait essayer de rendre les fêtes de Noël plus supportables à Euan McKendry. Quel cadeau ce serait si elle réussissait ne serait-ce qu'un instant ou deux à lui procurer un peu de la joie qu'elle-même y avait toujours trouvée ! Ce serait aussi un cadeau pour Maggie. Et pour elle-même également car la pensée de ce petit garçon si démuni face à la maladie de la sœur qu'il adorait lui faisait mal au cœur. Il était clair qu'il s'efforçait de se protéger en tournant le dos à la magie de Noël, en se cachant derrière un masque renfrogné. Mais il était là, bien présent, pour soutenir et aider sa grand-mère. Dans le fond, il était un héros.

Pourquoi est-ce qu'Abby n'arrêtait pas de sourire ? se demandait Euan.

Ils avaient ensemble quitté la cuisine sur le coup de 9 heures au moment où le soleil se levait au-dessus de la montagne et depuis, elle paraissait flotter sur un nuage de bonheur. Comme si le paysage qui les entourait était réellement magique, comme si elle était heureuse de cheminer avec lui à travers bois.

Il aurait dû refuser la proposition faite par sa grand-mère ce matin après le petit déjeuner. S'il s'était agi d'une vraie proposition ! En fait, il savait parfaitement qu'il s'agissait d'un ordre auquel il lui était impossible de se dérober.

— Les premiers enfants n'arriveront pas avant la fin de la matinée, avait expliqué Maggie. Vous avez donc tout le temps devant vous.

— Pour faire quoi, Gammy ?

— Pour faire ce qu'Abby suggérait hier soir au dîner.

— Maggie… je ne me souviens plus ! avait avoué Abby. Il me semble que j'ai dit beaucoup de choses.

C'était vrai. Elle s'était appliquée à pallier le manque de participation d'Euan à la conversation.

— À propos du gui, rappela Maggie. Vous m'avez appris qu'il ne pousse pas en Nouvelle-Zélande. Quand je pense que vous ne l'avez vu que sur des cartes postales de Noël !

— Elle n'a pas manqué grand-chose, intervint Euan. Après tout, ce n'est qu'un parasite. Je n'ai jamais compris cette tradition qui l'associe aux baisers.

— Parce qu'il est un symbole de fertilité, tout simplement, répondit Maggie. C'est une façon de célébrer la vie. Sans doute parce qu'il demeure vert alors que tous les arbres alentour perdent leurs feuilles.

Euan haussa les épaules en grognant.

— Nous ne sommes pas à une étrange tradition près. Tu peux me dire, Gammy, pourquoi tant de gens se sont cassé les dents en tombant sur la pièce en argent cachée dans le pudding de Noël ?

Maggie agita un doigt menaçant dans la direction de son petit-fils.

— Euan, n'essaie pas de faire dévier la conversation ! J'ai averti Abby qu'il nous fallait du gui pour nos décorations et que tu l'emmènerais en chercher.

Elle se tourna vers Abby.

— Filez vite dans la pièce réservée au matériel de jardin chercher des bottes à votre taille.

Une fois Abby disparue, Euan fit une dernière tentative pour se libérer de la mission que Maggie s'entêtait à lui confier.

— J'ai plein de choses à faire, Gammy. Duncan sait bien mieux que moi où trouver du gui. Entre autres, il me faut vérifier si notre stock de médicaments est suffisant pour la semaine.

— Désolée, Euan. Duncan est parti à Inverness acheter des ampoules pour éclairer le chemin que suivra le traîneau. L'effet de sa promenade autour des remparts serait raté sans ces illuminations.

Tout en parlant, Maggie poussait Euan vers la pièce qui se trouvait entre la cuisine et la buanderie à l'arrière du rez-de-chaussée.

— Je vais te dire où vous en trouverez. Tu te souviens du vieux pommier qui se trouve à côté du lac ? Près du hangar où nous rangeons le matériel de pêche ?

Oui, il se souvenait, évidemment.

Et voilà pourquoi quelques instants plus tard, il se retrouvait, bottes aux pieds et bonnet sur la tête, en train de laisser les traces de ses pas dans la neige fraîche sur le chemin qui les menait à l'orée de la forêt.

En compagnie d'Abby qui lui souriait…

Un moment plus tard pourtant, elle s'arrêta net en lui agrippant le bras à pleine main.

— Oh !

Un nuage de vapeur s'échappa de sa bouche en même temps que le « oh ! ». Euan ouvrit les yeux dans la direction qu'elle lui indiquait. Malgré l'épaisseur de ses vêtements, il prit conscience de l'émotion qu'il éprouvait à sentir la main d'Abby le serrer ainsi.

— Regardez !

Cette fois encore, l'ordre était accompagné d'un nouveau nuage de vapeur.

Euan porta la main à son front pour abriter son regard des rayons du soleil qui filtraient à travers le sommet des arbres. Ce fut un léger mouvement dans l'ombre du fourré qui attira son attention sur ce qu'Abby voulait lui montrer. Face à eux se tenait un petit groupe de daims à la robe fauve roussâtre. Tranquillement, ils dévisageaient ces humains venus troubler leur matinée. Le mâle adulte, visiblement le leader, arborait une magnifique paire de palmures. Ceux qui se tenaient derrière lui, femelles ou jeunes, attendaient un signal de sa part pour disparaître dans la forêt. Un balancement de l'encolure de leur chef, et hop, ils s'enfuirent, ne montrant plus que l'écusson blanc bordé de noir de leur arrière-train.

— Tu as vu ça ? demanda Abby, le regard émerveillé.

— Oui, répondit Euan avec un sourire.

Mais qui ne sourirait pas en découvrant la joie qui perçait dans la voix de cette dernière ? Au même moment, il réalisa que sous l'effet de la surprise, elle l'avait tutoyé.

— C'est extraordinaire ! Je me trouve dans une forêt magnifique, en Écosse, c'est Noël avec de la neige et je tombe sur une harde de daims sauvages !

Brusquement, elle s'interrompit. L'expression heureuse de son visage disparut pour laisser place à une mimique d'excuse.

— Pardon… je vous ennuie sans doute ? Je… je vous promets de ne plus jamais prononcer le mot *Noël* devant vous… pendant au moins cinq minutes !

Une nouvelle fois, son expression changea pour laisser place à une petite grimace amusée qu'Euan trouva tout aussi charmante que les précédentes. Pareil enthousiasme était contagieux. C'était peut-être enfantin de s'extasier ainsi sur un groupe de daims mais au moins, c'était rafraîchissant. Et libérateur, car pendant un moment, il trouva facile de se débarrasser de la tristesse toujours prête à le submerger au cours de cette période de l'année. Tristesse encore plus pesante cette année à cause de la menace qui pesait sur la santé de Maggie.

À cela s'ajoutait ce qu'il avait découvert en ouvrant ses courriels avant de sortir. L'assistante sociale lui avait envoyé des informations concernant les deux enfants qui allaient s'ajouter au groupe prévu initialement. Lucy, la petite fille âgée de cinq ans, souffrait de la même malformation cardiaque que Fiona. Son frère, Liam, avait dix ans. Ce message l'avait profondément troublé. Comment ne pas voir dans ces deux enfants la réplique de ce que lui-même avait été avec Fiona, autrefois, quand ils étaient très jeunes et que la vie s'offrait à eux, pleine de promesses heureuses. Quand lui aussi, comme tout le monde, attendait Noël avec impatience…

Tête baissée pour cacher son émotion, Euan emmena Abby le long d'un sentier qu'il parcourait depuis qu'il savait marcher. Le soleil passait à travers les branches des grands chênes mais ne dispensait encore aucune chaleur. Un rouge-gorge hardi se mit à voleter autour d'eux. Avant même d'avoir jeté un coup d'œil sur Abby, il savait qu'à nouveau elle allait tomber sous le charme de l'oiseau. Et effectivement, il vit son visage s'éclairer. Puis, résolument, elle pressa ses lèvres l'une contre l'autre pour s'empêcher de sourire ou d'enfreindre sa promesse de parler de Noël. C'était touchant de voir les efforts qu'elle déployait pour éviter de prononcer le mot interdit.

Il faillit se mettre à rire mais le simple fait d'en avoir envie lui donna un sentiment de bonheur qu'il n'avait pas éprouvé depuis bien longtemps. Qui aurait jamais pu penser que…

Abby se tourna vers lui.

— Au fait… je voulais vous demander. Avez-vous une spécialité ? Pédiatre ? Ou cardiologue ?

— Non.

Jamais Euan n'avait envisagé de s'engager dans l'une ni dans l'autre. Il aurait été bien trop malheureux de passer sa vie à travailler avec des familles qui vivaient les mêmes angoisses que celles que lui-même avait traversées.

— Je suis simplement généraliste.

— Pourquoi dites-vous « simplement » ? Les généralistes ont une responsabilité énorme puisque ce sont eux qui repèrent les premiers symptômes et adressent les patients aux spécialistes appropriés. En fait, ils doivent connaître un peu de chaque branche de la médecine en fonction des patients qui se présentent.

Euan approuva d'un grognement. Effectivement, il appréciait beaucoup dans sa pratique quotidienne d'être celui qui recherche, un peu comme le détective qui rassemble les indices grâce auxquels l'énigme sera résolue plus tard. Sa curiosité d'esprit appréciait aussi énormément d'acquérir sans cesse de nouvelles connaissances.

— D'ailleurs, reprit Abby, je me demande si je ne m'installerais pas moi-même comme généraliste.

— Après la formation que vous venez de terminer, vous n'avez pas déjà postulé pour un poste dans un hôpital spécialisé, en Nouvelle-Zélande ou au Royaume-Uni ?

Abby secoua la tête.

— Non. J'ai trente-deux ans. Les décisions que je vais prendre vont probablement déterminer ce que je ferai le restant de ma vie. C'est pour cette raison que j'ai décidé de prendre mon temps avant de m'engager dans une certaine voie. Je veux être sûre que c'est ce que je souhaite pour mon futur.

— Apparemment, vous aimez travailler avec les enfants ?

— Oui, répondit-elle aussitôt avec un sourire éclatant. Voilà au moins quelque chose dont je suis certaine. Je veux des enfants dans ma vie. Et pas seulement dans ma profession. C'est aussi une raison qui fait qu'exercer en tant que généraliste me conviendrait très bien. Ou alors, je ne travaillerai qu'à mi-temps. Il y a certainement pas mal de postes qui accepteraient cet arrangement quand j'aurai des enfants.

Euan cligna des yeux.

— « Des » enfants ? Ça fait combien à peu près ?

— Au moins six ! Vous comprenez, j'ai moi-même été enfant unique. Avec des parents formidables mais je me suis toujours sentie seule malgré tout.

Euan ne put retenir un soupir.

Abby était un cauchemar ambulant ! Exactement le genre de femme qu'il s'appliquait à éviter à tout prix. Plus d'une fois il avait rompu, le plus civilement du monde certes, mais définitivement rompu, quand il avait découvert que la jeune femme qu'il fréquentait considérait la maternité comme un point essentiel de son futur. Avoir son propre enfant lui paraissait cent fois plus terrifiant que de s'occuper des enfants des autres.

Il fit une moue en hochant la tête.

— C'est sans doute un bien pour l'humanité qu'il existe des gens comme vous. Si tout le monde avait la même position que moi sur le sujet, l'espèce humaine arriverait rapidement à extinction !

Ils venaient d'arriver à la cabane où était abrité le matériel de pêche. Le bateau en bois qu'il utilisait autrefois était toujours là, relié de loin au rivage par une longue corde. Il y avait des années qu'il ne s'en était pas servi mais il restait à l'extérieur, bloqué aujourd'hui par la glace.

Dès qu'elle aperçut le lac, Abby se précipita comme si elle avait l'intention de se mettre à patiner avec ses bottes en caoutchouc.

— Attention ! avertit Euan. La glace paraît solide mais il peut y avoir des endroits fragiles, surtout vers le bord.

— Est-ce qu'une activité de patinage est prévue pour les enfants ?

— Oui, mais cela dépendra de la qualité de la glace. Je m'en assurerai au préalable et je baliserai les endroits qui ne me paraissent pas sûrs. De toute façon, étant donné que la plupart des enfants ne peuvent pas fournir de gros efforts, il n'est pas question de leur faire accomplir des prouesses. Nous souhaitons seulement qu'ils passent un bon moment à l'extérieur.

— Vous avez des patins pour adultes ? demanda Abby.

Euan retint un soupir. Elle était carrément insupportable ! Hélas, l'étincelle qui brillait dans son regard donnait envie de répondre « oui » à tout ce qu'elle demandait.

— Nous verrons plus tard. Pour l'instant, avançons-nous vers cet arbre rabougri là-bas.

— Celui qui porte de drôles de nids ?

— Oui. Ce que vous appelez « des drôles de nids », c'est le gui.

— Pas possible ! s'exclama Abby. Moi qui croyais qu'il pousse en forme de couronne, décoré de petits nœuds rouges, comme sur les cartes de vœux…

Le regard plein de malice, elle se moquait de lui, c'était clair ! Mais au lieu d'éprouver de la colère, Euan avait envie de sourire en se dirigeant vers l'arbre.

— Allez, je grimpe faire la cueillette. Depuis que je suis gamin, c'est toujours moi qui en suis chargé.

Ça marchait ! Enfin, à peu près…

Euan avait presque eu un vrai sourire cette fois.

Pour Abby, gagner l'amitié d'Euan McKendry était le premier pas dans sa tentative de le faire changer d'avis à propos de Noël. Tentative qui ajoutait à son bonheur de se trouver à Ravenswood Castle. Ce matin, elle s'était réveillée dans la douce chaleur de sa couette en duvet avant de déguster le petit déjeuner délicieux préparé par Catherine. Ce qui avait suivi était encore plus agréable à ses yeux. L'air glacé du matin, l'épaisse couche de neige immaculée, la rougeur somptueuse du ciel au moment où le soleil s'était levé et ensuite, les daims, le rouge-gorge… tout cela aurait suffi à la rendre heureuse, mais découvrir qu'Euan commençait à laisser fondre sa carapace de glace était tout simplement enchanteur. Bien sûr, la partie n'était pas gagnée, mais elle allait continuer à s'y employer, à tester les points faibles qu'elle trouvait chez lui de manière à insister à bon escient.

Tout au moins, c'est ce qu'elle projetait.

En attendant, elle apprenait de plus en plus de choses sur lui. Suffisamment déjà pour savoir qu'ils étaient opposés sur plein de sujets qui n'avaient rien à voir avec Noël. En particulier, en ce qui concernait les enfants. Comment pouvait-on ne pas vouloir d'enfants ? Tout en étant encore essentiellement centrée sur sa carrière qui la passionnait, tout en appréciant la liberté qui lui permettait de vivre des expériences aussi intéressantes que celle qu'elle était en train de faire à Ravenswood Castle, devenir mère était en tête de ses priorités.

Tout en retournant ces pensées dans sa tête, Abby regardait Euan grimper dans le vieux pommier. Il se hissait à la force des bras sur les branches encore solides, puis, délicatement, il détachait les masses de gui sans abîmer les branches alentour. Par moments, elle avait l'impression d'observer le petit garçon habile qu'il avait dû être.

Un enfant heureux, qui ne se doutait pas que le destin lui réservait des épreuves si douloureuses qu'elles l'empêcheraient ensuite de profiter pleinement de la vie. Au point même de ne pas désirer fonder une famille à lui, alors qu'il savait que sa grand-mère risquait de disparaître dans un futur très proche.

— Attrapez, Abby !

Elle tendit les mains pour recevoir le gui qui malencontreusement resta coincé dans des branches basses, trop hautes cependant pour qu'Abby puisse les atteindre, même en se dressant sur la pointe des pieds.

— Je vais chercher un bâton pour le faire tomber…

— Attendez, je vais en cueillir davantage. Maggie a sûrement besoin de plus d'un « drôle de nid » !

L'effort avait rougi le nez et les joues d'Euan. Il était essoufflé. Chaque fois qu'il parlait, un nuage de buée s'échappait de sa bouche.

— Bouh… Vous ressemblez à un dragon qui crache de la vapeur ! s'esclaffa Abby.

Euan lui répondit par le grognement qui paraissait constituer l'élément essentiel de son vocabulaire. Il dégagea le gui qui était resté coincé et, en le voyant tomber, Abby leva les bras au-dessus de sa tête pour l'attraper. Ils se retrouvèrent tout près l'un de l'autre. Si près que…

… le temps s'arrêta.

Abby était incapable de bouger. Euan paraissait aussi figé qu'elle. Cette éternité ne dura qu'un instant mais ce fut suffisant pour que quelque chose se mette en place.

Ce n'était pas délibéré. C'était sûrement le résultat de plusieurs choses. Le plaisir que manifestait Abby à se trouver en ce lieu qui l'enchantait, l'histoire d'Euan qui lui avait donné l'envie de l'aider. Le fait aussi que malgré la mauvaise humeur affichée par Euan existait entre eux une attirance indéniable. Abby se disait que celle-ci serait peut-être le meilleur atout pour faire de ce Noël un moment moins désagréable pour lui.

Tout cela lui fournissait la meilleure des excuses pour faire ce qu'elle fit ensuite.

Dressée sur la pointe des pieds, elle l'embrassa.

Elle avait prévu de lui donner un baiser de copain, rapide, léger. Le genre de baiser qu'on se donne sous le gui. Un baiser qui ne signifie rien.

Mais au moment où leurs lèvres se touchèrent, tout changea brusquement.

4.

Dans le fond, c'était un peu comme marcher le long de la plage un tout petit peu trop près des vagues… La plupart du temps, la mer reste au loin mais quelquefois, une vague plus forte vient vous mouiller les pieds. Ce contact avec l'eau fraîche vous rappelle brusquement les profondeurs insondables et l'étendue immense de l'océan qui s'étale à côté de vous.

Voilà ce qu'éprouvait Euan tandis qu'ils accueillaient les enfants et leurs accompagnants. Les vagues qu'il ne pouvait empêcher de trop se rapprocher de ses pieds à intervalles irréguliers étaient les souvenirs du baiser qu'ils avaient échangé.

Quel baiser…

Ce baiser complètement inattendu, qu'il n'avait pas sollicité, avait été une expérience totalement inédite pour Euan McKendry. L'extraordinaire aura qui flottait autour de la jeune femme s'était transformée en une chaleur qu'elle lui avait transmise par le contact de ses lèvres. Du même coup, elle lui avait révélé une énergie qu'il n'aurait jamais soupçonné abriter ni dans son cœur ni dans son corps. Le plus étonnant était qu'Abby paraissait avoir également ressenti cette surprenante communication. La preuve en était le silence étourdissant qui les avait accompagnés tout au long de leur trajet de retour.

Euan était occupé à faire un rapide examen de Leah, la timide petite fille de douze ans qui avait bénéficié d'une transplantation cardiaque l'année précédente. Son père l'accompagnait.

— Allez, Leah, on fait le petit check-up traditionnel, et

après ça, les vacances commencent ! proposa Euan. Tu es contente de venir à Ravenswood Castle ?

Leah devint rouge comme une pivoine.

— Elle est très excitée, expliqua son père, le front barré d'un pli soucieux. Un peu inquiète aussi. C'est la première fois de sa vie qu'elle quitte la maison sans aller à l'hôpital.

— Tu vas voir, reprit Euan, tu vas bien t'amuser ! Grimpe sur la balance, je vais regarder combien tu pèses.

Puis, s'adressant à son père :

— Y a-t-il eu des changements dans le traitement de Leah depuis le bilan que vous nous avez transmis ?

— Non.

Comme l'inquiétude ne quittait pas le visage du père de Leah, Euan pensa que c'était peut-être là une des causes de l'anxiété de la petite fille. Il en parlerait tout à l'heure avec Maggie et Abby.

Au moment où ce nom lui arrivait à l'esprit, le souvenir du baiser lui revint comme une vague troublante. À moins que ce ne soit l'éclat de rire qui lui parvenait de la salle voisine où elle était en train de faire la connaissance de Milo et de sa mère Louise ?

Cette fois, il fut particulièrement conscient de l'immensité de l'océan qui s'étirait derrière la vague. Cet océan, c'était tout ce que réservait une étreinte plus étroite qu'un simple baiser. En dépit du risque de noyade, Euan sentait que la tentation d'y plonger tête première risquait d'être irrésistible. Certes, c'est Abby qui avait pris l'initiative du baiser, mais il lui avait répondu sans la moindre hésitation, perdu et éperdu dès que leurs lèvres s'étaient rencontrées.

Le stéthoscope posé sur la poitrine de Leah lui permit de constater que le cœur greffé fonctionnait parfaitement.

— Génial, Leah, ton petit cœur tout neuf ! Il est tout content de travailler pour toi. Maintenant, je vais prendre ta tension et ensuite tu pourras aller ranger tes affaires et visiter le château avec ton papa. Je vous conseille d'aller faire un tour aux cuisines où un pique-nique vous attend.

Il rangea son appareil autour de son cou.

— Tu viens cet après-midi nous regarder couper le grand sapin pour la cour ?

Leah secoua la tête.

— Non, il y a beaucoup de neige dehors. J'ai peur de tomber.

Euan afficha un air amusé.

— Qu'est-ce que c'est que cette blague ? C'est Abby, la médecin qui est ici pour m'aider à prendre soin de toi et de tes petits copains, qui va couper l'arbre. Avec une tronçonneuse. Tu ne vas pas rater ça !

Comme Leah et son père échangeaient un regard plein d'incertitude, Euan ajouta :

— Si tu veux, je marcherai juste à côté de toi. Comme ça, tu seras sûre de ne pas tomber.

Si le cœur de sa petite patiente battait à un rythme tout à fait correct, le sien par contre fit un bond désordonné quand un nouvel éclat de rire d'Abby arriva à ses oreilles. Une fois de plus, le souvenir du baiser remonta à sa mémoire. Pourquoi l'éviter, puisque cela le rendait heureux ? Pourquoi au contraire, ne pas chercher à l'évoquer quand il aurait besoin de chasser ses idées noires ?

Pareil souvenir pouvait lui être utile.

Peut-être même lui servir de bouée de sauvetage dans l'océan agité de ses souvenirs …

Le lever du soleil sur la neige étincelante, le spectacle des daims sauvages dans une forêt de rêve, le baiser déboussolant qu'elle avait partagé avec Euan… Tous ces instants magiques avaient plongé la vie d'Abby Hawkins dans un véritable chaos. Un chaos relativement contrôlé, mais tout de même…

Pendant qu'elle revivait en pensée toutes ces émotions, de nombreuses personnes du village, employés ou bénévoles, arrivaient pour mettre la dernière main aux préparatifs et à l'accueil des arrivants, en particulier des enfants, impatients de découvrir leur chambre et de ranger leurs affaires. Pendant ce temps, Abby et Euan s'assuraient que tous les médicaments nécessaires se trouvaient bien à leur disposition à l'infirmerie du château.

Abby adorait ce qu'elle découvrait. Ici, elle n'avait pas affaire à de petits patients dont l'état de santé exigeait une hospitalisation, qu'il s'agisse de soins intensifs ou d'une opération à cœur ouvert. Les parents n'étaient pas dévorés d'angoisse à l'idée que le pire pouvait survenir à chaque instant. Non, ces enfants avaient certes passé beaucoup de temps entre les murs d'un hôpital, ils devaient encore chaque jour prendre les médicaments prescrits, respecter beaucoup de restrictions dans leurs activités, certains vivaient dans des conditions matérielles difficiles, mais dès leur arrivée au château, tout cela était repoussé à l'arrière-plan et n'interférait pas avec leur bonheur de s'y trouver.

Milo faillit renverser Abby en lui sautant dans les bras avec toute la vigueur de ses six ans, ce qui les fit éclater de rire tous les deux. Et le sourire qui illumina le visage du petit garçon quand il aperçut le serre-tête décoré de l'elfe qu'elle arborait lui prouva qu'elle ne s'était pas trompée en l'achetant. Elle le lui offrit et Milo le porta tout l'après-midi par-dessus son bonnet quand ils partirent tous en forêt abattre le grand sapin. Ensuite, chacun choisit un petit sapin pour décorer sa chambre. Ne manquaient que Callum qui avait besoin d'un supplément d'oxygène et Lucy et son frère Liam, qui n'étaient pas encore arrivés.

Abby démontra son talent à la tronçonneuse, tandis que les hommes du village maintenaient chacun des spectateurs à une distance de sécurité avant d'utiliser des cordes pour guider la chute de l'arbre. Ils félicitèrent Abby pour sa maîtrise de l'engin et chargèrent le sapin sur la camionnette prévue pour le ramener au château où ils l'installèrent selon les indications de Maggie.

Les sapins destinés aux chambres ne nécessitaient que l'usage d'une petite scie à main. Milo fut le premier à vouloir en utiliser une. Euan en proposa une autre à Leah qui refusa en se cramponnant à la main de son père.

Ce réflexe n'échappa pas à Abby qui se rapprocha d'eux.

— Tu préfères peut-être la grosse tronçonneuse ? demanda-t-elle en riant à la petite fille.

Leah lui adressa un regard stupéfait.

— Je plaisante ! Mais si tu veux un jour utiliser la grosse tronçonneuse comme je viens de le faire, il vaut mieux commencer par utiliser une petite scie comme celle que te propose Euan.

Tout en parlant, elle leva vers ce dernier son visage souriant. Depuis la cueillette du gui du matin et leur retour silencieux au château à la suite de leur troublant baiser, ils avaient été si occupés qu'ils n'avaient pas eu le temps de se voir. Malgré toutes ces diversions, la sensualité qui les avait submergés alors continuait à la hanter.

Lorsque Abby plongea son regard dans les yeux couleur de tempête d'Euan, elle sut aussitôt qu'il pensait à la même chose qu'elle. Au creux de son ventre explosa alors une bulle de désir si intense qu'elle en fut bouleversée.

Mon Dieu...

Jamais elle n'avait imaginé que le désir physique puisse se manifester de manière aussi violente.

Vite, elle détourna le regard de peur qu'Euan ou le père de Leah ne soupçonne ce qui venait de lui traverser l'esprit et le corps. Pareil égarement relevait de la faute professionnelle ! Euan parut tout aussi pressé qu'elle d'échapper à ce sortilège. Il tendit la petite scie à Leah.

— Demande à Abby de te montrer comment on s'en sert.

Comme elle pressentait que Leah allait refuser une nouvelle fois, Abby adressa à la petite fille un sourire d'encouragement.

— Regarde, Leah, je vais commencer et toi, tu n'auras qu'à continuer. Tu vas voir, c'est facile comme tout !

Un peu plus tard, une fois de retour au château, pendant que les enfants préparaient des décorations, Euan et Abby se retrouvèrent pour échanger leurs impressions sur cette première sortie.

— Le père de Leah a failli prendre la scie à la place de sa fille quand je la lui ai tendue, déclara Abby. Mais avec le regard que je lui ai adressé, il a vite compris qu'il faisait fausse route.

— Pauvre homme ! Vous ne lui avez pas laissé la moindre chance d'intervenir.

Abby baissa la tête pour cacher son sourire. Ouf ! Le malaise qui s'était insinué entre eux à la suite de leur baiser s'était enfin évaporé.

— Vous avez bien fait d'insister pour qu'elle fasse comme les autres. Chaque petit pas dans ce sens va l'aider à prendre confiance en elle et à profiter de la vie. Elle a eu tellement de chance de recevoir cette transplantation. Tant d'enfants n'ont pas eu cette possibilité !

Un soupir plein de tristesse lui échappa.

Comme Fiona ?

C'est la question que se posait Abby en regardant les photos qui décoraient les murs de la salle de consultation dans laquelle ils se trouvaient. Des dizaines de photographies montraient les participants des Noëls précédents. Des enfants occupés à construire un bonhomme de neige… d'autres en train de patiner sur le lac gelé… d'autres encore face à un Père Noël qui leur distribuait des cadeaux… Des photos de bonheur. Maggie apparaissait sur un grand nombre d'entre elles. Abby en remarqua une, un peu jaunie, sur laquelle elle serrait dans ses bras une petite fille rousse, aux boucles rebelles, et au sourire aussi contagieux que celui de Milo.

Elle se tourna vers Euan.

— Cette petite fille au beau sourire, c'est Fiona ?

Le visage d'Euan se ferma.

— Qui vous a parlé de Fiona ? Gammy ?

— Elle m'a seulement dit que vous aviez une petite sœur atteinte d'une malformation cardiaque.

Et que vous l'adoriez…

— Rien de plus, poursuivit-elle. Elle estime que c'est à vous de m'en parler davantage si vous le souhaitez.

Euan haussa les épaules.

— Comme tous les enfants qui souffrent de cette maladie, elle a subi sa première intervention à l'âge de deux semaines, une autre à six mois, une autre encore à quatre ans.

Lors de son récent stage de spécialité, Abby s'était familiarisée avec les différentes opérations chirurgicales qui permettent de rester en vie à un enfant dont le côté gauche du cœur ne s'est pas développé normalement, ce qui empêche la circulation sanguine de s'effectuer correctement.

Euan avait parlé sur un ton apparemment si indifférent qu'elle comprit tout de suite qu'il ne lui en dirait pas davantage pour le moment. Sa cuirasse protectrice demeurait en place. Peu importait.

Pourtant, il poursuivit :

— Une autre petite fille, Jamie, se trouvait hospitalisée pour la même raison que Fiona. Elles devinrent très amies et sortirent toutes les deux de l'hôpital juste avant Noël. Comme Jamie pleurait à l'idée de rentrer chez elle, Fiona l'a questionnée et a compris que la mère de son amie était trop fatiguée et sans doute trop démunie pour organiser quelque chose de spécial à l'occasion de cette fête. C'est alors que Fiona a eu l'idée de l'inviter ici.

— Quelle petite fille sensible et généreuse ! murmura Abby.

— Comme vous imaginez, Gammy a sauté sur l'occasion de l'accueillir au château et c'est ainsi que les séjours des enfants malades du cœur ont commencé à Ravenswood Castle, conclut Euan en rangeant les dossiers médicaux étalés devant lui.

— Chaque année, la fête a pris un peu plus d'ampleur. Gammy a invité davantage d'enfants, les habitants du village ont participé plus largement… bref, pour Gammy, c'était une façon de s'activer, d'organiser, de contrôler quelque chose alors que la santé de sa petite fille lui échappait.

Abby demeurait immobile. Malgré les émotions sous-jacentes qui ne manquaient certainement pas de l'affecter, Euan parlait d'une voix calme, comme si tout cela était arrivé à quelqu'un d'autre. La dernière phrase qu'il prononça arriva toutefois comme un choc pour Abby.

— Fiona est morte à l'âge de sept ans. Elle était sur une liste d'attente pour une transplantation cardiaque.

Abby avait donc vu juste quand elle avait interprété la réflexion d'Euan à propos de Leah. Euan avait une quinzaine d'années à la mort de sa sœur. Quel deuil atroce il avait dû vivre, lui qui, si jeune, était devenu chef de famille à la mort de son père, chargé de la protection de trois générations de femmes. Était-ce à partir de ce moment-là qu'il avait appris à fermer son cœur et à enfouir ses émotions ?

Encore une fois, il ne fit aucune mention de sa mère. Cette nouvelle omission conforta Abby dans l'idée qu'une histoire douloureuse était occultée. Elle résista à la tentation de poser des questions. À regret. Peut-être la cuirasse glacée avec laquelle Euan se protégeait aurait-elle craqué ? Un coup frappé à la porte la tira de cet embarras.

C'était Catherine.

— Mme McKendry m'envoie vous demander de la rejoindre dans la bibliothèque. Les deux derniers petits invités viennent d'arriver.

Lucy Grimshaw était toute petite pour ses cinq ans. Mais elle était aussi une des plus jolies petites filles qu'Abby ait jamais vues. Une cascade de cheveux roux encadrait son visage et dégringolait sur ses épaules. Un regard bleu perçant la dévisageait, et son sourire…

Son sourire rappela tout de suite à Abby celui de Fiona. Il en était de même pour la couleur des cheveux. Un coup d'œil jeté sur Euan lui prouva qu'il ressentait la même émotion qu'elle et faisait son possible pour conserver une expression neutre. Quant à Maggie, il était évident qu'elle était bouleversée, bien consciente de l'effort supplémentaire que cette ressemblance inattendue allait exiger de la part de son petit-fils.

La grimace qui apparut sur le visage de Liam, le grand frère de Leah, prouvait clairement qu'il avait senti que quelque chose se jouait devant lui. À moins que ce ne soit la marque de son mécontentement à se trouver ici ? Il se tenait tout près de sa sœur et tournait vers elle de temps à autre son visage parsemé de taches de rousseur, encadré de cheveux auburn. À la vue de cette moue, Abby se sentit fondre de tendresse. Au même âge, Euan avait dû se comporter exactement de la même façon !

La situation présentait donc pour ce dernier une difficulté imprévue. Abby comprit qu'il valait mieux lui accorder un peu de temps pour la surmonter.

Elle s'adressa donc tout de suite à Lucy.

— Bonjour, Lucy, dit-elle en se penchant devant la petite fille pour se mettre à la même hauteur qu'elle. Je m'appelle Abby. Le monsieur qui est avec moi est le Dr Euan. Nous allons nous occuper de toi et de ton grand frère pendant votre séjour ici.

Elle se tourna vers Liam.

— Bienvenue à toi aussi, Liam. Nous sommes très heureux de vous accueillir ici pour les vacances.

En réponse, Liam ne lui adressa même pas l'ombre d'un sourire. Il était évident qu'il n'avait aucune intention de parler.

— Lucy, tu sais pourquoi Liam et toi êtes venus au château pour les fêtes de Noël ?

— Oui. Judith a dit que c'est pour que Liam et moi on fasse Noël tous les deux. Qu'on reste ensemble.

Maggie passa la main sur son visage. Pour cacher une larme ? C'était bien possible étant donné la tension qui régnait dans la pièce depuis l'arrivée des deux enfants.

— Nous avons préparé une chambre pour vous deux. On vous la montrera tout à l'heure, mais pour l'instant, il vaut mieux aller vers les cuisines. J'imagine que vous devez avoir très faim après votre long trajet en voiture.

— Sûrement, renchérit Judith, la jeune femme qui les accompagnait et qui était l'assistante sociale. J'ai préféré le faire d'une traite au cas où la neige recommencerait à tomber.

Catherine qui se trouvait elle aussi dans la bibliothèque s'adressa alors aux deux enfants :

— Venez avec moi voir toutes les bonnes choses que j'ai préparées pour vous et vos petits camarades. Vous pourrez manger ce qui vous plaît ! Vous aimez le pudding au chocolat ?

Comme elle leur tendait la main avec un sourire, Lucy se laissa glisser du canapé où elle était serrée contre son frère, puis se tourna vers lui. Visiblement, l'invitation la tentait mais elle n'avait pas le courage d'y répondre sans être accompagnée par son grand frère. Le regard de complicité que les enfants échangèrent noua la gorge d'Abby.

— D'accord, Luce, murmura le petit garçon à voix basse. Je viens avec toi.

Une fois les enfants partis, Judith s'approcha de Maggie.

— Merci infiniment d'avoir accepté de nous recevoir à la dernière minute. Vous nous offrez un répit dans une situation bien délicate. Lucy et Liam ont vécu dans la même famille d'accueil depuis la mort de leur grand-mère. Malheureusement, ce couple généreux ne peut plus procurer à Lucy tous les soins dont elle a besoin. Ils disent qu'ils peuvent garder Liam avec eux mais…

— Oh non ! coupa Abby. Il ne faut pas les séparer !

— C'est bien ce qui nous a posé un gros problème au moment du départ. Liam était persuadé que j'allais conduire Lucy dans une nouvelle famille d'accueil. Il s'était enfermé avec elle dans la salle de bains.

À cette évocation, Judith paraissait encore bouleversée. Abby ne l'était pas moins.

— La seule façon que j'ai trouvée pour le rassurer a été de lui promettre qu'ils ne seraient pas séparés pendant leur séjour au château. Hélas, ce qui leur arrivera après Noël ne dépend pas de moi.

— N'y pensons pas pour l'instant, proposa Maggie avec sagesse. Faisons notre possible pour que ces petits aient le plus beau Noël possible.

Judith approuva d'un signe de tête, visiblement soulagée.

Toutefois, son expression rassérénée disparut de son visage lorsqu'elle consulta l'écran de son téléphone qui venait de sonner.

— Pardonnez-moi… il faut que je réponde à cet appel.

Elle quitta précipitamment la pièce pour aller dans le couloir. Sa conversation parvint aux oreilles de Maggie, Euan et Abby.

— Qu'a dit le médecin ? Comment va-t-il ?

Quelques instants plus tard, elle les rejoignait, le visage bouleversé.

— C'est au sujet de mon père… Je savais qu'il n'allait pas bien quand je suis partie. J'ai dû charger ma mère de le conduire chez le médecin pendant que j'essayais de convaincre Liam de m'ouvrir la porte de la salle de bains.

Elle était devenue d'une pâleur inquiétante.

— Ma mère vient de me prévenir qu'il a eu une attaque cardiaque dans la salle d'attente du médecin. On vient de le transporter aux urgences de l'hôpital…

— Il faut que vous alliez les rejoindre, coupa Maggie sans hésitation.

— Mais je ne peux pas abandonner les enfants ! Et je ne peux pas non plus les emmener avec moi… Oh… je ne sais pas quoi faire…

Elle éclata en sanglots.

Maggie prit la direction des opérations.

— Judith, calmez-vous. Vous avez amené ces enfants au bon endroit. Ils vont trouver ici plein de gens qui vont s'occuper d'eux avec tendresse et dévouement, ne vous inquiétez pas.

Elle posa la main sur le bras d'Euan.

— C'est bien vrai, Euan ?

Encore une fois, Abby fut frappée par le regard de tendresse intense qui unissait la grand-mère et le petit-fils. Elle mesura aussi le courage qu'il fallait à Euan pour se tourner vers Judith avec un sourire rassurant.

— Exactement. Ils ne peuvent pas se trouver entre meilleures mains qu'ici où ils bénéficieront de toute l'attention dont ils ont besoin. Ne vous souciez pas d'eux, maintenant c'est votre père qui a besoin de vous.

Il la prit par le bras pour la guider vers la porte.

— Venez manger quelque chose à la cuisine avant de partir. Catherine vous préparera un thermos de thé chaud et de quoi vous sustenter pendant la route et nous expliquerons aux enfants les raisons de votre départ.

Comme Judith paraissait hésiter, il poursuivit en l'entraînant d'une main ferme :

— En attendant, allez vérifier que vous avez suffisamment d'essence pour le trajet du retour. Au moindre souci, je demanderai à Fergus d'ouvrir son garage pour vous approvisionner.

Au moment où ils sortaient tous les deux, le regard d'Abby croisa celui de Maggie. Cela les confirma dans ce qu'elles savaient déjà toutes les deux. Le fait qu'Euan et elle-même soient maintenant entièrement responsables des deux nouveaux petits arrivants allait amener Euan à affronter des souvenirs qui risquaient de le submerger.

En même temps, un pacte tacite se concluait entre les deux femmes. Ensemble, elles allaient faire leur possible pour rendre la situation aussi légère que possible. Pour tout le monde. Pour Lucy et son grand frère qui paraissait porter tout le poids du monde sur ses épaules bien frêles, mais aussi pour Euan.

Il y avait plus encore. Bien plus. Abby sentit qu'elle avait accès au courant d'amour qui circulait entre Euan et Maggie. Un cercle magique, infiniment précieux, dans lequel elle puisait elle aussi et donnait autant que les autres. À moins que la détermination impressionnante de cette vieille dame à aider les enfants malades n'ait imprégné les murs épais de ce lieu remarquable pour la restituer sous forme d'amour à tous ceux qui s'y trouvaient ?

Oui, il y avait de la magie là-dedans.

Ce genre de magie dont Abby avait toujours su que Noël est capable de créer.

5.

La neige s'était remise à tomber pendant la nuit. Elle tombait encore le matin quand les enfants et leurs accompagnants arrivèrent dans la cuisine pour déguster le légendaire petit déjeuner que Catherine avait préparé pour eux.

— Ça tombe bien que notre emploi du temps ait prévu ce matin la préparation des cookies de Noël, annonça Maggie. Nous allons faire des bonhommes et des rennes en pain d'épices et des étoiles en pâte sablée. Si la neige s'arrête de tomber, nous sortirons rendre visite aux animaux de la ferme et nous ferons un bonhomme de neige. Sinon, nous écrirons nos lettres au Père Noël pour être sûrs qu'elles soient prêtes demain quand le traîneau nous emmènera les déposer dans la boîte aux lettres de la forêt.

Près de la porte, Euan et Abby attendaient les premiers enfants pour la visite médicale du matin.

Maggie s'adressa à son petit-fils.

— Euan, tu veux bien commencer par Lucy ? Je l'ai installée avec son frère dans une chambre proche de la mienne et j'avais branché le babyphone au cas où ils auraient eu besoin de quelque chose pendant la nuit.

— Ils vous ont appelée ? demanda Abby en regardant Lucy installée à la grande table de la cuisine à côté de son frère.

Euan suivit son regard. Liam était en train d'essuyer ce qui ressemblait à du jaune d'œuf sur la joue de sa sœur.

Lucy riait en essayant de se soustraire à la serviette de son frère. Rien dans son comportement ne laissait supposer qu'elle était fatiguée.

— Non, répondit Maggie. Mais je me suis réveillée une fois ou deux en croyant entendre Lucy tousser.

Euan fronça les sourcils.

— Tu en es sûre ?

— Non. Je ne sais pas si elle toussait réellement ou si je l'ai rêvé. Une fois que j'ai été vraiment réveillée, je n'ai plus rien entendu.

Les toux nocturnes pouvaient être un symptôme précoce d'insuffisance cardiaque. Ils avaient appris à les redouter depuis que Fiona s'était mise à tousser pendant la nuit. Après la mort de sa petite sœur, lui aussi avait souvent rêvé de cette toux angoissante, jusqu'au jour où il l'avait refoulée avec les autres souvenirs qui le rendaient si malheureux.

— Ne vous inquiétez pas, Maggie, je vais l'ausculter avec le plus grand soin, répondit Abby avant qu'Euan n'ait eu l'occasion de le faire.

Il ne vint pas à l'idée de ce dernier d'y faire objection. C'était elle qui avait la formation la plus pointue dans ce domaine. Il aurait bien assez à faire de son côté avec les autres enfants.

Or, après avoir examiné la petite fille, Abby se montra sceptique.

— À l'auscultation, j'ai entendu dans ses poumons des bruits qui n'étaient pas là hier soir. Rien de franchement inquiétant mais je ne la connais pas suffisamment pour savoir si je dois m'en préoccuper ou si c'est banal chez elle. Quoi qu'il en soit, je vais la suivre avec attention.

— Bonne idée, approuva Euan. Car Liam nous surveille avec attention lui aussi !

— Maggie m'a dit qu'il ne la quittait pas des yeux un instant, ajouta Abby. Au fait, avez-vous trouvé quoi que ce soit de préoccupant chez les enfants que vous avez examinés tout à l'heure ?

— Non, tout va bien. Milo a pas mal éternué, mais je pense que cela avait plus à voir avec la farine répandue sur ses vêtements qu'avec un microbe. Il adore la pâtisserie !

Et la cuisine n'était pas le seul domaine dans lequel Milo

faisait preuve d'enthousiasme. Il avait décoré de chocolat fondu quantité de sablés et les aurait mangés aussitôt après si sa mère n'avait pas mis le holà à sa gourmandise.

Il était tout aussi excité lorsqu'ils se trouvèrent dans le parc après le repas quand la neige s'arrêta de tomber. Il leva les mains et s'adressa à Leah en langage des signes pour lui manifester son enthousiasme en faisant des cercles dans l'air.

— Tu vois, Leah, Milo te fait le signe du jeu, traduisit Abby. Il veut jouer avec toi.

Milo ramassa de la neige dans ses mains gantées et la jeta en l'air en riant de bonheur. Leah se mit à rire elle aussi. Et tout de suite après, elle aussi ramassa une grosse poignée de neige qu'elle projeta vers le ciel. Elle retomba sur eux deux qui rirent de plus belle.

Euan se tenait sur le côté. Il était venu en poussant le fauteuil roulant de Callum mais n'avait pas l'intention de se joindre aux autres accompagnants qui étaient en nombre suffisant. Abby commençait à préparer une énorme boule de neige qui servirait à faire le corps d'un bonhomme de neige. La nouvelle chute avait recouvert les traces des pas qu'ils avaient laissées la veille au cours de leur promenade dans le bois. Tout en sachant à quelles évocations perturbatrices cela allait le conduire, Euan ne put néanmoins s'empêcher d'y penser. Pourtant, mieux valait écarter au plus vite le souvenir de leur baiser brûlant sous peine de…

Il se tourna vers Callum.

— Tu n'as pas froid, Callum ? Tu veux rentrer ?

— Non ! Je veux rester ici.

Abby continuait à faire grossir sa boule de neige.

— Milo, arrête de jeter de la neige et viens m'aider ! appela Abby. On va faire la plus grosse boule de neige du monde.

— Maman, je peux quitter mon fauteuil ? demanda Callum à sa mère qui l'accompagnait. Moi aussi, je veux faire une grosse boule de neige…

Cette dernière adressa un regard suppliant à Euan. C'était

probablement la dernière fois que son fils avait l'occasion de jouer dans la neige.

— Nous allons nous débrouiller, Callum, assura Euan.

Avec mille précautions, il souleva le fragile petit garçon presque entièrement dissimulé par sa grosse doudoune, son bonnet, ses moufles et son écharpe. Il le déposa dans la neige à côté de lui et Callum eut le bonheur de former une boule de neige qu'il jeta vers sa mère. Ce bref effort fut suffisant pour le laisser à bout de souffle, mais son visage rayonnait de joie lorsque Euan le réinstalla dans son fauteuil.

— Je t'ai bien eue, pas vrai, maman ?

— En plein cœur, mon chéri ! répondit cette dernière, rayonnante elle aussi d'avoir pu accorder ce plaisir à son fils.

Grâce à l'aide des enfants, la base du bonhomme de neige était sur le point d'atteindre une taille monumentale lorsque tout à coup Abby s'écria :

— Stop !

Les petits continuèrent à rire et à amasser la neige mais un nouvel appel d'Abby figea chacun sur place. Il se passait quelque chose d'anormal. Effectivement, Euan s'aperçut que Milo gisait sur le sol sans bouger, face contre terre. Cette immobilité n'était pas de bon augure. Elle était celle de quelqu'un qui n'est plus conscient.

Ou qui ne respire plus ?

En l'espace d'une seconde, il se trouva à côté d'Abby qui venait de retourner l'enfant pour s'assurer que ses voies respiratoires n'étaient pas obstruées. Louise arriva en courant et s'agenouilla à côté de son fils.

— Il respire, au moins ?

— Oui. Son cœur bat un peu lentement mais il reprend déjà un rythme normal. Il a dû s'évanouir en tombant.

Rouler une grosse boule de neige lui avait sans doute demandé un effort trop important.

Euan se baissa pour ramasser Milo.

— Je vais le ramener au château et l'examiner de façon approfondie.

Milo revenait à lui.

— Maman ?

— Oui, mon amour, je suis tout près de toi.

Euan souleva Milo du sol, opération que le petit garçon facilita grandement en passant les bras autour du cou du médecin et en essayant de se remettre debout par lui-même. Une fois qu'Euan fut debout, Milo resta accroché à lui avec ses bras et ses jambes, comme le fait un petit singe quand il grimpe à un arbre.

Au fur et à mesure qu'il avançait, Euan avait l'impression que Milo devenait de plus en plus lourd. Pourtant, ce n'était pas tant le poids de l'enfant lui-même qui lui pesait que le contact physique avec son corps d'enfant. Son cœur était de plus en plus comprimé dans sa cage thoracique. Heureusement, ce n'était pas la petite Lucy qui avait été victime d'un malaise... Elle était sans doute légère comme une plume mais Euan préférait ne pas imaginer le bouleversement qu'il aurait éprouvé s'il avait dû la serrer contre lui comme il le faisait autrefois avec Fiona.

C'est avec soulagement qu'il allongea Milo sur le lit de la salle de soins et confia l'examen médical à Abby.

— Tu veux ta maman près de toi ? lui demanda-t-elle.

Milo approuva d'un signe de tête et se nicha contre Louise pendant qu'Abby commençait son investigation.

— C'est la première fois que Milo s'évanouit ?

— Oui. Il lui est déjà arrivé récemment d'être très essoufflé mais sans plus.

Abby hocha la tête tout en s'efforçant de rendre le reste de l'examen aussi peu traumatisant que possible pour le petit garçon.

— Milo, je vais te coller de drôles de petits ronds sur la poitrine et pincer un peu ton doigt avec ce bébé crocodile.

Elle ouvrit et referma plusieurs fois l'oxymètre de pouls qui allait lui permettre de mesurer le niveau d'oxygène dans le sang de Milo et se pinça le nez avec en riant.

— Tu vois, ça ne fait pas du tout mal !

Milo éclata de rire quand elle lui pinça le nez à son tour avec le clip et fit le rond avec ses mains qui signifiait qu'il jouait. Depuis la pièce voisine d'où il les entendait, Euan avait envie de rire lui aussi. Le poids si lourd qui encombrait sa poitrine venait de disparaître.

Un peu plus tard, lorsqu'il retrouva Abby au moment du repas, il était à nouveau capable de lui parler avec tout le professionnalisme nécessaire.

— Non, répondit-il à la question qu'elle venait de lui poser. Je ne pense pas qu'il s'agisse d'une urgence. Son malaise est lié à l'effort excessif qu'il a fourni. Je pense qu'il est inutile de lui faire subir des examens complémentaires, comme un test d'effort par exemple.

— Il vaut mieux que ce soit l'équipe médicale qui le suit depuis sa naissance qui le fasse si elle l'estime nécessaire.

Pour la première fois depuis qu'il la connaissait, Abby paraissait préoccupée. Elle n'avait pas encore goûté à la délicieuse soupe de légumes préparée par Catherine.

— Si vous voulez, je peux appeler un de mes confrères d'Inverness pour lui demander de faire passer une échographie à Milo cet après-midi…

— Quelle bonne idée ! s'exclama aussitôt Abby. Vous croyez qu'ils lui trouveront un créneau de libre ?

— J'en suis sûr. Il nous faudra peut-être attendre un peu mais ils font toujours leur possible pour nous aider quand nous accueillons les enfants. J'aurai fait l'aller-retour avant l'heure de passer à table pour dîner.

Ce fut un soulagement pour Euan de voir Abby plonger sa cuillère dans son assiette mais il avait envie de la revoir sourire.

— Par conséquent, c'est vous qui allez être responsable de notre petite bande cet après-midi. Est-ce que vous allez vous aussi écrire une lettre au Père Noël ? Il faut absolument décorer l'enveloppe ! C'est indispensable pour avoir le droit de jeter la lettre dans la boîte aux lettres des elfes, qui se trouve dans la forêt.

— La boîte des elfes ? s'écria Abby d'un air scandalisé. Vous voulez dire que le courrier des enfants ne part pas au pôle Nord ?

— Non, désolé ! Ici, ce qui fait office de boîte est le tronc creux d'un vieux chêne dans lequel nous avons creusé une fente. Il contient vingt années de lettres d'enfants adressées au Père Noël.

Les lèvres d'Euan ébauchaient un sourire amusé.

— Pour les enfants, la promenade en traîneau est un des meilleurs moments de ces vacances. Attendez un peu de voir Bonnie et Scotch décorés de leur palmure et leurs harnais tintant de clochettes ! C'est magnifique.

Le plaisir qu'Euan éprouva en voyant renaître le sourire sur les lèvres d'Abby l'entraîna une nouvelle fois sur les montagnes russes émotionnelles dont il n'arrivait plus à descendre depuis leur promenade du matin.

— Dans ces conditions, il faut que j'écrive une lettre moi aussi ! déclara Abby. Parce qu'il y a un cadeau qui me ferait vraiment plaisir…

— Qu'est-ce que c'est ?

— Je ne peux pas le dire, sinon je ne le recevrai pas. Il fait partie des secrets de Noël.

La façon qu'elle avait de le regarder fit qu'Euan se demanda si ce cadeau avait quelque chose à voir avec lui. Voilà qui ne le surprendrait pas maintenant qu'il avait compris combien cette femme était généreuse, combien elle rayonnait d'amour pour les autres. C'était sans doute pour cette raison qu'elle aimait tant les fêtes de Noël. Parce que c'est le moment de l'année où l'on peut sans retenue déverser amour et tendresse sur tous ceux qui nous entourent.

À cette pensée, le cœur d'Euan se serra de nouveau. L'homme qui lui donnerait les six enfants qu'elle souhaitait, saurait-il jamais la chance qu'il avait ?

L'heure du dîner était largement passée lorsque Euan rentra au château ce soir-là. Les enfants avaient déjà été nourris, baignés et bordés dans leur lit quand il retrouva Maggie et Abby.

— Alors ? Comment va notre petit Milo ? demanda Maggie qui serrait contre elles deux bouillottes enveloppées dans des couvertures à carreaux.

— Très bien ! Il suffit de ne pas le laisser aller au bout de ses forces.

— Merci, mon Dieu ! Je m'inquiétais.

La vieille dame n'eut pas à se baisser beaucoup pour déposer un baiser sur le front du petit garçon.

— Maintenant, filez tous les deux à la cuisine manger quelque chose.

— Nous avons dîné à la cafétéria de l'hôpital avant de rentrer, expliqua Louise. Je vais vite aller coucher mon fils et me mettre au lit moi-même. La journée a été chargée en émotions !

Avant de les quitter, elle fouilla dans son sac et en sortit une grande enveloppe.

— Voilà ce que nous avons fait en attendant les résultats de l'échographie. Pour rien au monde Milo n'aurait voulu manquer à ce rite. Aller poster la lettre en traîneau est son moment préféré de la semaine.

— Quelle bonne idée ! approuva Maggie. Euan, tu veux bien t'en charger, s'il te plaît ? Tu la mettras avec les autres pendant que je monte ces bouillottes à Leah et Liam. Nous ferons la liste ensuite.

— Non, Gammy. Ensuite, tu montes tout de suite te reposer. Sans oublier de prendre tes antalgiques. Si tu n'as pas meilleure mine demain matin, je te traîne à l'hôpital !

Maggie laissa échapper un gros soupir en regardant Louise et Abby.

— Euan dit ça parce qu'il sait que j'adore la balade en traîneau !

Maggie disparue, Abby et Euan se retirèrent au salon. En voyant Euan ouvrir la première lettre qu'il attrapa dans la boîte remplie des lettres écrites par les enfants, Abby ouvrit des yeux ronds.

— Euan ! Qu'est-ce que vous faites ?

— Je lis les lettres. Oui, je sais bien qu'il y a les secrets de Noël mais ici, c'est comme ça que nous faisons.

— Mais… pourquoi ?

— Pour faire en sorte que les enfants reçoivent au moins un des cadeaux qu'ils ont demandés. Les parents en ramènent un que nous mettrons sous le sapin la nuit de Noël. Nous avons la liste de ces cadeaux de façon à éviter les doublons. Chaque enfant suspend son bas de Noël au manteau de la cheminée du salon. Le matin, il le trouve rempli de bricoles offertes par diverses associations. Au fait, j'ai oublié de vous dire que nous avons un Père Noël grandeur nature pour assurer la distribution des cadeaux. C'est Fergus, notre garagiste, qui tient ce rôle à la perfection depuis des années.

Sur ce, il ouvrit la première lettre.

— Celle-ci provient de Leah. Son vœu le plus cher est de recevoir un petit chien. Hélas, la réponse est non.

Il leva le nez de la lettre.

— Catégoriquement non.

— Pourquoi ?

— Parce qu'un petit chien, on ne le garde pas seulement pendant les vacances de Noël ! Il faut s'en occuper pendant des années.

Cette réponse ne suffit pas à dérider Abby.

— Dans ce cas, elle va être bien déçue. Qu'est-ce que le Père Noël va apporter à cette petite fille ?

— Un chien en peluche, répondit Euan en notant cela sur une feuille de papier. Mais nous parlerons de ce souhait à son père. S'il estime que c'est possible, il pourra lui en proposer un plus tard. La présence d'un compagnon à quatre pattes aiderait sans doute Leah à prendre confiance en elle.

Abby fixait la boîte d'un air sérieux.

— En tout cas, vous n'ouvrirez pas ma lettre ! C'est hors de question et non négociable. Point final.

Et d'un geste décidé, elle retira sa lettre de la boîte pour la mettre de côté.

Euan hocha la tête.

— Je vous avouerai que moi-même, je n'ai pas voulu que soit lue la dernière lettre que j'ai écrite au Père Noël…

Sur ce, il ouvrit la lettre suivante.

— Louise a écrit le vœu de Milo mais c'est lui qui a fait la décoration. Il demande un jeu vidéo. Ce ne sera pas compliqué de le satisfaire.

Ils continuèrent ainsi, bien contents de ne pas découvrir d'autres demandes d'animal de compagnie. Aucun des vœux ne posait de problème et pourrait donc être exaucé sans difficulté. À part le dernier.

C'était au tour d'Abby de le lire.

— Celle lettre provient de Liam et Lucy.

Quand elle leva son visage vers Euan, il découvrit que ses yeux clairs étaient brillants de larmes.

— Ils demandent tous les deux à ne pas être séparés.

Sa voix se brisa. Une larme roula sur sa joue.

Sans même l'avoir décidé, Euan se leva, prêt à s'enfuir pour cacher l'émotion qui le bouleversait. Pourtant, il demeura rivé sur place. Comment abandonner Abby dans l'état où elle se trouvait ? Quand elle avait besoin d'être réconfortée ? Il se rassit lentement, écarta la boîte qui se trouvait entre eux.

— C'est compliqué, n'est-ce pas, de s'occuper de ces enfants ? Je vous avais prévenue !

Abby essuya sa larme d'un revers de main.

— Est-ce que nous pouvons faire quelque chose en ce sens ?

— Non, mais Maggie aura certainement une idée qui permettra de faire quelque chose de spécial pour eux. Par exemple, nous pourrions leur offrir un album de photos plein de leurs bons souvenirs…

— Oui, c'est quelque chose qui leur fera plaisir, j'en suis sûre.

Elle s'efforçait de sourire mais la gorge d'Euan se noua

davantage encore quand il l'entendit reprendre d'une voix qui tremblait :

— Quand est-ce que vous avez écrit votre dernière lettre au Père Noël ? Qu'est-ce que vous aviez envie de garder secret ?

Décidément, les larmes d'Abby étaient contagieuses… La poitrine d'Euan se serrait au point de l'empêcher de respirer. Au même moment pourtant, quelque chose venait de craquer en lui. Sa carapace s'était fissurée. Ses défenses venaient de tomber.

— J'avais quatorze ans. J'ai demandé la même chose que ce que Fiona avait écrit dans sa lettre.

Il avala sa salive en hochant la tête.

— J'imagine que Maggie a conservé cette lettre quelque part…

Il ne l'avait pas revue depuis mais elle était aussi clairement présente à sa mémoire que s'il venait tout juste de l'ouvrir. Fiona l'avait décorée d'un ange et s'était appliquée à écrire avec la maladresse de ses sept ans :

Cher Père Noël,
Est-ce que tu peux m'apporter un cœur tout neuf ?
C'est tout ce que je te demande.
Merci beaucoup !
Je t'aime. Fiona.

— Elle ne demandait qu'une seule chose : un cœur neuf, murmura Euan.

À sa grande honte, il sentit une larme rouler sur son visage mais ce qui le troubla le plus fut la façon spontanée qu'Abby eut de l'entourer de ses bras. Au fond de lui-même, c'était exactement le geste qu'il souhaitait. Il ressentait le besoin impérieux de retrouver le réconfort humain qu'il n'avait jamais recherché depuis qu'il était adulte.

Combien de temps demeurèrent-ils ainsi, enlacés ? Il n'en eut pas la moindre notion mais lorsqu'il releva enfin la tête, le feu dans la cheminée n'était plus qu'un tas de braises mourantes. Abby remua à son tour et ils se retrouvèrent à nouveau, comme cela s'était produit sous le vieux pommier quand ils cueillaient le gui, si proches l'un de l'autre qu'il était impossible de ne pas partager un baiser. Lequel des deux fit le premier pas ? Peut-être lui ? Peut-être elle ? Comment savoir… Il y a des choses qui arrivent d'elles-mêmes, comme tombées du ciel. Quelle douceur ! Quelle chaleur ! Cela allait bien au-delà de l'émotion charnelle. Son corps vibrait d'une force jamais encore ressentie mais son cœur tout entier lui aussi était enveloppé de cet élan de vie.

Jamais, non jamais, il n'avait autant désiré se rapprocher physiquement d'une femme.

Lorsqu'ils interrompirent leur baiser, ce fut Abby qui parla.

— Viens… montons dans ma chambre.

Pourquoi pas ?

Euan jeta un dernier regard sur le palier mais cette fois, le souvenir de Fiona ne le submergea pas.

Abby était sa bouée de sauvetage.

Il allait partager avec elle le meilleur moyen d'échapper à la réalité, pendant un moment tout au moins. Bien sûr, trop d'émotions l'envahissaient. Normalement, il aurait dû fuir, très vite, jusqu'à ce qu'il ait retrouvé ses esprits.

Mais les hauts et les bas engendrés par les événements de la journée eurent raison de lui. Le souvenir de l'angoisse qui s'emparait de lui quand il croyait entendre tousser pendant la nuit. Le regard que Callum avait échangé avec sa mère parce qu'ils savaient tous les deux ce que le futur proche leur réservait. L'expérience déstabilisante de porter le petit Milo contre son cœur… C'était déjà trop. Trop envahissant. Trop bouleversant.

Et maintenant, le réconfort qu'on lui offrait après que lui fut revenu le souvenir le plus douloureux de tous. Le vœu unique formulé avec tant de confiance par sa petite sœur, persuadée que la magie de Noël allait l'exaucer.

Il avait besoin du réconfort qu'Abby pouvait lui apporter. Et qu'il pouvait lui offrir en retour.

Il se mit debout, prit la main d'Abby. Quand elle enroula ses doigts autour des siens, il comprit qu'elle désirait ce moment d'intimité autant que lui.

Les murs de ce château enserraient un lieu magique, Abby en était de plus en plus persuadée. Il y avait le scintillement du feu dans la cheminée, l'éclat des armures dans la salle des gardes, les guirlandes de houx enroulées autour de la rampe et même la magnifique couronne de gui que Maggie avait trouvé le temps de tresser avec leur récolte de la veille. Cette décoration traditionnelle avait été accrochée à l'immense lustre suspendu devant l'escalier.

Pourquoi Euan marqua-t-il une pause juste à cet endroit ? Pourquoi fit-il plier sa nuque pour l'embrasser farouchement, comme si sa vie en dépendait ?

Jamais personne ne l'avait embrassée de cette façon. Jamais elle n'avait autant désiré rester dans les bras d'un homme. Alors qu'Euan McKendry était tout le contraire de ceux qu'elle estimait être son « genre »... Peu importait pour l'instant ! Ce qui comptait, c'était la violence avec laquelle la douleur d'Euan résonnait en elle. L'angoisse causée par la chute de Milo, resté inerte dans la neige. La tristesse de savoir que Lucy, cette petite fille adorable à laquelle elle s'était déjà tellement attachée, risquait de ne pas rester vivante encore bien longtemps, sa peur de se retrouver privée de la présence de son grand frère qu'elle adorait...

Désormais, par-delà le visage fermé d'Euan et les remarques pessimistes qu'il faisait, elle voyait le petit garçon qui n'avait eu d'autre solution pour échapper à l'immense douleur qui l'avait frappé que de bâtir autour de lui une protection inattaquable. Comment aurait-il pu survivre autrement ? Et pourtant, elle sentait ces barrières commencer à se fendiller, se fissurer de plus en plus au fur et à mesure qu'ils gravissaient ensemble les marches qui conduisaient à sa chambre.

Une fois arrivés, ils fermèrent la porte derrière eux. Les yeux clos, Abby s'y appuya, passa les bras autour du cou d'Euan et se dressa sur la pointe des pieds pour l'embrasser à nouveau.

Nul besoin de parler. Ce moment était celui de l'échappée belle. Pour Euan, mais pour elle aussi. Elle perçut l'instant où Euan commença à glisser dans l'oubli délicieux qu'elle allait partager avec lui. Elle vit les yeux gris s'assombrir, elle sentit ses mains glisser le long de son dos pour la plaquer contre lui et lui faire sentir sa virilité.

Un petit cri de plaisir lui échappa lorsque Euan commença à caresser sa peau nue par-dessous son pull-over. Il le fit passer par-dessus sa tête et commença à déboutonner son chemisier avec des gestes si fébriles qu'elle dut l'aider. Un peu plus tard, entièrement nue, bien au chaud sous la couette douillette du grand lit, elle se lova dans les bras d'Euan, impatiente de vivre l'étendue de bonheur qui s'annonçait.

Peu importait ce qu'elle avait écrit dans sa lettre. Ce qu'ils allaient vivre tous les deux était le cadeau qu'elle faisait à Euan pour ce Noël. La joie d'une relation humaine, d'un réconfort plein de douceur. Mais aussi celle du désir et de son assouvissement.

Ce soir, sans doute, elle en avait autant besoin que lui.

6.

Waouh… Voilà qui s'annonçait comme l'un des meilleurs moments dans la vie d'Abby Hawkins !

Emmitouflée jusqu'au cou dans des couvertures de fausse fourrure, avec une petite personne à dorloter sur les genoux, Abby contemplait les deux plus énormes chevaux qu'elle ait jamais vus. Décorés de tintinnabulantes clochettes et de leurs palmures de rennes, la vapeur sortant de leurs naseaux, les deux clydesdales, Bonnie et Scotch, tiraient le traîneau chargé d'enfants et d'adultes à travers la forêt de chênes, en direction du lac.

Un peu plus tôt, les animaux de la petite ferme, Daisy la vache, Joseph et Mary, les ânes, avaient passé la tête par-dessus la porte de leur box pour assister aux préparatifs de leurs copains équins. Euan s'était lui-même assuré que les palmures étaient bien accrochées.

— Ce doit être très lourd…, s'était inquiétée Abby.

— Elles sont d'authentiques palmures de rennes, mais le père de Fergus, qui avait alors pas moins de quatre-vingt-dix ans, les avait soigneusement sculptées pour les alléger. Il y a plus de vingt ans de cela…

Après s'être assurée que Lucy était bien chaudement vêtue, Abby s'était approchée des impressionnants chevaux avec elle. La petite fille n'avait manifesté aucune crainte, même quand ils avaient remué la tête et éternué bruyamment. Comment ne pas s'attacher à cette petite personne si délurée malgré sa fragilité ?

— Allez, grimpe ! avait ordonné Euan. C'est toi qui veilleras sur Lucy ce matin. Maggie s'assied à l'avant. Comme d'habitude, c'est elle qui tient les rênes. Moi, je marcherai à côté de vous en compagnie du père de Leah.

Il baissa la voix pour confier à Abby :

— Nous allons avoir une petite conversation au sujet du chien…

Et voilà ! Maintenant, Lucy installée sur ses genoux et Liam assis à côté d'elles, Abby était assise sur un vieux char à bœufs suffisamment trafiqué pour ressembler à un traîneau, avec des garde-boue peints en doré, qui descendaient assez bas pour cacher les roues.

Abby était au comble du bonheur.

— Tu n'as pas froid, ma chérie ?

— Non, pas du tout.

Comme Abby, la petite fille était toute souriante. Elle donna un coup de coude à son frère.

— Tu as bien pris notre lettre, Liam ?

— Bien sûr !

— C'est moi qui la posterai, pas vrai ?

— Oui. Tu es assez grande.

Tout en parlant, il gardait le regard tourné sur le côté.

— Qu'est-ce qu'il y a par là ?

— Le lac.

— Celui où nous devons aller patiner ?

— Oui. Si la glace est suffisamment solide. Le Dr Euan n'est pas encore allé vérifier. Je crois que cette activité est prévue pour le jour de Noël.

Elle donna un petit coup de coude à Lucy.

— Ça fait dans combien de dodos à ton avis ?

— Deux.

— Très bien. Deux dodos. Donc, il faut bien poster nos lettres aujourd'hui pour permettre au Père Noël de s'organiser.

Cette fois, le regard que lui jeta Liam ternit la joie d'Abby. À quoi pensait-il ? Il ne pouvait pas deviner qu'elle savait ce qu'il avait demandé mais elle avait l'impression qu'il lui reprochait quelque chose. Peut-être, comme Euan, lui en voulait-il de perpétuer un mythe destiné à faire croire que le Père Noël pouvait faire des miracles ? Il la considérait peut-être comme une adulte de plus à qui on ne pouvait pas faire confiance ? Oui, ce devait être ça. Son regard manifestait clairement la certitude qu'elle non plus ne tiendrait pas ses promesses.

Il détourna la tête trop vite pour qu'Abby puisse tenter de lui offrir un peu de réconfort. Dans le fond, il valait mieux. À part adresser au ciel une prière pour lui demander un miracle qui permettrait à ces enfants de ne pas être séparés, elle ne pouvait rien faire pour l'aider.

Bien sûr, Abby savait depuis longtemps qu'il n'y a pas de Père Noël au pôle Nord mais elle continuait à croire aux miracles. À une forme de magie qui n'a rien à voir avec les fées ni les baguettes des fées, mais à celle qui émane des gens qui s'occupent des autres et à toute la beauté inattendue qui résulte de cette miraculeuse alchimie.

Elle laissa son regard glisser par-dessus les têtes des enfants installés dans le char avec elle. Le fauteuil de Callum était resté au château. Comme Lucy, il était chaudement enveloppé de plaids, en sécurité dans les bras de sa mère. Milo était niché contre Louise et riait comme un petit fou à chacun des cahots de leur traîneau improvisé. Ce qui arrivait souvent étant donné les racines d'arbres qui parsemaient leur chemin. Assise à côté de Maggie, Leah l'aidait à tenir les rênes et de temps en temps se risquait avec elle à lancer un cri d'encouragement à Bonnie et Scotch. Les deux clydesdales avançaient de leur pas tranquille, Euan au niveau de leurs épaules. Pendant un long, délicieux moment, Abby laissa son regard reposer sur lui.

Avec lui, la nuit précédente, elle avait partagé des moments de pur bonheur.

Pourtant, la confiance qu'Euan lui avait accordée en faisant l'amour avec elle de façon si intense, en acceptant de dévoiler sa vulnérabilité, n'était pas l'aspect le plus extraordinaire du moment exceptionnel qu'ils avaient partagé. Ce qui l'avait le plus émue, c'était le soin avec lequel cet homme pourtant si avide de fuir la réalité et ses douloureux fantômes avait su se montrer attentif à elle et à son plaisir. Quel amant généreux il avait été ! Sensible et en même temps tellement viril… Au plus fort de leur union, il avait su se contrôler de manière à lui offrir le meilleur orgasme de sa vie.

Abby laissa échapper un soupir si profond que Lucy la regarda, un peu surprise.

— Plus que deux dodos ! souffla-t-elle sans se tourner vers Liam.

Deux dodos… À l'échelle du temps, ce n'était rien, mais peut-être quelque chose se passerait-il ? Après tout, il n'était pas impossible que quelqu'un d'aussi généreux que Louise accepte d'ouvrir sa maison et son cœur à ces deux petits orphelins.

Deux dodos avant Noël.

Trois avant son propre départ de Ravenswood Castle.

À nouveau son regard se posa sur Euan. Aurait-il envie une fois de plus de « s'échapper » avec elle ? Elle le souhaitait de tout son cœur. L'attirance qu'elle éprouvait pour lui ne cessait de grandir. Elle s'appliquait néanmoins à penser que ce désir physique n'était rien d'autre qu'une distraction, une parenthèse, et qu'elle serait capable de reprendre le contrôle lorsque cela s'avérerait nécessaire.

— Nous voici arrivés ! cria une voix. Nous sommes juste devant l'arbre.

En effet. Le grand tronc était tout ce qui restait d'un géant de la forêt, écroulé depuis fort longtemps. Une fente avait été taillée à une hauteur qui permettait à une petite personne d'y jeter son courrier en se haussant sur la pointe des pieds. À sa base se trouvaient toute une collection de sculptures. De gros champignons, un village de lutins, un troupeau de chevaux miniatures… C'était un travail parfaitement enchanteur. Comment refuser de croire que cette boîte aux lettres avait des pouvoirs magiques ?

Ce fut Liam qui prit Lucy par la main pour la conduire jusqu'au village des elfes et la souleva dans ses bras pour lui permettre d'atteindre la fente dans laquelle elle glissa sa missive. Comme chaque année, Maggie s'était assurée de la présence d'un photographe chargé d'immortaliser le moment où chaque enfant postait son envoi. Cette fois, il fixa aussi bien l'exaltation qui se lisait sur le visage de Lucy que l'expression d'amour inconditionnel qui illuminait celui de son frère.

À les regarder tous les deux, on ne pouvait que croire en la vie et l'amour.

Abby elle aussi venait de prendre les deux enfants en photo avec son téléphone. Comme elle levait les yeux de son appareil, son regard surprit Euan qui l'observait. L'intensité du regard qu'ils échangèrent les rapprocha presque autant que leur nuit d'amour. Une vague de douceur déferla sur Abby, délicieusement enveloppante, sécurisante. Elle comprit alors que le temps qu'ils avaient passé ensemble n'était pas une simple récréation passagère. Tous les deux avaient envie de revivre ce moment.

Le programme des activités prévues se déroulait au mieux. Les deux médecins avaient bien du mérite à trouver le temps d'examiner les enfants comme il convenait sans les priver de participer à l'une d'entre elles.

Pour sa part, au fur et à mesure que l'excitation des enfants grandissait, Euan avait l'habitude de prendre ses distances par rapport à tout ce qui ne relevait pas du domaine strictement médical. Il évitait certaines activités comme la peste. En particulier, la soirée costumée qui devait avoir lieu le soir même et la balade en traîneau. S'il y était allé ce matin, c'était pour être à même de bien surveiller Milo et Maggie. Dans son enthousiasme, cette dernière était tout à fait capable d'aller au-delà des forces qui lui restaient et de réveiller ses douleurs que les antalgiques avaient du mal à calmer.

Il y avait participé aussi pour accompagner Abby, pour lui parler plus longuement qu'il ne l'avait fait ce matin pendant la visite médicale car près d'elle, il se sentait protégé des fantômes du passé. Les souvenirs de la nuit précédente s'avéraient plus forts que ses hantises. Il aimait les revivre par la pensée. Chaque caresse échangée. Chaque baiser. Chacun de ces instants délicieux volés au temps des hommes ordinaires. Il avait vu juste en pensant qu'Abby serait sa bouée de sauvetage. Maintenant, il connaissait le pouvoir magique de l'extase physique qu'il avait découverte entre ses bras. Rien n'y résistait. Ni souvenir, ni fantôme, ni regret…

À sa grande surprise, il prit énormément de plaisir à la promenade en traîneau de la matinée.

Tant et si bien que lorsqu'ils furent tous rassemblés dans le grand salon devant le feu qui brûlait dans la cheminée et que Maggie lui demanda d'aller chercher sa cornemuse, il s'exécuta de bonne grâce. Avec son aide et celle de Maggie, les petits répétèrent ensemble les chants de Noël qu'ils avaient sélectionnés pour la circonstance.

Ensuite, Maggie leur rappela le programme prévu.

— Comme chaque année, nous irons tous ensemble jusqu'à l'église du village la veille de Noël. Euan nous accompagnera en jouant de la cornemuse pendant que nous avancerons avec nos bougies allumées. Quand nous arriverons devant l'église, la cornemuse s'arrêtera de jouer et nous commencerons à chanter. À ce moment-là, tous les gens présents se mettront à chanter avec nous.

— Oh ! comme j'aime cette idée ! déclara la grand-mère de Ben. Nous avons appris tous les chants mentionnés sur la liste que vous nous avez envoyée mais par lequel allons-nous commencer ?

— Par « Le Petit Tambour ». C'est mon préféré ! se hâta de répondre Maggie, tout sourire. Euan va jouer un peu devant vous maintenant pour que vous vous habituiez au son de sa cornemuse. Elle joue très fort comme vous allez l'entendre, je ne veux pas que vous soyez surpris ce soir !

Elle se tourna vers son petit-fils.

— Tu es prêt, Euan ?

Euan avait déjà sorti l'instrument de son étui en bois.

Il plaça le réservoir d'air sous son bras, les drones sur son épaule et porta ensuite le tuyau d'insufflation à sa bouche.

— Au début, n'hésitez pas à mettre vos mains sur vos oreilles ! conseilla Maggie. Vous allez entendre un grand bruit.

Effectivement, même si Euan se tenait debout à l'autre bout de la grande pièce, le son que produisait sa cornemuse n'était pas prévu pour un intérieur, même vaste. Au fur et à mesure qu'il augmentait la quantité d'air contenu dans le réservoir, Lucy qui était à nouveau assise sur les genoux d'Abby applaudissait de toutes ses forces. Bien que dans l'impossibilité de l'entendre, en voyant sa mine réjouie et sa bouche grande ouverte, Euan était sûr qu'elle criait de plaisir. Abby, ainsi que les autres adultes, paraissait très impressionnée. Liam demeurait bouche bée, yeux grands ouverts, comme hypnotisé. À aucun moment il ne mit les mains sur ses oreilles pour se protéger.

Depuis la mort de Fiona, jouer de la cornemuse avait été une des échappatoires cultivées par Euan mais il n'utilisait son instrument que lors des séjours qu'il effectuait au château, c'est-à-dire assez rarement. Heureusement, il retrouva très vite ses réflexes de musicien et s'estima heureux de réussir à interpréter le chant demandé par Maggie qu'il ne connaissait pas très bien. Par contre, tous les autres qu'il jouait de mémoire depuis longtemps lui revinrent sous les doigts sans difficulté. Une fois le morceau terminé, un grand silence emplit la pièce.

Il regarda Maggie qu'il trouva bien pâle. Elle paraissait très fatiguée. Tout à l'heure, il irait prendre sa tension et s'assurer que les doses d'antalgiques prescrites étaient suffisantes. Tout en remettant sa cornemuse dans sa boîte, il ne put s'empêcher de se demander ce qui se passerait lorsque Maggie ne serait plus là. Aurait-il encore envie de revenir au château ? Est-ce que cette précieuse cornemuse dont son père et son grand-père avaient joué avant lui allait demeurer enfermée dans son étui ? Sentant sa répugnance à aborder le sujet, Maggie n'avait jamais insisté pour lui parler de son héritage mais il avait le triste pressentiment que ce Noël à Ravenswood Castle risquait bien d'être le dernier.

Après la matinée passée en plein air, chacun savoura d'autant plus la délicieuse cuisine de Catherine. Les pommes de terre au four étaient une pure merveille que Lucy appréciait à leur juste valeur malgré l'absence de son frère dont la chaise était restée vide.

Abby s'en inquiéta.

— Lucy, je te laisse un instant pour aller chercher Liam. Tu te débrouilleras seule un petit moment ?

Lucy lui répondit par un grand sourire barbouillé de sauce tomate maison.

Aucune trace de Liam dans l'entrée ni dans le salon… Par contre, Euan s'y trouvait, le visage contrarié.

— Euan, que se passe-t-il ?

— Ma cornemuse a disparu. Je crains qu'un enfant ne l'ait prise pour s'amuser.

Il désigna du doigt l'étui vide.

— Ce n'est pas un jouet. Pour moi, c'est un instrument de famille très précieux.

Abby réfléchit rapidement.

— Liam n'est pas venu à table…

Ils eurent vite fait de comprendre.

Euan paraissait très en colère maintenant.

— J'avais bien vu qu'il aimait m'écouter jouer mais s'il l'a prise, qu'est-ce qu'il peut bien en faire ? Et où est-il allé avec ?

— Pas bien loin sûrement car il ne s'éloigne jamais de Lucy. Il est peut-être monté dans leur chambre ?

Le visage crispé, les sourcils froncés, Euan était déjà dans l'escalier. Abby le suivit aussitôt, fort inquiète. Pourvu qu'ils ne retrouvent pas la précieuse cornemuse abîmée ! C'était la première fois qu'elle voyait Euan en colère. Il fallait absolument qu'elle soit là pour en protéger Liam.

Elle marchait si vite qu'elle heurta Euan au moment où il s'arrêta net sur le pas de la porte. Debout, immobile, il contemplait le petit garçon appliqué à tenir la cornemuse comme il l'avait vu faire à Euan. Il avait pris le porte-vent dans sa bouche mais l'instrument paraissait beaucoup trop grand pour lui. En outre, les différents bourdons roulaient de ses épaules malgré tous ses efforts pour les retenir.

Lorsque Liam découvrit qu'Euan le regardait, un air terrifié crispa son visage. Il était sans doute persuadé qu'il allait être sévèrement puni. Abby eut bien du mal à se retenir de se précipiter vers lui pour le prendre dans ses bras et le réconforter, mais c'était une affaire entre lui et Euan. Elle ne devait pas interférer. Sans aucun doute, étant donné l'air courroucé qu'elle avait vu à ce dernier, Liam allait avoir droit à une bonne leçon de morale. Restait à espérer qu'Euan ne serait pas trop sévère. Mais le comportement qu'il adopta lui réservait une surprise de taille.

Il s'avança jusqu'au lit sur lequel Liam était assis et s'installa calmement près du petit garçon.

— Alors, Liam, on dirait que tu as envie d'apprendre à jouer de la cornemuse ?

Tête basse, le regard fixé sur l'instrument qu'il avait subtilisé, Liam était l'incarnation même de la mortification.

— Tu sais, c'est difficile, reprit Euan. Quand j'ai commencé à apprendre, j'avais à peu près ton âge. Pour moi, c'était très important parce que mon père venait de mourir et que cet instrument lui appartenait. Alors j'ai voulu devenir capable de me servir de cette cornemuse qui était à lui et dont il jouait si bien.

La boule d'émotion qui s'était formée dans la gorge d'Abby était si grosse qu'elle bloquait sa respiration. Exactement comme lorsqu'elle avait remonté le temps en découvrant le jeune garçon heureux de vivre qu'avait été Euan au moment où il escaladait le vieux pommier. En ce moment, elle le contemplait à un âge un peu plus avancé, au moment où il s'efforçait d'assumer le rôle de son père après la mort de celui-ci. Un garçon courageux, qui était devenu un homme habitué à lutter avec ce que la vie lui apportait. Les mots tranquilles qu'il venait de prononcer lui étaient allés droit au cœur. Ils avaient été formulés par le véritable Euan, sans aucun doute. Par celui qu'il tenait si bien caché d'ordinaire.

Cet homme qui se protégeait en maugréant à tort et à travers de manière à maintenir ses semblables à l'écart venait d'ouvrir en grand une porte à ce petit garçon méfiant. En effet, Liam tournait lentement la tête vers Euan et levait son visage vers lui.

— Tu vois, reprit Euan, ce que tu fais en ce moment ne te sert à rien. C'est un peu comme si tu sautais au milieu d'un lac sans avoir appris à nager. Si tu décides d'apprendre à jouer de la cornemuse, tu commenceras avec un instrument adapté et un professeur.

En entendant ces mots bienveillants, le cœur d'Abby fondait de tendresse. Elle fit un pas en arrière de manière à laisser l'homme et l'enfant en tête à tête mais elle-même avait besoin d'un peu de répit. Une certitude incroyable faisait sa place dans son esprit. Entre elle et Euan McKendry, il y avait bien plus qu'une attirance physique irrésistible. Il avait beau être exactement le contraire du genre d'homme avec lequel elle avait imaginé partager sa vie, l'événement s'était tout de même produit.

L'événement ? Oui. Et quel événement ! Elle était en train de tomber amoureuse de lui. Si vite et si fort qu'il n'y avait aucun moyen d'arrêter le processus. Son cœur était déjà tellement plein d'amour qu'il était prêt à se briser. C'était la première fois qu'un sentiment aussi intense l'habitait. Peut-être parce que cet amour n'avait pas d'avenir ? Parce qu'il ne pouvait durer que jusqu'à son départ de Ravenswood Castle ? Ce qui était sûr, c'est qu'elle pouvait s'attendre à voir son cœur exploser en mille morceaux.

Dans trois dodos …

7.

— Tu es partie bien vite ?

Ah… Alors même qu'il était occupé par un incident inattendu et important lié au séjour de Liam au château, Euan avait remarqué qu'elle s'était esquivée pour les laisser tranquilles ? Un frisson d'espoir la traversa. Elle s'appliqua néanmoins à lui répondre sur un ton anodin :

— Oui. Il m'a semblé que Liam avait envie d'avoir une conversation d'homme à homme à propos des cornemuses.

Euan hocha la tête, heureux de comprendre qu'elle approuvait la manière dont il avait géré la situation.

— Mais… Abby, tes joues sont toutes roses !

Il en caressa une du bout des doigts.

— Et glacées ! Tu es sortie ?

— Je suis allée faire un tour à l'étable.

Inutile de lui avouer que c'était l'endroit qui lui avait semblé le mieux à même de lui permettre de recouvrer ses esprits après tant de bouleversement.

— J'adore Joseph et Mary ! Contrairement à ce qu'on pense volontiers, les ânes sont des animaux très intelligents et sensibles.

— Bah…

Le grognement qui suivit prouva à Abby qu'Euan était retourné derrière ses barricades émotionnelles.

— Ils méritent certainement la place qui leur a été accordée dans la crèche. Cela dit… je trouve que Maggie est allée un peu loin en leur donnant des noms pareils.

Euan lui adressa une ébauche de sourire. Une simple

ébauche. Apparemment, il était sorti de la bulle d'échange privilégié qu'il venait d'avoir avec Liam.

— Je trouve leur compagnie très apaisante, poursuivit Abby.

C'est exactement le rôle qu'ils venaient de jouer auprès d'elle. Ils l'avaient aidée à admettre que, oui, elle était effectivement en train de tomber amoureuse d'Euan mais que, non, ce n'était pas forcément une catastrophe. Elle pouvait très bien s'abandonner à cet amour en sachant qu'il ne durerait que quelques jours et qu'ensuite, elle le rangerait au rayon des souvenirs délicieux. Sur la même étagère que les coups de foudre de son adolescence ou l'adoration qu'elle avait pu éprouver pour ses idoles du cinéma ou de la chanson. Rien n'en sortirait, mais peu importait, c'était bien agréable à vivre.

— Ah… te voici, Euan !

Maggie s'avançait vers eux. Elle paraissait hésiter à s'appuyer sur la jambe gauche.

— Tu boites, Gammy ?

Elle haussa les épaules.

— Peut-être un petit peu. Dis-moi, as-tu mangé quelque chose ? Et Liam ?

— Gammy, ne change pas de sujet de conversation ! Est-ce que tu as mal ?

Maggie secoua la tête.

— J'ai bien trop de choses à faire pour avoir mal, Euan. Je viens d'installer une vidéo pour permettre aux enfants de se reposer après le repas. Comme ça, ils ne seront pas trop fatigués pour la fête de ce soir.

— C'est très bien, mais toi aussi, Gammy, tu as besoin d'un moment de calme. Il y a ici plein de gens disposés à t'aider. Tu sais que tu n'as qu'à le leur demander. Où est-ce que tu filais comme ça ?

— Je me dépêchais de monter au grenier…

— Qu'est-ce que tu allais faire là-haut ? Tu sais bien qu'il y a une rude montée d'escalier !

— Bien sûr, et ce n'est pas ce que je préfère, mais je suis bien obligée d'y monter.

— Mais pourquoi diable ?

— Pour y chercher les cartons qui contiennent les costumes. Nous avons descendu les boîtes des décorations il y a déjà plusieurs jours mais nous avons oublié celles des costumes.

— Pas question que tu t'occupes de ça. Je t'interdis de monter cet escalier et encore plus de transporter ces cartons !

Il regarda autour de lui, comme pour chercher de l'aide, mais il était seul avec Abby.

— Je vais m'en occuper moi-même pendant que tu files te reposer. Et n'oublie pas de prendre tes médicaments. Sans ça, j'appelle Graham pour qu'il vienne te faire la morale et te mettre au repos d'autorité.

Maggie adressa un sourire à Abby.

— Vous devriez monter avec Euan. Il sera content qu'on lui donne un coup de main et vous découvrirez une partie du château qui reste fermée en temps ordinaire.

— Volontiers !

Elle se tourna vers Euan.

— On y va ?

Pour arriver à l'escalier qui conduisait à l'étage des chambres de bonnes, il leur fallut traverser la cuisine où flottait un parfum délicieux de bacon grillé.

— Catherine, est-ce que par hasard tu serais en train de préparer tes fameux petits feuilletés au bacon ?

— Bien sûr que oui ! Je sais que tu les adores depuis que tu es tout petit. Tu veux en goûter un ?

— Avec plaisir.

Il en piqua un sur un cure-dents pour le faire goûter à Abby qui ferma les yeux pour mieux le savourer. Le fait de la voir prendre autant de plaisir à découvrir la friandise préférée de son enfance lui procura un sentiment de fierté totalement ridicule mais immensément gratifiant.

— Comme c'était bon ! déclara Abby en se passant la langue sur les lèvres.

— Cath, tu t'es surpassée !

S'il n'y avait pas eu autant de monde autour d'eux, Euan aurait cédé à l'impulsion qui le traversait et aurait embrassé Abby à pleine bouche. D'autant plus volontiers que l'étincelle qui brillait dans le regard de cette dernière prouvait qu'elle le désirait autant que lui.

Il pensa avec plaisir que dans un instant ils seraient complètement seuls et qu'il pourrait la serrer dans ses bras aussi longuement qu'il le souhaitait.

Chacun reprit un feuilleté et le grignota tout en traversant la cuisine. Sur la très grande table en bois s'étalaient des plats chargés de petits sandwichs aux garnitures variées, de biscuits dont la simple vue mettait l'eau à la bouche, de friandises aux fruits secs… Mieux valait détourner le regard si l'on voulait résister à la tentation !

Euan entraîna donc Abby à l'étage où résidait autrefois le personnel et où se trouvait l'escalier étroit qui conduisait au vaste grenier. Celui-ci était rempli de vieux meubles, de toiles d'araignée, d'objets étranges comme un mannequin de couturière, un rouet hors d'usage, des cartons pleins de livres et de vinyles, des jouets qui avaient beaucoup vécu…

Abby était médusée. Elle regardait autour d'elle avec tant d'intérêt qu'Euan comprit qu'il lui fallait reporter le moment de tendresse qu'il avait escompté. Tous les trésors amoncelés autour d'eux retenaient trop son attention pour qu'il soit possible de l'en distraire.

— Oh là là… Euan, comment a-t-on réussi à monter jusqu'ici cet énorme lit en cuivre ? Et cette harpe ? Voilà qui paraît tout à fait impossible !

Incrédule malgré l'évidence, Abby hochait la tête.

Euan pinça les lèvres.

— Tu es en train de découvrir ce qui est pour moi un véritable cauchemar.

— C'est-à-dire ?

— Qu'est-ce que je ferai de tout ce bazar quand je vendrai le château ?

— Vendre le château ? Mais pour quelle raison ?

— C'est moi qui en hériterai quand…

Il n'arriva pas au bout de sa phrase. Envisager ce qui menaçait sa grand-mère était au-dessus de ses forces. Il attrapa Abby par le bras.

— Allez, viens, les cartons des costumes doivent se trouver par ici. Je ne comprends pas pourquoi on prend la peine de les monter ici alors qu'il y a tant de pièces inoccupées dans le château… Ma grand-mère a sans doute envie de continuer à faire comme on a toujours fait.

Abby comprit très bien la raison pour laquelle Euan avait si vite changé de sujet de conversation. C'était facile d'imaginer pourquoi il n'envisageait pas de revenir vivre à Ravenswood Castle où trop de tristes souvenirs continuaient à régner. Elle l'avait vu pleurer en les évoquant alors qu'il n'avait plus versé une larme depuis la mort de son père quand il avait sept ans.

— Je comprends très bien ta grand-mère, déclara-t-elle. C'est très important de préserver les traditions, surtout celles de Noël. Et grâce à toi, j'en ai une de plus désormais à sauvegarder.

— C'est vrai ?

Un court instant, Euan pensa qu'elle faisait allusion à leur nuit d'amour. Évidemment, c'était une tradition impossible à maintenir puisqu'une fois les fêtes terminées, ils allaient vivre aux antipodes l'un de l'autre. Pourtant, il aurait volontiers accepté d'embrasser Abby Hawkins sous le gui et de lui faire l'amour chaque année au moment de Noël. Quelle tradition plus agréable pouvait-on imaginer ? D'ailleurs, à quelque moment que ce soit de l'année, faire l'amour à Abby serait un véritable cadeau…

Tout en entrouvrant un carton pour en vérifier le contenu, Abby laissa échapper un soupir.

— Eh oui… impossible pour moi désormais de fêter Noël sans les feuilletés de Catherine. Il va falloir que je lui demande la recette. Je ne peux pas partir sans. Oh ! comme c'est joli ! s'exclama-t-elle en ouvrant une boîte.

Elle en sortit un costume de renne, doté d'un capuchon pourvu d'une superbe palmure.

— Dommage, c'est trop petit pour moi…

Comme elle le rangeait dans la boîte, elle eut la surprise d'y découvrir une paire d'ailes d'ange. Sans la moindre hésitation, elle passa ses bras dans les élastiques qui les maintenaient. Euan la regardait faire, attendri par son enthousiasme. Éclairées par l'ampoule qui pendait au plafond, les ailes brillaient de part et d'autre des cheveux dorés d'Abby. Très vite, des fourmillements de désir vinrent tracasser Euan qui se souvenait des émotions enivrantes qu'il avait éprouvées en y plongeant les doigts et en respirant leur parfum.

Son silence et son regard insistant troublèrent Abby.

— J'ai fait quelque chose qu'il ne fallait pas ?

— Pas du tout. Je pensais juste que… ces ailes d'ange te vont à merveille. Figure-toi que la première fois que je t'ai aperçue dans cette droguerie d'Inverness, avec tes longs cheveux blonds et tes yeux bleus, j'ai tout de suite trouvé que tu ressemblais aux anges que les gens aiment bien poser en haut de leur sapin.

Abby afficha un air perplexe.

— Étant donné ce que tu penses des décorations de Noël, je ne suis pas sûre que ce soit là un compliment…

— Mais si, je t'assure !

Abby se tenait tout près de lui, assez près pour qu'il puisse la toucher. L'embrasser. L'émotion qu'il éprouvait était si violente qu'il en perdait la tête. C'était inquiétant. Il savait combien aimer peut faire souffrir et il s'était juré de ne plus jamais se laisser piéger par ses sentiments. La mort de sa grand-mère marquerait la fin de cette sorte d'amour où l'on donne son cœur tout entier et sans réserve. Il serait seul au monde, enfin à l'abri de tout deuil traumatisant.

Voilà pourquoi ce qu'il éprouvait en ce moment constituait une menace pour sa sécurité. Voilà pourquoi il avait envie de faire machine arrière. Hélas, Abby se tenait en face de lui, debout sur la pointe des pieds, pour lui offrir le baiser qui flottait dans l'air depuis un grand moment déjà.

— Et pourquoi ne serais-je pas réellement un ange de Noël ?

Le frôlement de ses lèvres suffit à exacerber le désir d'Euan. Pourquoi refuser de partager un de ces baisers magiques qu'ils avaient déjà si longuement savourés ? Ces baisers qui font disparaître le monde. Un nouveau genre de sécurité commençait à l'envelopper. Après tout, quelle importance s'il imaginait des choses bizarres et impossibles, comme par exemple de passer plus de temps avec Abby afin de pouvoir la rendre heureuse ? Cela n'arriverait jamais puisqu'ils n'avaient plus que quelques jours à partager avant que tout se termine.

— Je sais que tu ne me crois pas, souffla Abby, mais moi, je pense que c'est cela la magie de Noël. Elle nous offre un cadeau dont nous nous souviendrons tous les deux pendant le restant de nos vies.

Un soupir léger s'exhala de ses lèvres.

— Tu vois, pour moi, ce souvenir deviendra une nouvelle tradition, un peu comme celle des feuilletés au bacon de Catherine…

Cet argument réussit à le convaincre. Après tout, le plaisir physique de l'amour ressemble assez à celui de la gourmandise satisfaite. On peut y céder de temps à autre. Ce n'est pas le genre d'addiction qui va contrôler votre vie et menacer votre équilibre. Oui, il n'y avait pas de danger. Dans quelques jours, Abby reprendrait le courant de sa vie. Elle reprendrait le chemin des Noëls au grand soleil sur la plage. Bien sûr, elle finirait par rencontrer l'homme avec qui elle aurait la ribambelle d'enfants dont lui-même ne voulait pas. Mais au moins, elle emporterait avec elle pour toujours le souvenir du Noël qu'elle avait passé en Écosse. Avec lui.

Vu sous cet angle, faire l'amour avec elle une nouvelle fois devenait presque un devoir de gentleman. D'un gentleman appliqué à lui laisser le meilleur souvenir possible.

Les ailes d'ange gênèrent Euan quand il la prit par la taille pour la serrer contre lui, mais la réponse d'Abby, la façon qu'elle eut d'entrouvrir les lèvres et de glisser sa langue dans sa bouche étaient une réponse on ne peut plus claire : elle aussi était prête à perdre la tête.

Oui, ils étaient bien au même diapason.

Abby avait parfaitement raison : la magie de Noël opérait.

8.

Le matin de Noël, Abby effectua la visite médicale habituelle avec encore plus de soin de crainte de négliger un symptôme susceptible de priver un enfant de la grande fête prévue pour la journée.

La teinte bleutée des lèvres de Callum était un signe préoccupant, mais malheureusement, étant donné le stade de sa maladie, il était devenu normal. Elle augmenta la dose d'oxygène qui lui était administrée et eut la satisfaction de constater une amélioration. Aucun autre signe ne laissait craindre une crise cardiaque imminente.

Elle leva un visage rassurant vers la mère de ce dernier qui lui adressa un sourire plein de reconnaissance.

— Merci infiniment de prendre aussi bien soin de Callum, déclara-t-elle en poussant le fauteuil roulant de son fils vers la porte. Il a été tellement heureux hier soir de se déguiser en elfe ! J'ai fait des photos que nous allons conserver comme un véritable trésor.

— Vous avez bien raison. Je fais la même chose de mon côté.

En effet, elle comptait bien conserver les photos de Liam en train d'aider Lucy à poster sa lettre dans la forêt. Ou celle d'Euan prise la veille quand elle l'avait surpris assis sur le rebord d'une fenêtre du salon avec une assiette pleine de feuilletés croustillants sans doute dérobés à la cuisine pendant que les enfants se déguisaient dans le hall d'entrée.

Et ce n'était pas tout ! Il partageait le butin de son larcin avec Liam, assis à côté de lui. Par la porte grande ouverte, tous deux observaient ce qui se passait dans l'entrée. Comme d'habitude, Liam ne quittait pas Lucy des yeux mais ce qui avait incité Abby à prendre ce cliché, c'était l'expression jumelle qui marquait leur visage. Cet air renfrogné qui paraissait dire qu'ils faisaient acte de présence mais étaient à mille lieues de prendre plaisir à la fête qui se déroulait près d'eux. Cette complicité involontaire lui avait donné envie de rire. Bien sûr, il gardait le regard fixé sur Lucy qui arborait avec fierté les ailes d'ange exhumées la veille du grenier par Abby.

Sur la photo, quelque chose d'autre apparaissait avec évidence. C'était la ressemblance inattendue qui existait entre Euan et Liam. Peut-être était-elle seulement due à leur expression commune ? Toujours est-il qu'on aurait pu les prendre pour père et fils. Quel dommage qu'Euan ne souhaite pas avoir d'enfants ! La façon sensible et intelligente dont il avait géré l'incident de la cornemuse subtilisée par Liam prouvait à quel point il était capable de faire face à la paternité. Une intervention maladroite et sévère aurait pu gâcher tout le séjour de Liam au château et aurait renforcé sa méfiance envers les adultes. Sans aucun doute, Euan aurait fait un père sensationnel.

Milo lui aussi passa brillamment son examen médical. Il avait passé la soirée précédente déguisé en bonhomme de neige, ce qui ne manquait pas de sel étant donné la frayeur qu'il leur avait faite le jour où ils en construisaient un dans la forêt. Fier comme Artaban, il avait coiffé son haut-de-forme noir et l'avait élégamment soulevé chaque fois que quelqu'un lui adressait la parole.

— Dis donc, Milo, il me semble que je t'ai vu mettre dans ta bouche deux bonbons en même temps. Un rouge et un vert. C'était bon ?

Milo lui répondit par un sourire ravi en se frottant le ventre d'un air content.

— Malgré toute l'excitation de la soirée, Milo s'est endormi dès qu'il a posé sa tête sur l'oreiller, commenta sa mère. Je ne sais pas où Maggie recrute tous les talents qui sont venus chanter ou présenter un numéro de magie, mais ils sont tous sensationnels.

À vrai dire, après les baisers passionnés échangés au grenier, Abby avait plongé dans un tel état d'anticipation de ce qui allait certainement leur succéder au cours de la nuit suivante qu'elle n'avait qu'un souvenir très vague et confus des différentes prestations offertes aux enfants. Elle n'avait pas été déçue car le vertige délicieux de leurs étreintes avait encore surpassé ses attentes les plus folles.

Ce qu'il y avait de merveilleux, c'est que cette ivresse n'avait pas été seulement physique. Les caresses échangées, le plaisir partagé, le soulagement final, avaient été pour elle tout au moins, des moments d'émotion intense. Pour Euan aussi, elle en était persuadée. Sans cela, pourquoi l'aurait-il gardée dans ses bras jusqu'au petit matin pendant qu'elle dormait ? À ce moment-là seulement, il avait rejoint sa chambre.

Au lieu de se laisser à nouveau sombrer dans le sommeil, elle avait préféré rester allongée dans ce magnifique lit ancien et réaliser qu'Euan lui manquait déjà. Pourtant, elle savait depuis le début que leur situation n'était pas faite pour durer. C'est en toute sincérité qu'elle avait averti Euan que l'extraordinaire attirance qu'ils éprouvaient l'un pour l'autre ne pouvait pas être partagée au-delà des vacances de Noël et que malgré son intensité, ce n'était pas une relation à vivre sur le long terme. Mais si elle avait insisté sur ce point, c'est parce qu'elle avait senti Euan prêt à refuser de vivre ce qu'elle lui offrait, pressé qu'il était de se retirer derrière ses barrières protectrices, voire même de leur ajouter une épaisseur supplémentaire.

Seigneur… Euan était un homme qui s'était persuadé, des années plus tôt, qu'ouvrir son cœur à quelqu'un était ouvrir du même coup un chemin vers une insupportable détresse émotionnelle.

Il était clair pour lui que si Abby était une femme qui ne faisait que passer dans sa vie, elle représentait en même temps son pire cauchemar, c'est-à-dire une femme désireuse de fonder une famille nombreuse, une femme qui adorait célébrer Noël avec autant de ferveur que sa grand-mère. Donc, il résultait de tout cela qu'elle incarnait le modèle de la « mauvaise amoureuse » aux yeux de cet Écossais taciturne et si bien élevé.

Pourtant, cela lui plaisait énormément.

Par contre, ce qui ne lui plut pas du tout, ce fut le changement qu'elle observa chez la petite Lucy, la dernière à être examinée. Malgré sa pâleur, Lucy adressa un grand sourire à Abby. Elle portait encore les ailes d'ange et la robe blanche qui étaient son déguisement de la veille.

— Je suis un ange ! déclara-t-elle d'un ton assuré.

— Tu es le plus bel ange que j'aie jamais vu, confirma Abby.

— Liam m'a dit que c'était interdit de porter mes ailes parce que la fête est finie.

— Mais moi, je lui ai assuré qu'elle pouvait les conserver, intervint Maggie qui accompagnait la petite fille. Je ne suis pas sûre que Liam soit d'accord, mais j'ai même ajouté qu'elle pouvait les porter chaque fois qu'elle en a envie.

— Ah… il n'aime pas les déguisements, c'est ça ?

— Il dit qu'il n'aime pas faire semblant. Parce que après, la vie est trop difficile.

Abby et Maggie échangèrent un regard qui en disait long. Quelle tristesse que le frère de Lucy jette déjà ce regard désabusé sur l'existence.

— Moi, c'est tout le contraire, ajouta Lucy. J'adore faire semblant même si je veux devenir une vraie princesse. Mais j'aime bien être un ange aussi.

— Pourquoi pas, princesse Lucy ? Allez, hop, monte sur cette balance, que je voie un peu combien tu as mangé de gâteaux hier soir.

La nourriture n'avait aucune incidence sur les bruits qui provenaient de ses poumons ni sur le fait que le niveau d'oxygène de son sang avait beaucoup diminué depuis la veille.

Quelques instants plus tard, Abby retrouvait Euan pour la mise en commun des informations.

— Je suis inquiète au sujet de Lucy, lui confia-t-elle. J'ai augmenté sa dose de diurétique et nous pouvons lui donner un peu plus d'oxygène. Dans le fond, elle n'a peut-être pas besoin d'autre chose, mais je préférerais avoir davantage d'informations sur son état de manière à éviter une complication. Ce serait très embêtant qu'elle fasse une thrombose.

Elle s'interrompit brusquement en voyant entrer Maggie et Lucy qui lâcha aussitôt la main de cette dernière pour courir vers elle. Abby prit la petite fille dans ses bras pour lui faire un gros câlin, quitte à froisser quelque peu les ailes de l'ange. En voyant que cette simple dépense d'énergie laissait Lucy tout essoufflée, Abby consulta Euan du regard.

— Je sais bien que c'est la veille de Noël mais je serais rassurée si un de tes collègues pouvait lui faire passer une IRM. Qu'est-ce que tu en penses ?

— Je vais m'en occuper.

— Attention ! Si tu vas à Inverness, il faudra aussi que tu emmènes Liam. Sans cela, il croira qu'on emmène Lucy loin de lui.

Tout en parlant, Abby réalisa qu'elle-même allait se morfondre en attendant le résultat de l'examen. Lucy continuait à se serrer contre elle, comme pour s'imprégner de l'affection d'Abby. Toutes deux recherchaient et s'offraient du réconfort l'une à l'autre. Abby déposa un baiser dans la flamboyante chevelure rousse de la petite fille. Lucy était si jolie ! On ne pouvait que l'aimer de tout son cœur dès qu'on avait passé un peu de temps avec elle.

— Tu auras besoin que quelqu'un t'accompagne, intervint Maggie. Gérer un rendez-vous médical et deux enfants en même temps, c'est trop pour une seule personne. Je suggère qu'Abby t'accompagne.

Euan secoua la tête.

— C'est une bonne idée mais tu ne peux pas rester ici sans médecin.

— Graham sera très heureux de venir à Ravenswood nous rendre ce service, répondit Maggie. Il est tout à fait capable d'intervenir s'il y a une urgence et d'appeler du renfort s'il se sent dépassé. En plus, il en profitera pour me faire une leçon de morale !

Maggie se détournait lorsqu'elle se ravisa.

— Si ça ne t'ennuie pas, tu peux me rendre un service pendant que tu seras en ville ?

— Volontiers.

— Il faudrait acheter deux ou trois bricoles qui me manquent pour la décoration des bas de Noël. Ça peut être l'occasion de montrer aux enfants toute l'animation du centre-ville pendant que tu fais ces quelques courses.

Malgré l'obscurité qui régnait dans la pièce où devait se dérouler l'échocardiographie, Euan distinguait parfaitement le visage de Liam et l'expression inquiète qui s'y lisait. Cela lui fit presque regretter de ne pas lui avoir demandé d'attendre à l'extérieur pendant que Mike, le cardiologue, observait le Doppler qui examinait le cœur de Lucy.

Mais il lui avait été trop facile de comprendre ce qui se passait dans la tête du petit garçon. Il lui suffisait pour cela de se souvenir de lui-même, à l'âge de dix ans, quand on le séparait de sa sœur lorsqu'elle devait subir un examen susceptible de se révéler douloureux ou effrayant.

Voilà pourquoi ils étaient maintenant tous autour de Lucy. Abby lui tenait la main pour s'assurer que la petite fille, toujours encadrée par ses ailes d'ange qu'elle refusait obstinément de retirer, restait aussi calme que possible.

— Je suis un ange, avait-elle expliqué au médecin. Les anges n'enlèvent jamais leurs ailes.

— Bien sûr, ma chérie. Tu ne m'apprends rien !

Le regard d'Abby était fixé sur l'écran sur lequel apparaissaient des couleurs et des formes qui évoluaient tandis qu'elle conversait tranquillement avec Mike. Euan et Liam se tenaient un peu en retrait de manière à ne pas gêner l'examen.

— Liam, tu as déjà vu un examen effectué par Doppler ? demanda Euan au petit garçon.

Tendu comme une corde à violon, Liam lui répondit par une brusque secousse de la tête.

— Ça ne fait pas mal du tout, poursuivit Euan. L'appareil dont se sert le technicien s'appelle un transducteur. Il reçoit et envoie des ultrasons. En circulant, le sang fait changer la hauteur de ces sons, ce qui permet d'observer s'il y a une anomalie dans son trajet.

Cela permettrait de détecter s'il ne s'était pas arrêté de circuler pour former un caillot dangereux. C'est cette éventualité qui inquiétait Abby et la raison pour laquelle elle avait demandé cet examen. Bien sûr, il n'était pas question d'en parler à Liam pour l'instant. Par chance, la petite voix de Liam vint le distraire de cette préoccupation.

— Alors c'est le même système que celui qu'utilisent les dauphins ?

— En fait, ça ressemble davantage à celui des chauves-souris, mais tu as compris le principe. Si ça t'intéresse, je t'expliquerai mieux un peu plus tard.

Liam ne répondit rien, ce qui permit à Euan d'entendre la réponse de Mike.

— Le Doppler nous permet de voir comment fonctionne le cœur de Lucy.

— J'espère que nous ne vous faisons pas perdre votre temps, déclara Abby. Normalement la modification du traitement que nous avons initiée devait rapidement porter ses fruits mais je voulais en être absolument sûre.

— Je vous comprends parfaitement, approuva Mike. À votre place, j'aurais fait la même chose.

Liam intervint à ce moment-là.

— Qu'est-ce que c'est que toutes ces couleurs que je vois sur l'écran ? souffla-t-il à Euan… le rouge, c'est bien ou c'est pas bien ?

— Le rouge qui t'inquiète, c'est le sang tout propre, celui qui a pris des forces en se chargeant d'oxygène. Le bleu, c'est celui qui a déjà fait son travail et qui vient se nettoyer dans les poumons.

Comme Liam conservait un air perplexe, Euan déduisit que personne n'avait pris le temps de lui expliquer ce qui était défectueux dans le fonctionnement du cœur de sa sœur. Au même âge, Euan en savait peut-être déjà trop, mais au moins, cela lui avait permis de comprendre les diagnostics qui étaient portés au son sujet de Fiona. Il avait été traité comme un adulte à part entière dans l'équipe qui apportait son soutien à sa sœur.

— Tu sais peut-être qu'un cœur normal est composé de deux côtés ? Le côté droit et le côté gauche.

— Oui, ça, je le sais.

— Chez les personnes comme Lucy, le côté gauche ne s'est pas développé normalement et ne peut pas effectuer son travail correctement. C'est le côté droit, qu'on appelle un ventricule, qui prend le relais. Je te montrerai des photos.

Liam hocha la tête.

— OK.

Euan se promit de parler avec lui. De lui parler de Fiona. De lui dire qu'il savait combien il le comprenait parce que lui-même avait été un petit garçon désespéré d'être le seul au monde à devoir gérer un aussi gros problème. La différence, et elle était énorme, résidait en ceci que lui-même n'avait jamais été menacé de se voir séparé de sa sœur tant qu'elle était en vie. Au contraire, il avait été partie prenante dans chacun des soins qui lui étaient prodigués. Jusqu'au bout, il avait pu lui prouver qu'il l'aimait.

Ce fut à son tour de demeurer silencieux pendant que l'examen se poursuivait. Il en résulta que tout était pour le mieux. La circulation du sang de Lucy s'effectuait assez normalement. Il n'y avait aucune menace de caillot dans les vaisseaux, ni dans le cœur, ni dans les poumons. Elle pourrait participer à toutes les activités prévues.

Une fois l'examen terminé, Mike serra la main d'Abby.

— J'aimerais bien avoir ici une collègue comme vous ! Je rêve d'aller suivre la spécialité que vous venez de terminer mais il est hors de question que j'abandonne ce poste, même momentanément, alors que nous sommes déjà en nombre insuffisant.

— Nous vous sommes encore plus reconnaissants de nous avoir reçus une veille de Noël. Pour nous, c'est un véritable soulagement de savoir que notre princesse Lucy est en pleine forme.

Mike ébouriffa les épais cheveux roux.

— Joyeux Noël, princesse !

Depuis que l'examen était terminé et tout le monde rassuré, Liam trépignait d'impatience.

— On s'en va maintenant ? Tu nous as promis des burgers pour midi…

— C'est vrai, approuva Euan.

Puis se tournant vers Abby :

— Tu es d'accord ?

— Et comment ! J'adore les burgers, répondit-elle en aidant Lucy à enfiler sa doudoune rose vif. Et n'oublions pas les courses que nous devons faire pour Maggie.

— Alors, Abby, est-ce que ce burger était à la hauteur de tes espérances ? demanda Euan.

— Il était tout simplement dé-li-cieux ! répondit-elle en attrapant une frite froide restée sur le plateau pour la porter à sa bouche d'un air gourmand.

Quelle femme surprenante !

Euan était tout surpris de découvrir qu'Abby Hawkins pouvait être parfaitement contente de manger un burger plus que moyen, de se frayer difficilement une voie dans le chaos des rues d'Inverness où tout le monde se bousculait en quête de ses derniers achats. À un moment donné, ils passèrent devant la droguerie où leurs chemins s'étaient croisés pour la première fois. Euan réalisa que son existence avait basculé ce jour-là. Plus jamais il ne porterait le même regard sur certaines choses, comme par exemple de longs cheveux blonds… ou des ailes d'ange comme celles que Lucy avait continué à porter pendant que Liam la poussait sur la balançoire du terrain de jeux, bien qu'elles aient été quelque peu déformées par sa station allongée sur la table d'examen.

Elle était *réellement* un petit ange. Malgré les cris des enfants qui les entouraient, Euan entendait son rire heureux pendant qu'elle renversait sa tête bouclée en arrière tout en souriant à son grand frère. Allait-il parler de Fiona à Liam ? Il appréhendait ce plongeon dans le passé. Ses souvenirs douloureux se comportaient comme l'avaient fait tout à l'heure les images sur l'écran qui permettait de visualiser le cœur de Lucy : ils bougeaient, se transformaient, prenaient des couleurs plus sombres ou plus claires selon les moments. Ils étaient si profondément et si douloureusement enracinés dans son cœur ! Plus vite il les en ferait sortir, mieux ce serait pour lui.

— Il nous faut partir maintenant, Abby. Je dois juste faire un saut au magasin de cornemuses et puis nous pourrons rentrer à la maison.

À la maison ?

Drôle d'expression, pensa Abby, étant donné que lui-même ne vivait pas au château depuis pratiquement deux décades. Et pourtant, c'est exactement ce qu'elle-même ressentait à l'idée de retrouver Ravenswood Castle.

— J'aimerais passer à la droguerie un instant, demanda Abby en s'efforçant de garder son sérieux. Je crois que j'ai égaré mon serre-tête. Je ne peux pas vivre sans !

Euan se contenta d'afficher une esquisse de sourire. C'est vrai qu'il avait passionnément détesté cet objet ridicule, mais depuis qu'Abby lui avait fait comprendre que Noël permet un peu de fantaisie, il ne le considérait plus de la même façon. C'était une période où les sourires et la joie pouvaient trouver place parce qu'on savait que ce n'était que temporaire.

— Oh ! s'exclama-t-il tout à coup. Il nous faut aussi acheter le chien en peluche pour Leah. Allons au magasin de jouets qui se trouve en bas de la rue.

Abby s'assura que Lucy avait bien boutonné sa doudoune après avoir quitté la balançoire et que les élastiques de ses ailes d'ange étaient bien enfilés. Ensuite, il fallut remettre le bonnet, les moufles, faire un câlin entre les deux, pendant que Liam et Euan les attendaient près de la porte. Une serveuse d'un certain âge venue nettoyer leur table s'interrompit un moment pour leur adresser un sourire plein de tendresse.

— Vous avez des enfants adorables ! Je vous souhaite à tous un très joyeux Noël.

— Je suis un ange, pas un enfant ! rétorqua Lucy.

— Mais bien sûr, ma chérie. Tes ailes sont magnifiques !

En entendant cette remarque, Euan se contenta de grogner. Liam en fit autant.

Mais quelque chose resta coincé dans la poitrine d'Euan quand il retint la porte pour permettre à Abby et aux enfants de sortir avant lui. Il avait du mal à respirer. Cette situation ressemblait au fantasme qui l'amenait au plus près d'Abby. Un fantasme énorme. Comme s'ils formaient tous les quatre une vraie famille.

Dans le fond, pourquoi pas ? Juste pour la période de Noël. Évidemment. De cette façon, il ne courrait aucun danger.

Ainsi rassuré, il demanda à Abby de prendre les enfants avec elle pour aller acheter le nouveau serre-tête décoré d'un elfe, dont apparemment elle ne pouvait se passer. Pendant ce temps, il irait jusqu'au magasin de jouets et prendrait une minute pour s'arrêter chez le vendeur de cornemuses où il avait l'intention d'acheter une méthode pour débutants. Par la même occasion, il essaierait aussi de trouver un instrument d'étude pour enfants. Liam aurait besoin d'en avoir un à sa disposition quand il quitterait le château et ce serait plus facile ainsi de lui donner une nouvelle leçon. Plus il resterait occupé, moins les souvenirs qu'il ne voulait pas voir émerger resteraient à leur place, bien cachés dans les replis de sa mémoire.

Abby ne pouvait s'empêcher de penser à l'expression tendre et admirative qu'elle avait lue sur le visage de la serveuse quand celle-ci les avait félicités d'avoir des enfants aussi charmants. Quand cette brave dame avait pensé qu'ils formaient une famille tous les quatre…

En admettant qu'elle était tombée amoureuse d'Euan, Abby avait en même temps accepté que ce ne soit qu'une passade de quelques jours. Mais la remarque de la serveuse l'avait brusquement propulsée dans une autre dimension. Un homme séduisant, des nuits d'amour voluptueuses, un Noël de rêve… c'était exactement ce dont elle avait toujours rêvé. En fait, elle n'était pas seulement amoureuse de l'homme mais tout autant de ces deux enfants, Liam et Lucy.

Elle avait beau savoir que c'était exactement ce qu'Euan ne voulait à aucun prix, elle avait beau autant que possible éviter de croiser son regard, ce rêve lui plaisait beaucoup trop pour qu'elle y renonce avant que ce ne soit nécessaire. Il se graverait dans sa mémoire pour resurgir plus tard, quand elle en aurait besoin.

La droguerie avait épuisé son stock de serre-têtes à elfes. Heureusement, ils y trouvèrent une auréole qui complétait à merveille la tenue de Lucy. La joie de la petite fille était à son comble quand elle la posa sur ses épais cheveux bouclés. Abby lui adressa un grand sourire tandis que Liam se contenta de lâcher un grognement qui ressemblait tellement à ceux qu'Euan avait l'habitude d'émettre qu'elle ne put se retenir de le serrer dans ses bras. Elle dut même ravaler quelques larmes.

Ils regagnèrent le château en début d'après-midi, au moment où les enfants partaient se reposer afin de renouveler leurs réserves d'énergie. La soirée s'annonçait fatigante puisqu'ils allaient rejoindre l'église en pierre du village en chantant les chants de Noël.

Maggie parut très heureuse de les voir revenir et d'entendre les bonnes nouvelles concernant Lucy. Elle était satisfaite des courses faites par Euan, mais Abby avait pourtant l'impression que quelque chose n'allait pas. Après avoir bordé Lucy pour sa sieste, elle décida de redescendre pour en avoir le cœur net.

Elle croisa Euan qui sortait du salon.

— Est-ce que Maggie est là ?

— Non. Je ne l'ai pas trouvée non plus aux cuisines. Elle doit être à la bibliothèque.

Abby soutint son regard.

— Tu la cherches toi aussi ? Tu as eu comme moi l'impression qu'elle nous cache quelque chose ?

— Je viens juste de parler à Graham, son généraliste. Il m'a dit qu'il avait appelé le labo pour savoir si les résultats des analyses de sa biopsie étaient arrivés.

Abby sentit son cœur tomber comme une pierre.

— C'est le cas ?

— Il semble bien que oui mais il a refusé de me les donner. Il m'a dit que cela ne concerne que ma grand-mère et que c'était à elle d'en parler si elle le souhaitait.

Le regard qu'ils échangèrent était un pacte tacite. Ils allaient tous les deux découvrir ce qui se passait.

Ils trouvèrent Maggie dans la bibliothèque, assise derrière le grand bureau installé dans la pièce aux murs recouverts d'étagères chargées de livres. Ils s'avancèrent tous les deux, mais une fois arrivés à la hauteur de la vieille dame, Abby attendit qu'Euan l'interroge. Comme il demeurait silencieux, elle devina qu'il était mort de peur. Il ne voulait pas connaître la réponse. Il avait trop peur d'apprendre que c'était le début de la fin.

Elle fit un pas de côté pour se rapprocher d'Euan qui, en une sorte de réponse implicite, lui prit la main et enroula ses doigts autour des siens.

— Maggie, commença-t-elle, il paraît que les résultats de votre biopsie sont arrivés ? Si c'est le cas, vous préférez peut-être en parler en tête à tête avec Euan ?

Maggie leva la tête, cligna des yeux, l'air ailleurs. Puis brusquement, son visage s'illumina et son regard se fixa sur son petit-fils.

— Oh ! mon chéri… pardon ! J'avais complètement oublié. Les nouvelles sont bonnes, il ne s'agit pas d'une tumeur maligne. Il me faudra passer sur la table d'opération après les fêtes mais ce n'est rien de grave, je ne vais pas mourir. Tout au moins, pas tout de suite ! ajouta-t-elle en riant.

Euan serrait si fort la main d'Abby que ses doigts en devinrent gourds. Voilà qui révélait à quel point il dissimulait son émotion puisqu'il parla d'une voix parfaitement calme.

— Quelle bonne nouvelle, Gammy ! C'est vraiment le plus beau cadeau de Noël que nous puissions recevoir.

Il lâcha la main d'Abby pour aller prendre sa grand-mère dans ses bras. Étrangement, Maggie ne paraissait pas heureuse.

— Maggie, demanda Abby, intriguée. Que se passe-t-il ? Qu'est-ce qui a pu vous faire oublier une aussi bonne nouvelle ?

Maggie se détacha de l'étreinte d'Euan.

— Judith m'a appelée tout à l'heure.

— Ah… l'état de santé de son père a empiré ? Il est peut-être mort ? suggéra Abby.

— Non, non. Il va même mieux que ce qui était espéré. Ce n'est pas à son sujet qu'elle m'a appelée.

— Alors ?

Maggie ferma les yeux et prit son temps pour prendre une profonde inspiration.

— Une nouvelle famille d'accueil a été trouvée pour Lucy. Il s'agit d'une femme qui a eu un enfant atteint de la même affection que Lucy. Elle connaît exactement la situation et sait à quoi elle s'engage. De ce côté-là, c'est parfait.

Tout en parlant, elle évitait de croiser le regard des deux jeunes gens.

— Cette personne vit près d'une belle plage et à quelques minutes d'un hôpital qui dispose d'un service spécialisé en cardiologie pédiatrique. Elle élève des poneys shetlands et… et…

— Et ? s'enquit Euan. Voilà qui paraît parfait.

— Mais ça ne l'est pas vraiment, c'est ça ? compléta Abby.

Il s'agissait là plus d'un constat calmement fait que d'une question.

Maggie approuva d'un signe de tête plein de tristesse.

— Elle ne peut pas, ou ne souhaite pas, accueillir Liam.

D'après ce qu'elle m'a dit, elle a déjà accueilli un garçon de cet âge et ce séjour s'est fort mal passé. À vrai dire, il s'est terminé en catastrophe. J'ai eu beau lui dire à quel point Liam est un enfant adorable qui a seulement besoin d'être rassuré sur le sort de sa petite sœur pour se détendre. À quel point il souhaite rester avec sa sœur. Une rencontre avec cette dame est envisageable mais…

— Tu penses qu'elle ne servira à rien ? demanda Euan.

— Malheureusement, oui.

Maggie paraissait effondrée.

— On ne va pas lui en parler pour le moment. Laissons-les passer un bon Noël ensemble. Il est bien possible que ce soit le dernier.

Brusquement, Abby tendit l'oreille. Du coin de l'œil, elle avait aperçu un mouvement près de la porte. Elle tourna la tête et eut juste le temps d'apercevoir quelqu'un qui faisait un pas en arrière.

— Liam ? C'est toi qui es là ? demanda Abby.

La silhouette avait disparu.

Elle échangea un regard inquiet avec Euan.

— Je l'avais envoyé chercher la méthode de cornemuse, expliqua-t-il d'un air soucieux. Je m'apprêtais à lui donner une leçon pendant la sieste de Lucy. Il était certainement venu me chercher.

— Abby, vous croyez qu'il était là depuis longtemps ? Vous croyez qu'il a entendu ce que nous avons dit ? demanda Maggie d'une voix effrayée.

Un pli inquiet barrait le front d'Euan.

— Même s'il n'a entendu que des bribes de notre conversation, c'est déjà trop. Il faut que j'aille lui parler.

— Et moi, je vais voir Lucy, ajouta Abby.

Avant de partir, elle se tourna néanmoins vers Maggie.

— Maggie, ça va aller ?

— Pauvres gosses…, murmura la vieille dame. Liam me rappelle tellement Euan quand il était jeune ! Et Lucy, notre petite Fiona, évidemment.

La tristesse lui brisait la voix.

— Il ne faut pas que cette séparation ait lieu, décida Abby. Il doit bien y avoir une solution qui leur permette de rester ensemble.

Maggie hocha la tête.

— Si j'étais plus jeune, je n'hésiterais pas à les adopter, mais étant donné mon âge et mon état de santé, ce n'est même pas la peine d'y penser. Lucy a besoin de quelqu'un de beaucoup plus jeune pour prendre soin d'elle.

Toute l'énergie qu'Abby avait toujours admirée chez cette vieille dame paraissait avoir disparu.

— Il faut surtout qu'elle puisse rester avec son frère. Elle a besoin de lui autant qu'il a besoin d'elle, affirma Abby.

Tout de suite après avoir quitté Maggie, elle se dépêcha d'aller vers la chambre de Lucy. Elle avait besoin de s'assurer que la petite fille dormait tranquillement. C'est seulement après s'être avancée sur la pointe des pieds pour déposer un baiser de papillon sur les boucles rousses qu'elle se sentirait apaisée.

Quelques minutes plus tard après avoir gravi le grand escalier somptueusement décoré pour Noël, elle en redescendait les marches quatre à quatre. Elle croisa Euan qui paraissait aussi affolé qu'elle-même.

— Impossible de trouver Liam ! Personne ne l'a vu.

La bouche sèche, Abby eut du mal à articuler :

— Lucy a disparu elle aussi. Son lit est encore tiède mais vide.

9.

Tout le personnel du château, tous les parents, tous les bénévoles furent alertés pour participer aux recherches.

— Si nous appelions la police ? proposa Maggie, profondément alarmée.

— Non, pas encore, répondit Euan. Avertis-les tout de même pour qu'ils restent disponibles. Si nous n'avons pas retrouvé les enfants dans une heure, il commencera à faire nuit et nous aurons besoin d'une aide professionnelle, accompagnée de chiens sans doute.

— Par quoi commençons-nous ? demanda Abby.

— Voyons…

Euan n'avait aucun mal à se mettre à la place de Liam. Il lui suffisait de revenir à ses dix ans, de se souvenir du désespoir qu'il éprouvait à l'idée d'être séparé de sa sœur. Il avait plusieurs idées des endroits où le petit garçon avait pu avoir envie de se cacher dans cette maison immense, pleine de coins et de recoins qu'il connaissait par cœur.

— Ce qui est certain, expliqua-t-il à Abby, c'est qu'il s'est réfugié dans un endroit auquel un adulte ne penserait pas.

— Peut-être dans l'étable ? Il aime beaucoup les ânes…, suggéra Abby.

— C'est là que Maggie est allée. Moi, je vais fouiller les placards qui se trouvent sous l'escalier, j'irai voir au grenier… c'est là que je serais allé si j'étais à sa place.

— Je viens avec toi !

Euan ne discuta pas. Envoyer Abby toute seule ailleurs n'aurait servi à rien car elle ne connaissait pas suffisamment le château pour imaginer des cachettes possibles. De plus, étant donné l'attachement de Lucy pour Abby, il était évident pour tout le monde que si la petite fille devait répondre à l'appel de quelqu'un, ce ne pouvait être qu'à Abby. Une autre raison plus égoïste était qu'Euan avait besoin de sa présence pour maintenir à distance une angoisse dont il se croyait débarrassé mais qui recommençait à pointer sa tête hideuse.

Il leur fallut plusieurs minutes pour inspecter toutes les chambres inutilisées, les salles de bains, l'étage des serviteurs. Nulle part ils ne trouvèrent trace de Liam ni de Lucy. À peine arrivés au grenier, ils comprirent tout de suite qu'il était désespérément vide.

— Lucy, mon ange, appelait Abby en vain. Lucy, Liam ? Répondez-moi !

Sa voix se perdait dans le silence poussiéreux. Brusquement, les regards d'Euan et d'Abby se rencontrèrent. Le souvenir des baisers passionnés qu'elle avait échangés avec Euan en ce lieu même leur revint à l'esprit au même moment ainsi que le pacte tacite qu'ils avaient conclu selon lequel leur passion ne durerait que le temps d'un Noël. Hélas, il n'avait plus d'importance maintenant. Rien d'autre ne comptait que de retrouver Lucy et Liam. De s'assurer qu'ils étaient sains et saufs.

— Ils ne sont pas ici, j'en ai été tout de suite sûr. Allons chercher ailleurs.

Sa grand-mère était sans aucun doute aussi bouleversée que lui. À son âge, et même rassurée sur son état de santé, elle n'avait vraiment pas besoin de connaître pareil stress. Si seulement Liam n'avait pas entendu le projet voué à détruire son univers… Si seulement Maggie et lui-même n'étaient pas à même de savoir exactement à quel point Liam devait être affolé et capable du pire… Comment imaginer que quelque chose de terrible puisse survenir au château ? Non, c'était impensable.

Envahi d'images de son passé aussi dérangeantes qu'inutiles, il venait d'ouvrir la lourde porte de l'entrée pour aller retrouver Maggie à l'étable lorsque Abby poussa un cri.

— Oh non !

— Qu'est-ce que c'est ?

— Le manteau de Lucy a disparu ! Je l'avais posé sur cette table de jardin quand nous sommes rentrés des courses.

Un long moment, ils demeurèrent figés, se dévisageant l'un l'autre, le regard plombé d'horreur. Depuis un moment, la neige avait recommencé à tomber. Pour l'instant, ce n'étaient que de légers flocons mais la situation pouvait évoluer rapidement. Étant donné le froid qui régnait, les enfants pouvaient facilement souffrir d'hypothermie.

— Euan, s'ils sont sortis, nous allons trouver leurs traces de pas dans la neige..., remarqua Abby.

Elle ferma les yeux pour mieux réfléchir.

— Liam ne connaît qu'un seul chemin ici. Celui que nous avons pris avec le traîneau pour aller poster les lettres dans l'arbre de la forêt.

— Va chercher ton manteau, commanda Euan. Et ton bonnet, je t'attendrai dans le petit jardin devant la cuisine.

Deux minutes plus tard, ils se mettaient en route tout en boutonnant leurs vêtements. Ils avaient du mal à distinguer les traces fraîches de celles qu'ils avaient faites dans la neige en construisant le bonhomme ou au cours de la promenade en traîneau. Mais somme toute, l'idée qu'avait eue Abby en valait d'autres et il y avait déjà beaucoup de monde occupé à fouiller le château lui-même.

Ils dépassèrent le bonhomme de neige qui arborait encore son nez de carotte, ses bras de branches fourchues et continuèrent sur les traces laissées par le traîneau. Dire qu'ils avaient été si heureux ce jour-là ! Euan parlait du petit chien avec le père de Leah, Abby tenait Lucy sur ses genoux, Liam était lové contre elle...

— De quoi parlais-tu avec Liam dans le traîneau ? Il me semble qu'à un moment donné il te montrait quelque chose.

— Oui, il était content d'apercevoir le lac et me demandait si nous irions patiner. Je lui expliquais que nous irions d'abord vérifier si la glace était suffisamment solide pour cela.

Abby mit ses mains en cornet devant sa bouche et appela aussi fort que possible.

— Lucy ? Liam ? Je vous en prie, répondez ! Montrez-vous !

Elle tournait la tête dans toutes les directions en se mordant les lèvres d'inquiétude.

— La doudoune de Lucy est de couleur si vive que nous devrions l'apercevoir s'ils essaient de se cacher dans la forêt.

Euan s'arrêta net.

— Tu as vu quelque chose ? demanda Abby.

— La cabane où nous rangeons le matériel de pêche…

— Devant le lac ? Près de l'arbre où nous avons cueilli le gui ?

— Oui. Elle est assez grande pour servir de refuge. Il n'y a aucun autre abri par ici.

Sans réfléchir, il prit Abby par la main et ils se mirent à courir tous les deux d'un même élan aussi vite que leurs jambes le leur permettaient, coupant à travers les bois pour gagner du temps et arriver au lac le plus vite possible. En dépit de l'épaisseur des gants que portait Abby, Euan sentait la chaleur de sa main dans la sienne. Bien plus encore, il sentait chez sa compagne un désespoir identique au sien. Ils devaient absolument retrouver les deux enfants avant que quelque chose d'épouvantable ne leur arrive. Il lui semblait remonter le temps une nouvelle fois et courir à la recherche de Fiona.

Sur les berges du lac, ils trouvèrent des traces de pas qui n'avaient pas été brouillées par d'autres plus nombreuses. Elles étaient trop petites pour avoir été causées par les bottes que lui-même et Abby portaient le jour où ils étaient allés chercher le gui.

— Liam ? appela Euan.

Sa voix parut rebondir sur l'étendue glacée qui s'étirait devant eux. Il la trouva autoritaire, pleine de colère. Il appela de nouveau en s'efforçant de l'adoucir.

— Liam, où êtes-vous ?

— Lucy, ma princesse, mon ange, réponds-moi ! appela Abby à son tour. J'ai besoin que tu me fasses un câlin.

Et tout à coup, ils l'aperçurent. Un éclat de tissu rose émergea du bateau arrimé à une petite distance de la berge. Une tête se dressa et Lucy leur apparut, toute souriante.

— On joue à cachette, expliqua-t-elle. C'est un jeu… Aïe, ajouta-t-elle en se penchant pour regarder ses pieds. Arrête de me tirer, Liam, tu me fais mal !

Euan s'avança sur la glace. Il n'avait pas fait trois pas qu'on entendit un craquement. Une grande fissure venait de se former à ses pieds. Il la vit se développer en un réseau de fentes plus petites qui s'étalaient autour de lui comme une toile d'araignée. Tout de suite il étendit le bras pour empêcher Abby de le suivre.

— Reste où tu es, c'est dangereux !

— Laisse-moi y aller à ta place, je suis moins lourde que toi.

— Pas question.

Il ne voulait pas faire courir le moindre risque à Abby et veillait lui-même à ne pas créer de trous qui risquent de mettre les enfants en danger. Il pensait avancer en glissant à plat ventre de manière à répartir son poids. Ce serait assez facile de ramener Lucy de cette manière, mais Liam se laisserait-il faire ? Comment le convaincre ? Il savait trop le désespoir qui avait dû s'emparer de lui depuis qu'il avait surpris leur conversation. Mais il savait tout aussi bien que la priorité du petit garçon était de veiller à la sécurité de sa sœur. Il suffisait d'y penser pour pouvoir les ramener tous les deux en sécurité.

— Écoute-moi, Liam. J'ai besoin de ton aide pour ramener Lucy dans un endroit chaud. Il fait beaucoup trop froid pour que vous restiez dehors.

Liam devait être allongé dans le fond du bateau car il demeurait invisible. Pourtant sa voix leur parvint, claire et lourde de colère.

— Nous ne rentrerons pas !

— Moi je veux rentrer, se plaignit Lucy qui s'efforçait de se mettre debout. J'ai froid, Liam. J'ai faim aussi.

— Non, Luce, nous ne pouvons pas rentrer au château.

— Pourquoi ?

— Parce que.

Euan et Abby échangèrent un regard. Liam n'avait pas dit à Lucy ce qui les attendait après Noël. S'il l'avait fait, ils auraient eu affaire à deux enfants désespérés au lieu d'un. Malgré tout, le visage d'Abby était pâle d'angoisse.

— Liam ? appela-t-elle. Je sais pourquoi tu t'inquiètes et… ça ne va pas arriver.

Euan la regardait, interloqué. Que disait-elle là ?

— Non, Liam, cela n'arrivera pas parce que je ne le permettrai pas. Voilà tout.

Euan sentit son cœur sombrer. Il ferma les yeux.

Quand il les rouvrit, Liam s'était assis dans le bateau. Il fixait Abby.

— C'est vrai ? Tu le promets ?

Non, sûrement pas…, pensa Euan, mais comment anéantir l'espoir qu'il lisait sur le visage du petit garçon ? Un espoir étrange et totalement irrationnel avait envahi sa propre poitrine. Un espoir fou, qui ne reposait sur rien. Pourtant, Abby n'était pas le genre de personne à faire des promesses qu'elle ne pouvait pas tenir… Elle savait que donner à Liam des espérances irréalisables ne pouvait que rendre l'inévitable encore plus terrible.

Apparemment, il avait tort de lui faire confiance. Car il entendit Abby crier :

— Je te le promets.

Bon, d'accord, pensa Abby, la promesse était sans doute prématurée. Elle n'avait pas encore résolu le problème mais ce qui était sûr et certain, c'est qu'elle allait faire son possible pour que le frère et la sœur ne soient pas séparés.

Le sourire qu'elle avait aperçu sur le visage de la petite fille au moment où elle s'était redressée dans le bateau demeurerait à jamais imprimé dans son cœur. À ce moment-là, elle avait *su*. L'expédition qu'ils avaient faite ce matin en compagnie des enfants lui avait prouvé qu'elle avait trouvé exactement ce qu'elle attendait de la vie. Depuis toujours, elle savait que ni sur le plan professionnel ni sur le plan personnel elle ne pouvait vivre sans enfants. Il ne lui restait qu'à suivre ce que son instinct lui dictait depuis si longtemps.

Voilà. Son cœur lui disait qu'elle avait raison. En outre, il ne s'agissait pas de n'importe quels enfants. Il s'agissait de Liam et Lucy. Un petit garçon déjà cabossé par la vie et une petite fille qui avait besoin de réunir autant d'amour que possible pendant… combien de temps lui restait-il à vivre ? Elle les aimait tous les deux. De tout son cœur.

Elle aimait Euan aussi. Mais d'un amour différent. Lui n'avait pas besoin d'être sauvé.

En fait, si. Mais qui pourrait lui venir en aide si lui-même ne le désirait pas ? En ce moment, il avait l'air de quelqu'un qui aurait préféré se trouver n'importe où au monde plutôt que près d'Abby. Il avait l'air furieux.

Tout en exhortant Liam à sortir du bateau pour lui faire passer Lucy, il cachait de son mieux sa mauvaise humeur. Il incita Lucy à marcher toute seule.

— Allez, princesse, tu es légère comme une plume ! N'aie pas peur. Tu es en sécurité.

Lucy s'avançait vers lui sur la pointe des pieds.

— Va rejoindre Abby, lui conseilla Euan. Elle va s'occuper de toi.

Mais au lieu d'obéir, Lucy resta où elle se trouvait. Elle sourit à Euan et lui tendit les bras.

Il aurait fallu avoir un cœur de pierre pour résister à cette invitation. Est-ce que Lucy perçut l'hésitation que manifesta Euan avant de la prendre dans ses bras ? Est-ce qu'elle réalisa à quel point le visage de ce dernier était aussi figé que s'il était en pierre ? La petite serrée contre lui, il marcha vers Abby et la lui passa sans même la regarder.

— À ton tour maintenant, Liam ! Mais attention, si jamais

tu entends la glace craquer, tu te mets à plat ventre tout de suite, d'accord ?

Abby ne comprenait pas. Pourquoi Euan était-il tellement en colère ? Est-ce que ce plongeon dans le passé était trop douloureux pour lui ? Elle entendait encore la voix triste de Maggie.

« Liam et Lucy me rappellent tellement Euan et notre Fiona ! »

C'était facile à comprendre. Mais même si cela lui brisait le cœur de savoir qu'elle ne verrait plus jamais Euan, elle s'en remettrait. Après tout, elle n'avait jamais espéré plus avec lui que cette parenthèse magique de quelques jours. Par contre, elle ne pourrait jamais plus vivre sans Liam et Lucy.

Encore une fois, la voix de Maggie lui revint.

« Lucy a besoin d'une personne bien plus jeune que moi pour prendre soin d'elle… »

Donc, elle avait Maggie de son côté. Elle allait s'arranger pour tenir sa promesse. Impossible de laisser Liam devenir comme Euan un adulte malheureux, persuadé que Noël n'est qu'une histoire de promesses que personne ne tient.

— Abby, je trouve que c'est une idée magnifique ! C'est exactement ce que je ferais si j'avais votre âge, s'exclama Maggie.

— Et moi, je trouve que c'est une idée complètement folle, ajouta Euan.

— Folle pour qui ? rétorqua Abby en croisant les bras. C'est à moi de décider tout de même !

Euan, Maggie et Abby se trouvaient tous les trois dans la bibliothèque, toutes portes soigneusement fermées cette fois. Catherine avait reçu la mission de garder les enfants occupés avec elle dans la cuisine et de leur préparer un chocolat brûlant pour les réchauffer.

Euan ne décolérait pas.

— Comment peux-tu imaginer que je vais rester indifférent

en te voyant ficher ta carrière en l'air sur un coup de cœur ? Alors que tu te trouves sous mon toit !

— Quelle idée rétrograde ! Pourquoi est-ce que ma décision briserait ma carrière ?

Il y avait du défi dans les yeux bleus d'Abby qui ne s'en tint pas à cela.

— Tu as l'air d'ignorer que de nos jours, plein de femmes élèvent des enfants tout en travaillant. Je t'ai déjà dit que pour moi, c'est essentiel d'avoir des enfants dans ma vie. Je serai parfaitement heureuse d'exercer en tant que généraliste.

— Tant mieux, approuva Maggie, nous en avons terriblement besoin à Kirkwood. Mais nous parlerons de cela plus tard.

Elle se tourna vers Euan.

— Quant à toi, Euan, je ne vois pas pourquoi tu parles de « ton » toit. Depuis que tu es parti faire tes études de médecine il y a plus de vingt ans, tu ne vis plus à Ravenswood Castle. Tu n'es même pas heureux d'y revenir pour Noël ! Si tu le fais, c'est seulement parce que tu penses que c'est ce que je souhaite.

— Non, Gammy…

Sauf que… en fait, c'était bien un peu vrai, même s'il n'osait pas le formuler lui-même et même s'il adorait sa grand-mère.

L'intervention de cette dernière fut pour lui une sorte d'électrochoc. C'était la première fois que sa Gammy chérie lui parlait sur ce ton.

— Je ferai mon possible pour aider Abby à adopter ces enfants, poursuivit Maggie, et même si elle refuse de prendre la succession de Graham, ils pourront tous les trois vivre ici, près de moi.

Euan laissa échapper un soupir.

— Gammy, tu ne peux pas faire ça !

La vieille dame haussa la voix d'un ton.

— Ce n'est pas à toi de me dire ce que je peux faire ou pas, Euan. Autant que je sache, c'est de ma vie qu'il s'agit, tout au moins ce qu'il m'en reste.

— Mais Gammy, tu te rends compte du souci et de la

fatigue qui vont découler de cet engagement ? Tu vas y laisser ta santé, ta vie peut-être !

Maggie haussa les épaules.

— Est-ce que je t'ai jamais dit ce que tu devais faire de *ta* vie, Euan ?

Maggie s'était mise debout. Toute petite. Toute volontaire et déterminée.

— Est-ce que je t'ai jamais obligé à venir vivre ici, dans cette maison où tu as grandi et qui t'appartiendra bientôt ? Non. Jamais. Alors, s'il te plaît, ne me dis pas ce que je dois faire.

Elle commença à se diriger vers la porte, puis brusquement, elle se ravisa et fit volte-face.

— Et est-ce que je t'ai jamais dit que Graham aurait pris sa retraire depuis des années si tu avais accepté de venir vivre ici et de devenir le médecin dont notre village a tant besoin ? Non. Encore une fois, je ne t'ai rien demandé.

Euan baissait le nez mais elle poursuivit :

— Tu sais pourquoi je ne t'ai jamais rien dit ? Parce que tu es adulte et capable de prendre toi-même tes propres décisions.

Elle se retourna vers la porte, puis fit une nouvelle volte-face.

— Même si je trouve que celles que tu prends sont *mauvaises* !

Abby était aussi choquée qu'Euan. Elle se sentait gênée de se trouver mêlée à des tensions familiales qui couvaient depuis des années. Des tensions qui n'avaient rien à voir avec elle mais qu'elle avait contribué à faire surgir au grand jour.

— Je suis désolée, Euan. Je ne voulais vraiment pas t'amener à te disputer avec ta grand-mère.

Euan la regardait. Un tel maelström de sentiments s'agitait dans sa tête et dans son cœur qu'il était incapable de trouver des mots pour les exprimer. Voir sa grand-mère ainsi bouleversée le bouleversait lui aussi. Il s'inquiétait pour elle. Il se faisait aussi du souci pour Lucy et Liam et… pour Abby. Il avait commis une erreur en s'attachant à une personne si différente de lui. Hélas, cela ne l'empêchait pas d'éprouver de l'amour pour elle. Bien trop d'amour pour quelqu'un comme lui qui ne se sentait bien que lorsque aucun sentiment ne le reliait à qui que ce soit. Bien trop d'amour aussi pour la voir abandonner toutes ses chances d'avoir un futur heureux et épanoui.

— Abby, tu réalises à quel point ce dans quoi tu veux te lancer est fou ? Tu crois vraiment que tu peux arriver comme un ange du ciel pour remettre sur ses rails la vie de deux enfants que tu connais depuis quelques jours à peine ?

Zut... la référence à l'ange n'était pas très heureuse. Elle lui faisait penser à leur première rencontre et à ce qu'il avait éprouvé quand il l'avait vue dans le grenier, avec les ailes d'ange accrochées dans le dos.

À ce moment-là, il avait souhaité rendre Abby heureuse. Avoir plus de temps à passer avec elle. Tout le temps possible. Tout le temps du monde...

Ce souvenir agit comme un véritable catalyseur. Toutes les turbulences émotives qui l'avaient envahi lui devinrent insupportables. Il n'y avait qu'une manière d'en sortir. Une seule et unique : refermer la porte blindée du souterrain où il avait enfoui ses souvenirs douloureux et la claquer bien fort. Exactement comme Maggie tout à l'heure avait claqué la porte de la bibliothèque. Et le meilleur moyen de trouver la force d'y parvenir, c'était d'avoir recours à une nouvelle émotion.

La colère.

Il ne s'en priva pas.

— Tu as promis à Liam et Lucy de prendre leur vie en charge, reprit-il en criant presque. Est-ce que tu te rends compte qu'il te sera impossible de tenir cette promesse ? Peu importe que ta proposition parte d'un bon sentiment. Faire une promesse pareille, c'est... irresponsable, oui, il n'y a pas d'autre mot. Tu ne pourras pas l'honorer. Ce serait impardonnable à quelque moment que ce soit, mais la faire juste au moment de *Noël*, c'est encore pire ! Le pire du pire, c'est que tu sais pertinemment qu'ils avaient écrit dans leur lettre que c'était leur vœu le plus cher. Comment as-tu osé ?

Abby releva le menton.

Si son regard clair avait été une mitraillette, Euan serait tombé raide mort. Elle le défiait.

— J'ai osé tout simplement parce que je pense que ce projet n'est pas du tout irréalisable ni au-dessus de mes forces. Je suis persuadée qu'un médecin spécialisé en cardiologie pédiatrique sera un accueil idéal pour Lucy. Et j'ai le soutien de ta grand-mère qui m'aidera à compléter leur famille. Pour cela, il me suffit d'accepter l'offre incroyablement généreuse qu'elle vient de me faire.

— Non, c'est impossible ! insista Euan.

Abby croisa les bras, plus déterminée que jamais.

— Qu'est-ce qui est impossible ? Que je vive à Ravenswood avec Maggie ? Que j'abandonne ma carrière de spécialiste pour devenir la généraliste du village ? Que je devienne la mère de deux enfants qui plus que tout au monde ont besoin de rester ensemble ?

Elle s'efforçait de contrôler sa voix, ses mots étaient clairement articulés mais son énorme colère était évidente.

— Que cela te plaise ou non, je suis bien décidée à leur donner tout l'amour qu'ils méritent.

Sa voix se brisa.

— En plus de tout le reste !

— Cela va te détruire.

— Ah bon ? Comment peux-tu en être si sûr ?

— Parce que nous savons tous les deux que Lucy ne va pas vivre très longtemps.

Abby écarta cette objection d'un signe de tête.

— Personne ne vit éternellement.

Brusquement, la colère fit place à la pitié dans sa voix.

— Euan, si tu décides de vivre en n'aimant personne ou en ne laissant personne t'aimer parce que tu as peur de souffrir quand cet amour arrivera à son terme, eh bien… eh bien, c'est comme si tu ne vivais pas du tout.

Abby paraissait sur le point de suivre l'exemple de Maggie et de partir en le laissant planté là, avec ses interminables objections. Elle poursuivit pourtant en se détournant :

— Moi, je suis prête à prendre le risque d'avoir le cœur brisé parce que j'aurai aimé. Aimer, c'est le seul moyen de connaître le bonheur.

Elle secoua la tête.

— Je suis triste pour toi. Tu ne pourras jamais être heureux.

— Abby, aimer te détruira, comme cela a détruit ma mère…

Ce mot figea Abby sur place.

Elle se retourna. Prit une profonde inspiration.

— Raconte-moi, Euan. Qu'est-il arrivé à ta mère ? Pourquoi est-ce que personne n'en parle ?

— Parce que c'est la tragédie de trop. Peut-être parce que nous nous en sentons tous un peu responsables.

Il haussa les épaules, comme si les mots qu'il n'avait jamais eu l'intention de partager avec qui que ce soit pesaient des tonnes.

— Ma mère s'est suicidée, Abby. Un an après la mort de Fiona.

— Oh…

Cette fois, le regard d'Abby révélait à quel point elle partageait sa souffrance. Euan en fut bouleversé. Quelqu'un s'intéressait à lui. De très près. De trop près.

— Euan, je… je suis désolée.

L'étrange brillance dans les yeux d'Abby trahissait les larmes qui commençaient à lui monter aux yeux. Euan se reprocha d'en être la cause. Elle n'avait pas le droit de s'impliquer autant dans son existence. Il ne pouvait pas l'accepter ! Elle lui proposait le genre de sentiments qu'il refusait d'introduire dans sa vie. Il savait comment les contrôler. Dieu sait qu'il avait passé suffisamment de temps à s'y entraîner pour y réussir une fois de plus. À ce point de leur conversation, il venait d'arriver devant la porte blindée qui contenait ses émotions. Le rayonnement solaire d'Abby, ses cheveux blonds, ses grands yeux clairs l'avaient malheureusement entrouverte mais il lui suffisait de la refermer pour être sauvé. Ce n'est pas Abby qui mettrait un terme au rapprochement amoureux qui était né entre eux au cours des jours précédents.

Non.

C'était lui, Euan.

10.

Chacun des pas que fit Euan pour quitter la bibliothèque augmenta la distance émotionnelle qui le séparait d'elle. Abby le ressentit douloureusement. Elle avait compris qu'il refermait toutes les écoutilles de son navire intérieur, qu'il reconstruisait pierre à pierre une forteresse qu'elle savait vide d'amour.

Le pire pourtant, c'était qu'elle ne pouvait le lui reprocher.

Apprendre la raison du silence qui entourait la mère d'Euan lui avait causé un choc énorme. Que dire après pareil aveu ? Que faire ? Rien. En le regardant partir, elle ne put s'empêcher de penser qu'elle avait déjà dit et fait beaucoup trop. Sans le vouloir, elle avait rouvert une blessure ancienne, non seulement pour Euan mais aussi pour sa grand-mère. Une blessure encore plus profonde que celles qu'avaient causées la mort de son père et celle de sa petite sœur. Un trou noir, béant, sans fond… que l'adolescent désespéré avait dû ressentir comme un abandon.

Un long moment, elle resta seule dans la bibliothèque. Une souffrance qu'elle n'avait encore jamais éprouvée grandissait en elle, menaçait de l'étouffer. Elle avait causé une grande peine à Euan et à Maggie, mais elle-même avait plongé dans une grande douleur car malgré le peu de temps qu'elle avait passé à Ravenswood Castle, elle y avait trouvé une véritable famille.

Deux enfants avaient pris possession de son cœur. Elle avait découvert une manière de fêter Noël qu'elle aurait aimé poursuivre aussi longtemps qu'elle vivrait. Rencontré un homme qu'elle aurait pu aimer jusqu'à la fin de ses jours. Et fait la connaissance d'une vieille dame qui incarnait exactement ce qu'elle souhaitait devenir plus tard. Une femme généreuse, pleine de compassion, débordante d'un amour infini qu'elle ne demandait qu'à partager.

Au bout d'un long moment de prostration, elle sortit de sa paralysie et décida d'aller retrouver Maggie. Pour l'heure, elle avait grand besoin d'aller chercher pour elle-même une dose de cet amour.

Comme elle l'avait pensé, elle trouva Maggie dans la cuisine, assise devant la grande table en chêne, une tasse de thé à la main. À moitié assise à côté d'elle, à moitié allongée sur ses genoux, une petite fille rousse et bouclée somnolait. Liam était lui aussi à la table, devant une assiette qui contenait encore une moitié de bonhomme en pain d'épices. Son visage revêtait une expression qu'elle ne lui avait encore jamais vue mais elle eut vite fait de l'analyser.

Pour la première fois, il n'avait pas l'air maussade ni triste. Il n'évita pas son regard. En fait, dès qu'elle avait pénétré dans la cuisine, il l'avait regardée droit dans les yeux. Il était clair qu'il lui faisait confiance pour tenir la promesse qu'elle lui avait faite. C'était de la part du petit garçon la preuve d'une confiance monumentale, elle en était parfaitement consciente. Si elle le décevait, jamais plus il n'offrirait pareil regard tranquille et serein à qui que ce soit.

Son cœur déjà bien lourd s'alourdit encore. Lorsque Lucy tendit les bras vers elle pour lui réclamer un câlin, elle dut se dépêcher d'enfouir son visage dans les boucles de cheveux roux pour cacher les larmes qui lui montaient aux yeux.

Maggie ne fut pas sans remarquer cette émotion.

Elle tourna son visage vers Abby.

— Mon petit-fils est un peu sorti de ses gonds tout à l'heure, n'est-ce pas ?

Que répondre ?

Elle se contenta de s'asseoir sur la chaise placée à côté de Maggie. Le simple fait de se tenir tout près de la vieille dame lui faisait du bien. Un peu comme si l'énergie était un cadeau supplémentaire de la compassion et de l'amour.

Maggie elle aussi demeura silencieuse tout en passant une main dans les cheveux de Lucy. Au bout d'un moment, elle demanda :

— Est-ce que vous savez ce que font les autres enfants en ce moment ?

— Non, répondit Liam.

— Ils sont en train de préparer leurs bas de Noël. Vous savez à quoi ils vont servir ?

Lucy leva un petit visage surpris.

— Moi, je sais, reprit Liam. Je les ai vus, ils sont vraiment grands !

Maggie lui sourit.

— En effet. Grands et rouges. C'est la mère de Catherine qui vous fait de si bons gâteaux qui nous les a apportés. Sa mère a des amies qui tricotent très bien. Ce sont elles qui les ont fabriqués pour vous tous. Elles les ont même brodés à votre nom, ce qui fait que vous pourrez les emporter et les garder toute votre vie si vous voulez. Elles ont aussi donné des paillettes argentées et dorées qu'ils sont en train de coller dessus pour les rendre plus jolis encore.

— Quand ils seront prêts, on va les suspendre quelque part ?

— Bien sûr, répondit Abby.

— Nous avons l'habitude de les accrocher devant la grande cheminée du salon. Il y a de la place pour les bas de tout le monde.

— Et le matin de Noël, on y trouve des cadeaux ?

— Bien sûr ! affirma Maggie.

— Quel genre de cadeaux, s'enquit Lucy, les yeux brillants.

— Ceux qu'on a demandés au Père Noël dans notre lettre, nigaude ! répliqua Liam.

Maggie croisa le regard d'Abby. Toutes deux avaient parfaitement compris la prière qui se cachait derrière les mots du petit garçon.

— Je veux aller préparer mon bas de Noël ! conclut Lucy.

— Bonne idée, approuva Maggie. Liam, tu veux bien conduire ta petite sœur dans le salon ? J'ai quelques coups de fil à donner avec le Dr Abby.

Le visage de Liam se referma brusquement. Comme s'il avait deviné que ces coups de fil les concernaient lui et Lucy.

Dès qu'ils furent sortis, Maggie appela Judith.

— Je suis tellement désolée d'avoir dû vous annoncer la mauvaise nouvelle au sujet de Liam ! s'excusa aussitôt cette dernière.

— Ma chère Judith, répondit Maggie en regardant Abby qui lui souriait, vous savez qu'en période de Noël, il arrive que des miracles se produisent ?

À ces mots, Abby sentit son cœur fondre de bonheur. Un lien puissant achevait de se former entre elles deux. Un lien assez fort pour la rendre invincible. Toutes deux, elles aimaient Liam et Lucy. Elles feraient leur possible pour leur permettre de rester ensemble.

Toutes les deux aussi aimaient Euan McKendry. De peur d'ouvrir l'ancienne blessure, Abby n'osait pas avouer à Maggie qu'elle connaissait maintenant le triste secret qui entourait la mort de la mère d'Euan. Maggie avait bien deviné qu'Euan était parti reconstruire ses barricades émotionnelles. Mieux valait le laisser tranquille en attendant qu'il revienne vers elles de lui-même.

— Un lien très fort et très spécial s'est créé entre Abby et les deux enfants. Nous avons à cœur toutes les deux de le préserver. Elle est disposée à accueillir Liam et Lucy. Et davantage encore si c'est possible, ce que je souhaite évidemment de tout mon cœur. Je la soutiens à cent pour cent et je suis certaine que le village de Kirkwood nous aidera dans ce projet.

— Oh… quelle joie ! s'exclama Judith. Vous pouvez compter sur mon aide inconditionnelle.

Une fois les bas de Noël accrochés devant la cheminée, il y eut une répétition générale des chants de Noël qui seraient chantés le soir pendant qu'ils se rendraient à l'église.

La robe de Lucy avait perdu sa blancheur angélique et ses ailes commençaient à pendre assez lamentablement mais elle refusait toujours de s'en séparer.

— Il faudra mettre ta doudoune tout à l'heure, ma chérie, lui expliquait Abby. Et des collants bien chauds sous ta robe d'ange.

— Est-ce que je pourrai remettre mes ailes ?

— Bien sûr, Lucy. C'est la nuit où elles sont particulièrement indispensables.

Dans sa tête résonnaient les mots prononcés tout à l'heure par Judith.

« Je contacterai les services sociaux aussi vite que possible pour leur faire part de votre demande. Il faudra attendre un peu leur réponse mais je suis optimiste. »

— Abby, allez vous habiller, je vais finir d'habiller Lucy, proposa Maggie.

Une fois dans sa chambre, Abby enfila la robe en laine bleu sombre, bien chaude, qu'elle avait emportée au château. L'autre, rouge vif, serait parfaite pour le jour de Noël lui-même. Elle attrapa son manteau et descendit rejoindre les enfants et leurs accompagnants rassemblés dans l'entrée.

En descendant l'escalier, elle affichait un grand sourire mais elle avait le cœur lourd. Hélas, elle commençait à en avoir l'habitude. Ce Noël si désiré, avec Euan interprétant les chants de Noël sur sa cornemuse, risquait de ne pas être aussi heureux qu'elle l'avait espéré puisqu'il n'avait pas réapparu depuis la dispute de la bibliothèque.

Maggie avait pourtant persisté dans son attitude optimiste, persuadée qu'il arriverait à temps pour remplir son rôle.

« Il n'a jamais manqué une seule veillée de Noël depuis que Fiona et Jamie lui avaient demandé de jouer pour elles. »

Elle l'attendait au bas de l'escalier, au milieu de tous ces gens qu'elle avait rassemblés pour leur faire vivre le plus beau Noël qu'elle était capable de leur offrir. Cela suffit pour rendre sa joie de vivre à Abby. Comment résister à l'énergie de cette femme qui avait trouvé le moyen de répandre du bonheur autour d'elle en dépit de tous les malheurs qu'elle avait rencontrés sur son chemin ?

En outre, elle croyait profondément aux mots qu'elle avait jetés à la tête d'Euan cet après-midi, quand elle lui avait affirmé que le seul moyen d'être heureux, c'était de ne pas avoir peur de courir le risque d'aimer. Et il y avait tant et tant d'amour autour d'elle en ce moment !

— Venez, proposa Maggie. Fergus va nous conduire à l'église dans sa voiture.

Tous les habitants du village attendaient les enfants dans l'église. En l'absence de la cornemuse d'Euan, Muriel, l'épouse du pasteur, avait accepté de jouer « Le Petit Tambour » à l'orgue.

Les enfants s'apprêtaient à pénétrer dans la vieille église en pierre, sobrement éclairée pour ne pas rompre le charme de ce Noël écossais sous la neige. Il avait été prévu que Callum entrerait le premier sur son fauteuil roulant mais Milo s'avéra trop excité pour rester derrière lui. Personne ne le lui reprocha. Muriel était sur le point de leur donner le signal pour entrer lorsque le silence fut brisé.

Non pas par l'un des enfants qui attendaient dehors. Le bruit leur parvint depuis un coin de l'église. Tous le reconnurent parce qu'ils avaient déjà eu l'occasion de l'entendre dans le grand salon de Ravenswood Castle. Les bourdons de la cornemuse emplissaient la nef…

Abby avait tout de suite compris que c'était Euan qui jouait. Il lui avait suffi pour cela de se sentir tressaillir jusqu'à la moelle des os. Ce son embrassait à la fois la riche histoire de ce pays nordique et le mystère d'un homme fier qui demeurait trop, beaucoup trop, replié sur lui-même, follement décidé à affronter la vie tout seul.

Finalement, elle ne fut pas tellement surprise de voir qu'il n'avait pas déçu l'optimisme de sa grand-mère. Par contre, elle ne s'attendait pas à le découvrir vêtu du vêtement écossais traditionnel. Il portait en effet un kilt d'un vert profond et une grande écharpe faite du même tartan, jetée sur son épaule et retenue par une broche en argent. Des chaussettes blanches et des chaussures noires vernies ainsi que le sporran en cuir, cette sacoche destinée à pallier l'absence de poches du kilt, complétaient sa tenue.

Mais la plus grande surprise d'Abby fut de sentir son cœur s'arrêter en l'apercevant. Le monde s'arrêta de tourner. Elle comprit que quelle que soit la quantité d'amour qu'elle trouverait autour d'elle, il y aurait toujours dans sa vie un énorme trou en forme d'Euan s'il n'était pas près d'elle.

Jamais elle n'avait éprouvé un amour aussi intense. Est-ce qu'un sentiment assez violent pour lui faire penser que le temps s'était arrêté pouvait ne pas être partagé ?

Copiant l'attitude de Milo, la plupart des enfants avaient mis leurs mains sur leurs oreilles pendant qu'Euan s'avançait lentement le long de la nef. Lucy enfouit son visage dans l'épaule de Liam. Abby se redressa, impatiente de vivre le moment qui ne pouvait manquer d'arriver : celui où le regard d'Euan rencontrerait le sien. Cela se produisit alors qu'il se trouvait à quelques pas d'elle et il le soutint jusqu'à ce qu'il l'ait dépassée. Il utilisait la musique qu'il interprétait comme un rempart destiné à le protéger du monde mais elle savait aussi qu'il l'avait vue.

Ce regard l'avait confortée dans sa certitude qu'elle n'était pas la seule à éprouver un amour à nul autre pareil. Euan ne voulait peut-être pas le reconnaître, mais peu importait. Pour l'instant, cela suffisait au bonheur d'Abby. Lorsqu'elle alla s'asseoir au milieu des enfants, ses yeux brillaient de bonheur et c'est pleine d'entrain qu'elle chanta les chants de Noël qu'elle connaissait par cœur et chérissait depuis son enfance.

Ce bonheur l'accompagna pendant tout le temps où elle s'occupa du retour des enfants au château et du dîner qui suivit. Elle les aida à préparer du foin pour les rennes du Père Noël et des gâteaux pour le remercier de ses cadeaux, et prit le temps de contempler avec eux les illuminations qui rendaient le château complètement féerique.

Bien sûr, mettre les enfants au lit ne fut pas chose facile

tant ils étaient excités. Mais ils finirent par se calmer à l'idée que plus vite ils s'endormiraient, plus vite commencerait la journée de Noël.

Une fois qu'ils furent tous couchés et bien bordés, les adultes s'attaquèrent à la dernière partie de leur travail. Les cadeaux provenant des familles furent placés sous le grand sapin du salon. Les bas furent remplis de bonbons et de petits jouets. Tout ce qui n'y trouva pas place fut rassemblé dans un sac. Le lendemain, Fergus, revêtu de son habit de Père Noël, les distribuerait après le repas. Ensuite, les accompagnants prirent un livre et un petit jeu qu'ils allèrent placer devant le petit sapin de la chambre de chacun des enfants dont ils s'occupaient.

Il était près de minuit lorsque Abby enveloppa son dernier paquet et le déposa dans le sac destiné à Fergus. C'était un petit âne en peluche qu'elle avait acheté pour Lucy en même temps que le chien prévu pour Leah. Il permettrait à la petite fille de se rappeler les ânes de Ravenswood Castle dont elle raffolait.

Elle ne s'était pas attendue à ce qu'Euan vienne les aider dans ce travail d'empaquetage, mais elle était surprise de ne l'avoir aperçu nulle part depuis qu'ils étaient revenus de l'église. À vrai dire, il avait disparu depuis le moment où ils remettaient les enfants dans les voitures après la cérémonie à l'église. Toute son attention était alors requise par la surveillance qu'elle exerçait en tant que médecin et le soutien qu'elle apportait aux accompagnants qui avaient parfois quelque difficulté à contenir le stress suscité par toute cette excitation.

Sans le montrer, elle surveillait également Maggie. La vieille dame paraissait fatiguée. Ses traits tirés trahissaient la souffrance qu'elle s'efforçait de cacher de son mieux. Abby s'assura qu'elle avait bien pris ses antalgiques et l'envoya se coucher dès qu'ils commencèrent à faire effet.

— Maggie, il faut vraiment que vous vous reposiez pour profiter de la journée de demain que nous attendons tous avec impatience. C'est *votre* journée !

Elle entoura affectueusement Maggie de ses bras.

— Cette journée que vous créez chaque année depuis si longtemps pour donner du bonheur autour de vous. Vous êtes une femme extraordinaire, on ne vous l'a jamais dit ?

Elle embrassa Maggie avec tendresse.

— Je vous aime, Maggie !

— Ma petite Abby, j'aimerais tellement que ce soit vrai ! J'aimerais pouvoir rendre tout le monde heureux. D'un bonheur qui durerait plus longtemps qu'une journée. Vous, en particulier, parce que si quelqu'un mérite d'être heureux, c'est bien vous qui avez un cœur d'or.

Un peu plus tard, en se retirant dans sa chambre, Abby pensa à Euan. Ils avaient connu ensemble un bonheur parfait, au moins pendant quelques jours. Les nuits qu'ils avaient partagées les avaient amenés bien loin de toute tristesse, bien loin des souvenirs douloureux qui le martyrisaient. Ils avaient trouvé un lieu auquel eux seuls avaient accès. Un langage que personne d'autre ne savait parler, et leur joie de communiquer ainsi les avait émerveillés tous les deux.

Lui permettrait-il encore de le retrouver ? Le regard qu'il avait posé sur elle quand il remontait la nef de l'église suggérait en silence qu'il le souhaitait. Mais qu'avait-il fait de sa colère ? Était-elle encore suffisamment vive pour les priver d'une nouvelle nuit d'amour ?

Arrivée devant la porte de la chambre qu'elle occupait, elle ne s'arrêta pas. Elle préféra continuer jusqu'au bout du corridor où elle savait que la forme de la tour donnait son caractère à la chambre d'Euan. Elle frappa doucement à sa porte. Recommença. Puis, comme il ne répondait pas et qu'elle ne voulait pas faire de bruit, au lieu de frapper plus fort, elle l'entrouvrit légèrement.

La lampe allumée sur la table de chevet éclairait la superbe fenêtre à meneaux mais le grand lit à baldaquin était vide. La pièce était vide. Le feu préparé dans la cheminée n'avait pas été allumé.

Tout l'espoir qu'avait suscité en elle le regard appuyé

d'Euan à la cornemuse s'évapora brusquement. Sa poitrine se contracta au point de lui faire mal. Elle ne pouvait plus respirer.

C'était le jour de Noël.

Et Euan n'était pas rentré.

11.

Combien de temps Abby resta-t-elle assise sur l'appui en pierre de la fenêtre de la chambre d'Euan ? Elle n'aurait su le dire. Elle resta là, immobile, à regarder les flocons de neige tourbillonner en espérant qu'Euan finirait par rentrer.

Peu à peu, le froid la gagnait. Pas seulement dans son corps mais dans son cœur aussi.

Elle aurait pu aller se réchauffer dans son propre lit mais elle y aurait ressenti l'absence d'Euan avec encore plus de cruauté. À cet instant précis, elle n'était pas loin de penser qu'elle allait vivre le pire Noël de sa vie.

En fait, rien n'avait changé depuis le début. Ou en mieux, au contraire, puisqu'elle avait fait la connaissance de Maggie, de Liam et de Lucy. Elle avait fait les premiers pas vers un futur inattendu mais riche du sens qu'elle avait toujours souhaité donner à sa vie.

Tant pis si Euan ne souhaitait pas, ou tout simplement ne pouvait pas, en faire partie. C'était dommage, mais tant pis.

Elle descendit vers la cuisine se préparer une tasse de chocolat bien chaud. La valse des flocons qu'elle aperçut par la fenêtre lui rappela le jour de son arrivée à Inverness, quand elle avait eu envie d'en cueillir un sur sa langue. Pourquoi ne pas le faire aujourd'hui puisque personne ne la regardait se livrer à ce plaisir enfantin ? Ce n'était rien de plus qu'un peu d'eau à moitié gelée mais elle leur trouva une saveur magique.

Elle s'apprêtait à rentrer dans la cuisine retrouver la chaleur lorsqu'un bruit étrange lui parvint. Une sorte de cri sauvage. Il s'agissait peut-être d'un renard ? Ou un daim ? Elle eut beau scruter le jardin autour d'elle, elle ne remarqua rien. C'est alors qu'elle réalisa que le cri provenait de l'écurie où se trouvaient les ânes et les autres animaux de la petite ferme. Il devait s'y passer quelque chose d'anormal. Mieux valait aller y jeter un coup d'œil.

Une odeur de moisi, mêlée à celle de la paille, du foin et à celle des animaux lui monta aux narines. Elle alluma les ampoules du plafond sans que cela ne dérange aucun des locataires des lieux. Par contre, elle repéra tout de suite que les bruits étranges provenaient du box de Mary. L'ânesse se roulait dans la paille, puis elle se remettait debout en reproduisant l'étrange cri qui avait alerté Abby.

— Oh ! ma belle… je crois bien que tu es en train de donner naissance à ton petit…

Un coup d'œil jeté à sa montre lui révéla qu'il était 1 heure du matin. Pas question d'aller réveiller Maggie qui lui avait paru si fatiguée plus tôt dans la soirée. Ni qui que ce soit d'autre d'ailleurs. Dans la ferme de sa famille, elle avait assez souvent aidé à faire venir au monde des agneaux ou des veaux pour se passer d'aide. D'autant plus que tout paraissait se passer au mieux. Elle s'assit donc sur un tas de vieilles couvertures placé près d'une pile de balles de paille et attendit que le travail se fasse. Combien de temps allait-il durer ? Elle n'avait aucune expérience auprès des ânes. Mary se levait, piétinait dans son box, se recouchait, puis recommençait son manège.

Assez vite toutefois, les membranes de la poche qui contenait l'ânon apparurent.

— C'est bien, l'encouragea Abby, continue ! Je reste près de toi.

Les contractions se rapprochaient. Abby apercevait déjà les petits sabots des pattes de devant. Elle savourait l'ironie de la vie. Elle qui n'avait pas voulu devenir fermière en Nouvelle-Zélande était en train d'aider une ânesse à mettre bas au fin fond de l'Écosse ! Mary commençait à montrer des signes de fatigue. Elle arquait le dos à chaque contraction, puis laissait sa tête retomber sur la paille, épuisée. Abby apercevait maintenant le museau du petit, posé entre ses pattes de devant mais la mère n'en pouvait plus.

Elle descendit de son ballot de paille pour l'aider. C'est alors qu'elle sentit un courant d'air glacé parvenir de la porte de l'étable. Quelqu'un venait d'entrer.

Mais il ne s'agissait pas de « quelqu'un »…

La personne qui entrait était celle qu'Abby avait si désespérément attendue, assise sur la fenêtre de sa chambre.

Euan…

Sans douter un seul instant qu'il aurait envie de la prendre dans ses bras, elle lui tendit les siens. Et ce fut là sans doute le premier miracle de ce Noël : c'est exactement ce que fit Euan.

Oh… le bonheur de sentir sa chaleur, le parfum de ses cheveux… Il serrait Abby contre lui. Elle avait passé ses bras autour de son cou en un geste qu'il devinait plein d'amour. Peut-être de pardon ?

— Je suis désolé, Abby. J'avais besoin de temps pour…

Pour lutter contre le flot d'émotions qui menaçait de le noyer depuis plusieurs jours. Pour repousser définitivement ses fantômes dans le passé qui était leur place dédiée, pour assumer le choc de revivre le drame de son enfance à travers Liam et Lucy. Et par-dessus tout, accepter l'attirance irrésistible qu'il éprouvait pour cette femme si peu faite pour lui. Comme il s'était trompé ! Abby était au contraire exactement la compagne qu'il lui fallait.

— Je comprends, tu sais, murmura Abby.

Elle fit un pas en arrière pour le regarder dans les yeux. Miraculeusement, l'amour y brillait toujours.

— Euan, tu arrives à point nommé. J'ai besoin de toi !

Il la serra à nouveau contre lui.

— Non, j'ai besoin de toi… pour Mary ! Elle a du mal à mettre son ânon au monde. Il faut l'aider.

— Va lui tenir la tête et parle-lui. Je tirerai le petit à

chaque nouvelle contraction. Il faut vite le faire sortir de là. En espérant qu'il est toujours vivant.

En effet, le petit ne donnait aucun signe de vie. Euan attrapa un bouchon de paille pour assurer sa prise et lorsque les membres de l'ânesse se raidirent à nouveau sous l'effet de la contraction, il tira doucement sur les pattes du petit.

Au bout de plusieurs autres contractions, le petit âne vit enfin le jour, mais il était inanimé. Mary haletait, presque aussi inerte que son petit.

Euan dégagea les lambeaux de la membrane qui recouvrait la tête de l'ânon afin de libérer son museau. Ensuite, il commença à le frictionner avec un nouveau bouchon afin de stimuler sa circulation. Abby retenait son souffle en le regardant faire.

Et tout à coup, le petit remua. Sa cage thoracique se gonfla. Il prit sa première respiration et ouvrit les yeux.

— Je vais le rapprocher de sa mère pour qu'elle le lèche, expliqua Euan en le prenant dans ses bras. C'est une fille. Regarde comme elle est jolie !

— Eh bien… tu es arrivé juste à temps. Je n'aurais pas pu m'en sortir toute seule.

— Restons ici un moment pour nous assurer que le lien se crée entre eux et que le placenta est bien expulsé, proposa Euan.

— Pas de problème ! J'ai passé une bonne partie de la nuit ici, sur la paille. Finalement, ça pique un peu mais on n'y est pas si mal.

Quelques instants plus tard, dans les bras l'un de l'autre, ils étaient tous les deux lovés dans un nid de paille, sous une des couvertures destinées aux chevaux.

— Elle n'est pas très propre, mais dans l'état où nous sommes, ça n'a pas grande importance, estima Euan.

Avec satisfaction, il constatèrent que Mary s'était redressée et léchait son ânon de la tête aux pieds, y compris ses petites oreilles qui allaient devenir si longues.

— Joyeux Noël, Abby ! Désolé, je n'ai pas de cadeau à t'offrir.

— Ta présence est le seul cadeau dont j'ai besoin. J'ai cru t'avoir perdu !

— J'ai bien cru m'être perdu moi-même. Je suis resté assis dans ma voiture pendant des heures. Il me semblait que je livrais le combat de ma vie.

— Tout seul…

— C'était nécessaire. J'ai pensé à ma mère, à ses jolies robes, aux bracelets qu'elle portait, à la douceur de ses mains sur mon visage… j'ai pensé à Fiona dans son berceau. Et puis…

— Et puis ? demanda Abby.

— Et puis, j'ai pensé à toi. Quand tu m'as dit que si je ne laissais pas de place à l'amour dans ma vie, je ne serais jamais heureux. Juste avant que je ne te parle de ma mère.

— Oui, je me souviens.

— C'est à sa mort que je me suis interdit d'aimer. Par peur. Sans savoir que du même coup je m'interdisais d'être heureux. Alors que toi, tu irradies l'amour, tu le distribues autour de toi, sans compter, sans te demander si ton cœur ne va pas en souffrir. Tu es prête à le faire pour Liam et Lucy alors que tu sais que ce sera difficile, mais ce courage est aussi une des choses que j'aime tant chez toi. Tu m'as ramené à la vie, Abby. Non sans mal ! Dès que je t'ai aperçue, j'ai su que malgré ton air angélique, tu me causerais des ennuis.

À ces mots, il éclata de rire. D'un rire heureux, enfin.

Abby leva son visage vers lui, plongea son regard dans ses yeux gris couleur d'orage, mais l'amour qu'elle y lut la laissa sans voix. C'est à peine si elle réussit à articuler trois petits mots :

— Je t'aime.

— Je t'aime, Abby, répondit Euan.

Un baiser en entraîna un autre. Des petits baisers délicieux, et d'autres passionnés. Ensuite, ils restèrent allongés l'un contre l'autre, dans leur nid de paille tiède. Ils finirent par s'endormir, si proches qu'aucun d'eux n'aurait pu dire si c'était son propre cœur ou celui de l'autre qui battait dans sa poitrine. Et d'ailleurs, cela n'avait aucune importance parce ce que c'était exactement ce qu'ils souhaitaient tous les deux.

— Regarde, Lucy, tu vois le petit âne ? demanda Maggie.

La petite fille écarquillait les yeux.

— Un petit âne de Noël !

Liam ne lâchait pas la main de sa sœur.

— Ne t'approche pas, Luce. Sa mère n'aimerait pas.

— Liam a raison, approuva Maggie. Mary est très gentille mais elle veut protéger son bébé. Oh ! regarde bien ! La petite ânesse commence à téter sa mère. C'est très bien.

Liam, lui, regardait quelque chose qui bougeait dans la paille sous une couverture.

— Oh !

L'exclamation de Maggie venait du fond du cœur.

— Euan ! C'est ici que tu te cachais ? Je t'ai cherché partout !

Jamais elle n'avait vu son petit-fils aussi ébouriffé. Mais lorsque Abby se releva elle aussi, clignant des yeux à cause de la lumière du jour, malgré ses cheveux pleins de paille, elle n'avait jamais été aussi belle.

— Abby, je vous cherchais aussi. J'ai reçu un message de Judith ce matin.

Tout en parlant, la vieille dame remarqua que les doigts d'Euan s'enroulaient autour de ceux d'Abby, comme pour lui signifier qu'il était là pour la soutenir.

Il l'aimait peut-être ?

— Votre demande est agréée. Bien sûr, il y aura quantité de formalités à accomplir mais l'essentiel est acquis.

Elle jeta un regard sur Liam et Lucy.

— J'ai pensé que vous préféreriez le leur annoncer vous-même.

Abby regarda Liam droit dans les yeux.

— Tu as deviné de quoi il s'agit, Liam ?

Le petit garçon haussa les épaules.

— Peut-être…

— Eh bien, ça veut dire que Maggie et moi, nous allons nous occuper de vous. Et que dès que ce sera possible, je vous adopterai tous les deux.

Elle tendit les bras vers Lucy.

— Ça te convient, ma princesse ? Tu veux bien que je m'occupe de toi et que je devienne ta maman ?

Lucy n'eut pas besoin de parler. Il lui suffit de lâcher la main de son frère pour se précipiter dans la paille faire un câlin à Abby. Sa réponse était claire !

— Nous allons rester ici ? demanda Liam, encore dans le doute.

— Si Maggie est d'accord. Sinon, nous trouverons une petite maison dans le village.

— Allons, Abby, ne faites pas la sotte ! intervint Maggie. Bien sûr que vous allez rester ici. Je tiens absolument à faire partie de votre famille.

— Moi aussi…

Maggie retint son souffle. En entendant la voix d'Euan, tous s'étaient figés.

Lucy fut celle qui rompit le silence.

— Alors tu vas devenir mon papa ?

Ce fut Liam qui répondit.

— Ça marchera seulement s'ils se marient. Lui et le Dr Abby.

— C'est tout à fait vrai, approuva Euan.

— Mais on ne peut pas se marier si on n'aime pas quelqu'un, précisa le petit garçon.

— Ça aussi, Liam, c'est tout à fait vrai. Mais tu sais quoi ?

— Non.

— Eh bien, j'aime le Dr Abby !

— Et moi, j'aime le Dr Euan, ajouta Abby.

— Alors vous allez vous marier ? Et Lucy et moi, on va devenir vos enfants ? Pour toujours ?

— Oui, Liam.

— Même si vous avez d'autres enfants après nous ?

Un long moment, Euan soutint le regard d'Abby. Cela suffit pour faire comprendre à Maggie que tout était possible dans le futur qu'ils envisageaient. Tout. Y compris la poursuite des vacances de Noël au château.

— Oui, Liam. Je te le promets.

Maggie comprit que Liam était au bord des larmes à l'idée qu'il ne serait pas séparé de sa sœur.

— Si nous rentrions maintenant ? Je crois qu'il y a des bas accrochés à la cheminée qui vous attendent.

Liam poussa un soupir de soulagement.

Maggie également. Une fois son opération effectuée, elle aurait encore devant elle plusieurs années pour s'occuper de lui et de Lucy. Cela la remplissait de joie. Tout comme la façon dont Euan et Abby se regardaient. Le vieux bâtiment était rempli d'amour. Ils venaient de vivre un véritable miracle de Noël.

Lorsqu'ils retournèrent dans le salon pour les festivités de la journée, la fête avait déjà commencé. Lucy tenait Liam par une main et de l'autre, elle tenait celle d'Abby. La main libre d'Abby était dans celle d'Euan.

Ils avaient tout à fait l'air d'une vraie famille.

Ils *étaient* une vraie famille. Et Maggie avait la chance d'en faire partie.

Sans s'en rendre compte, elle prononça à voix suffisamment haute pour que tout le monde les entende des mots qu'elle croyait seulement penser.

— Il n'y a jamais eu de plus beau Noël que celui-ci !

ANNIE O'NEIL

Le papa idéal

Traduction française de
RAPHAËLLE O'BRIEN

BLANCHE

HARLEQUIN

Titre original :
IN BALI WITH THE SINGLE DAD

1.

Rebecca Stone ne croyait pas au coup de foudre. Elle était bien trop raisonnable pour cela. Quelques secondes plus tôt, elle se comportait comme n'importe quelle Anglaise de trente-sept ans. Médecin de son état, elle se trouvait à Bali pour tenter de soigner son cœur brisé et recouvrer sa sérénité en apprenant le surf.

Pourtant, à cet instant, elle ressemblait à une adolescente en proie à ses premiers émois, alors que sur la plage venait d'apparaître un homme digne de tous ses fantasmes.

Bien qu'elle ne portât pas ses lunettes, Rebecca était subjuguée par son allure d'Apollon. Haut d'un mètre quatre-vingt, il avait des cheveux d'ébène, des tatouages sexy et une peau dorée par le soleil.

Il ressemblait à un héros de film d'action. Mince, musclé, il correspondait à son idéal secret.

Plutôt que de laisser la réalité doucher son excitation, elle s'allongea sur sa planche de surf et ferma les yeux, jusqu'à ce que l'océan l'enveloppe de sensations chaudes.

Ah, voilà… cette sensation… ce devait être ce que son coach bien-être appelait « ne faire qu'un avec l'océan »… Une vaguelette, une autre... elle était presque sûre d'y arriver. Enfin.

Il était intéressant de noter que ce nouveau sentiment de paix était apparu au moment même où elle devait décider de prolonger son séjour ou de programmer son retour en Angleterre.

Dans la seconde hypothèse, elle reprendrait sa vie là où

elle l'avait laissée : célibataire de fraîche date, il lui faudrait rechercher un emploi, dans un hôpital probablement.

Bien sûr, le monde ne s'était pas arrêté de tourner parce qu'elle se trouvait à des milliers de kilomètres. Simplement, il n'était plus tout à fait le même non plus.

Comme son pouce cherchait sa bague de fiançailles, elle sentit à nouveau l'absence de l'anneau.

Un frisson désagréable la parcourut lorsqu'elle s'imagina descendre de l'avion en Angleterre.

Pouvait-elle encore se fier à son instinct ? Celui qui l'avait conduite à la chirurgie pédiatrique, puis amenée à bifurquer vers la médecine générale ?

L'instinct auquel elle s'était fiée lorsqu'elle travaillait avec ses jeunes patients s'était avéré totalement trompeur quand il s'était agi de choisir son fiancé. Dans sa vie professionnelle comme dans sa vie privée, elle s'était montrée très « raisonnable », très « pragmatique ». Et c'était peut-être là le problème.

Elle essaya d'imaginer un autre scénario pour leurs derniers moments ensemble : elle enlevait sa bague et la posait froidement sur le plan de travail. « *Garde-la*, aurait-elle dit d'une voix calme, mais étonnamment sensuelle, de star de cinéma. *Qu'elle te rappelle ce que tu as laissé derrière toi.* »

Elle sourit. Oui, cette version d'elle-même était plutôt plaisante et méritait de lui servir d'idéal à atteindre. Elle était en tout cas bien meilleure que celle de la femme au visage marbré, souillé de larmes, qui se savonnait le doigt pour pouvoir en retirer la bague et ne cessait de répéter : « Tu as trouvé quelqu'un d'autre ? Je ne te suffisais pas ? »

Si seulement cette nouvelle version d'elle-même pouvait s'avérer aussi fantasque et insouciante que Kylie, sa nouvelle partenaire de surf. Kylie ne penserait pas à la marée, sur le point de changer, ni au fait qu'en s'endormant sur une planche de surf, elle risquait de se faire emporter sur la vaste étendue de l'océan Indien.

Il n'en fallut pas davantage pour que son cerveau, prompt à imaginer des calamités, se mette en marche. Et si elle se noyait, que deviendrait sa chère mamie Bea ? Et les patients qu'elle était censée aider ? Et l'âme sœur qu'elle était destinée à rencontrer ? Et les enfants qu'elle était censée avoir, même si l'horloge tournait…

Arrête !

Elle inspira lentement, les yeux fermés. Peut-être que si elle comptait à rebours à partir de dix… Peut-être que M. Grand-Ténébreux-et-Dangereusement-Sexy viendrait la sauver. Elle ouvrit de nouveau les yeux… Il avait disparu, tel un mirage. Aucune chance d'être sauvée, alors.

Au moins, la crique était toujours aussi belle.

Il y avait une multitude de criques tropicales idylliques, à Bali, mais celle-ci était particulièrement divine. Des falaises rocheuses abruptes à la verdure luxuriante surplombaient une plage d'un blanc immaculé, parfaite pour les surfeurs de tous niveaux et offrant de superbes vagues si l'on s'éloignait un peu.

— Bex !

Rebecca se releva et agita la main en direction de Kylie. Elle n'était pas habituée à être appelée par ce surnom. Par aucun surnom, en fait. Elle n'en avait jamais eu. Elle avait toujours été la bonne vieille Rebecca Stone.

« Tu es le Dr Rebecca Stone, jeune demoiselle, déclarait sa grand-mère. Personne ne peut t'enlever ça. »

— La terre à Bexinator, lança Kylie d'une voix robotique. L'océan m'appelle. Est-ce qu'il t'appelle, toi aussi ?

— Sérieusement ?

Rebecca fronça les sourcils en regardant la planche de surf, puis Kylie. Elles avaient surfé toute la matinée, mangé comme des loups, transpiré pendant les exercices de yoga censés les aider à récupérer, puis, à la demande de Kylie, elles étaient sorties dans la crique pour une autre heure de surf intense. Avec la marée descendante, nager jusqu'aux vagues serait plus long et plus dangereux. Kylie, qui avait une vingtaine d'années, débordait d'énergie, mais Rebecca découvrait le surf et elle avait ses limites.

— Tu es sûre que tu n'es pas trop fatiguée ? Viens plutôt flotter à côté de moi et profiter de la vue.

Elle inclina la tête vers la crique, où… *Ooh !* Son regard tomba sur son mystérieux inconnu. Sauf que cette fois, il avait de la compagnie. Deux fillettes aux cheveux noirs s'agrippaient à ses bras et ses jambes tandis qu'il les ramenait sur la plage entre deux éclats de rire.

Elle soupira. Si elle n'avait pas été complètement rouillée dans le domaine du flirt…

Une femme blonde à la peau d'albâtre déboucha dans la crique et courut vers lui avec deux serviettes de plage.

La gorge de Rebecca se noua. Qu'elle soit capable de flirter ou non n'avait pas d'importance. Il n'était pas disponible. Si seulement elle avait su ça de son fiancé…

Kylie, qui ne se doutait de rien, gloussa.

— Le plaisir des yeux, ce n'est pas pour moi. Tu te souviens ? Je suis amoureuse.

— Hmm, fit Rebecca, feignant l'ignorance. Rappelle-moi.

Puis elle rit de bon cœur. Nul n'ignorait à Bali que Kylie était amoureuse. Sauf peut-être le gars sur la plage.

Rebecca reporta les yeux sur les fillettes. Collées au flanc de l'homme, elles riaient toujours, en équilibre sur ses avant-bras musclés comme de jolis ornements.

Elle brûlait de savoir ce que ça faisait, cet amour profond, biologique, qui ne venait que d'une famille…

Tu as ta grand-mère. Certaines personnes n'ont même pas ça.

Elle détourna les yeux avant que des larmes importunes ne commencent à couler sur ses joues. Depuis le temps, elle aurait dû être immunisée contre la vue d'hommes accompagnés d'enfants. Mais non. Son horloge biologique, impitoyable, se rappelait sans cesse à elle.

Elle s'obligea à remodeler ses sombres pensées, comme le lui avait recommandé son coach bien-être. « Prenez vos pensées parasites et faites-en quelque chose de différent, de positif. »

D'une certaine manière, c'était assez simple. Elle était à Bali depuis deux semaines, pour des vacances qu'elle pouvait facilement prolonger puisque rien ne l'attendait chez elle – à part sa grand-mère, qui avait proposé de la rejoindre si elle comptait s'attarder là. Grâce aux économies qu'elle avait eu le bon sens de se constituer, elle avait de quoi voir venir.

Bali était un endroit de rêve. Elle avait le reste de sa vie devant elle. Moins les trente-sept années déjà vécues. Mais si elle vivait jusqu'à cent ans, ce n'était même pas la moitié, n'est-ce pas ?

Hmm… Les idées noires n'avaient pas disparu.

Elle essaya de penser à autre chose.

Ses cheveux ! Alors qu'ils étaient le fléau de son existence, en temps normal, ils s'étaient transformés ici en un halo ondulé de mèches couleur feu.

Elle était en bonne santé, possédait un compte épargne bien garni et de magnifiques cheveux. Ce n'était pas parce que David, son solitaire et l'avenir qu'ils avaient planifié n'étaient plus d'actualité que son futur à elle ne pouvait pas être rose.

Bien sûr, après leur rupture, la personne proactive qu'elle était, adepte des listes, efficace, était devenue une femme fissurée et fragile. Mais, grâce à sa grand-mère et à un billet d'avion pour l'endroit le plus exotique au monde, elle avait cessé de se noyer dans son chagrin.

« C'est un cadeau de la vie, avait dit sa grand-mère. Et la vie est faite pour être vécue. »

Rebecca était donc là, résolue à se reconstruire, à devenir plus souple et plus résiliente. Elle avait appris à ses dépens que se focaliser sur le prix d'un solitaire l'avait empêchée de voir le désamour de son ex et de deviner qu'il entretenait depuis un an une liaison.

Ses yeux glissèrent vers le rivage. Il y avait d'autres partis que son inconnu, et qui lui convenaient sans doute mieux. Non qu'un mari soit un « parti ». Un mari – ou plutôt, un partenaire – devait être une âme sœur. Un meilleur ami.

Et David n'avait été ni l'un ni l'autre, comprit-elle. Un bon acteur, voilà ce qu'il avait été.

Ce qui ne voulait pas dire qu'elle n'avait pas le droit d'apprécier un joli spectacle à distance…

Elle retrouva tout de suite le papa sexy, et ressentit une sensation torride lorsqu'il se tourna vers la mer car, contre toute attente, elle avait l'impression que c'était elle qu'il regardait. Il était encore trop loin pour qu'elle puisse déchiffrer son expression, mais sans qu'elle comprenne pourquoi, un drôle de sentiment l'envahit. Un sentiment de se trouver face à quelqu'un de familier. M. Parfait n'avait pas toujours été parfait, lui non plus.

Peut-être avait-il été, lui aussi, quelqu'un de très différent avant d'arriver ici, sur cette plage, en compagnie de ces deux jolies fillettes et de cette superbe blonde. Avait-il été un fiancé qui croyait vivre au paradis avant de découvrir que tout n'était qu'illusion ?

Elle grimaça. Sa maîtrise de la pensée positive laissait encore à désirer.

Rebecca esquissa un sourire et reporta son regard sur Kylie, qui vérifiait que la cordelette de sa planche était bien fixée à sa cheville.

— Kylie ? Je suis crevée. Tu as surfé autant que moi aujourd'hui. Tu es sûre d'être prête pour une autre vague ?

Kylie secoua énergiquement la tête.

— J'ai dit au dieu du surf que je ne sortirais pas avec lui avant d'avoir réussi cette figure.

— Parce que tu veux te prouver que tu en es capable ?

Rebecca était d'accord pour une aventure de vacances, mais pas pour faire n'importe quoi. Le dieu du surf – alias Antonio, un bel Italien – était la dernière conquête de Kylie. Rebecca, elle, le trouvait trop fuyant. À moins qu'elle ne soit tout simplement blasée, ou jalouse ?

Kylie leva les yeux au ciel.

— Pour qui d'autre je ferais ça, à ton avis ?

Elle coula un regard prudent à Rebecca. Kylie connaissait

son histoire depuis qu'elle la lui avait confiée un soir, après avoir bu une margarita de trop.

— Les dieux du surf vont et viennent, Bex. Mais c'est ma vie, n'est-ce pas ?

Rebecca sourit. En tout cas, une chose était sûre : Kylie était un cadeau du ciel.

Lorsque Rebecca était arrivée à l'hôtel, le cœur brisé, Kylie l'avait invitée à prendre un verre sur la terrasse. Autour de cocktails multicolores, elle lui avait confié sa rencontre avec l'« homme de sa vie », lors de sa toute première soirée à Kuta, la plus grande station balnéaire de l'île. Un barman. Stefan ? Sven ? Peu importait. Il avait jeté son dévolu sur une autre, et Kylie l'avait oublié.

Qui savait qui se présenterait la semaine suivante ? Conor le chiropracteur ? Declan le dentiste ? Qui que ce soit, Kylie était toujours très, très claire. Elle seule restait maîtresse du jeu, et décidait à qui elle prêtait son cœur. C'était une leçon que Rebecca avait juré de mettre en pratique si elle retombait un jour amoureuse.

Kylie plaça une main en visière sur son front pour protéger ses yeux du soleil de l'après-midi.

— Tu n'es pas en train de sombrer dans la mélancolie, n'est-ce pas ?

Rebecca ne sut que répondre.

Comme elle gardait le silence, Kylie désigna le soleil couchant.

— Tu es sûre que tu n'as pas envie d'une dernière vague ?

Rebecca leva les bras, puis les laissa retomber.

— Honnêtement, non. Mes bras ont assez lutté contre la mer aujourd'hui.

— Tu es épuisée, c'est ça ?

Rebecca sourit.

— J'ai les bras fatigués, mais je me sens très bien ! Vas-y, toi. Plus vite tu attraperas cette vague, plus vite nous pourrons prendre un apéritif à l'hôtel.

Elle regarda Kylie s'éloigner en pagayant. Son amie n'était

pas seulement de dix ans sa cadette, elle était aussi boostée par l'ocytocine, la fameuse « hormone de l'amour ». Ce qui n'était pas le cas de Rebecca. Pas du tout, même.

Machinalement, elle chercha du regard le papa sexy et ses fillettes.

Bingo !

Ils étaient là, en train de construire un château de sable.

Rebecca ferma les yeux tandis qu'un sentiment très proche de l'envie lui serrait le cœur. Soudain, ses rêves brisés affluèrent à sa mémoire, et elle sentit ses yeux se remplir de larmes.

Elle s'empressa de refouler sa tristesse. Le soleil lui chauffait la peau, la mer tropicale lui léchait les orteils et une chambre d'hôtel sur pilotis l'attendait, ainsi qu'un bon cocktail et une amie merveilleuse. À partir de maintenant, elle prendrait exemple sur Kylie. Elle serait spontanée, insouciante, et ouverte aux cadeaux que la vie lui envoyait.

Malheureusement, le papa sexy n'était pas disponible. Mais peut-être devrait-elle savourer le simple plaisir que sa vue lui offrait ? Ce n'était pas comme s'il correspondait au type d'homme qu'elle recherchait dans la « vraie » vie !

Son coach lui avait répété qu'elle résistait trop face à l'inconnu et au changement.

Un sourire se dessina sur ses lèvres. Eh bien… la mission du papa sexy était terminée, désormais : elle savait ce que cela faisait de sentir son corps s'enflammer de désir au premier regard !

Son sourire se mua en une légère grimace lorsqu'elle se souvint de sa crise de colère puérile devant sa grand-mère. « Fini, les hommes ! L'homme de mes rêves peut bien passer cette porte, je m'en moque, j'en ai assez ! »

Sur le moment, elle était sincère, bien sûr. Mais comment lutter devant cet homme dont le short de surf semblait avoir été créé spécialement pour lui ; et taillé sur mesure ? Un homme doté de tablettes de chocolat et d'un énigmatique tatouage sur ses magnifiques biceps ? Sans parler du chignon d'ébène qui ornait le sommet de son crâne. Elle avait toujours été du genre à préférer les cheveux ras, mais cet homme était l'exception qui confirmait la règle.

Elle fit un petit signe de tête en direction de l'océan et leva les mains dans une prière de remerciement muette à sa grand-mère.

Si mamie Bea n'avait pas été là, elle serait en train d'escalader le Machu Picchu, à l'heure qu'il est. Elle aurait très probablement des ampoules aux pieds et le mal des montagnes. Elle dormirait dans une tente au lieu d'un lit à baldaquin en teck enveloppé d'une moustiquaire ondulant sous la brise. Plus probablement encore, au lieu de dormir, elle serait en train de se demander pourquoi elle se torturait en effectuant seule ce qui aurait dû être son voyage de noces. Venir à Bali avait été une bonne idée. C'était bien mieux que de se recroqueviller sous sa couette pour tenter d'oublier la trahison de son fiancé, qui avait déménagé à Londres avec sa nouvelle compagne enceinte !

Elle ferma les yeux, convoquant le fort accent campagnard de sa grand-mère pour chasser ses idées noires.

« Ta vie est ce que tu en fais, Rebecca. Si tu t'apprêtes à passer les cinquante prochaines années dans ce vieux fauteuil miteux, ainsi soit-il, ne compte pas sur moi pour te décerner une médaille ! »

L'avertissement avait été suffisant pour qu'elle se lève et aille prendre une douche. Une victoire, à ce stade. Le lendemain, elle s'était coiffée. Le surlendemain, elle avait fait les courses. Certes, pour acheter de quoi préparer une pâte à brownies, mais quand même… Peu à peu, elle avait réappris à vivre.

Elle regarda vers le rivage. La blonde avait disparu, laissant seuls le papa sexy et ses fillettes. Il lui tournait le dos et elle put admirer à loisir ses muscles qui bougeaient sous sa peau cuivrée, avant de disparaître centimètre après centimètre sous une chemise dont il retroussait les manches. *Mince alors !*

Il s'allongea, appuyé sur les coudes, pendant que les fillettes s'amusaient à faire disparaître ses longues jambes et son torse sous des poignées de sable blanc.

Non qu'elle laisse son regard s'attarder sur lui, mais elle ne pouvait s'empêcher de remarquer la façon dont il carrait les épaules. Sa stature altière. Il y avait une tension dans sa posture qui évoquait…

Elle secoua la tête, incapable de trouver les mots pour exprimer les idées qui se bousculaient dans son esprit. Quoi qu'il en soit, elle éprouva de nouveau cette étrange sensation de familiarité.

Une autre vague heurta le bord de sa planche, lui rappelant que continuer de flotter là n'était probablement pas recommandé : d'autres surfeurs risquaient de déferler sur elle, et c'était dangereux.

Elle appuya ses paumes sur la planche et commença à pagayer vers le rivage quand elle vit Kylie arriver sur une vague, radieuse d'avoir enfin réussi à se redresser.

Un autre surfeur, un jeune homme en short à fleurs, aborda la vague de l'autre côté. Erreur de débutant ! Kylie pensait être seule sur ce rouleau, tandis que l'homme, à en juger par la façon dont il s'y engageait, s'imaginait la même chose.

Elle tenta de prévenir Kylie, mais le bruit du ressac étouffa son cri. Trop tard ! L'avant du surf de l'homme heurta l'arrière de celui de Kylie. Les deux planches se retournèrent, lui cachant momentanément les surfeurs.

Rebecca s'allongea sur son surf et se mit à pagayer de toutes ses forces.

2.

En se retournant, Noah brisa sa « couverture » de sable, et déçut fortement ses nièces. Mais les exclamations et les cris affolés qui s'élevaient dans la crique l'avaient mis en alerte.

— Oncle Noah ! cria Isla. Où vas-tu ?

Ruby lui attrapa la main.

— Tu ne nous laisses pas, hein ?

Noah se figea. Ces petites mains de fillette dans les siennes l'émouvaient plus qu'il ne l'aurait cru.

Deux mois plus tôt, il serait déjà parti en courant vers le rivage, prêt à se jeter dans la mer et à braver les vagues pour aider son prochain. Il avait opéré assez de surfeurs pour savoir que leurs blessures pouvaient être graves.

Mais il se défendait d'être cet homme-là, désormais. Il avait des responsabilités. Et plus que jamais. Des personnes à charge. Des fillettes aux grands yeux noirs – les mêmes que ceux de sa sœur –, qui le regardaient avec une telle anxiété que c'en était fini du plaisir qu'ils venaient de partager. Elles redoutaient qu'une fois de plus, une personne qu'elles aimaient s'en aille et ne revienne pas…

— Non. Je reste ici avec vous deux, mais…

Elles écarquillèrent les yeux, puis frémirent, comme si elles redoutaient la suite de la phrase.

— Mais on devrait peut-être rentrer, d'accord ? Tous ensemble.

— Et le pique-nique ?

— On peut toujours le manger, assura Noah. Mais… dans la jeep, OK ?

Sa suggestion fut accueillie par des soupirs déçus. Il s'efforça de trouver quelque chose qui leur plairait, tout en les invitant à se lever afin de pouvoir se rapprocher de la rive, au cas où on aurait besoin de lui.

— Et si on pique-niquait près de la piscine, à la villa ? On reviendra demain.

— Pourquoi pas…, soupira Isla.

— D'accord, lâcha Ruby, le menton tremblotant.

Il la serra contre lui et déposa un baiser maladroit sur sa tête. C'est ce que sa sœur aurait fait, non ?

Ce n'était pas la première fois qu'il se maudissait d'avoir repoussé, puis esquivé ses multiples invitations à venir passer du temps sur l'île en famille. L'endroit ne lui était pas étranger, pourtant. Il y venait chaque année quand sa mère était…

Au lieu de passer tout son temps en salle d'opération, à Sydney, il aurait dû venir plus souvent ici et faire la connaissance de ses nièces.

De grosses larmes se mirent à couler sur les joues de Ruby, six ans. Il devait s'occuper de ses deux nièces et les distraire un peu. Au cours des deux derniers mois, il s'était trop reposé sur les parents de son beau-frère et sur sa cousine. C'était lui, leur tuteur, maintenant. Et il leur avait promis un après-midi à la plage.

Avant d'échouer au premier obstacle. Bravo !

Soudain, d'autres cris retentirent sur la rive.

— On reviendra demain, assura-t-il, tout en essayant de comprendre ce qui se passait. Et ce soir, on pourra aller manger une glace ?

Il savait qu'il avait l'air distrait, et avait recours à des ruses minables, mais…

— Ils sont tous les deux évanouis !

— Je vois du sang !

— Il y a des requins par ici ?

— Il faut appeler une ambulance !

— Y a-t-il un médecin ici ?

Qu'était-il censé faire ? Rester là, en sécurité sur la plage avec ses nièces, ou respecter le serment d'Hippocrate et donner la priorité au patient ?

La frontière entre sa vie professionnelle et sa vie personnelle s'était plus que brouillée au cours des dix dernières années. Il ne dissociait pas les deux, jusqu'à ce coup de téléphone fatidique…

Il avait l'impression d'être écartelé. Comment les parents pouvaient-ils faire autrement que de donner la priorité à leurs enfants ?

Il se força à cesser de ressasser les mêmes pensées. Il était un chirurgien de premier plan, bon sang ! Il savait établir des priorités.

Primo, il n'était pas le seul nageur valide dans la petite crique. Plusieurs personnes se trouvaient déjà à l'eau. Secundo, maintenant que sa cousine Mel était retournée à la clinique, il n'avait personne à qui confier les fillettes.

Il constata avec horreur que sa première réaction n'avait pas été de rester à leurs côtés. Il leur faisait déjà défaut, alors qu'il était censé leur consacrer sa journée ! Son premier jour de congé complet depuis qu'il était arrivé à Bali, sans compter les funérailles, bien sûr, qui s'étaient déroulées sur plusieurs jours, avec une procession et un bûcher funéraire, puis une cérémonie au bord de la mer où les vagues avaient emporté les âmes de sa sœur et de son beau-frère vers le large, pour l'éternité.

La moitié de la population de l'île était venue leur rendre hommage. Sauf, bien sûr, le conducteur du 4x4 qui avait précipité leur voiture dans un ravin. Il était en prison maintenant, et aurait largement le temps de réfléchir à ce qu'il avait fait : s'élancer sur une route pleine de lacets alors qu'il avait bu, « juste pour s'amuser un peu avec sa voiture de location ».

Le premier réflexe de Noah avait été de fermer la clinique aux touristes. Puis des considérations matérielles étaient entrées en ligne de compte. Si l'argent de l'assurance voyage des touristes n'aidait pas à financer le volet humanitaire de son activité, à savoir la réalisation d'opérations chirurgicales gratuites pour les familles démunies de l'île…

Il se passa la main dans les cheveux. Ne pas secourir les surfeurs allait à l'encontre de toutes ses valeurs.

— Oncle Noah ?

Il regarda le petit visage d'Isla.

— Oui, ma chérie ?

— Tu peux y aller, si tu veux. Du moment que tu promets de revenir.

Il en eut le souffle coupé.

— Non, ma chérie. Je vais rester avec vous. S'ils ont besoin d'aide médicale, ils trouveront quelqu'un sur la plage ou à la clinique, et je m'occuperai des patients plus tard.

Le petit visage de Ruby se décomposa.

— Et l'histoire pour nous endormir, alors ?

Il s'agenouilla pour essuyer ses larmes.

— Vous l'aurez.

— Promis ?

— Promis.

Il accrocha son auriculaire au sien et lut un soulagement si grand dans ses yeux qu'il en eut le cœur serré.

Il se leva et enfila son pantalon non sans se maudire. C'était sa faute. Les larmes. L'anxiété. Depuis l'enterrement, il s'était noyé dans le travail à la clinique, comme si cela avait pu ramener sa sœur et son mari. Dieu merci, sa cousine avait anticipé son incapacité à jongler avec la clinique et les fillettes, mais maintenant, il était temps d'assumer.

Mel devait rentrer chez elle, en Australie. La famille de son défunt beau-frère, bien qu'indonésienne, vivait sur une autre île. Il avait été question d'envoyer les filles vivre avec eux à Jakarta, mais Noah avait refusé de donner une réponse définitive, car il n'avait aucune idée de ce qui était le mieux pour ses nièces.

Il pouvait engager une nounou. En fait, il devrait s'y résoudre car il ne pourrait pas continuer à travailler et être là pour ses nièces autant qu'il le voudrait. Pourtant, le travail ne remplissait pas le vide béant qui s'était creusé en lui. Peu importait le nombre de fractures qu'il réduisait ou de blessures qu'il recousait, rien ne ramènerait sa sœur et son mari.

Ces dernières années, Noah avait développé les mêmes travers que son père, en privilégiant le travail par rapport à la famille. Mais lui au moins ne collectionnait pas les conquêtes…

Il refoula aussitôt ses souvenirs. Ce que son père faisait de son temps libre ne le concernait plus. Sa famille, c'étaient les filles, désormais. Ce matin même, il avait fait une promesse silencieuse à sa sœur, lorsque, avec ses nièces, il était allé déposer des fleurs sur sa tombe. Il serait là pour Ruby et Isla autant que pour la clinique.

Si c'était à refaire, songea-t-il, il agirait bien différemment. Il serait marié et père de plusieurs enfants s'il n'avait pas été aussi soucieux de… de quoi, exactement ?

De ne pas blesser ses proches comme son père l'avait fait ?

Il regarda les deux paires d'yeux noirs presque identiques qui le fixaient. La vraie vie, c'était ici et maintenant ! C'était ces deux merveilleuses fillettes qui avaient besoin de se savoir aimées et en sécurité.

— On a besoin d'un médecin !

— Je suis médecin.

Il n'avait pas pu s'en empêcher. Il avait prêté serment, et ne pas l'honorer aurait été une faute grave. Il avait également signé un document de quinze pages assurant à sa sœur que, dans l'éventualité peu probable où elle mourrait, il deviendrait le tuteur de ses enfants.

— Tout va bien, les filles. Je suis juste là, vous me verrez…

Un type, visiblement australien, lui aussi, courait à sa rencontre.

— Un imbécile a pris une vague en pensant qu'il pourrait dépasser la débutante et, finalement, il l'a percutée ! Elle est toujours attachée à sa planche mais elle a dû être assommée, parce que la planche a refait surface et pas elle !

Noah se dirigeait déjà vers la mer quand le surfeur le retint par le bras.

— Non. Il y a déjà deux personnes qui pagaient là-bas. Si tu dois les recoudre ou leur dispenser les premiers secours, attends plutôt ici avec tes enfants.

Noah retint un juron. Voilà qu'un surfeur lui apprenait comment s'occuper de ses nièces !

Le type continua, sans se douter du coup qu'il venait de porter à sa confiance en lui :

— Je prédis un nez cassé ou une grosse entaille pour lui. Et une commotion cérébrale pour elle.

Voilà un langage qu'il comprenait. Les chirurgiens orthopédistes australiens avaient l'habitude de réparer des nez qui avaient croisé une planche de surf.

Pourquoi les gens pensaient-ils donc pouvoir déjouer l'océan ?

La course à pied. Le cyclisme. La natation en piscine, voilà des sports plus raisonnables, moins dangereux !

Et les longues promenades au crépuscule sur la plage…

Instinctivement, il resserra les bras autour des épaules de ses nièces.

Si c'était un nez cassé, il pourrait sans doute le soigner sur la plage. Dans le cas contraire, si c'était plus grave, ils devraient aller à la clinique.

C'était pour la jeune femme qu'il s'inquiétait le plus.

Il voyait la planche flotter sur les vagues, mais aucun signe de sa propriétaire, ce qui était étrange car les surfeurs s'attachaient généralement à leur planche par la cheville. Il vit une femme aux cheveux auburn – celle qu'il avait surprise en train de le regarder, un peu plus tôt – s'approcher des vagues sur une planche colorée. Elle portait un maillot de surf à manches longues.

Il s'était dit que c'était sans doute sa tenue qui avait attiré son attention. En fait, quelque chose en elle lui paraissait familier.

Il se pencha, comme si cela pouvait l'aider à entendre ce

qu'il se passait au loin. Il la regarda vérifier l'état du jeune homme, lui poser quelques questions, puis faire signe à l'un des autres surfeurs d'approcher.

Pourquoi avait-il l'impression de la connaître, tout à coup ?

Il la perdit de vue un moment, alors qu'elle plongeait sous l'eau à l'instant où une vague enflait et s'écrasait sur sa planche.

Un surfeur entreprit de remorquer le blessé vers le rivage et Noah se rendit compte qu'il avait retenu son souffle le temps que la rousse remonte à la surface, le bras passé autour de la poitrine d'une femme qui, avec l'aide des autres surfeurs, fut rapidement chargée sur sa planche et remorquée à son tour.

Le cerveau de Noah se mit à tourner à toute allure.

— Allez, les filles. Vous faites la course ? La première qui me rapporte ma trousse médicale aura une glace, d'accord ?

Elles détalèrent en criant : « Moi ! Moi ! »

Alors, Noah courut vers la mer et entreprit de faire ce qu'il faisait le mieux : le médecin.

Noah avait remis en état le nez du jeune homme dès qu'il avait atteint le rivage. Maintenant que ses nièces étaient revenues avec sa trousse médicale, il posait un pansement temporaire sur la méchante coupure qui entaillait la joue du jeune homme. Il aurait certainement besoin de points de suture dans un second temps.

Noah éprouva une pointe de fierté en constatant que ses nièces, qui avaient pratiquement grandi dans la clinique qu'avait dirigée sa sœur, étaient plus intéressées que repoussées par ce qu'il faisait, et attendaient maintenant de l'aider avec son prochain patient.

Noah vit arriver les surfeurs avec la planche où était étendue la jeune femme blonde. La rousse marchait près d'elle tout en lui massant le sternum.

Intéressant… C'était bien différent, en tout cas, de ses connaissances standard en matière de premiers secours.

— Allez, Kylie ! Tu ne vas pas terminer la journée comme ça ! Fais un effort !

Les joues de la femme rousse étaient striées de larmes. Elle semblait connaître le nom de la blessée, il y avait donc de fortes chances pour qu'elles soient amies, même si elles n'étaient pas du même âge.

— Qu'est-ce qu'il s'est passé ? demanda quelqu'un.

— Elle a perdu connaissance, répondit la rousse. J'ignore si elle a avalé de l'eau ou si la planche l'a frappée à la tête.

Elle posa deux doigts sur la gorge de Kylie et pâlit.

— Pas de pouls !

L'absence de pouls indiquait un risque d'étouffement. La patiente avait besoin d'un massage cardiaque d'urgence. En attendant plus longtemps, on risquait des dommages cérébraux permanents, voire pire.

— Quelqu'un peut-il détacher la cordelette à sa cheville ? demanda Noah en pataugeant dans l'eau pour aller attraper une extrémité de la planche de Kylie.

Deux surfeurs prirent l'autre extrémité, tandis que la femme rousse faisait reculer les badauds.

Noah procéda à un rapide contrôle visuel. Le massage sternal avait fait refluer un peu d'écume à sa bouche. C'était bon signe, en l'occurrence. Son corps expulsait l'eau.

Instinctivement, il jeta un coup d'œil derrière lui pour s'assurer que ses nièces se trouvaient à l'écart du ressac. Il ne connaissait pas très bien la crique, mais il en savait assez sur les marées pour être au courant que lorsque les vagues vous entraînent vers le large, les plus faibles n'ont tout simplement pas la force de les combattre.

— Elle a besoin d'un massage cardiaque ! Écartez-vous ! ordonna la femme rousse.

Noah s'avança.

— Tout le monde recule ! répéta-t-elle fermement.

Leurs regards se croisèrent l'espace d'une seconde, et cet instant suspendu disparut aussi vite qu'il était venu devant l'urgence de la situation.

— Je suis médecin, lancèrent-ils en chœur.

De nouveau, leurs yeux se rencontrèrent, cette fois avec une compréhension mutuelle. Ils pouvaient tous deux aider Kylie.

— Rebecca, se présenta-t-elle.

— Noah.

Il y eut un autre regard, plus anxieux cette fois ; un échange qui clarifia ce qu'ils savaient tous les deux : la vie de Kylie était entre leurs mains.

Ils s'agenouillèrent à côté de la jeune femme. Rebecca introduisit aussitôt deux doigts dans sa bouche pour en retirer l'écume.

— Elle voulait prendre une dernière vague, expliqua-t-elle. Elle était fatiguée, mais elle est partie quand même. Le type au nez cassé a pris la même vague qu'elle. Leurs planches se sont heurtées, puis Kylie a coulé et n'a pas refait surface pendant au moins une minute et demie. C'est une bonne nageuse, mais elle a été prise au dépourvu.

Il n'y avait ni colère ni frustration dans sa voix. Juste des faits. Un ton de médecin classique. Signe supplémentaire de sa formation médicale, Rebecca se mit à stimuler sa patiente en l'interpellant par son prénom.

— Kylie ? Kylie, tu m'entends ? Nous sommes avec toi, Kylie.

Elle ajouta à son intention :

— Je me charge de la respiration artificielle et vous des compressions, d'accord ?

Elle lui montra ses bras pour indiquer qu'ils étaient fatigués d'avoir nagé jusqu'au rivage puis, sans attendre sa réponse, elle inclina le menton et la tête de Kylie vers l'arrière pour dégager autant que possible ses voies respiratoires.

Une mèche de ses cheveux auburn glissa quand elle se pencha. Noah fut pris du désir absurde de la repousser derrière ses oreilles. Maudissant son manque de concentration, il sortit son téléphone de sa poche et demanda à l'une de ses nièces de le tenir à portée de voix, le temps qu'il demande au personnel de la clinique de préparer une salle.

Les consignes les plus récentes en matière de réanimation

cardiopulmonaire préconisaient de renoncer à la respiration artificielle, mais dans le cas d'une noyade, quelques insufflations pouvaient faire la différence. Rebecca en pratiqua cinq sur Kylie.

Noah avait déjà croisé ses doigts et, dès qu'elle eut terminé, il commença les compressions.

Alors qu'il approchait de la fin du cycle d'une minute, Rebecca se mit à compter à voix haute, puis elle se pencha pour effectuer deux insufflations supplémentaires pendant qu'il tenait ses mains en suspens.

Il pratiqua encore soixante compressions. Et cette fois, avant que Rebecca ait pu parvenir au bout de son décompte, Kylie eut un sursaut et commença à expulser l'eau piégée dans ses poumons. Ils la firent rapidement basculer en position latérale de sécurité, tandis qu'un tonnerre d'applaudissements éclatait dans la foule attroupée autour d'eux.

Il y avait quelques couvertures de survie dans le kit de Noah mais, comme il ne voulait pas les poser à même la peau de Kylie, il retira sa chemise et en couvrit son buste.

Quand il releva la tête, Rebecca avait les yeux braqués sur ses pectoraux.

3.

Rebecca se mordit l'intérieur de la joue. Un homme aussi parfait ne pouvait pas être réel. Qui avait un physique pareil ? Certainement pas son ex. Non. Ce genre de beauté était…

… Pas disponible.

— Je l'ai eue, cette vague ?

La voix affaiblie de Kylie brisa le silence et, heureusement, mit fin à la contemplation à laquelle se livrait Rebecca.

— Tu as été parfaite, chuchota-t-elle.

Et puis, de nouveau, ses yeux rencontrèrent ceux de Noah. Elle sentit presque son regard se poser sur ses lèvres… au moment où elle y passait la langue. Puis il plongea de nouveau les yeux dans les siens et elle eut l'impression de mourir de chaud. Tout à coup, elle sentait son corps vibrer d'une force vitale insoupçonnée.

Elle se ressaisit bien vite et se concentra sur Kylie. Après avoir vérifié que la peau de son amie n'était pas froide, ni teintée du bleu révélateur de l'hypothermie, elle s'assura qu'elle ne présentait pas de gonflement abdominal inhabituel et s'avérait en état de voyager. Puis ils chargèrent les deux blessés dans la jeep, guidés par les fillettes de Noah.

Pendant tout ce temps, elle avait veillé à ne pas fixer son torse, son dos, les tatouages sexy sur ses bras. Mais, plus que tout, c'était son visage qui l'intriguait, car elle était incapable de se débarrasser du sentiment de l'avoir déjà rencontré.

Comme une âme sœur.

Une main sur le pouls de Kylie, Rebecca, à l'arrière de la jeep, entendit celle-ci murmurer :

— Pas mal, ton collègue…

Sans pouvoir réprimer un sourire, elle pressa un doigt délicat sur les lèvres de son amie.

— Garde tes forces. Tu as subi un grave traumatisme, tu sais.

Ce qui était bel et bien le cas. S'ils s'étaient trouvés dans l'hôpital où elle travaillait avant son départ en Cornouailles, Rebecca aurait demandé un bilan neurologique complet et des scanners : poumons, estomac, cerveau. Mais, en constatant que Kylie était assez en forme pour la taquiner, elle songea que vingt-quatre heures d'observation devraient conclure qu'elle l'avait échappé belle !

Elle serra la main de son amie et repoussa ses cheveux blonds de son front… Puis elle regarda de nouveau Noah.

Alors que le véhicule filait sous l'épais feuillage de la jungle, Rebecca tenta de comprendre à quel jeu cruel jouait le destin en lui présentant un homme à ce point inaccessible.

Elle n'oserait jamais se mettre nue devant quelqu'un d'aussi beau, et encore moins s'abandonner entre ses bras. Elle n'était pas exactement un top model, privilégiait les vêtements confortables, les tuniques… En fait, surtout les tuniques. Si elle arborait en permanence un maillot de bain, ici, c'était parce qu'elle était sûre de ne jamais revoir les gens qu'elle rencontrait.

De toute façon, pourquoi pensait-elle à ce genre de choses ? Ce père de deux enfants, vraisemblablement marié, les conduisait dans une clinique pour vérifier que son amie Kylie n'avait pas subi de dommages cérébraux.

N'empêche…

Chaque fois que ses yeux rencontraient les siens, elle avait l'impression qu'un courant électrique circulait entre eux. Lorsque leurs mains s'étaient effleurées par mégarde, pendant qu'ils chargeaient Kylie dans sa jeep, elle avait senti un long frisson parcourir tout son corps.

Contrairement à son ex, qui était devenu médecin parce que c'était la tradition dans sa famille, Noah semblait être venu sur terre pour accomplir sa vocation, qui était d'aider son prochain.

Comme s'il lisait dans ses pensées, il croisa son regard dans le rétroviseur et hocha la tête.

Son cœur manqua un battement, et quelques autres ensuite. Qui avait besoin d'un défibrillateur avec Noah à ses côtés ? Il avait davantage stimulé son système nerveux en dix minutes que David en cinq années. Avait-elle jamais su ce qu'était l'amour ?

Cette question n'avait pas lieu d'être, et elle s'efforça de la chasser de son esprit. Noah était un territoire interdit et, contrairement à la nouvelle femme de son ex, Rebecca n'était pas une voleuse de mari. Cet homme lui plaisait, c'était indéniable, mais il n'était pas libre. L'histoire s'arrêtait là.

Et puis, Noah étant la perfection incarnée, jamais il n'envisagerait de tromper, ne serait-ce qu'en pensée, sa ravissante épouse avec Rebecca. Surtout pas avec deux adorables fillettes aux cheveux d'encre qui, pour le moment, demandaient à Nez-Cassé – alias Mack Redding, surfeur et plombier originaire de Brisbane – si elles pourraient regarder pendant qu'on lui ferait ses points de suture.

L'intéressé jeta un rapide coup d'œil à Noah, qui leva les yeux au ciel avant d'opiner.

— Et si c'était vous qui vous en chargiez, mesdemoiselles ? s'enquit Mack.

Les demoiselles en question éclatèrent de rire.

Rebecca était sur le point de se porter volontaire quand Mack la désigna du doigt.

— Votre consœur ne pourrait pas s'en charger ? Elle a les mains plus fines, lança-t-il avec un clin d'œil suggestif.

Tandis qu'elle baissait la tête pour échapper à ce regard, Noah serra les mains sur le cuir du volant. Ce mouvement trahissait-il de l'agacement… ou de la jalousie ?

Non, voyons ! Il était marié. Sans doute était-il juste irrité par le sans-gêne de ce type.

Elle réalisa soudain qu'elle n'avait pas demandé à Noah

quel était son lien avec la clinique qu'il avait mentionnée, à savoir la clinique de l'île. L'établissement se trouvait à l'entrée d'un village où Rebecca se rendait tous les jours pour y boire un excellent café et des smoothies aux fruits plus délicieux encore.

Soudain, alors que ses yeux croisaient encore une fois ceux de Noah dans le rétroviseur, elle sut où elle l'avait déjà vu.

— Vous êtes M. Goyave-Citron-Ananas !

Elle plaqua une main sur sa bouche, horrifiée par ce qu'elle venait de dire.

Elle avait parlé de lui à Kylie. De l'homme qui, tous les matins à 11 heures précises, apparaissait au bar à jus, vêtu d'une blouse d'hôpital noire. Ses sourcils toujours froncés lui donnaient l'air… hanté.

Les yeux de Noah se fixèrent sur les siens dans le rétroviseur. Il ne souriait pas.

Elle se sentit rougir. La veille au soir, elle s'était abandonnée à une rêverie érotique en pensant à lui, imaginant soudain M. Goyave-Citron-Ananas en grand séducteur qui la déshabillait d'une main experte tout en enflammant ses sens.

Dieu merci, elle n'en avait pas parlé à Kylie !

Celle-ci voulut se redresser pour parler, mais elle se mit à tousser si fort que Rebecca l'obligea à se rallonger sur le flanc. Flirter tout en négligeant son amie, qui souffrait peut-être de noyade sèche, n'était pas exactement le genre de méfait qu'elle voulait se voir reprocher par la commission médicale.

« Eh bien, Votre Honneur, il y avait un type très sexy que je voyais sans cesse devant cette clinique médicale, le genre d'établissement que j'avais un jour voulu diriger, avant que mon fiancé ne détruise nos rêves communs en me quittant pour une autre et en déménageant à Londres.

» Pardon ? Qu'est-ce que je faisais devant la clinique ? Eh bien, je cherchais à savoir si oui ou non je devais tenter de me faire embaucher dans cette clinique et recommencer ma vie à Bali. Mais comme je l'ai dit, il y avait ce médecin très sexy qui me donnait des frissons…

» Oui, c'est ça. Je me suis postée en face de la clinique pendant plusieurs jours. Le petit bar à jus offrait une base d'observation idéale. Pourquoi ai-je arrêté ? Mon amie Kylie m'a proposé d'aller surfer avec elle, pour me changer les idées... »

Présenter sa candidature lui avait semblé judicieux, sur le moment. Ce serait très différent du cabinet médical qu'ils avaient prévu d'ouvrir, avec son ex. Seulement, elle n'arrêtait pas de voir ce beau ténébreux et la perspective de travailler avec quelqu'un d'aussi attirant lui semblait dangereuse pour sa santé mentale…

Rebecca jeta un coup d'œil au surfeur, qui ravissait les fillettes avec ses grimaces, et ne put réprimer un soupir.

Maintenant qu'elle savait Noah marié, elle se dit qu'elle s'était au moins épargné l'humiliation de poser sa candidature dans sa clinique, parce que travailler avec cet idéal masculin aurait été une véritable torture.

Comment avait-elle pu ne pas le reconnaître sur la plage ?

Peut-être parce qu'il était à moitié nu et encore plus séduisant qu'en blouse, idiote !

En plus, en le voyant sourire à ses filles, elle n'avait pu s'empêcher de trouver cette scène familiale attendrissante.

— M. Goyave-Citron-Ananas ? répéta Mack quand il surprit Rebecca en train de le fixer à nouveau. On dirait bien que quelqu'un est en train de craquer pour quelqu'un d'autre…

D'un même mouvement, les fillettes se retournèrent sur leur siège pour fixer Rebecca.

— Non ! C'est juste que…

Elle prit une grande inspiration avant de poursuivre :

— J'ai vu plusieurs fois Noah au bar à jus. C'est tout.

Elle jeta un nouveau coup d'œil au rétroviseur et grimaça. Noah étouffait un sourire. Appréciait-il qu'elle l'ait remarqué ?

Arrête ! Il est marié et père de deux enfants.

Elle le vit se frotter le menton avant de suggérer :

— Peut-être que les filles pourraient aller vous chercher une eau de coco au curcuma et au gingembre, pendant que ma cousine fait les points de suture ? Vous l'avez peut-être vue sur la plage ? Elle nous attend à la clinique.

Chaque mot s'imprimait en elle. Il connaissait sa boisson préférée !

— Et moi ? se lamenta Mack. J'ai soif, moi aussi !

Une minute… Sa « cousine » ? La blonde qu'elle avait vue sur la plage était sa cousine ? Une étrange joie l'envahit.

— Fonce ! lui chuchota Kylie.

— Pas question, chuchota Rebecca. Je reste avec toi !

Elle se ressaisit. Si le Noah de ses fantasmes était un amant formidable, le véritable Noah avait deux fillettes qui devaient avoir une mère quelque part.

Kylie plissa les yeux et tenta de prendre son sac à dos sur les genoux de Rebecca.

— Je vais envoyer un message au dieu du surf pour qu'il vienne me tenir compagnie. Et toi, continue à te spécialiser dans les fruits tropicaux !

Juste au moment où Rebecca allait répliquer, Noah ralentit et engagea la jeep dans une ruelle bien moins animée que la rue principale.

Les deux grandes portes en bois sculpté de l'arrière de la clinique avaient été ouvertes par des hommes en uniforme qui attendaient dans une guérite.

— Mince ! s'exclama Mack en sortant lentement de la jeep. Cet endroit est surprenant.

En effet ! Pour commencer, le bâtiment de la clinique était beaucoup plus grand qu'il n'y paraissait depuis la rue. Peut-être parce qu'à cette heure magique, tout baignait dans une belle lumière dorée. Ou parce que cette clinique ne ressemblait à rien de ce qu'elle avait vu auparavant. Ou alors parce que l'homme qui avait mis ses sens en alerte dardait sur elle un regard intense…

Quoi qu'il en soit, Rebecca eut l'impression d'entrer dans un univers complètement différent. Le modeste mur de pierre et la porte rouge qu'elle avait observés depuis le bar à jus cachaient clairement une machine à remonter le temps. Ici, dans l'enceinte de l'établissement, des palmiers verdoyants ombrageaient une allée menant à un vaste jardin tropical, agrémenté de pièces d'eau et d'une piscine à débordement magnifiquement carrelée.

Appuyées à des murs de pierre couverts de bougainvilliers, d'épaisses étagères en teck abritaient des sanctuaires garnis d'offrandes de fleurs et de fruits. Des villas traditionnelles étaient disséminées dans les jardins.

Noah lui tint sa portière et, comme elle trébuchait, la prit par le bras. L'espace d'un instant, on aurait dit qu'il n'y avait plus qu'eux deux au monde.

Ses yeux étaient outremer, et très brillants. C'était un être tout en muscles et en force, avec néanmoins une certaine douceur que démentait son air légèrement renfrogné sous ses sourcils froncés.

Une vague de chaleur la parcourut lorsqu'il posa ses doigts contre sa hanche. C'était bien mieux que le fantasme imaginé la veille au soir. La peau chaude de Noah exhalait les parfums qu'elle avait appris à associer à l'île. Noix de coco. Embruns salés. Citronnelle et poivre…

Elle croisa de nouveau son regard et un miracle se produisit : pour la première fois depuis… toujours, elle se sentit délicieusement femme…

Elle était grande, ce qui dérangeait son ex et l'avait finalement obligée à ne plus porter que des ballerines, mais auprès de Noah cela n'était plus un problème. Il n'avait pas l'air d'un homme à lui faire porter des chaussures plates pour ménager son ego. De toute façon, il la dépasserait encore, même si elle portait des talons.

— Oh ! bon sang ! protesta Kylie sur son brancard. Allez-vous enfin m'extraire de ce tank et me ramener à l'hôtel ?

Tout en libérant Rebecca, Noah s'éclaircit maladroitement la gorge. Quand il voulut soulever Kylie, elle lui servit un sermon féministe : même à moitié morte, elle n'avait pas besoin d'un homme pour l'aider !

Rebecca et Noah se précipitèrent pour la rattraper quand elle tomba la tête la première.

— Peut-être que je pourrais avoir besoin d'un peu d'aide, finalement, admit-elle, vaincue.

— Moi aussi, je crois, renchérit Mack.

En se retournant, Rebecca vit que son bandage temporaire était trempé et dégoulinait.

— Noah ! Enfin !

La jolie blonde que Rebecca avait vue sur la plage apparut sur la vaste terrasse du bâtiment principal, poussant un fauteuil roulant.

— Les filles, c'est l'heure du dîner et du bain, d'accord ? lança-t-elle. J'arrive pour vous aider dans quelques instants.

Elle s'approcha de la jeep tout en se présentant comme Mel McKindry, la cousine de Noah.

Celui-ci saisit la tablette qui se trouvait sur le siège du fauteuil roulant et se mit à y prendre des notes à toute allure.

Mel sourit à Rebecca, puis appela un collègue pour qu'il apporte un autre fauteuil roulant, avant de poser une série de questions rapides, d'ordre médical, vite suivie par des questions d'ordre plus personnel adressées à Rebecca.

— C'est donc ce que vous faites maintenant ? Vous pratiquez la médecine générale en Angleterre ? Et vous n'êtes ici que pour quinze jours ?

Rebecca tourna les yeux vers Noah.

— Euh… Pas exactement.

— Elle est célibataire, sans travail et se trouve actuellement à une époque charnière de sa vie, intervint Kylie, avec un clin d'œil appuyé à Noah.

Au léger coup dans les côtes que lui flanqua Rebecca, elle répliqua par un « Quoi ? C'est la vérité ! » offusqué, avant que son visage ne s'éclaire.

— Et elle dispose d'un billet d'avion open…

Alors, comme si elle avait reçu toutes les informations dont elle avait besoin, la cousine de Noah sourit à Mack.

— J'ai la personne qu'il vous faut pour vos points de suture !

Un jeune médecin tatoué aux cheveux d'ébène, qui semblait passer le plus clair de son temps sur un ring de boxe, s'avança vers Mack et l'emmena dans le fauteuil roulant.

Quand il se fut éloigné, Mel tapota la main de Kylie.

— Eh bien, dans ce cas, je pense que je vais vous laisser sous la responsabilité de Noah, mon cousin. Rebecca vous accompagnera, d'accord ?

Sur quoi, elle lança une œillade complice à Kylie, comme si sa quasi-noyade avait fait partie d'un plan qu'elles auraient concocté pour que les deux médecins se rencontrent.

Malgré sa gêne, Rebecca avait réussi à saisir l'information majeure dans tout cela : le Dr Noah Cameron était probablement célibataire.

Kylie fredonna d'un air joyeux pendant que Noah poussait son fauteuil sur la rampe conduisant dans le bâtiment principal.

Pour ce qui semblait n'être qu'un établissement destiné aux touristes, la clinique de l'île était en fait fort bien équipée. Et, vingt minutes plus tard, Rebecca fut heureuse de voir que Noah utilisait tout ce que les lieux avaient à offrir, en faisant notamment pratiquer des scans et des tests neurologiques à Kylie pour s'assurer que l'absence d'oxygène n'avait pas eu d'effets délétères.

Plus tard, alors que les cigales reprenaient leurs stridulations nocturnes, Rebecca fut frappée par le caractère romantique de l'endroit, qui ressemblait plus à un village de vacances de luxe qu'à une clinique. Elle se serait volontiers attardée, mais puisque Kylie allait bien, il était temps pour elle de rentrer à l'hôtel.

— Je reviendrai demain matin, quand tu auras passé la deuxième batterie de tests neurologiques, indiqua-t-elle à Kylie.

— Ne t'en va pas ! gémit celle-ci. Je n'aurai personne à qui parler si tu t'en vas. Et tu sais très bien que je suis hors de danger. Je n'ai avalé qu'un peu d'eau de mer, rien de plus !

En embrassant la pièce du regard, Rebecca avisa une étagère garnie de livres usagés.

— Tiens. Lis-en un.

Elle lui tendit un volume, que son amie refusa de prendre.

— Je parie que tu étais une interne très autoritaire, se plaignit-elle. Pourquoi je ne peux pas rentrer avec toi puisque tout va bien ?

— Peut-être parce que tu as besoin de repos ?

— Tu n'es pas très compatissante, comme médecin ! geignit Kylie.

— Et toi, tu es une patiente très pénible, rétorqua Rebecca avec un sourire.

— Si vous n'obéissez pas à ma charmante consœur, vous allez devoir écouter le médecin grincheux ! fit la voix profonde de Noah, derrière elles.

Sa « charmante » consœur ?

Que se passerait-il s'il commençait à lui faire des compliments ? Elle risquait de perdre tout contrôle…

— Vous ne serez pas surprise d'apprendre que nous vous gardons en observation pour la nuit, ajouta Noah.

Rebecca sourit, tandis que Kylie protestait.

Le regard de Noah, perplexe, ne cessait d'aller de l'une à l'autre. Puis Mel apparut sur le seuil et appréhenda rapidement la scène.

— Le dîner va bientôt être servi à tous les patients, mais vous pouvez rester, Rebecca. Cela nous permettra de faire connaissance…

4.

— Qu'est-ce que vous me recommandez ? s'enquit Rebecca en fixant le menu que le personnel de la cafétéria de la clinique venait de lui fournir.

De partir avant que ma cousine ne régente votre vie tout entière !

Noah repoussa cette pensée, peu charitable, et qui ne visait même pas Rebecca, car il aurait certainement essayé de séduire cette jeune femme en un autre temps et un autre lieu.

Mais sa conscience coupable le taraudait sans répit, le forçant à tenir des promesses qu'il n'aurait jamais imaginé devoir tenir. Parce qu'il n'avait pas envisagé un monde sans sa sœur…

Sa cousine avait insisté pour les emmener, Rebecca et lui, à la cafétéria de la clinique, afin qu'ils « discutent des postes à pourvoir », avant de se rappeler qu'elle avait promis aux filles de les aider à prendre leur bain.

Il n'était pas idiot, et se rendait bien compte qu'elle essayait de favoriser un rapprochement entre eux.

Il y avait quelques mois, sa vie était aussi prévisible que le soleil à Bali, et sa routine quotidienne immuable : travailler, manger, dormir, et ainsi de suite… Une petite amie occasionnelle bouleversait de temps en temps son emploi du temps, jusqu'à ce qu'elle comprenne qu'il n'allait pas la demander en mariage ou lui proposer de fonder une famille. Chaque fois, il reproduisait une version abrégée de ce qu'il avait vécu avec Alice – sa petite amie de la fac de médecine – après huit ans de relation.

En théorie, Noah rêvait de rencontrer son âme sœur et de fonder une famille. Mais pour une raison qu'il ne s'expliquait pas, il n'avait pas ressenti le « déclic » dont sa sœur avait parlé lorsqu'elle avait rencontré son mari. Ce moment magique où elle avait su qu'elle était prête à s'engager. Voilà pourquoi il était toujours célibataire à quarante et un ans.

— Y a-t-il quelque chose que je regretterais de ne pas avoir goûté ? insista Rebecca en tapotant le menu.

Il se frotta le visage. Il n'allait pas tout gâcher. Rebecca était une de ces femmes « à part », qui méritait qu'on lui fasse la cour dans les règles de l'art. Et elle n'était certainement pas intéressée par une aventure avec un chirurgien orthopédique indisponible, qui n'arrivait pas à décider s'il devait rester à Bali ou rentrer à Sydney avec ses nièces.

Il n'en fallut pas plus pour que sa longue liste de tâches à accomplir resurgisse à son esprit. Il devrait vendre son appartement s'il s'installait avec les fillettes : il n'était pas assez fonctionnel, et il manquait une chambre. Était-il seulement situé près d'une école ? Il n'en avait aucune idée.

— Est-ce que je dois prendre votre silence pour un « non » ? insista Rebecca, perplexe.

— Pardon, désolé. Tout est délicieux. Je suis juste…

Ressaisis-toi, Noah !

— Distrait ? acheva-t-elle à sa place.

Il leva les yeux vers les siens. Ils étaient magnifiques, et il se sentit tout de suite en confiance, avec elle. Comme s'il la connaissait depuis toujours…

Quoi ? Qu'est-ce qu'il lui arrivait, bon sang ?

Il s'empara de son menu pour ne plus la voir. Mais les mots se brouillèrent devant ses yeux. Cette femme méritait plus qu'un simple bavardage. Et puis, il devrait aussi remercier sa cousine de l'avoir mis en relation avec quelqu'un pour qu'il ne se sente pas abandonné quand elle rentrerait en Australie.

Aussi intrusive qu'elle puisse être, Mel avait été une véritable héroïne, ces deux derniers mois.

Grâce à elle, qui avait su distraire son père et sa troisième femme, il ne les avait que brièvement croisés à l'enterrement. Oui, d'accord, cet homme était le géniteur d'Indah, et le sien aussi, mais il ne s'était jamais soucié d'eux.

Noah avait eu du mal à supporter qu'un homme aussi imparfait que son père puisse assister à une cérémonie de purification. Comme si sa sœur ou son mari avaient besoin de cela ! Ils étaient bons, gentils, généreux… Probablement comme Rebecca. Car après tout, combien de femmes resteraient assises en face d'un homme qui semblait avoir épuisé tous les mots à sa disposition ?

— Vous me suggérez de prendre une entrée ? demanda-t-elle avec calme. Ou plutôt de me contenter d'un plat ?

Il la regarda, la dévisageant vraiment, cette fois. C'était une très belle femme, qui dégageait un mélange de force et de chaleur.

Tout ce qu'elle veut, c'est un conseil sur le plat à commander pour pouvoir déguerpir d'ici au plus vite, espèce d'idiot !

— Je commence toujours par le saté, déclara-t-il sans conviction.

Tout le monde commençait par le saté ! songea-t-il alors. Quant à lui, sa mère indonésienne l'avait élevé avec cette nourriture. Il avait aussi grandi avec un père australien qui avait insisté pour avoir un « vrai déjeuner du dimanche », chaque semaine après la messe.

Il serait intéressant de voir combien de temps la troisième femme de son père allait durer. Elle n'avait pas l'air très heureuse, la dernière fois qu'il l'avait vue…

Rebecca déployait de généreux efforts pour feindre de s'intéresser à ce qu'il lui disait.

— J'adore le saté plutôt léger. Celui de Bali est très épicé, non ?

Elle baissa la tête et quand leurs yeux se rencontrèrent,

Noah sentit une douce chaleur l'envahir, comme à chaque fois. Il détourna aussitôt le regard pour revenir au menu.

Est-ce qu'elle ressentait ça aussi ? Cette… connexion, entre eux ?

Il avait attendu quarante et un ans pour que le « déclic » se produise avec une femme et le voilà qui survenait quand sa vie était un chaos ! Ça n'avait pas de sens, en tout cas pas pour un esprit rationnel comme le sien. Les os, les articulations, les ligaments et les tendons avaient un sens, ça oui. Ils ne recelaient pas de sous-entendu caché. Ils étaient déchirés, arrachés, cassés, meurtris, et pouvaient être réparés. L'orthopédie était une discipline directe, honnête.

Elle reposa son menu.

— Pourquoi ai-je la nette impression que vous brûlez d'être ailleurs ? demanda-t-elle sans préambule.

Les paillettes d'or dans ses yeux étincelaient à la lumière de la bougie, et il sentit son sang bouillir dans ses veines.

Nerveux, il se passa la main dans les cheveux, puis s'empressa de dire :

— Non. S'il vous plaît, restez. Je me comporte comme un idiot. Je suis un peu distrait, je l'avoue…

Elle s'empourpra, révélant une facette qu'il n'avait pas encore entrevue. Presque brute. Vulnérable. Comme lui.

Et si tu lui montrais que tu es aussi fragile qu'elle ?

Et s'il lui avouait tout à coup que, pour la première fois de sa vie, il aurait souhaité avoir un être cher à ses côtés qui le connaisse parfaitement ? Quelqu'un qui le rassurerait. Quelqu'un comme elle ?

Après quelques secondes de silence, elle lui coula un regard prudent.

— Je suis peut-être ridicule, mais vous n'avez pas eu l'impression que votre cousine essayait de nous piéger ?

Il n'en fallut pas davantage pour que la tension se dissipe. Noah éclata de rire.

— Elle n'est pas vraiment subtile, n'est-ce pas ?

Rebecca secoua la tête, puis grimaça, visiblement nerveuse, ce qui le rassura car il ressentait la même chose.

— Dommage, dit-elle, presque avec regret.

— C'est-à-dire ?

— Vous n'êtes pas mon genre.

Il fut surpris de sentir son cœur se serrer. Il ne songeait nullement à s'engager dans une relation, pourtant cela le blessait qu'elle ne lui accorde pas même une chance.

Avant qu'il ait pu répliquer, elle continua :

— Vous êtes très séduisant, mais vous n'êtes pas le genre d'homme avec qui j'ai l'habitude de sortir.

Il se frotta la mâchoire.

— Je ne sais pas si je dois le prendre comme un compliment ou non.

— C'est juste un constat, répondit-elle, désinvolte.

Il sourit. Il aimait les constats. Ainsi que l'honnêteté. Alors il fit ce qu'il aurait dû faire depuis le début : il commença à se confier.

— Je vis une situation assez compliquée en ce moment.

Elle hocha la tête. Visiblement, elle s'en doutait.

— Ma sœur Indah est morte il y a deux mois, continua-t-il. Avec son mari.

Rebecca poussa un petit cri et pressa les mains sur sa poitrine.

— Les deux fillettes sont…

Il hocha la tête.

— Ce sont leurs filles, oui. Je suis leur tuteur légal, maintenant… Tel que vous me voyez, je suis en pleine délibération avec moi-même : dois-je rester ici et diriger la clinique, en lieu et place de ma sœur ? Ou trouver une nounou à Sydney et retourner à ma vie d'avant ?

— C'était quoi, votre vie d'avant ?

— Je suis chirurgien orthopédique en chef à la clinique orthopédique de Sydney.

Décrocher ce poste avait été son objectif, atteint quelques mois seulement avant la mort d'Indah.

Rebecca laissa échapper un profond soupir.

— Je comprends votre hésitation. C'est un sacré changement de cap. Et moi qui pensais me trouver à un tournant de ma vie !

Devant son regard curieux, elle agita son annulaire.

— J'avais quelque chose à ce doigt, il y a quelques mois.

Il la regarda d'un air surpris.

— Vous avez rompu ?

— En un sens, oui, répondit-elle avec une grimace. Mais comme il était amoureux d'une femme enceinte de lui, j'ai du mal à considérer cette décision comme mienne.

— Aïe…

— Bref, plutôt que de faire le deuil de la famille que je n'ai pas, j'essaie de me dire que j'ai failli jeter mon dévolu sur un type qui n'en valait pas la peine et que je l'ai échappé belle, finalement. Rien à voir avec ce que vous traversez.

Donc oui, ils avaient tous les deux été rudement blessés, éprouvés par la vie. Et ils faisaient de leur mieux pour entrevoir un peu de joie dans l'avenir qui s'offrait à eux.

— En fait, je crois que nous avons plus en commun que vous ne le pensez. En dehors de ma tendance à broyer du noir, évidemment, ironisa-t-il.

Elle lui jeta un regard en coin.

— Et qu'est-ce que nous avons en commun, selon vous ?

— Ni vous ni moi ne vivons la vie que nous avions prévu de vivre, et devons nous adapter.

Elle leva son verre pour trinquer avec lui.

— Écoutez, reprit-elle après quelques secondes d'un silence complice, ne vous sentez pas obligé de me proposer un poste ici. Je suis sûre que des tas de médecins indonésiens seraient ravis de travailler dans un aussi bel endroit.

— La plupart de notre personnel vient d'ici, admit-il. Cela dit, la clinique a un double objectif : soigner les touristes, mais aussi offrir des soins gratuits et des traitements de qualité à la population pauvre de l'île. Nous avons donc besoin d'un personnel polyvalent. À la fois local et international. Vous parlez plusieurs langues ?

— Français et espagnol, répondit-elle aussitôt.

C'était impressionnant. Et très utile. Il aurait dû l'engager sur-le-champ. À ceci près qu'il craquait pour elle.

Et alors ? Il avait déjà craqué pour des femmes.

Oui, mais pas des femmes en qui il voyait une mère potentielle pour ses nièces. Il devait penser aux deux fillettes, qui ne seraient sans doute pas capables de supporter une autre perte, un autre déchirement, si ça ne marchait pas. Quant à Rebecca, ses rêves brisés et ses blessures encore à vif l'empêchaient sûrement d'envisager toute histoire au long cours…

« Viens à Bali. Trouve un équilibre. Fais la paix avec toi-même. »

Les paroles de sa sœur retentissaient à ses oreilles. Autrefois, il n'avait pas le temps de songer à toutes ces bêtises. Mais il était bien obligé d'assumer le rôle de père, désormais, et de décider du sort de cette clinique. Tout de suite.

Donc, non. Il n'embaucherait pas Rebecca.

Il ouvrit la bouche pour le lui annoncer, mais ce fut un tout autre message qui en sortit.

— Nous sommes une organisation caritative internationale, ce qui nous facilite la tâche pour l'obtention de visas. Donc votre travail serait en grande partie bénévole. Nous pourrions vous offrir le logement, la nourriture et un petit salaire en échange de conseils…

Voyant les yeux de Rebecca s'agrandir, il effectua un virage à cent quatre-vingts degrés.

— Mais peut-être que vous n'êtes pas à la recherche d'un emploi. Auquel cas, ma tirade est sans objet.

— C'est vrai…

Elle laissa sa phrase en suspens.

— Il y a donc un « mais » ?

— Disons que je n'ai pas fréquenté le bar à jus en face de la clinique uniquement pour ses boissons.

Il fronça les sourcils.

— Vous êtes malade ? Vous avez besoin d'un traitement ?

Elle prit une grande inspiration, puis sourit bravement.

— Non. Je… En fait, ce voyage me permet de faire le point, et ce bar est l'endroit idéal pour réfléchir. J'ai un compte épargne assez garni, puisque j'ai renoncé à mon projet de fonder mon propre cabinet médical. Je pensais surfer un peu et rentrer chez moi, mais je suis toujours… en train de me chercher.

— Des progrès sur ce front ?

— Je ne sais pas. Je ne suis même pas sûre de vouloir retrouver l'ancienne Rebecca.

— Pareil pour moi, convint Noah. Celui que j'étais ne m'inspire pas beaucoup.

— On dirait qu'on a tous les deux des décisions à prendre.

Il hocha la tête.

La serveuse s'approcha et ils passèrent commande, puis, quand la serveuse fut repartie, il demanda :

— Pourquoi êtes-vous venue ici ? À Bali ?

Elle prit une gorgée de son thé glacé au gingembre et à la citronnelle.

— Parce que je suis tombée sur une annonce qui proposait des cours de surf et de yoga réservés aux femmes, et promettait de m'aider à trouver la sérénité.

— Et alors ? demanda-t-il, sincèrement curieux, vous l'avez trouvée ?

— Bon, je ne passe plus mes journées recroquevillée sous ma couette, comme chez ma grand-mère, mais je ne suis pas non plus la personne la plus sereine de la planète. J'aime toujours affronter les difficultés de l'existence à l'aide de feuilles de calcul, même si cette manière de procéder a posé problème dans ma dernière relation.

— C'est quoi, le problème des tableurs ?

— Mon ex trouvait qu'ils l'emprisonnaient. Il n'a manifestement pas compris que les tableurs créaient de l'ordre et que l'ordre était synonyme de progrès.

— En ce qui me concerne, je confirme !

Elle le remercia d'un sourire éclatant.

— Vous avez été élevée par votre grand-mère ? reprit-il.

— Mamie Bea, acquiesça-t-elle. Elle a pris la relève quand mes parents sont morts.

— Oh ! je suis désolé…

— Ne vous inquiétez pas, le rassura-t-elle. Je n'ai jamais connu autre chose. Mon père et mon grand-père étaient pêcheurs, expliqua-t-elle. Ma mère est sortie un jour avec eux parce qu'elle se plaignait de ne jamais les voir assez et… Il y a eu une grosse tempête. Personne n'est revenu.

— Et pourtant, vous surfez ?

Elle lui adressa un sourire triste.

— Ne dit-on pas qu'il faut soigner le mal par le mal ? Je ne surfe pas les grosses vagues et je connais mes limites. J'ai toujours essayé de me concentrer sur ce que j'ai, plutôt que sur ce que je n'ai pas…

Cette remarque plut à Noah et il leva son verre pour trinquer avec elle.

— Cela dit, pour être honnête, ces derniers mois, je me suis focalisée sur tout ce qu'a mon ex et qui me fait défaut : conjoint, enfant, maison avec jardin, et un travail qu'il…

Elle s'interrompit, visiblement gênée.

— Désolée. Quelqu'un a dû m'injecter un sérum de vérité. Qu'est-ce qu'ils mettent dans ce thé ? dit-elle en lançant à son verre un regard accusateur. Je ferais mieux de partir, maintenant.

— Non. Restez. J'aime bien vous écouter.

C'était mieux que le bourdonnement de ses propres pensées.

— Pardon, je peux te tutoyer ? reprit-il. Tu es une belle personne, tu sais…

Leurs regards se croisèrent et, une fois de plus, il sentit le courant passer entre eux. Soudain, elle se pencha, le visage animé.

— J'ai une idée, annonça-t-elle.

— Je suis tout ouïe.

Elle avait les yeux brillants d'excitation.

— Au lieu de s'efforcer de tout planifier, je devrais laisser le destin décider si je vais rester travailler ici. En jouant à pile ou face, par exemple…

— Tu ferais ça ? s'écria-t-il, stupéfait.

— Bien sûr ! J'ai bien abandonné un travail que j'aimais à Nottingham pour suivre un homme en Cornouailles, alors pourquoi ne pas lancer une pièce de monnaie pour décider si je reste à Bali ? Et ne t'inquiète pas, tu n'y seras pour rien.

— En tout cas, ça rendrait ma cousine heureuse, répondit-il avec un petit sourire en coin. Vas-y ! J'adorerais avoir quelqu'un d'aussi organisé que toi dans mon équipe.

Rebecca sourit et ramassa son sac à dos, d'où elle finit par sortir une pièce britannique, avec la reine Elizabeth d'un côté et ce qui ressemblait à une guerrière de l'autre. Elle lui tendit la pièce, les yeux étincelants.

— À mon signal, tu la lances. Pile, je reste. Face, je rentre en Angleterre après-demain !

Un sentiment d'urgence s'empara de lui. Il ne pouvait pas laisser cette femme partir. Pas maintenant. Pas encore.

Il lança la pièce. Ils la regardèrent tournoyer en l'air. Pile, face. Pile, face.

Il rattrapa la pièce d'une main pour la plaquer sur le dos de l'autre, puis il tendit le bras afin qu'ils puissent découvrir le verdict ensemble.

5.

Rebecca tendit le document à signer à la mère de sa patiente, une Française victime d'un coup de soleil assez sévère, puis s'accroupit. Miriam n'avait pas de cloques mais, à en juger par les larmes qu'elle avait versées pendant l'examen, sa peau devait la brûler atrocement.

— Il faut retourner à ton hôtel, t'installer dans ta chambre et boire beaucoup d'eau, d'accord ? expliqua Rebecca dans son français un peu rouillé.

La fillette hocha la tête. Des larmes perlaient à ses paupières.

— Je pourrai encore nager avec les dauphins avant de partir ?

Rebecca eut bien du mal à ne pas prendre la pauvre petite dans ses bras pour la consoler.

Elle se souvint du conseil que Noah avait donné à ses nièces, lorsqu'elles l'avaient supplié d'aller faire de la plongée avec tuba.

— Pourquoi pas ? Un peu de patience…

Un frisson la parcourut comme elle se rappelait la façon dont il l'avait regardée. Soudain, elle avait l'impression qu'elle lui plaisait, et qu'il la voyait telle qu'elle était vraiment.

Pourtant, si elle se fiait à sa première semaine à la clinique, elle devait en conclure que cette interprétation était erronée.

Après ce moment de folie partagée où ils s'en étaient remis au tirage au sort pour savoir si elle devait rester à Bali, les questions pratiques avaient repris le dessus. Rebecca avait raccompagné Kylie à l'aéroport et fait ses bagages à l'hôtel avant de s'installer à la clinique. Depuis, Noah ne lui avait adressé la parole qu'en cas d'absolue nécessité, si bien que ses rendez-vous avec les patients lui offraient un répit bienvenu. Car près de lui, elle ressentait une tension permanente.

Qu'est-ce qui lui avait pris de lui dire qu'il était très séduisant, mais qu'il n'était pas son genre ?

Maintenant deux hommes, sur deux îles différentes, tenaient à prendre leurs distances avec elle. Au moins n'avait-elle pas planifié son avenir avec Noah ! Elle grimaça en se rappelant avoir parlé à son ex des plans d'épargne qu'ils auraient dû, selon elle, commencer à ouvrir, afin d'aider leurs futurs enfants à accéder à la propriété.

Enfin, Dieu merci, elle aimait vraiment son travail à la clinique, qui lui permettrait d'exercer son métier qu'elle adorait tout en réfléchissant sereinement à la suite.

Pour l'instant, elle se servait de ses compétences en médecine générale et en pédiatrie. Des interventions chirurgicales étaient également prévues mais pour l'heure, elle avait un coup de soleil à soigner.

Elle se tourna de nouveau vers la petite Miriam.

— Ma chérie, ne pleure pas ! gémit sa mère en étreignant la fillette.

— Je voulais voir les dauphins, maman !

La mère de Miriam lui adressa un sourire d'excuse.

— Elle parle des dauphins depuis qu'on a atterri, mais vous savez comment c'est… On veut mener à bien tout ce qu'on a prévu, et quelque chose vient contrarier nos plans.

— Quand repartez-vous ?

— Dans trois jours.

Rebecca hocha la tête et observa Miriam et sa mère. Le coup de soleil était grave, mais… que disait sa grand-mère déjà ? « La vie est faite pour être vécue, même si ça fait mal, parfois. »

Elle s'accroupit pour adresser à Miriam des conseils également destinés à sa mère :

— Peut-être que si tu restes à l'intérieur aujourd'hui, que tu utilises bien le gel, que tu donnes aux anti-inflammatoires le temps d'agir et que tu te protèges du soleil, tu pourras y aller après-demain. Mais il faut absolument mettre un chapeau et un T-shirt pour nager avec les dauphins ; d'accord ?

Des larmes de joie coulèrent sur les petites joues.

— Oui. Oui ! Oh ! Maman, les dauphins !

Alors qu'elle accompagnait sa petite patiente et sa mère hors de sa salle d'examen, Rebecca retint son souffle en avisant Noah dans le couloir. Il ne s'attendait manifestement pas à la voir non plus, car, pour la première fois de la semaine, il lui sourit. Puis, comme s'il reprenait ses esprits, il se hâta de froncer les sourcils, feignant d'être très concentré.

Bon sang, elle avait compris qu'il ne voulait pas sortir avec elle, mais inutile de faire la tête chaque fois qu'il l'apercevait !

Elle décida de mettre en pratique les conseils de mamie Bea. Sortant une pièce de sa poche, elle la lui lança avant d'avoir le temps de changer d'avis.

— Attrape ! dit-elle.

Il s'exécuta avec, au fond des yeux, une lueur qu'elle n'y avait plus revue depuis la dernière fois qu'elle s'en était remise au hasard. Signe d'ne véritable curiosité à son égard.

— Quelle décision tu cherches à prendre, cette fois ? demanda-t-il, de sa voix grave si sensuelle.

— Pile, je reste. Face, je pars.

Il plongea ses yeux dans les siens.

— Pourquoi voudrais-tu partir ? Cet endroit ne te plaît pas ?

— J'aime bien le travail, répondit-elle, une main sur la hanche pour paraître plus sûre d'elle-même.

Il posa alors les yeux sur cette hanche, puis revint lentement vers son visage.

— Donc, si je comprends bien, c'est le logement qui ne te convient pas ?

Elle fit la moue. Il savait très bien qu'elle ne parlait pas de la villa. Non, le problème, c'était lui !

— Je souhaite t'aider, reprit-elle.

Une ride se creusa entre ses sourcils.

— Mais c'est bien ce que tu fais, en venant travailler tous les jours.

Super ! Elle allait donc devoir formuler les choses clairement.

— Certes, mais j'ai l'impression que ma présence ici ne t'aide pas, toi.

— Quoi ? Ne sois pas ridicule, voyons ! répliqua-t-il, avant de fourrer la pièce dans sa poche. C'est juste que je suis un peu débordé en ce moment…

— C'est normal, concéda-t-elle. Perdre sa sœur et son beau-frère, récupérer deux enfants et une clinique très fréquentée, ce n'est pas un petit bouleversement.

Même s'il demeura presque impassible, elle décela dans son expression quelque chose qu'elle n'avait pas remarqué auparavant, une douleur bien plus profonde.

Pourquoi renfermes-tu ainsi tout ce qui te fait souffrir ?

Elle brûlait de l'aider. Elle le connaissait, ce besoin de se punir soi-même quand votre monde s'écroulait. À une époque, ses souvenirs toxiques l'empêchaient de voir la vie autrement qu'à travers le prisme du malheur.

Croisant les bras, elle reprit :

— Écoute, je suis d'accord pour voir ce que le sort me réserve, mais je ne voudrais surtout pas que ma présence ici allonge la liste de tes problèmes.

Il continuait à la regarder dans les yeux, comme s'il y cherchait une réponse.

— Ce n'est pas le cas.

— Alors pourquoi m'évites-tu ?

— Non ! Je… Ma cousine deviendrait dingue si elle entendait ça, conclut-il avec un petit rire gêné.

Rebecca s'appuya contre le mur, pour lui indiquer qu'elle était prête à entendre ses explications.

— Mel t'a dit comment ma sœur et elle m'avaient surnommé après la fac de médecine ? L'Autruche.

— Quoi ? Pourquoi ?

— D'après elles, je faisais l'autruche toutes les fois qu'un imprévu survenait.

— Tu es médecin, et chirurgien. Tu réagis en permanence à l'imprévu !

— C'est bien ce que je leur ai répliqué !

Ils éclatèrent de rire. Comment se faisait-il qu'ils prennent aussi facilement la défense l'un de l'autre ?

Parce que, d'une certaine manière, vous vous connaissez déjà.

— Mais elles voulaient parler de mes relations, ajouta-t-il en redevenant sérieux. J'ai eu une relation. Longue.

— Et… ?

— Elle voulait se marier mais je ne lui ai jamais fait ma demande.

— Tu le regrettes, maintenant ?

— Non, répondit-il fermement. Ce que je veux dire, c'est qu'après cette rupture, je n'ai jamais vraiment eu de petite amie stable.

Elle réfléchit un moment, puis posa à Noah une question qu'elle aurait dû se poser à elle-même.

— Est-ce que tu sacrifies tout à la médecine ? Est-ce que tu t'en sers comme d'une excuse pour négliger le reste ?

— Aïe ! Je me sens démasqué, lâcha-t-il en s'adossant lui aussi au mur. Je ne me fais pas confiance en ce moment. Je… Je ne sais pas comment jongler avec toutes mes responsabilités. J'ai l'impression d'avoir déjà abandonné tout espoir de rencontrer quelqu'un qui me convienne…

Cette confession la bouleversa. Et l'amusa en même temps.

— Personne ne sait faire, nuança-t-elle. Il n'y a pas de manuels pour apprendre à gérer ce que tu traverses… Enfin, il y a bien…

Elle s'interrompit pour énumérer quelques comédies romantiques qu'elle avait regardées en boucle pendant les journées les plus sombres qui avaient suivi sa rupture.

— Tu sais ce que toutes ces histoires ont en commun ?

— Non, mais je t'écoute…

— Pendant un moment, tout va incroyablement mal… Puis le héros réalise qu'il ne peut pas tout faire tout seul.

— Tu veux dire qu'il ne peut pas faire l'autruche en espérant que tout finira par s'arranger ?

Tant mieux, il était encore capable d'autodérision !

— En effet. Pour ce qui te concerne, en tout cas, c'est impossible. Je sais que je suis un peu intrusive…

Il l'interrompit.

— Faux, c'est le sort qui t'a guidée vers moi.

Était-il en train de se moquer d'elle ? Non, il lui adressait un sourire chaleureux et reconnaissant.

— Eh bien, reprit-elle, s'il m'a guidée jusqu'ici, je suis sûre que c'est pour d'autres raisons que mes compétences médicales. Alors si cela ne te stresse pas… et que je peux t'aider à t'occuper de tes nièces, je le ferai. Je suis une super baby-sitter. La peinture au doigt est une de mes spécialités.

Pourquoi te vantes-tu de ton savoir-faire avec les enfants ? Tu es pédiatre, ce savoir-faire est une évidence.

Mais elle n'arrivait plus à s'arrêter… Et à son grand étonnement, cela semblait fonctionner.

Plus elle parlait, plus ses mots semblaient ouvrir une brèche en lui. Noah paraissait sur le point de dire quelque chose qui lui aurait dévoilé les profondeurs de son âme… quand son biper sonna.

Un appel du service des urgences !

L'expression de Noah se figea : le professionnel qu'il était s'apprêtait à passer à l'action. Avant de partir, il jeta un coup d'œil à sa montre, avant de s'immobiliser brusquement, la mine défaite.

— Qu'est-ce qu'il y a ?

— Je dois retrouver les filles à 17 heures à la villa.

— Je m'en occupe ! répliqua-t-elle sans réfléchir.

Il croisa son regard.

— Non. Je vais voir si je peux trouver quelqu'un…

— Noah, coupa-t-elle, tu m'as aidée en me proposant un poste ici, que j'apprécie beaucoup d'ailleurs. Alors laisse-moi te rendre la pareille et t'aider à mon tour, dans la mesure de mes moyens. Même les autruches ont parfois besoin d'un coup de main…

Le biper sonna de nouveau. Il fallait prendre une décision.

Noah inclina la tête.

— Merci, lâcha-t-il.

Il lui donna les indications pour se rendre chez lui, puis se hâta en direction de la salle d'examen.

— Eh, au fait ! lança-t-elle. La pièce, elle est tombée sur pile ou face ?

Il fit mine de réfléchir.

— Elle est tombée sur « reste ».

Rebecca eut l'étrange sentiment qu'il lui disait ce que souhaitait son cœur.

— Et après ? demanda Ruby, les yeux brillants de plaisir.

— Dis-nous ! insista Isla.

— Et après, il m'a demandé si j'avais fait un lifting !

Ruby et Isla froncèrent les sourcils, perplexes, puis Rebecca tira la peau de ses joues en arrière et elles éclatèrent de rire, comme si elle venait de leur raconter la plus hilarante des plaisanteries.

— Qu'est-ce que vous avez toutes à rigoler ?

En croisant le regard de Noah, Rebecca eut l'impression que son corps se réveillait d'un long sommeil.

Bon sang, pourquoi se comportait-elle comme une adolescente énamourée ?

Parce que Noah voulait qu'elle reste. Et qu'elle aimait ça.

Depuis leur dernière entrevue, elle s'autorisait à craquer pour lui, mais en observant des règles très strictes : regarder sans toucher, savourer sans s'attacher. Et comme elle allait quitter Bali dans quelques mois, un béguin secret ne lui ferait pas de mal, n'est-ce pas ?

Elle resta en retrait tandis que les filles traversaient le petit patio pour rejoindre Noah.

Il leur sourit sans retenue. Rebecca était à présent doublement sous son charme : qui ne craquerait pas pour un homme prêt à affronter le monde pour les enfants de sa sœur ?

Isla jeta ses bras autour de la taille de son oncle, bientôt imitée par sa sœur.

Ce touchant tableau émut Rebecca aux larmes. C'était un amour aussi fort que celui qu'elle éprouvait pour sa grand-mère.

Après la disparition de leurs parents, les petites aimaient Noah, mais elles avaient aussi besoin de lui. Il était leur roc dans la tempête. L'oncle prit une nièce dans chaque bras et les fit tournoyer, pour leur plus grand plaisir.

Rebecca sentit son cœur fondre.

Ça, c'est ce que je voulais quand je rêvais d'une famille.

La vie était-elle en train de lui rappeler que les familles ne se formaient pas toujours de manière classique : amour, mariage, poussette ?

Peut-être son obsession d'être « comme tout le monde » l'avait-elle empêchée d'entendre son instinct qui lui soufflait que son ex n'était pas forcément l'homme qu'il lui fallait ?

Les filles supplièrent Noah de les faire tournoyer à nouveau – ce qu'il fit, bien sûr, montrant ainsi clairement qu'il avait besoin d'elles autant qu'elles de lui. Elles étaient le fruit de l'amour que se portaient sa sœur et son beau-frère et lui rappelaient qu'une relation forte se construisait à partir de choses simples. Autant de données qui n'entraient pas dans un tableur…

Avec son ex, Rebecca n'avait partagé que de rares moments, car leur carrière prenait le pas sur tout le reste. Ils n'avaient pas connu de ces instants qui scellent une union.

Et puis elle lui avait lancé un ultimatum. « Marions-nous et construisons notre vie ensemble ou rompons tout de suite ! » Il l'avait demandée en mariage et tout s'était déroulé comme prévu, jusqu'à ce que tout s'écroule.

À dire vrai, elle avait eu un pincement au cœur quand David lui avait glissé la bague au doigt. Sa conscience la poussait à reconnaître qu'ils n'obéissaient pas à une inclination mutuelle, mais bel et bien à une convention sociale.

— *Paman !* lança Isla en tirant sur la main de Noah. On a faim !

Il s'accroupit dans la posture d'un animal sauvage.

— Tu es aussi affamée qu'un ours ? rugit-il.

Les fillettes riaient de plaisir et de peur mêlés. Isla sauta littéralement dans ses bras, le suppliant de ne plus jamais recommencer, tandis que Ruby sautillait en criant :

— Encore ! Encore ! Je suis un ours affamé !

Il les poursuivit en rugissant autour du patio jusqu'à ce qu'ils s'effondrent tous les trois, haletants et hilares, au bord d'un magnifique bassin de carpes koï.

Un violent sentiment de solitude saisit Rebecca tandis qu'elle les regardait se relever. Elle n'avait jamais connu ça. Ou du moins, elle ne s'en souvenait pas. Elle aurait rêvé d'une dispute avec ses parents, d'une de ces querelles que seuls partagent les membres d'une famille.

Comme s'il avait senti son regard sur eux, Noah leva les yeux, enlaçant instinctivement ses nièces.

— Merci de les avoir gardées. Je n'aurais pas accepté ton offre, mais…

Elle l'interrompit pour ne pas céder aux larmes.

— Ce n'est pas ta faute si une urgence se présente, répliqua-t-elle, avant de se remémorer leur conversation précédente et d'ajouter : N'hésite pas à faire de nouveau appel à moi. N'importe quand. Je veux t'aider.

Un courant électrique passa entre eux, si fort qu'elle sourit et s'avança vers lui, s'attendant presque à ce qu'il lui ouvre ses bras. Puis elle se rappela qu'il n'avait pas proposé qu'ils soient amis. Et encore moins amants.

Elle était sur le point de s'excuser et de partir, quand Noah s'éclaircit la gorge.

— Nous avons un dîner australien.

Ruby applaudit et Isla de s'écrier :

— Des crevettes au barbecue ! Des crevettes au barbecue !

— Ce ne sera pas beaucoup plus que ça, admit Noah en se frottant la mâchoire, mais tu es la bienvenue.

Rebecca hésita.

« Reste. »

Pour travailler ? Pour jouer ? Les deux ?

Elle n'était pas comme Kylie. Elle ne savait pas vivre dans l'instant présent, flirter avec un homme, puis avec un autre au gré de son désir.

Elle voulait de l'amour. Malgré les regards intenses qu'ils s'échangeaient, Noah n'était pas en mesure de lui offrir autre chose qu'une parenthèse enchantée, qui se refermerait dès qu'elle aurait quitté l'île.

« La vie est faite pour être vécue, ma chérie ! Il faut en savourer le sel ! » La voix de sa grand-mère retentit dans sa tête, et elle sourit au souvenir de la vieille dame qu'elle aimait tant.

Comme elle hésitait, Ruby et Isla lui prirent chacune une main avant qu'elle puisse invoquer le premier prétexte venu et l'entraînèrent jusqu'à un patio qu'elle n'avait pas encore découvert. L'endroit était ravissant, éclairé par le halo magique d'innombrables guirlandes. Et les épaisses dalles de pierre menaient à une grande cuisine moderne en plein air.

Des poutres en arceau abritaient une superbe table en teck, un îlot de cuisine et de nombreux plans de travail, bref : tout ce qu'un cuisinier averti pouvait désirer. Un escalier en bois courait le long du mur du fond jusqu'à une pièce au toit de chaume où, sous un large ventilateur de plafond, étaient disposés des canapés profonds et accueillants et des bibliothèques basses, croulant sous les livres. Une pièce très chaleureuse…

— Ne te fais pas trop d'illusions, la prévint Noah. Le cordon-bleu, c'était le mari de ma sœur, pas moi. Pour ma part, je sais préparer des plats de célibataire, façon homme des cavernes, ou remplir un bol de céréales.

Il venait à peine de formuler cet avertissement qu'une femme portant l'uniforme du restaurant de la clinique surgissait par une porte dérobée et déposait à côté du barbecue un plateau contenant un assortiment de plats recouverts de film plastique.

Crevettes, poulet, légumes, le tout piqué sur des brochettes soignées, voisinaient avec de petits bols de sauce – saté et huile de piment – très appétissants. Il y avait aussi des salades composées de légumes locaux.

— Bon, l'Australie est un concept assez vague, convint Noah, avec un sourire un peu gêné. Je ne suis pas un grand cuisinier, mais si mon père australien m'a appris une chose, c'est bien à faire griller la viande !

C'était bon signe, qu'il évoque son père. Il n'en avait jamais été question auparavant. Peut-être Noah se dévoilait-il un peu ? Cherchait-il à déterminer s'il pouvait lui confier des éléments de sa vie privée soigneusement protégée ?

— Dans ce cas, j'accepte ton invitation avec plaisir, répondit-elle, accompagnant sa réponse d'une petite révérence.

— Très bien, dit-il, une main sur le cœur en signe de gratitude. J'en suis ravi.

6.

— Tu es sûre ? Tu n'es pas obligée, tu sais !

— Certaine, répondit Rebecca. Tu as préparé le dîner, le moins que je puisse faire, c'est d'essuyer la vaisselle que tu laves si galamment.

Noah lui jeta un regard amusé.

— Ce n'est pas vraiment galant quand il n'y a personne d'autre pour le faire, si ?

— Mon… Je connais des gens qui auraient compté sur le personnel du restaurant.

Voulait-elle parler de son ex ? Ce type de comportement lui déplaisait. Sans parler de ses infidélités, puisque visiblement, ce type avait fondé une famille sans daigner en informer Rebecca. Pas étonnant qu'elle n'ait pas envie de retourner au Royaume-Uni !

Il devait admettre que rentrer en Australie lui inspirait à peu près la même chose. Si Sydney était sa maison, ses plus beaux souvenirs étaient liés à Bali. Pendant son enfance, ils n'y venaient qu'une fois par an, pour les longues vacances scolaires, mais il s'était toujours senti davantage chez lui à Bali qu'à Sydney.

— Allez, insista Rebecca, la main toujours tendue. Ça va plus vite à plusieurs.

Il lui passa un torchon propre.

— Je devrais vraiment demander aux filles de m'aider, reprit-il. Ma sœur et moi, on était toujours de corvée avec notre mère, mais…

Il ferma les yeux. Pendant ce temps, leur père se prélassait dans son home cinéma insonorisé, à regarder le sport, se rappela-t-il.

Rebecca interrompit ses pensées.

— J'espère que tu vas porter ça ! lança-t-elle en désignant les gants de vaisselle roses accrochés au-dessus du grand évier.

— Je suis assez à l'aise avec ma masculinité pour porter du rose, déclara-t-il d'un ton suave.

— Et est-ce que tu pourrais aussi échanger ta triste blouse noire contre une adorable blouse rose de pédiatre ? insista-t-elle avec un grand sourire.

— Non, répondit-il un peu sèchement.

Elle détourna le regard, piquée au vif.

Il s'en voulut. Allait-il refouler ses émotions et la repousser, comme chaque fois qu'il était déstabilisé ? Ou bien s'engager dans une voie inhabituelle et se dévoiler un peu, comme cet après-midi-là ?

— Ma blouse noire n'est pas une tenue de deuil, précisa-t-il.

— Je n'aurais pas dû demander. Ça ne me regarde pas, bredouilla Rebecca, en séchant une assiette avec soin. Tu me passes la suivante, s'il te plaît ? Je commence tôt demain, il va falloir que je rentre.

Bien joué, Noah. Tu vexes la femme qui fait de son mieux pour t'aider.

Il n'était pas le seul à souffrir. Elle avait été blessée, elle aussi, en deuil comme lui d'un avenir qu'elle n'aurait jamais.

Mais lui, quel genre de futur avait-il envisagé, exactement ? Une vie où il aurait veillé sur sa sœur, mais à distance, pour éviter toute question personnelle ? C'était effectivement la voie sur laquelle il s'était engagé.

Pourquoi l'idée d'avoir sa propre famille lui faisait-elle si peur ? Parce que se soucier d'autrui signifiait risquer de perdre ou d'être trahi. Perdre sa mère. Subir la trahison de son père…

Il n'avait pas grandi dans la famille idéale. Comment était-il censé savoir éviter les écueils ?

Sa sœur, elle, ne s'était pas laissé impressionner.

Il coupa le robinet d'eau froide et se tourna vers Rebecca.

— Je suis désolé. Je… ne devrais pas être à ce point sur la défensive.

— C'est bon. Tu es stressé et je parle trop…

Sa voix était enjouée. Trop gaie pour être sincère.

Essaie d'arranger les choses, Noah.

Comment ? Autrefois, avec ses petites amies, il mettait fin à la relation dès que les choses devenaient trop compliquées.

Espèce d'autruche !

Rebecca n'était pas sa petite amie ! Elle était sa… « Collègue » ne semblait pas le terme approprié. Elle était plutôt… « un signe du destin », comme aimait à le dire sa sœur.

Tout en frottant les assiettes, il réfléchit à la façon de relancer la conversation.

Désolé, je suis un imbécile fini.

Non.

Les blouses roses ne me vont pas au teint.

Non !

Tu sais que c'est mon plus long séjour à Bali depuis le décès de ma mère ?

C'est déjà mieux !

Je ne suis pas sûr de vouloir rentrer chez moi, mais je ne sais pas si rester est une bonne idée.

Il devait penser aux filles. En ce moment même, sa cousine, de retour à Sydney, dressait une liste de candidates au poste de nounou à plein temps. Il pourrait s'appuyer sur Mel pour un peu de soutien. Bien qu'il ait des doutes. Ici, il y avait la clinique, les filles avaient leurs amis. Et la famille de son beau-frère ne se trouvait pas bien loin, en avion.

Au bout de quelques secondes, Rebecca lâcha :

— Quand je suis stressée, je dresse des tableaux et des listes et je propose des solutions à des problèmes que les gens ne veulent pas forcément résoudre.

Et, avec un sourire timide, elle se mit à essuyer méticuleusement quelques cuillères.

— Et moi, je porte des blouses noires parce qu'elles me donnent l'impression d'être un ninja.

— Ah oui ?

— Je ne plaisante pas.

Oh ! et puis zut ! Autant aller au bout de l'explication.

— Je sais que ça a l'air complètement ridicule, mais quand j'ai songé pour la première fois à devenir médecin – j'étais encore gamin –, je me suis dit que, si je devenais un super-héros, je serais « chirurgien-samouraï ».

— Comment ? s'écria-t-elle sans pouvoir retenir un sourire.

Il n'arrivait pas à croire qu'il lui confiait ce secret, mais il avait envie que Rebecca sache qui il était vraiment.

— Enfant, je voulais pratiquer les arts martiaux, comme mes oncles indonésiens.

Il fendit l'air de quelques mouvements de karaté.

— Je suis très jalouse de tes talents de ninja, commenta Rebecca. Montre-moi donc d'autres mouvements.

Pour être plus crédible, il ôta ses gants dc vaisselle roses.

— Mon père voulait que je fasse du foot, du rugby… Tu sais, les sports des Australiens costauds. Il n'a jamais été du genre conciliant…

Rebecca fronça les sourcils.

— Mais ta mère n'est pas… ?

— Indonésienne ? Si. Elle est morte il y a sept ans.

Rebecca, choquée, l'écouta parler du cancer des os qui avait emporté sa mère et qu'il avait été complètement impuissant à guérir.

— Je suis vraiment désolée, Noah… Sache en tout cas que je te trouve super dans cette blouse. Elle te va… bien, conclut-elle après avoir visiblement hésité sur le qualificatif.

Au rouge qui lui envahit les joues, il devina qu'elle avait pensé à un tout autre mot.

Il refit un mouvement de karaté, destiné à masquer le plaisir que lui procurait son compliment. Mince ! Il n'avait pas fait le malin devant une femme depuis… le lycée peut-être ?

Rebecca effectua elle aussi un mouvement de karaté et ils

entamèrent bientôt un combat au ralenti, qui s'acheva dans un concert de gloussements.

Au lieu de se sentir vulnérable, de regretter d'avoir parlé, il riait et savourait l'instant.

Quand ils s'interrompirent, le souffle court, l'atmosphère prit un tour… plus intime.

L'ancien Noah aurait demandé à Rebecca si elle voulait passer un peu de bon temps avec lui, mais le nouveau s'en sentait incapable. Il respectait trop Rebecca pour entamer une relation qu'il savait ne pas être en mesure de poursuivre.

Elle dut remarquer le changement dans ses yeux, car son sourire s'éteignit.

— Bon, je ferais mieux d'y aller.

Il tenta de parler, mais toutes ses paroles restaient bloquées dans sa gorge. Pourquoi avait-il autant envie de lui confier son cœur en lambeaux ? Parce qu'on ne procédait pas ainsi, dans la vraie vie ?

— Tu as raison, concéda-t-il.

Rebecca le dévisagea un instant, puis, comme pour se soustraire à l'énergie magnétique qui les attirait l'un vers l'autre, elle rejeta son abondante chevelure en arrière et, récupérant un élastique à son poignet, la rassembla en un chignon désordonné. Des mèches couleur de feu lui caressaient toujours les joues.

— Qu'est-ce qu'il y a ? demanda-t-elle, se méprenant sur l'intensité de son regard. J'ai une tache sur le visage ?

Il secoua sa tête.

À sa grande surprise, Rebecca lui répondit par un sourire timide.

— Merci de m'avoir invitée. C'était chouette de participer à un repas en famille.

Les mots se plantèrent comme une flèche dans sa poitrine.

Si lui ne l'avait jamais envisagée, c'était une vie dont Rebecca avait à l'évidence rêvé. Des enfants. Une famille. Il se pouvait bien que les heures passées auprès de ses nièces aient été plus douloureuses que plaisantes pour Rebecca.

À présent, il devait bien admettre qu'il avait passé un très bon moment. C'était probablement la première soirée où ses nièces et lui avaient été aussi détendus. Chacun avait participé au repas, les filles vêtues de tabliers et de toques blanches dénichées il ne savait où. Et elles s'étaient tordues de rire en essayant d'apprendre à Rebecca comment compter jusqu'à dix en balinais.

La conversation avait été fluide, et même facilitée par la présence de la jeune femme, qui avait un don pour parler naturellement à chacun. Elle avait autorisé les filles à faire des choses que sa cousine leur interdisait, comme retourner la viande sur un barbecue chaud, tout en transformant les consignes de sécurité en véritable jeu. Elle était naturellement douée avec les enfants.

Et elle méritait d'en avoir à elle.

Quand un énorme éclat de rire retentit dans la salle de bains où les filles étaient en train de se laver, il croisa le regard de Rebecca.

— Je vais m'éclipser avant qu'elles aient fini, souffla-t-elle.

— Non, s'il te plaît. Reste. Elles voudront te dire bonne nuit.

Il ne fallait surtout pas qu'elle se sente de trop, parmi eux. De plus, depuis que leurs parents avaient été tués, ses nièces étaient angoissées par les départs soudains.

Du haut de leurs six et huit ans, elles étaient bien conscientes de ce qui se passait. Même si, à première vue, elles faisaient preuve d'un courage remarquable, elles étaient perturbées par des cauchemars, anxieuses quand les choses ne se passaient pas comme prévu.

Dans ce cas, qu'est-ce qui t'a poussé à les confier à Rebecca cet après-midi alors que tu aurais pu l'envoyer aux urgences à ta place ?

Il connaissait la réponse.

Mais il ne pouvait plus continuer à faire l'autruche. Ce n'était pas à Rebecca de s'occuper de ses nièces, mais bien à lui.

Une cavalcade retentit dans le couloir et les fillettes apparurent, toutes propres dans leurs pyjamas légers.

— Rebecca est encore là ?

Leurs yeux étincelèrent quand elles la virent, et elles se précipitèrent pour lui faire un câlin.

Rebecca s'accroupit.

— Je ne pouvais pas partir sans un bisou sur vos deux jolies frimousses ! Je vais devoir m'en aller maintenant, mais on se voit bientôt, d'accord ?

Ruby leva alors les yeux vers Noah, l'air parfaitement innocent.

— Rebecca est ta petite amie ?

L'intéressée vira au rouge pivoine, et il se passa la main dans les cheveux.

— Non, ma chérie. On travaille ensemble, c'est tout.

— Mais maman et papa travaillaient ensemble, eux aussi ! objecta Isla. Et ils étaient mariés.

— C'est vrai, sauf que…

— Il faut vraiment que j'y aille. Bonne nuit, les filles. À demain, d'accord ?

Sur ces paroles, Rebecca s'empara de son sac et fila avant que Noah ne puisse protester.

Une fois Rebecca partie, ses nièces ne tardèrent pas à l'attirer sur le canapé pour le rituel de l'histoire du soir.

— Qu'est-ce qu'on lit aujourd'hui, les filles ?

Elles passèrent en revue les livres qu'il leur désignait. Puis Ruby les lui posa sur les genoux avant de demander :

— Oncle Noah ?

— Oui, ma chérie ?

— Tu voudrais que Rebecca soit ta petite amie ?

Il hésita, puis, faute de trouver quoi répondre, opta pour une question.

— On se débrouille bien, tous les trois, non ?

— Oui, mais…, commença Isla avant de s'interrompre pour suivre le dessin du tatouage de dragon sur son bras. Ce serait bien s'il y avait quelqu'un ici qui soit comme une maman, puisque toi, tu es un peu comme un *ayah*.

Le mot indonésien signifiant « père » avait à peine franchi ses lèvres qu'elle se mit à pleurer.

Oh ! bon sang ! Si Isla pleurait, alors… Eh oui, Ruby pleurait, elle aussi.

Il attira les fillettes dans ses bras, pour déposer des baisers sur le sommet de leurs têtes, sans tenter de les apaiser par des paroles. C'était ainsi que procédait sa mère, refusant les mots mensongers qu'affectionnait son père pour apaiser et charmer.

Les filles se blottirent tels des chatons contre son torse. Il resta longuement silencieux, à fixer l'obscurité, regrettant amèrement que Rebecca ne soit pas restée.

7.

Rebecca ne put s'empêcher de sourire lorsque Noah apparut devant le bureau de l'infirmière en chef. Puis, comble de l'embarras, elle rougit. Bon sang, elle n'avait plus douze ans !

Elle était une femme adulte qui essayait de reléguer son passé aux oubliettes grâce à un travail très intéressant ! Et elle ferait mieux de se concentrer sur ses patients plutôt que de se demander ce qu'elle éprouverait si Noah passait sur son corps ses magnifiques mains de chirurgien…

— Bonjour, docteur Stone.

Il ne l'appelait plus « Rebecca », désormais. Elle lui répondit à son tour d'un signe de tête professionnel.

— Tu es debout de bonne heure, constata-t-il.

Elle garda le sourire tout en rougissant de plus belle.

C'était ce qui arrivait quand on avait un sommeil hanté par des rêves érotiques où son nouveau patron jouait le rôle principal !

En passant le bras par-dessus le comptoir, Noah effleura le sien par mégarde, faisant courir un frisson dans tout son corps.

Il détourna aussitôt le regard. L'avait-il imaginée nue, elle aussi ?

Troublée à l'extrême, elle se mit à griffonner sur son bloc comme pour y rédiger une ordonnance, puis elle fourra le papier dans sa poche.

— Ça va ? demanda Noah.

— Euh… Oui, tout va bien. Je vais aller me faire une tasse de thé dans la salle du personnel. Si tu veux bien m'excuser…

Et elle fila sans demander son reste.

— Merci pour votre aide. Vous ne pouvez pas savoir ce que cela représente pour nous, de vous avoir ici !

L'infirmière en chef, une femme sympathique appelée Jhoti, prit la tablette de Rebecca.

— Je croyais que vous aviez beaucoup de médecins en ce moment ? s'étonna-t-elle.

L'infirmière sourit, puis se pencha pour lui chuchoter :

— Il y a quelques chirurgiens dans le coin… Si l'on peut dire, ajouta-t-elle sans plus sourire.

— Qu'est-ce que vous entendez par là ? s'enquit Rebecca.

— Eh bien, avec tout ce qui se passe… le Dr Cameron n'a pas vraiment précisé si la clinique allait rester ouverte ou non. Quelques chirurgiens en vacances à Bali ont pratiqué des opérations ponctuelles, mais personne ne s'est engagé comme vous à travailler pendant plusieurs mois. Il ne peut pas fermer tant que vous travaillez ici.

La remarque étonna Rebecca.

— Vous pensez qu'il va vraiment fermer la clinique ?

L'infirmière haussa les épaules, puis se pencha encore.

— Nous n'en avons aucune idée. Il n'a jamais semblé vraiment intéressé par cet établissement, à l'époque où sa sœur le dirigeait. Nous pensions que c'était un projet commun car l'endroit avait été ouvert en mémoire de leur mère.

Rebecca hocha la tête. Beaucoup de pièces du puzzle se mettaient en place. La mère de Noah était décédée à peu près à l'époque où s'était terminée la dernière relation de celui-ci. Les deux événements devaient être liés. Mais le fait qu'il rechigne à s'établir ici… Il devait s'en vouloir d'avoir été impuissant à guérir le cancer de sa mère.

— C'était un projet qui passionnait Indah et son mari, poursuivit Jhoti. Jusqu'à ces deux derniers mois, nous ignorions que le Dr Cameron était un excellent médecin. Peut-être pourriez-vous lui expliquer que nous aimons vraiment travailler ici…

— Moi ? dit Rebecca en reculant d'un pas.

— Oui, vous. Il vous écoute. Quand il nous parle, il est toujours un peu distant, mais avec vous…

En s'approchant du comptoir à ce moment-là, une autre infirmière mit fin à la conversation.

Noah l'écoutait ?

Première nouvelle ! Elle qui arrivait à peine à discuter avec lui sans devenir écarlate !

La décision que Noah devait prendre concernant la clinique rendait insignifiante la question de savoir s'il craquait ou non pour elle. Tout – la clinique, son travail bénévole et surtout l'emploi d'une vingtaine d'autochtones – risquait de prendre fin très bientôt.

En peu de temps, elle avait appris à aimer cet endroit. La clinique combinait les deux aspects qu'elle aimait le plus dans la pratique de la médecine : un service personnalisé et des soins délivrés quelle que soit la situation financière du patient.

Et si… Et si elle lui proposait de diriger l'endroit ?

L'excitation prit le pas sur la panique, avant de lui céder de nouveau la place.

Espérait-elle remplir le vide béant de sa vie par une occupation qui la distrairait ? Peut-être devrait-elle plutôt chercher à se préserver ?

Rebecca prit distraitement congé de l'infirmière, puis fila au jardin pour appeler mamie Bea, jamais avare de bons conseils.

Au bout de quelques secondes, elle reposa son téléphone.

Bizarre…

Sa grand-mère décrochait toujours à la première sonnerie. Or son téléphone avait sonné sept fois.

Rebecca consulta sa montre. Il était 10 heures en Angleterre. Et sa grand-mère était presque toujours chez elle.

Lui était-il arrivé quelque chose dont personne au village ne serait au courant ? Sa grand-mère n'était pas vraiment âgée

– soixante-dix-sept ans –, et les gens lui donnaient plutôt la soixantaine, mais…

Non. Mamie Bea répondait toujours au téléphone.

Le répondeur s'enclencha. Rebecca fit de son mieux pour laisser un message joyeux, mais elle savait que sa voix sonnait faux. Elle était sur le point de chercher le numéro de la meilleure amie de sa grand-mère quand elle entendit des pas.

Noah, qui s'apprêtait à la dépasser, s'arrêta dans son élan.

— Tout va bien ?

Elle secoua la tête.

— Je… Je ne sais pas.

8.

Noah fut aussitôt en alerte.

— Qu'est-ce qui ne va pas ?

Rebecca désigna son téléphone.

— C'est ma grand-mère. Elle ne décroche pas.

— C'est inhabituel ?

— Oui. Enfin… Peut-être que je dramatise pour rien. Mais comme elle a toujours été là pour moi…

Sa voix avait grimpé dans des aigus qui touchèrent Noah au cœur.

— Tu as besoin de lui parler d'urgence ? demanda-t-il en lui prenant une main. Tu as un problème ?

Rebecca ouvrit la bouche, puis se borna à lâcher :

— Je ne pense pas pouvoir t'en parler.

— Pourquoi ?

— Parce que c'est à propos de toi. Enfin, de toi et de la clinique.

— De la clinique ? Tout semblait aller bien quand je suis parti.

Il jeta un regard vers le bâtiment principal, puis la villa, où il était censé retrouver les filles. Elle se prit la tête entre les mains.

— Non, désolée. Je ne voulais pas… Il faut que tu rentres chez toi, non ? On va dire qu'il ne s'est rien passé.

— Rebecca, explique-moi !

Elle le dévisagea et son attitude changea.

— Le personnel se demande si tu vas fermer la clinique.

Les gens sont inquiets pour leur avenir et, bizarrement, pensent que tu écoutes mes conseils. Ce qui, à mes yeux, est tout à fait absurde.

— Non. Ils ont raison. Je te fais confiance.

C'était libérateur, de mettre des mots sur l'énergie mystérieuse qui était la sienne depuis que Rebecca était entrée dans sa vie.

Elle pressa les mains sur son cœur.

— Cela signifie beaucoup pour moi. Mais… tu as un personnel incroyablement dévoué ici. Prêt à faire tout ce qu'il pourra pour s'assurer que cet endroit continue d'exister.

— Ce n'est pas que je ne leur fais pas confiance, répliqua-t-il. C'est plutôt… que je n'ai pas confiance en moi.

Ce qui était doublement vrai ce jour-là. Sa cousine avait commencé à lui envoyer les CV de nounous très réputées. Des hommes et des femmes bien plus qualifiés que lui pour élever ses nièces. Il avait également reçu un appel de sa patronne à Sydney, venue aux nouvelles pour savoir quand il comptait reprendre son poste. Noah avait répondu qu'il avait besoin de plus de temps, mais il savait que la patience de sa patronne atteindrait bientôt ses limites.

— Pourquoi n'as-tu pas confiance en toi ? demanda-t-elle.

Parce que je t'ai rencontrée.

C'était fou, mais vrai. Elle croyait en lui, voyait au-delà des apparences et décelait en lui un homme bon, doté d'un grand cœur.

Il voulait être cet homme pour les filles et pour Rebecca. Or rentrer à Sydney reviendrait à le faire disparaître.

Il s'appuya contre le mur de pierre et lui adressa un sourire mélancolique.

— Tu n'as jamais souhaité pouvoir revenir en arrière et modifier certaines décisions ?

Elle s'esclaffa.

— Presque tous les jours ! Surtout sur le plan personnel… Mais toi, qu'est-ce que tu changerais ? Tu es un chirurgien accompli, propriétaire d'une clinique florissante ici…

— Je t'arrête tout de suite. Je ne voulais pas être mêlé à la clinique.

— Pourquoi ?

Il désigna les alentours.

— Le problème, ce ne sont pas les patients, c'est l'environnement.

Rebecca eut l'air confuse.

— Tu parles sérieusement ? Tu as un problème avec le paradis ?

— Ce paradis-ci n'est pas exempt de péchés.

Elle lui indiqua d'un regard qu'elle était tout ouïe. C'était une histoire qu'il ne lui avait jamais racontée.

— Mon père n'est pas ce qu'on pourrait appeler un homme fidèle.

Constatant que Rebecca n'exprimait aucune réprobation, il se retrouva à lui raconter toute l'histoire.

— Il est promoteur immobilier. Il achète de beaux endroits traditionnels comme celui-ci et les rénove pour les touristes.

— C'est comme ça qu'il a rencontré ta mère ? demanda Rebecca.

Il hocha la tête.

— Il y a longtemps, avant d'être riche, il est venu ici pour des vacances de surf. Il est descendu dans une maison d'hôtes avec un bar délabré en bord de mer, dont le propriétaire désirait se séparer. Ma mère y travaillait de temps en temps.

Tout le monde ne connaissait pas ses origines modestes, songea Rebecca en l'encourageant d'un signe de tête à poursuivre. Il lui raconta alors que son père avait convaincu le propriétaire de le laisser gérer le bar en échange d'une chambre gratuite. L'endroit était devenu l'un des plus populaires auprès des touristes, et avait marqué la naissance de ce qui allait devenir un énorme empire immobilier.

— C'est donc à ce moment-là que tes parents sont tombés amoureux ?

Il acquiesça.

— Ma mère avait un œil incroyable pour la décoration

intérieure et l'a aidé à aménager toutes ses acquisitions, jusqu'à notre naissance. Non pas qu'il lui ait accordé beaucoup de crédit en la matière. Mais elle n'a jamais couru après les louanges…

— Avait-elle de la famille ici ?

Il secoua la tête.

— En fait, elle était orpheline. Si elle n'avait pas attiré l'attention de mon père, elle aurait pu rester femme de ménage toute sa vie.

— Alors, c'est une bonne chose qu'ils se soient rencontrés, non ? Et puis, elle t'a eu, toi !

La remarque était pertinente, en effet.

— Tu dis que ton père avait un faible pour les jolies femmes ?

Il acquiesça, puis décida d'aller droit au but.

— Nous n'en avions pas vraiment conscience quand nous étions petits, vu qu'il était toujours en voyage d'affaires… Au moment où j'ai terminé mes études de médecine pour me lancer dans la chirurgie orthopédique, on a diagnostiqué à ma mère un cancer des os au stade 4. Tout ce qu'elle voulait, c'était revenir ici, et comme papa venait d'acheter cet endroit pour une bouchée de pain, nous nous sommes dit : « Pourquoi pas ? »

— C'est ce qu'il s'est passé ?

— Non. Mon père n'arrêtait pas de trouver des excuses : il avait du mal à réunir une équipe de construction, ça ne serait pas reposant pour maman… Autant de prétextes fallacieux.

— Pourquoi aurait-il menti ? s'étonna Rebecca.

— Parce qu'il logeait sa dernière maîtresse ici : elle était venue à Bali pour oublier son divorce, et mon père l'« aidait » à se reconstruire. Pour différer la venue de ma mère, il a même prétendu qu'en tant que médecin de la famille, c'était à moi de veiller sur elle.

Il ne savait toujours pas comment pardonner cette réplique à son père.

— Bref… Maman est morte en Australie, dit-il.

— Je suis tellement désolée, balbutia Rebecca, les larmes aux yeux.

Il l'était aussi. Même si le cancer de sa mère était incurable, il était son fils, médecin de surcroît, et il aurait dû soulager ses derniers instants. Il aurait juste voulu que son père agisse au moins une fois comme si sa femme, la mère de ses enfants, était le centre de l'univers. Mais cela ne s'était pas produit, hélas !

Noah savait qu'il emporterait dans sa tombe la honte de n'avoir pas tenu tête à son père. Il n'en continua pas moins son récit.

Après la mort de leur mère, son père lui avait légué, ainsi qu'à sa sœur, l'hôtel à moitié remis en état. Sa sœur, infirmière en soins intensifs, avait eu l'idée de le transformer en clinique au service de la communauté locale. Noah avait suggéré de s'occuper également des touristes, lesquels leur fourniraient une source de revenus régulière. Puis il avait laissé sa sœur s'en occuper.

— J'ai juste…

— Quoi ?

Rebecca exerça une petite pression compatissante sur sa main.

— J'ai fait l'autruche. Je suis resté à Sydney, à travailler comme un fou pour acheter du matériel de pointe afin que des chirurgiens bénévoles puissent venir pratiquer ici des opérations délicates, et sauver des vies. Alors que c'est moi qui aurais dû venir, conclut-il d'une voix qu'il reconnut à peine.

Il aurait dû être ici pour aider sa sœur et son mari à gérer la clinique, leurs enfants… Et sans doute alors ils n'auraient pas emprunté cette route fatidique…

Rebecca prit une profonde inspiration.

— Tu veux savoir ce que je me suis dit ces dernières semaines ?

Il lui répondit avec un sourire doux et taquin.

— Que le destin allait tout arranger pour toi ?

— Non, mais que la seule façon de changer le passé, ou

plutôt l'image qu'on s'en fait, était de vivre dans le présent. Et dans l'action. Le fait que tu n'aies pas fermé cet endroit à la mort de ta sœur est significatif. À mon avis, tu es persuadé de l'importance du travail effectué ici.

— Bien sûr.

— Et, si j'ai raison, tu penses aussi honorer l'héritage de ta mère, une femme aimante qui faisait passer sa famille en premier, d'après ce que j'en comprends.

— Elle était l'amour incarné.

Le sourire de Rebecca s'adoucit.

— Tu as eu de la chance de l'avoir.

En effet, et c'était quelque chose dont Rebecca avait été privée. Il comprit ce qu'elle essayait de dire : il devrait remercier le ciel pour ce qu'il avait eu.

Après un nouveau regard pensif, Rebecca revint à la charge :

— Si tu décidais de rester ici, que laisserais-tu derrière toi à Sydney ?

Il aurait pu lui expliquer qu'il était régulièrement courtisé par les meilleurs hôpitaux d'Australie, mais que ces succès professionnels avaient leur revers : une quasi-absence de vie sociale et des liaisons vouées à être occasionnelles. Et des moments de dépression où il se demandait ce qu'il faisait de sa vie.

Confiant dans le soutien de Rebecca, il répondit alors :

— À part quelques bouteilles de bière dans le frigo d'une garçonnière sans âme, pas grand-chose.

C'était un aveu brutal. Il aimait vraiment son métier, mais il pouvait tout aussi bien l'exercer ici. Et sans la pression de la célébrité, il pourrait suivre individuellement chaque patient traité ici, comme il aurait aimé que ce soit le cas pour sa mère.

— Tu es sûre que tu n'as pas un peu étudié la psychologie ? demanda-t-il.

Rebecca leva les yeux au ciel.

— Disons que je me suis posé beaucoup de questions existentielles ces derniers temps.

Il lui sourit, puis, comme si c'était la chose la plus naturelle du monde, il lui effleura la joue avec la tendresse d'un amoureux.

Elle s'empourpra, et l'atmosphère se tendit.

— Ton amitié m'est précieuse, lâcha-t-il.

Elle baissa les yeux. Et quand elle les releva pour rencontrer les siens, ils étincelaient.

Quelque chose qui ressemblait à de l'espoir vint le frapper en plein cœur. C'était ça, rencontrer l'âme sœur ?

Mais tout aussi vite, sa conscience le rappela à l'ordre : que pouvait-il lui offrir ? Il regrettait de devoir se cantonner à une relation amicale, mais les deux fillettes qui l'attendaient à quelques centaines de mètres de là lui rappelaient qu'il n'était pas en mesure de faire des promesses. Et si elle voulait des enfants à elle ? Il n'avait aucune idée de ce qu'il en penserait.

— C'est ce que nous sommes, s'enquit-elle, des amis ?

— Je ne sais pas, répondit-il honnêtement.

Depuis qu'il l'avait rencontrée, il avait envie de la prendre dans ses bras et d'assouvir son désir de l'embrasser. Au péril de leur prétendue amitié.

— J'aimerais qu'on soit amis, répliqua-t-il pourtant, en levant les yeux vers elle. Tu dis des choses que j'ai besoin d'entendre. Et je détesterais que cela s'arrête.

S'ils en venaient à coucher ensemble, il n'était absolument pas certain d'être capable d'assumer une véritable relation.

Rebecca toussota, si mal à l'aise qu'elle changea de conversation.

— Je sais que je suis censée jouer à pile ou face et laisser au destin le soin de prendre les décisions pour moi, mais si tu te poses vraiment la question d'un retour à Sydney, dresser des listes d'arguments pourrait t'aider à clarifier les choses.

Il éclata de rire.

— Je vais m'empresser de suivre ton conseil, dès ce soir.

Il savait que le premier point sur sa liste serait : « Ne pas tomber amoureux. »

Il se leva et désigna le téléphone à côté de Rebecca.

— J'ai bien peur que mes malheurs nous aient fait perdre

le fil. Tu ne cherchais pas à comprendre pourquoi ta grand-mère ne décrochait pas ?

Rebecca blêmit.

— Mamie Bea ! Je suis désolée. Il faut que je la rappelle. Ça te dérange de rester pendant que je cherche à la joindre ? demanda-t-elle avec un regard suppliant. Juste au cas où…

La vulnérabilité de Rebecca lui serra le cœur.

— Pas du tout.

Elle baissa les yeux vers son écran.

— Oh ! Elle vient de m'envoyer un texto. Dieu soit loué ! Mamie Bea avait un rendez-vous galant !

Il mima un homme frappé par la flèche de l'amour, mais cessa en voyant Rebecca froncer les sourcils.

— Qu'est-ce qu'il y a ?

— C'est juste un peu bizarre, c'est tout, répondit-elle avec un sourire forcé. Enfin, voilà une preuve supplémentaire du fonctionnement énigmatique du monde… Mais bon, même si le sort nous envoie ses présents, c'est à nous de décider de ce que nous en faisons.

En effet, pensa-t-il, en serrant dans sa main la pièce qu'il gardait précieusement dans sa poche depuis que Rebecca la lui avait lancée.

9.

— Au revoir, mamie ! Amuse-toi bien et sois prudente !

Rebecca mit fin à l'appel vidéo, glissa son téléphone dans son sac à dos et sourit à Noah.

— Désolée. Il faut juste que je l'aie au bout du fil chaque jour… Bon, allons voir ce sanctuaire des singes, maintenant !

Ce samedi-là, lorsque les filles avaient rejoint Rebecca au bord de la piscine pour leur plongeon matinal, elles avaient découvert que celle-ci n'était pas encore allée dans la forêt des singes d'Ubud.

Les filles avaient aussitôt couru chercher Noah à la villa, avant de le charger de dresser la liste de tous les endroits qu'il jugeait indispensable de visiter. Puis elles avaient insisté pour qu'il les y emmène.

Ils étaient donc là, leurs sacs à dos remplis de crème solaire et d'eau, prêts à partir pour le sanctuaire.

— Tout va bien, en Angleterre ? s'enquit Noah, le front légèrement plissé.

— Je ne crois pas avoir jamais entendu ma grand-mère aussi heureuse, avoua Rebecca en souriant.

Les filles étaient déjà installées à l'arrière de la jeep. Le temps que Noah, qui lui avait galamment ouvert sa portière, s'installe sur le siège du conducteur, elle continua :

— Elle va visiter une galerie d'art avec Nathan.

Lequel Nathan Parker était donc le nouveau fiancé de sa grand-mère… Ils s'étaient rencontrés à la bibliothèque, alors qu'ils attrapaient tous deux le même exemplaire de *Jane Eyre* et cela avait été, selon sa grand-mère, le coup de foudre.

— Il paraît qu'à côté de la galerie, il y a le meilleur salon de thé de Cornouailles, avec un *carrot cake* à tomber.

— Quel scoop ! lança Noah après avoir vérifié trois fois que les filles avaient bien bouclé leur ceinture.

Il essayait de ne pas étouffer les petites sous d'innombrables mesures de protection, mais il ne plaisantait pas non plus avec leur sécurité. Et il avait raison. Rebecca adorait les fillettes, mais elle comprenait aussi que cette parentalité soudaine fasse peur à Noah.

À ce propos… Voudrait-il un jour avoir des enfants ou, maintenant qu'il avait ses nièces, tirerait-il un trait sur la paternité ? Comme il l'avait résolument classée dans la catégorie des amies, elle ne devait pas se faire d'illusions. Or, elle voulait avoir des enfants. Ou du moins essayer d'en avoir. Et si ça ne marchait pas, elle envisagerait d'autres solutions.

Sentant le regard de Noah sur elle, Rebecca s'obligea à reprendre sur un ton léger :

— Ma grand-mère est une pâtissière de talent. Si elle entend dire que quelqu'un d'autre fait de bons gâteaux, elle est capable de traverser le pays pour les goûter !

— C'est quoi un *carrot cake* ? demanda Isla. Un dîner ou un dessert ?

Noah regarda dans le rétroviseur.

— Votre mère ne vous en a jamais préparé ?

Ses nièces secouèrent la tête.

— Et des génoises ? demanda-t-il. Notre mère en faisait tout le temps pour nous.

De nouveau, les deux têtes brunes indiquèrent que non.

— Maman ne cuisinait pas, précisa Isla. Elle disait qu'elle était comme toi, oncle Noah.

— Tu serais capable de faire brûler de l'eau, expliqua Ruby.

Rebecca étouffa un rire. Ces critiques étaient excessives : le barbecue avait été délicieux.

Noah fit semblant d'être vexé.

— C'est juste que je n'ai jamais le temps de cuisiner. Ma mère – votre grand-mère – était une cuisinière hors pair, reprit-il après une brève pause. Elle se désespérait de nous voir tous les deux aussi incompétents aux fourneaux.

Quand il se tut, Rebecca enchaîna :

— Moi, j'adorais emprunter le tablier de ma grand-mère.

— Maman a toujours obéi à mon père, expliqua Noah. Et nous enseigner la cuisine ne faisait pas partie des consignes qu'elle avait reçues de sa part. Elle était plutôt censée nous faire pratiquer du sport, ou nous inscrire à un club après l'école. Un jour que je rentrais de la fac, elle m'a appris à cuisiner son *nasi goreng*, sous prétexte que cela me permettrait de trouver une femme. Inutile de préciser que son plan n'a pas fonctionné.

Rebecca était pourtant certaine que le célibat de Noah ne résultait pas d'un manque de compétences culinaires.

Une tristesse vague sembla l'envelopper alors qu'il s'enfonçait plus profondément dans l'île, sous l'épais couvert de la jungle.

— Maman nous emmenait toujours à la boulangerie si on voulait quelque chose, ajouta Isla. Elle disait que c'était à ça que servaient les boulangeries.

— Papa a fait des gâteaux *laklak* une fois, rappela Ruby.

— Ils étaient tout brûlés ! nuança Isla.

Puis, au grand étonnement de Rebecca, les deux fillettes se mirent à rire.

Elle échangea un regard avec Noah. C'était la première fois que les filles parlaient ouvertement de leurs parents sans fondre en larmes.

Elle pivota sur son siège et demanda, dans le but de prolonger leur humeur joyeuse :

— C'est quoi, un gâteau *laklak* ?

Non sans se couper la parole, les filles expliquèrent que ces gâteaux à base de farine de riz étaient petits – de la taille de leur main, pas de celle de Noah – et agrémentés de noix de coco râpée ou de lait concentré sucré. Et, surtout, qu'ils étaient délicieux, même brûlés.

— Ça m'a l'air exquis, en effet, convint Rebecca. Noah, qu'en penses-tu ? Est-ce qu'on pourrait trouver des gâteaux *laklak* sur notre route ?

Il opina, en lui coulant un regard reconnaissant.

Ils passèrent un après-midi proche de la perfection.

Le ventre plein des savoureux gâteaux à la noix de coco achetés en bord de route, ils se rendirent à la forêt des singes d'Ubud. En prenant conscience de l'immensité du site, Isla attrapa Noah par la main et Ruby fit de même avec Rebecca. Les filles insistèrent pour que Noah et Rebecca se tiennent également la main pendant qu'ils déambulaient dans le vaste sanctuaire.

— Pas question de perdre quelqu'un ! déclara Ruby d'un ton grave.

Une main dans celle de Noah, Rebecca avait l'impression de toucher du doigt le bonheur absolu. Pouvait-on se sentir chez soi aux côtés d'une personne ?

Auprès de Noah, elle se sentait en sécurité comme elle ne l'avait pas été depuis des années. Non que sa vie avec sa grand-mère ait été effrayante, loin de là, mais elle avait toujours eu l'impression d'être en quête de la seule chose qui lui manquait : une grande famille heureuse.

Et ici, dans cet endroit – même si elle savait que ce n'était pas vraiment la réalité –, elle avait l'impression de faire partie d'une famille. Alors qu'ils s'approchaient d'un groupe de singes, Noah lui suggéra d'attacher son épaisse chevelure en chignon, pour que les singes ne cherchent pas à tirer dessus.

— Tes cheveux sont magnifiques, expliqua-t-il. Et les singes adorent les beaux cheveux !

Une lueur s'éveilla en elle, le mince espoir que leur amitié puisse un jour se muer en quelque chose d'autre.

Elle sortit quelques épingles à cheveux de son sac, et les fillettes tinrent à les mettre en place elles-mêmes, avant de quêter l'approbation de Noah, ce qu'il fit, à leur grande satisfaction.

Même si les filles avaient rapidement oublié la nécessité pour eux de se tenir la main, Noah attrapa la sienne et y exerça une légère pression pendant que ses nièces fermaient les yeux pour faire des vœux en lançant des pièces dans le lac du temple de la Source Sacrée.

— Ça va ? demanda-t-il.

Elle lui sourit.

— Plus que bien, répondit-elle en souriant.

À la faveur d'une bousculade, Noah enroula un bras protecteur autour d'elle, le temps qu'elle retrouve son équilibre.

Elle leva les yeux vers lui et ils se dévorèrent du regard. Elle voulut parler mais sans y parvenir. Comment lui expliquer qu'elle avait toujours su qu'il serait plus qu'un ami pour elle ? Qu'il pouvait lui faire confiance pour aimer ses nièces autant que lui, même si elle avait l'impression de sauter dans l'inconnu du haut d'une falaise.

Curieusement, elle avait la sensation qu'il pensait la même chose : *Je te veux… mais je ne sais pas comment me lancer.*

Isla attrapa soudain sa main libre.

— Rebecca, tu as envie de faire un vœu ?

— Oui, chuchota-t-elle, les yeux toujours rivés à ceux de Noah.

Son souhait tournait en boucle dans sa tête. *Qu'il tombe amoureux de moi. Qu'il tombe amoureux de moi. Qu'il tombe amoureux de moi.*

Il lui posa les mains sur les hanches, l'air de rien. S'il inclinait sa tête vers la sienne…

— Qu'est-ce que tu souhaites ? demanda-t-il.

Ça, songea-t-elle. *Ça et bien plus encore.*

— Je ne peux pas te le dire, sinon ça risque de ne pas se réaliser.

— Dans ce cas, concéda Noah en faisant mine de verrouiller ses lèvres, mieux vaut ne pas dire un mot.

Noah grimaça en pressant le bouton « Accepter » de son téléphone.

— Salut, papa. Qu'est-ce qu'il y a ?

Après quelques banalités, il demanda des nouvelles de la femme de son père.

— Ah, oui… elle…

Vu les circonlocutions qu'employa son père pour répondre, Noah comprit que leur mariage était terminé.

Bon sang ! Il était vraiment tout ce qui restait à son père, maintenant. Mis à part deux hommes célibataires et deux fillettes, il ne subsistait rien du clan Cameron.

Il jeta un coup d'œil à la cuisine, où Rebecca apprenait aux filles à préparer un simple plat de pâtes. Cette scène le fit fondre, si bien qu'il écouta à peine son père.

— Alors je me suis dit que je pourrais faire un saut à Bali après.

— Après quoi ?

— Jakarta, fiston. Je viens de te le dire.

Dire qu'il reprochait à son père de ne jamais l'avoir écouté dans son enfance, d'avoir toujours fait semblant tout en pensant à autre chose !

Mince ! Lui s'était laissé distraire par la joie simple mais puissante de faire partie de quelque chose de plus grand que lui. D'une famille de fortune, en quelque sorte.

Depuis qu'ils avaient commencé à travailler sur la liste des « endroits à visiter » pour Rebecca, il avait de plus en plus l'impression que les filles, Rebecca et lui formaient une unité. Noah n'était pas leur père. Rebecca n'était pas leur mère. Et pourtant, avec l'attention qu'ils s'accordaient les uns aux autres, c'était exactement comme s'ils formaient une « vraie » famille.

Et Noah aimait faire partie de ce groupe, être celui qu'elles taquinaient, qui faisait rougir Rebecca d'un simple regard… Était-il en train de tomber amoureux ?

— Noah ?

La voix de son père interrompit de nouveau ses pensées

— Oui, désolé. Tu disais ?

— Que j'avais réservé un vol pour Bali afin de venir te parler.

Noah ne pouvait envisager perspective moins réjouissante. L'arrivée de son père reviendrait à briser la nouvelle existence qu'ils s'étaient forgée tous les quatre.

— OK…

— Ne t'inquiète pas. Je pense que tu vas aimer ma proposition. Ça devrait t'aider dans ta… situation.

Il était sur le point de répliquer : « Quelle situation ? », mais se disputer avec son père ne résoudrait rien.

— D'accord. Et nous te voyons quand ?

— « Nous » ? Dois-je en conclure que tu as trouvé quelqu'un pour s'occuper des filles ? Il était temps, fiston ! Je me demandais comment tu allais régler ce problème.

— Je n'appellerais pas ça un « problème », rétorqua-t-il.

— Appelle ça comme tu veux. En tout cas, tu as autre chose à faire que de jouer les papas poules !

Les yeux de Noah se posèrent sur Rebecca et les filles. Elles remuaient quelque chose sur la cuisinière et semblaient bien s'amuser. Il aurait voulu être à leurs côtés. Mais les paroles de son père lui avaient rappelé qu'en effet, il n'était ni un père ni un mari. Ses nièces n'étaient pas ses filles. Pas plus que Rebecca n'était sa femme.

— Il n'y a personne d'autre que les filles et moi, répliqua-t-il, un peu honteux de ne pas avoir le courage de mentionner Rebecca.

Il se dit qu'il cherchait à la protéger de son père. Toutefois, s'il voulait être honnête, il savait qu'il protégeait son propre cœur. Rebecca ne les accepterait jamais, les filles et lui, sans parler de la clinique qui n'avait rien à voir avec l'hôpital pour enfants où elle avait travaillé au Royaume-Uni !

Pour ce qu'il en savait, Rebecca avait toujours l'intention d'utiliser son billet de retour. Il l'interrogerait à ce sujet, bien sûr. Mais en fait, il ne voulait pas savoir. Pas tout de suite. Il avait besoin d'un peu plus de temps.

— Comme tu veux, fiston. Si tu tiens à te montrer

vertueux, soit, reprit son père. Mais toi et moi savons que tu ne pourras revenir à Sydney qu'avec une femme à tes côtés. Dieu sait à quoi pensait ta sœur quand elle t'a choisi comme tuteur de ses filles !

Noah tourna le dos à l'ambiance chaleureuse de la cuisine et s'éloigna dans les jardins.

— Je ne pense pas que tu sois bien placé pour juger, papa.

— Écoute, tu es là-bas depuis trois mois, répliqua son père. Des réputations ont été gagnées et perdues en moins de temps que ça ! Il faut que tu rentres à Sydney. Que penserait ta mère si elle voyait disparaître ainsi le nom des Cameron ?

Bon sang, son père savait vraiment comment décocher des flèches empoisonnées ! Pourtant, il était mal placé pour le critiquer, lui qui avait sauté dans le premier avion aussitôt les cendres de sa fille dispersées en mer. Noah était resté seul à gérer les conséquences du drame, alors qu'un père digne de ce nom aurait dû être touché en plein cœur et tout faire pour l'épauler.

— Qu'est-ce que ton patron pense de ça, fiston ? Du congé que tu as pris ?

— Elle ne trouve rien à y redire.

— « Elle » ? s'écria son père. Est-ce qu'elle t'oblige à prendre un « congé pour raisons familiales » ? Laisse-moi te dire, mon grand… ça va se retourner contre toi.

Noah cessa d'écouter. Il avait assez subi ce discours durant son enfance pour pouvoir le réciter par cœur. Gagner en sport. Exceller à l'école. Ne jamais dépendre de quiconque…

C'était de l'intimidation déguisée en éducation. Ce constat le secoua tant qu'il revint à ses priorités du moment.

— Bon, je dois te laisser. Texte-moi ton numéro de vol et je t'enverrai une voiture.

Noah raccrocha et retourna dans la cuisine une fois qu'il se fut débarrassé de sa rage.

— Tout va bien ? demanda Rebecca en levant les yeux.

— Mmh… Mon père vient en visite dans quelques semaines.

— C'est une grande nouvelle !

Le visage de Rebecca s'était éclairé. Elle attendait visiblement une invitation à le rencontrer, mais il était hors de question qu'il la soumette au jugement de cet homme.

Elle donna quelques instructions aux filles puis, devinant qu'il n'était pas aux anges, se dirigea vers lui.

— C'est une bonne nouvelle, non ?

Ravalant les jurons qui lui brûlaient les lèvres, il se contenta de répondre :

— Ça lui fera du bien de voir les filles.

Le sourire de Rebecca pâlit. Elle venait de comprendre qu'elle ne serait pas de la partie.

Il était sur le point de lui expliquer les raisons de sa conduite quand elle le devança :

— D'accord. Eh bien… Que dirais-tu de venir voir ce que les filles ont concocté ? Il te suffit de saupoudrer quelques herbes aromatiques dessus et de savourer.

— Tu ne restes pas ?

— Je ne pense pas que ce soit une bonne idée. Si ?

Noah savait qu'elle se demandait à quoi il jouait. Il la laissait entrer dans leur vie, mais ne l'invitait pas à rencontrer son père…

Il prit sa main dans la sienne.

— S'il te plaît. Ça nous ferait plaisir que tu restes pour le dîner.

— Ça « vous » ferait plaisir ?

— Ça me ferait plaisir, répondit-il honnêtement. Tu sais déjà que les filles t'auraient adoptée depuis des semaines si elles en avaient eu la possibilité.

Il espérait qu'elle décryptait ses paroles. Qu'il tenait à elle, mais qu'il avait besoin de temps.

Elle baissa les yeux, avant de les relever.

— Je ne sais pas, Noah. C'est…

— C'est l'heure du dîner, acheva-t-il pour elle. Reste, s'il te plaît. Et demain, on parlera de mon père.

Elle laissa le commentaire en suspens, puis elle lui adressa un sourire contraint.

— Je reste pour les filles. Et le dîner.

Une preuve supplémentaire de sa force de caractère. Il savait qu'il l'avait blessée, mais elle avait mis ses sentiments de côté pour les filles. Et, peut-être, pour lui. Il fallait vraiment qu'il prenne une décision.

Il lui déposa un baiser plein d'affection sur la main.

— Merci.

Elle se raidit, puis, à sa grande surprise, se détendit sur un éclat de rire.

— C'est très difficile de ne pas t'apprécier.

— Tu aimerais ne pas m'apprécier ?

Pour être honnête, il comprenait : tantôt il flirtait, tantôt il se montrait distant. Il n'aurait pas manqué de s'en agacer s'il avait été à sa place.

— Je ne veux pas souffrir à nouveau, répondit-elle. Mais peut-être que c'est la douleur qui nous rend plus forts. Allez, viens déguster ce plat tant qu'il est chaud !

Fourrant la main dans sa poche, il toucha la pièce qui avait déjà décidé de tant de choses. Au fond de lui, il savait qu'il était désormais temps de prendre une décision.

10.

Rebecca agita le doigt devant l'écran de son téléphone.

— Veille à ce qu'il te ramène chez toi à une heure convenable, jeune fille.

Sa grand-mère gloussa.

— Ne t'inquiète pas, ma chérie. Nous avons soixante-dix ans passés, pas dix-sept !

— Tant que tu es raisonnable, poursuivit Rebecca, feignant la sévérité. Sinon, je devrai prendre l'avion pour venir te chaperonner.

— Rebecca Stone ! Ne songe surtout pas à quitter ton paradis tropical, s'insurgea sa grand-mère. Je ne t'ai pas vue aussi heureuse depuis des années.

Sur le point de protester, Rebecca renonça. Sa grand-mère avait raison, elle était heureuse.

Bien sûr, la situation était étrange avec Noah. Elle tenait à lui et elle était presque sûre qu'il ressentait la même chose. Mais elle sortait à peine d'une relation aussi longue que médiocre. Comment pouvait-elle être prête à retomber amoureuse ?

Quant à Noah…

Tomber amoureux en plein deuil de sa sœur tout en découvrant la paternité… Comment cela pourrait-il fonctionner ? Elle étouffa l'idée dans l'œuf. Passer d'amis à amants n'était que son fantasme à elle.

La faute à ses hormones.

Son ventre frémissait dès qu'elle s'approchait de Noah.

Hélas, leur situation n'avait rien d'évident.

Oui, il lui avait dit qu'ils allaient parler, mais ils en avaient chaque fois été empêchés pour une raison ou une autre. Pourtant, leur amitié s'était considérablement renforcée.

Si seulement elle n'était pas folle de désir pour lui !

— Docteur Stone ?

L'infirmière tendit à Rebecca une tablette affichant les informations sur son prochain patient, puis lui indiqua un box.

— Oh ! ma chérie ! la réprimanda sa grand-mère dans le combiné. Tu fais attendre les patients pour bavarder avec moi ?

— Il faut bien que je m'assure que ma mamie amoureuse ne fait pas n'importe quoi !

Sa grand-mère gloussa et la renvoya à ses patients.

Dès qu'elle posa les yeux sur le petit garçon dans le box, Rebecca sut quel était le problème.

— Gastro-entérite.

Il avait les lèvres desséchées, les yeux enfoncés dans leurs orbites. Et un coup d'œil à son langage corporel montrait qu'il était à la fois irritable et léthargique.

— Enfin ! s'écria la mère quand Rebecca se fut présentée. Cela fait vingt minutes que nous attendons.

Rebecca lui adressa un sourire d'excuse, puis entra dans le box en tirant le rideau derrière elle. Les parents étaient toujours stressés dans des situations pareilles. Et à l'étranger, ils redoutaient en plus la barrière de la langue, des pratiques médicales de moindre qualité… Toutefois à Bali, les infrastructures et les équipements étaient de premier ordre.

Elle s'assit sur son tabouret à roulettes et, après un rapide entretien avec la maman, pour savoir d'où ils venaient – de Hollande –, où ils séjournaient à Bali – dans une station balnéaire des environs –, ce qu'ils avaient mangé et les activités auxquelles ils s'étaient adonnés, elle se tourna vers le garçonnet.

Avant qu'il ne puisse lui dire son nom, elle sentit son tabouret se déplacer sur le sol. Les voix se firent plus fortes dans la clinique.

Ça devait être une réplique… Il y avait eu un léger tremblement de terre, plus tôt ce matin-là, qui, heureusement, n'avait pas fait de victimes. Mais elle savait que l'hôpital principal, situé à une heure environ au sud, ne pouvait pas prendre de patients supplémentaires, car leur unité de soins avait été endommagée.

Elle tendit la main pour serrer celle du petit garçon. Sa paume était fraîche, mais pas froide, ce qui était une bonne chose. Et l'absence de taches sur sa peau était aussi un élément positif. Elle effectua d'autres tests avant de décider s'il fallait le mettre sous perfusion.

Elle voulut vérifier le remplissage des capillaires sanguin.

— Je vais juste appuyer un peu sur ton doigt pour voir à quelle vitesse ton corps réagit, d'accord ?

Il hocha la tête, le regard vide. Le pauvre petit était épuisé. Elle exerça une pression sur le doigt, puis relâcha. Un doigt normal aurait repris sa forme initiale. Pas celui de Johann.

— Mon fils est malade depuis quatre jours maintenant, lâcha la mère, visiblement mécontente. Toutes les leçons de surf qu'on avait réservées : fichues ! Je lui ai pourtant dit de se laver les mains mille fois par jour, mais est-ce qu'il m'écoute ? Non !

Rebecca se mordit la langue. Ce genre de commentaires étaient fréquents chez les parents frustrés qu'un enfant malade vienne gâcher leurs vacances.

Prenant une lente inspiration, elle nota quelques observations sur la tablette qu'on lui avait remise pour ce petit patient.

La mère lui tapota l'épaule pour attirer son attention.

— Je lui ai donné de la vodka hier et ce matin, sur la recommandation d'une des clientes de l'hôtel.

— Pardon ? s'écria Rebecca, choquée.

Non seulement Johann avait sept ans, mais la vodka ne guérissait pas la gastro-entérite !

La femme lui expliqua, comme si elle s'adressait à une enfant, que d'après la cliente en question, infirmière de profession, son fils devait boire un verre de vodka tous les matins et, si cela ne marchait pas, une bière.

Rebecca s'efforça de répliquer de la manière la plus neutre possible :

— Il est très important de réhydrater votre enfant et, même si beaucoup d'adultes aiment à penser que l'alcool va tuer les bactéries, l'infection peut être virale, et l'alcool inutile. De plus, il déshydrate. En tant que pédiatre, je le rejette absolument !

Avisant que Rebecca ne portait pas d'alliance, la femme reprit avec une véhémence accrue :

— Je connais mon enfant. Quelqu'un qui n'en a pas ne peut pas comprendre les risques qu'on est prêt à courir pour eux.

Aïe… Cette femme avait touché son point sensible.

Comme Rebecca s'abstenait néanmoins de répliquer, la fureur de la femme parut redoubler.

— Je ne suis pas une mauvaise mère, cracha-t-elle.

Autre déclaration que Rebecca entendait souvent. *Un effet du stress*, se répéta-t-elle. *Elle te rabaisse pour se sentir plus forte, parce qu'elle a peur.*

Rebecca regarda la femme droit dans les yeux.

— Deux millions d'enfants meurent chaque année de la gastro-entérite. Vous avez bien fait d'amener votre fils ici.

La mère faillit s'étrangler de rage.

Rebecca regretta d'avoir parlé aussi sèchement, mais sérieusement… De la vodka ? À Bali, une île tournée vers le tourisme, il était simple de faire venir un médecin dans un hôtel. Pourquoi choisir de la vodka pour « soigner » son enfant de sept ans ?

Elle retourna à son examen. Alors qu'elle prenait la température et le pouls de Johann, elle perçut de l'agitation dans la zone d'admission. Noah avait été bipé. Elle entendit quelqu'un passer en courant.

Concentre-toi !

— Tu as réussi à garder quelque chose dans ton estomac, Johann ? Du liquide ?

— Tout remonte, répondit la mère à sa place. Ou descend, si vous voyez ce que je veux dire…

Rebecca opina poliment.

— Du sang dans les selles ?

— Je n'ai pas regardé, reconnut la mère.

Rebecca sortit son stéthoscope et sourit à Johann.

— Je vais écouter ton ventre, d'accord ?

Le garçon poussa un soupir et laissa tomber sa tête sur l'oreiller. Il était vraiment à bout de forces.

Au moment où Rebecca enfonçait les embouts du stéthoscope dans ses oreilles, Noah passa la tête par les rideaux.

Chaque fois qu'elle le voyait, les battements de son cœur s'accéléraient.

— Désolé de vous interrompre, lança Noah. Mais je vais avoir besoin d'une paire de mains supplémentaires en salle d'opération dès que possible. Je compte sur toi ?

Son cœur finit par retrouver un rythme compatible avec l'exercice de la chirurgie. Elle devait d'abord s'assurer que Johann allait s'en tirer.

— Absolument.

Elle s'apprêtait à demander de quoi il s'agissait quand la mère, irritable, intervint :

— Et Johann ?

Même si elle devinait que quelque chose de grave était en cours, elle resta calme, mais parla d'un ton sans réplique.

— On va mettre Johann sous perfusion et prélever des échantillons de selles et d'urine avant de lui administrer un antiémétique. Ça aidera son estomac à se calmer pour éviter les vomissements.

Avant que la mère n'ait pu intervenir à nouveau, elle fit signe à une collègue de venir.

— Kartika, l'une de nos infirmières, va rester ici avec vous. Elle veillera à ce qu'un médecin vérifie les résultats de votre fils avant sa sortie. Kartika, ça veut dire « étoile brillante », ajouta-t-elle à l'intention de Johann.

Elle expliqua rapidement la situation à l'infirmière, qu'elle prévint d'un regard complice que la mère n'était pas commode.

Des cris, puis le gémissement d'une femme se firent entendre vers l'entrée de la clinique.

— Et ça va prendre combien de temps ? lança la mère de Johann.

— Une heure. Peut-être deux. Tout dépendra de l'état de votre fils après le traitement. C'est bien pour cela que vous l'avez amené ici, non ? Pour vous assurer que son état de santé ne s'aggrave pas ?

La femme la regarda fixement pendant quelques secondes, puis, de façon tout à fait inattendue, fondit en larmes.

— Je suis désolée. Je sais que je suis horrible. C'est juste que… C'était censé être ma lune de miel, avec mon nouveau compagnon.

Elle s'approcha de son fils et écarta doucement sa frange blonde avant de lui déposer un baiser sur la joue.

— J'avais tout planifié. Johann devait être gardé par son père pendant notre voyage mais, bien sûr, celui-ci s'est défilé. Je voulais que Karl – mon nouveau mari – n'ait aucune raison de penser qu'il faisait une erreur en m'épousant…

— C'est à cause de moi, maman ? demanda Johann.

— Non, mon chéri. Non, non, non ! répondit-elle en l'étreignant entre deux sanglots.

Le cœur de Rebecca se serra. Pauvre femme ! Et pauvre Johann !

Et il se produisit un changement en elle. Il était temps de cesser de s'apitoyer sur ses fiançailles brisées et de commencer à se tourner vers l'avenir.

Un avenir qui impliquerait Noah ?

Une autre série de cris et de pleurs éclata à l'autre bout de la clinique.

— Je suis vraiment désolée. Je vais devoir m'éclipser. Mais vous êtes entre de bonnes mains avec Kartika.

Sur ces paroles, elle partit au pas de course vers les salles d'opération.

Noah l'intercepta au moment où elle allait entrer dans la salle d'examen.

— Une famille de six personnes sur un scooter impliquée dans un accident de voiture…

Elle grimaça. Elle avait vu des motocyclistes faire tenir des familles entières en équilibre précaire sur de petites motos conçues pour une, deux personnes maximum. Ça n'allait pas être joli à voir.

— Je suppose que tu as besoin de moi pour t'assister ?

— Oui. Un 4x4 a brûlé un feu rouge et les a percutés. Les victimes sont en train de passer des scanners. Murray et Irawan sont en traumatologie avec deux d'entre eux.

Dans la salle d'examen, une infirmière de bloc est en train de préparer deux kits de chirurgie.

— La grand-mère, le père, la mère et trois enfants âgés de quatre ans à quelques mois, tous entassés avec les courses sur un véhicule. Sans casque.

Elle prit une profonde inspiration. Les enfants portaient rarement un casque ici. Tout comme les adultes. Son cœur se serra, mais elle ne pouvait pas se permettre d'être émotive quand des vies étaient en jeu. Elle entreprit de se savonner soigneusement les mains.

— On fait un massage cardiaque à la grand-mère, en ce moment même. Le père a au moins deux fractures ouvertes à la jambe, c'est lui qui a été le plus touché par la collision. La maman a un bras cassé et sans doute une hémorragie interne. Je vais les examiner. Les enfants sont au scanner, mais tu devrais…

— Ils sont tous là ?

Elle savait qu'ils n'avaient pas les ressources pour opérer tout le monde.

— Ainsi que le conducteur de la voiture. Après le tremblement de terre, le centre de traumatologie de l'hôpital principal a dû envoyer de nombreux blessés dans les cliniques et les hôpitaux périphériques. Il n'y a plus que nous.

Son visage sombre ne permettait pas de déterminer s'il éprouvait de la rage ou du chagrin.

Rebecca savait qu'il ne pouvait pas se rendre au bloc opératoire avant d'avoir réussi à se calmer.

— Et le conducteur ? demanda-t-elle, grimaçant à l'idée de la réponse.

— Il a eu une attaque, c'est pour cela qu'il a perdu le contrôle de son véhicule. J'ai demandé à Rahman et Nikolaides de s'occuper de lui.

Ces deux spécialistes s'étaient portés volontaires quelques mois plus tôt. Rahman était chirurgien vasculaire et Nikolaides neurochirurgien.

— D'accord. Je suppose que tu as un plan d'attaque ?

Elle coupa le robinet avec son coude, les mains levées dans l'attente de ses gants.

— Je vais voir le père et la mère, et tu t'occupes des enfants, d'accord ?

— Des trois ?

— Sauf si tu arrives à sortir d'autres chirurgiens de ton chapeau !

Malgré la brusquerie du ton, Noah lui faisait confiance, elle le sentait.

— Je serai juste à côté, lui murmura-t-il à l'oreille.

C'étaient exactement les mots d'encouragement dont elle avait besoin.

Rebecca avait déjà survécu à des journées de travail chargées. Des gardes de dix-huit heures à l'hôpital, avec peu de sommeil et quelques snacks pour tenir le coup.

Les exigences dévorantes de ce travail constituaient l'une des raisons pour lesquelles elle avait décidé de s'éloigner de la chirurgie au profit de la médecine générale, mais dès qu'elle entra en salle d'opération, elle fut animée d'une énergie qu'elle n'avait pas connue depuis des années.

Les trois enfants avaient eu la peau arrachée en plusieurs endroits et présentaient de nombreuses blessures traumatiques.

Le bébé avait été le moins touché, car protégé par les bras de sa mère lorsque la voiture les avait percutés : des fractures à son petit bras gauche, un possible coup du lapin, des contusions cérébrales, mais rien qui indiquât une hémorragie interne. Cela étant, il avait quand même trois côtes cassées, dont une qui lui avait perforé un poumon.

Rebecca inséra rapidement une aiguille dans l'espace pleural du nourrisson pour libérer l'air emprisonné. Une fois l'opération menée à bien, elle réparerait la lésion du tissu pulmonaire par les voies aériennes bronchiques.

L'état des garçons de deux et quatre ans était beaucoup plus préoccupant : ils avaient tous deux subi des lésions cérébrales traumatiques. Si la fracture du crâne de l'aîné était impressionnante, son frère de deux ans avait également subi une blessure au cœur potentiellement mortelle.

Alors qu'elle se dirigeait vers la table d'examen de ce dernier, une alarme retentit près du bébé. Et celle du garçonnet de quatre ans n'avait pas cessé de biper depuis son arrivée.

Rebecca ne pouvait pas être à trois endroits à la fois, mais elle ne pouvait pas non plus laisser tomber une seule de ces petites vies. La panique commença à monter en elle. Ces enfants auraient besoin d'opérations qu'elle n'avait pas pratiquées depuis des années. Mais Noah avait visiblement foi en elle.

Fermant les yeux, elle se concentra, puis se remit au travail.

Une heure plus tard, Noah franchit la porte du bloc opératoire, un masque sur le visage.

Au lieu de manifester son plaisir de le voir, elle lui lança :

— Tu n'es pas censé opérer ?

— J'ai procédé aux examens préliminaires. Mes patients sont avec l'anesthésiste, en ce moment. Je venais juste voir comment ça allait.

Elle n'aurait pas été moins heureuse s'il lui avait avoué son amour…

— Docteur Stone ? appela son infirmière en lui tendant le scalpel.

— Oui ? Pardon…

Elle ouvrit la paroi abdominale du petit de deux ans, dont le ventre enflé indiquait une importante hémorragie interne.

— Ça va ? demanda Noah.

— Ça ira mieux quand j'aurai endigué le flux…

Elle prit quelques compresses pour absorber l'excès de sang, puis clampa les vaisseaux pour stopper le saignement. La principale difficulté serait l'extraction du morceau de bambou encore fiché dans le cœur du petit garçon. Ironiquement, c'était peut-être aussi ce qui le maintenait en vie.

Elle haussa les sourcils.

— Je vais avoir besoin de Nikolaides. C'est possible ?

Il acquiesça.

— Je te l'envoie sur-le-champ.

Des alarmes retentirent près de l'autre enfant. Rebecca se retourna et vit le petit corps du garçonnet de quatre ans secoué par une attaque.

— Je vais avoir besoin de toi ! lança-t-elle à Noah. Dans un instant…

Seules ses compétences de chirurgien pouvaient sauver ces enfants. Et même si elle ne doutait pas de pouvoir leur venir en aide, elle savait déjà qu'ils ne s'en sortiraient pas tous.

11.

— Pinces…

Noah observait, fasciné, l'écran qui montrait chacun des gestes effectués par Rebecca. C'était une chirurgienne au sommet de son art. Une fois ses propres opérations terminées, il était venu l'assister, mais elle n'avait pas vraiment besoin de son aide et il eut du mal à croire qu'elle n'avait pas pratiqué ce type d'intervention depuis quelques années.

Elle affichait un air sombre. Elle venait de prononcer le décès du petit garçon de quatre ans. Et, sans avoir pu obtenir l'autorisation de ses parents – toujours sous anesthésie –, elle avait pris la décision de transplanter le cœur du garçonnet à son petit frère.

— Scalpel.

Les mouvements de Rebecca étaient précis et elle avait à cœur de rendre hommage au petit garçon de quatre ans qui ne rirait plus jamais, ne pleurerait plus jamais, ne serait plus jamais câliné par ses parents. Et de donner un sens à cette mort injuste.

En regardant Rebecca, Noah pensa à ses nièces, à leurs petites mains cherchant le réconfort de ses grandes paumes. Il serra les poings, déstabilisé. Son cœur s'ouvrait au message qu'il venait de recevoir : la vie était trop courte pour qu'il repousse sans cesse le moment d'agir. S'il ressentait quelque chose pour Rebecca, il le montrerait, à partir de maintenant.

Au moment où elle finissait de placer le cœur dans un récipient chirurgical rempli de glace, leurs regards se croisèrent.

La chaleur qui l'envahissait chaque fois qu'ils se regardaient l'émut aux larmes.

Il n'allait plus se dérober à leur attirance réciproque, désormais. La vie était trop précieuse.

— Bien. Donnons à ce cœur un nouveau foyer…

Rebecca se tenait en face de Noah, devant la table où reposait le petit garçon de deux ans.

Dès qu'il lui eut confirmé d'un bref signe de tête qu'il était prêt, ils préparèrent la zone autour du cœur de l'enfant de deux ans, afin de pouvoir mettre en place un pontage cardio-pulmonaire.

Une fois les canules et les pinces en place, ils retirèrent le cœur d'origine, perforé par des éclats de bambou, qu'ils remplacèrent par le cœur sain de son frère, déclaré compatible lors d'examens préliminaires réalisés en urgence. L'atmosphère dans la pièce était tendue, car s'ils échouaient, deux vies seraient perdues.

Dans le but de soulager cette tension, Rebecca lança d'un ton joyeux :

— Voyons si les cours de couture de ma grand-mère se sont révélés utiles !

Il y eut des rires, signe d'un soutien total de la part de son équipe. Ils l'avaient observée ces dernières heures et savaient pertinemment que ses sutures étaient à la hauteur.

C'était ridicule, mais Noah se sentait fier par procuration. Comme un mari de sa femme…

Il tenta de refouler cette pensée comme il le faisait d'ordinaire, mais voir Rebecca effectuer cette transplantation cardiaque rendait la chose impossible.

— Je vais commencer par l'oreillette gauche…

Elle cousit habilement les quatre cavités cardiaques, puis l'aorte ascendante, retira la pince aortique… et ils retinrent leur souffle jusqu'à ce que…

Boum. Boum. Boum.

Un chœur d'acclamations et de soupirs de soulagement

retentit. Perdre une vie avait été affligeant. En perdre deux aurait été dévastateur.

— Bravo, docteur Stone ! lança-t-il.

Elle cligna des yeux et prit une grande inspiration, comme si elle s'apprêtait à faire une déclaration solennelle, au lieu de quoi elle se contenta de dire :

— Merci pour ton aide.

Ensemble, ils s'occupèrent du réseau sanguin. Le cœur fut sevré du pontage cardio-pulmonaire. Puis, ils s'assurèrent que toutes les valves fonctionnaient bien et que les deux ventricules étaient performants.

Lorsqu'elle s'éloigna de la table après avoir posé le dernier point de suture sur la poitrine du garçon, elle lâcha :

— C'est maintenant que les difficultés commencent.

Après une douche, Noah n'aurait pu dire qu'il se sentait comme un homme neuf, mais ils avaient relevé les défis de la journée. Et le pire était passé : l'annonce aux parents des garçons.

Il s'était tenu aux côtés de Rebecca lorsque celle-ci avait informé les parents. Au sortir de la chambre, elle avait disparu dans les vestiaires des femmes avant qu'il ait pu lui offrir une accolade ou un mot de réconfort.

Voilà pourquoi il attendait à présent dans le couloir.

Lorsque Rebecca finit par quitter les vestiaires, elle parut surprise de le voir et l'examina avec attention.

— Tes cheveux…

Il se coiffa avec les doigts, habitué aux commentaires désapprobateurs de son père.

— Je sais. J'ai besoin d'une coupe.

Rebecca fronça les sourcils, déconcertée par ce commentaire.

— Pourquoi ?

— Pas vraiment adaptés à la chirurgie.

— Beaucoup de chirurgiens ont les cheveux longs, répliqua-t-elle en désignant les siens. Ne les coupe pas, ajouta-t-elle d'une voix plus rauque que d'habitude.

Et l'image d'une Rebecca enveloppée dans une serviette de toilette s'imposa à son esprit. Elle lui passait les doigts dans les cheveux, son visage près du sien…

— Ils sont à peu près de la même longueur que les tiens, il me semble.

— Je les ai laissés pousser quand j'ai arrêté la chirurgie.

Il y avait dans sa voix une note qu'il ne parvenait pas à cerner. Pas exactement du regret…

Elle releva les yeux.

— J'ai toujours regretté de n'être pas plus courageuse.

— Oui. Moi aussi.

À en juger par la tension sensuelle qui semblait avoir soudain atteint des sommets, il était presque sûr qu'aucun d'eux ne songeait plus à parler coiffure…

Il avait envie d'elle. Maintenant. Et elle aussi.

Faire l'amour à Rebecca Stone n'était pas la chose la plus sensée qui soit, mais il n'avait pas envie de se montrer pragmatique.

Il pâlit de sa propre audace lorsqu'il s'entendit dire :

— Les filles dorment. Ça te dirait de venir chez moi prendre une tasse de thé ?

Rebecca le regarda, perplexe, comme si elle évaluait les choix qui s'offraient à elle.

— Est-ce vraiment ça, que tu veux ? demanda-t-elle d'un air faussement innocent.

Il n'en fallut pas davantage pour que le feu de la passion s'empare de lui. Et avant qu'une pensée rationnelle puisse s'insinuer dans son esprit, ils s'embrassaient comme si leur vie en dépendait. Des baisers fougueux, dévorants…

Tenir Rebecca dans ses bras, c'était comme rentrer chez soi après un long voyage. Comment pouvaient-ils en savoir si peu l'un sur l'autre et ressentir une telle intimité ?

Nous en savons assez, se dit-il. *Nous savons le plus important.*

Il lui agrippa la main et l'entraîna dans une salle d'examen voisine.

— Ça te va si je verrouille la porte ?

Sans le quitter des yeux, elle alla tourner elle-même le verrou.

— Où en étions-nous ?

Il se perdit complètement dans ses caresses, ses baisers, doux et impérieux, tendres et passionnés. Il n'avait encore jamais perdu le contrôle avec une femme, mais il avait le sentiment de pouvoir tout confier à Rebecca. Son corps. Son esprit. Son cœur.

Cela suffisait-il pour mettre en péril ce qu'il commençait tout juste à construire avec ses nièces ?

Comme si elle avait entendu ses pensées, elle pressa une main sur son torse pour y sentir les battements rapides de son cœur.

— Tu veux aller les voir ? demanda-t-elle en indiquant la villa.

Il secoua la tête.

— J'ai demandé à la baby-sitter de dormir avec elles, expliqua-t-il. Je ne savais pas combien de temps nous serions retenus au bloc.

Les yeux dans les siens, il l'embrassa à nouveau.

— C'est aussi bon que je l'imaginais ! murmura-t-il.

— Tu as donc imaginé m'embrasser ?

— Ça te surprend ? Regarde-toi… Tu es si belle, si sexy !

Elle se mordilla la lèvre. Peut-être n'en avait-elle aucune conscience, en fait. Il se donna pour mission de l'en persuader.

Posant les mains sur ses épaules, il attendit qu'elle croise son regard.

— Je t'ai désirée dès l'instant où j'ai posé les yeux sur toi, Rebecca.

Elle piqua un fard.

— Je pensais être la seule à avoir craqué.

Comme elle se trompait ! Il lui avait menti de façon éhontée en lançant la pièce qui devait décider de l'arrêt ou de la prolongation de son séjour à Bali. Et il était presque sûr qu'elle le savait.

— Certes, j'ai eu beaucoup de choses à gérer, ces dernières semaines, mais sache que l'attirance n'a jamais été à sens unique.

— Comment quelqu'un comme toi peut-il s'intéresser à quelqu'un comme moi ?

— Qu'est-ce que tu veux dire par « quelqu'un comme toi » ? Un homme qui se débat dans une situation où il n'aurait jamais pensé se retrouver ?

— Tu vois ! Tu avoues n'être pas toi-même en ce moment. Et tu ne veux même pas me présenter à ton père.

Il grimaça.

— Oh ! tu peux le rencontrer. C'est un égoïste fini, qui t'aidera peut-être à comprendre pourquoi je suis comme je suis.

— Hmm, non merci. J'aurais l'impression de t'avoir supplié.

— J'aimerais mieux que tu me supplies pour autre chose…

Et il lui donna un baiser qui fit bouillir le sang dans ses veines.

— Je viens de te donner la preuve que je suis intéressé, non ? dit-il alors qu'ils reprenaient leur souffle.

— Peut-être… J'aurais besoin d'autres arguments pour être convaincue.

Il ne put réprimer un rire amusé.

— Convaincue de quoi ? Que je te trouve irrésistible ?

Il poussa un grognement sourd pour appuyer son propos.

— Oh ! C'est un bon début…

— Mais… ?

— Mais tu es… tellement parfait.

— Pas plus que toi.

Elle leva les yeux au ciel.

Qui donc lui avait donné une aussi mauvaise opinion d'elle-même ? Avait-elle peur d'être rejetée ? À ses yeux, le bien-être de Rebecca l'emportait sur tout ce qui pouvait se passer entre eux, ici et maintenant.

— Écoute-moi, Rebecca : tu es une femme talentueuse, intelligente, drôle et belle. Et tu as vraiment assuré en salle d'opération aujourd'hui ! La vie n'est pas parfaite, ajouta-t-il en voyant qu'elle s'apprêtait à protester, et moi non plus. Mais pour autant que je puisse en juger, ton seul défaut est ton manque de confiance en toi.

Elle lui montra son annulaire dépourvu d'alliance.

— Mon ex n'a pas vraiment contribué à renforcer mon estime de moi.

Noah la regarda droit dans les yeux.

— Il ne compte plus, pourtant, n'est-ce pas ?

Elle secoua lentement la tête.

Il déposa quelques baisers sur ses lèvres, son nez, son front.

— Ma chérie, tu es extraordinaire, sache-le. Et aujourd'hui, tu t'es surpassée. Si quelqu'un t'a fait croire que tu n'étais pas la huitième merveille du monde, je serai plus qu'heureux de rectifier son erreur de jugement.

Il effectua quelques mouvements d'arts martiaux qui firent naître un franc sourire sur les lèvres de Rebecca.

Il l'attira à lui pour un autre baiser. Puis elle reprit son sérieux pour lui dire :

— Je me suis dit et répété que je ne te plaisais pas. Pour moins souffrir s'il ne se passait rien entre nous.

Il secoua la tête, confus.

— Tu es merveilleuse. Pourquoi ne voudrais-je pas de toi ?

— Euh, à part le fait que je ne suis pas exactement un mannequin ? Eh bien, tu es en deuil de ta sœur et nouvellement tuteur de deux adorables fillettes, non ?

— Oh ! Oui, j'ai tergiversé et tardé à te montrer ce que je ressentais parce que j'avais peur, avoua-t-il.

Il s'interrompit, et les désigna tous les deux d'un geste vague.

— De ça, précisa-t-il. Car la force qui me pousse vers toi me semble irrésistible. Alors j'ai vainement cru pouvoir l'ignorer, plutôt que de risquer de tout gâcher…

— J'avoue que j'ai éprouvé la même chose, acquiesça-t-elle.

— Qu'est-ce qui t'effraie le plus ? demanda-t-il.

— J'ai changé radicalement de vie récemment, et l'idée de devoir tout recommencer si ça se passe mal…

— On ne sait même pas encore ce qu'il y a au juste, entre nous.

Elle réfléchit quelques instants, puis lui adressa un sourire.

— Il n'y a pas de mal à le découvrir, si ?

Il l'attira entre ses bras pour un doux baiser. Puis un autre. Et un autre, jusqu'à ce qu'il brûle de désir. Il voulait sentir sa peau contre la sienne, leurs soupirs mêlés, l'union de leurs corps. Et à en juger par ses réactions, elle aspirait à la même chose que lui.

Elle laissa échapper un soupir tandis qu'il déposait des baisers sur sa mâchoire, son cou, sa gorge. Il sentait sous ses mains les courbes sensuelles de sa taille et de ses hanches.

Ce fut à son tour à lui de gémir quand elle pressa ses hanches contre les siennes. Leurs baisers s'approfondirent et elle noua les mains autour de son cou en un geste instinctif.

— C'est tellement agréable d'avoir à me hisser sur la pointe des pieds pour embrasser un homme, chuchota-t-elle.

— C'est la seule chose qui te plaît chez moi ? Ma taille ?

Feignant de réfléchir à la question, elle sourit, avant d'effleurer ses lèvres des siennes.

— Tu as peut-être un ou deux autres atouts que je ne serais pas fâchée de découvrir.

Ces mots firent sur lui l'effet d'une bombe. Son érection durcit davantage encore, et l'expression de Rebecca lui montrait qu'elle n'était pas mécontente d'en être la cause.

D'où sortait donc cette nouvelle Rebecca ?

— Tu veux qu'on sorte d'ici ? demanda-t-il.

— Non, répondit-elle. J'ai juste envie de toi.

12.

Brûlante de désir, Rebecca suivit du doigt l'encolure de la blouse de Noah.

Tout en l'attirant à elle pour lui donner le baiser le plus torride qu'elle ait jamais offert à un homme, elle passa les doigts dans l'ourlet de coton. Bon sang, elle était enfermée avec l'homme de ses rêves dans une salle d'examen, et le dévorait de baisers !

Quand il s'écarta, elle passa les mains sur sa peau dorée.

— Je peux ? demanda-t-elle.

— Je serais très contrarié si tu ne le faisais pas.

Comment s'était-elle transformée soudain en amante débridée ? Rebecca l'ignorait mais, franchement, elle s'en moquait. Elle aimait cette version insolente d'elle-même.

Elle effleura les épaules de Noah, et commença à déboutonner sa blouse.

— On n'aura pas besoin de ça.

Noah murmura quelques mots inintelligibles dont elle saisit l'essentiel : « S'il te plaît, ne t'arrête pas. »

Alors elle continua.

Une fois qu'elle l'eut débarrassé de sa blouse, elle admira son torse musclé et le fit reculer jusqu'à un lit contre lequel il s'appuya.

Lentement, elle pencha la tête vers sa poitrine et happa un téton entre ses lèvres, tout en titillant l'autre jusqu'à ce qu'il durcisse sous ses doigts.

— Oui…, souffla-t-il, lorsqu'elle posa la main sur son sexe.

Pour la première fois de sa vie, Rebecca avait l'impression que son corps, son esprit et son âme ne faisaient qu'un. Elle était enfin elle-même, en toute plénitude. Et elle aimait cette femme qui ne rougissait pas de ses courbes à la Rubens. Entre les bras de Noah, elle se sentait sensuelle et désirée. Forte et belle…

Elle craignit tout à coup d'être allée trop loin, mais à en croire la force des battements de cœur qu'elle sentait contre sa joue, il aimait ça.

— À mon tour maintenant, d'accord ?

Il glissa les doigts sous sa blouse. Elle n'avait pas pris la peine de mettre un soutien-gorge, aussi la seule idée des doigts de Noah sur ses seins la fit-elle trembler de désir.

Il prit son temps, écartant le coton avec une lenteur aguicheuse. Puis, comme s'il sentait qu'elle ne voulait rien d'autre que le contact de sa peau contre la sienne, il la débarrassa de son vêtement et l'attira à lui.

L'effet sur son corps fut instantané. Elle eut l'impression que de la lave en fusion déferlait dans ses veines. Empaumant ses fesses, il la souleva et, avant même qu'elle ait pu deviner ses intentions, il la plaça sur le lit.

Prenant un sein dans une main, il en caressa paresseusement le téton de la pointe de sa langue. De nouveau, elle se cambra contre lui, sensible au plaisir qu'il prenait à faire grandir son désir. Elle n'avait jamais connu cela auparavant, et son audace en fut décuplée…

Sous les caresses de Noah, elle se sentait délicieusement femme. À la fois faible et forte, et terriblement sensuelle quand il la débarrassa de son pantalon et fit courir ses mains entre ses cuisses, jusqu'au cœur de son intimité où il insinua un, puis deux doigts. L'effet fut étourdissant.

Ivre de plaisir, elle enfouit les mains dans les cheveux noirs de son amant. Quand les caresses de Noah menacèrent de la submerger, elle le repoussa avant de l'implorer d'une voix tremblante :

— Je te veux. Maintenant…

Il ne lui en fallut pas davantage pour l'entraîner dans une étreinte aussi sauvage que délicieuse.

D'un geste sûr, il la fit pivoter pour qu'elle lui tourne le dos. Haletante, elle sentit son érection entre ses fesses, et elle crut que son cœur allait exploser quand il posa son doigt sur son bouton sensible, qu'il agaça doucement…

Bien qu'elle n'ait jamais fait l'amour de cette façon auparavant, elle pressentait qu'elle allait aimer ça. Déjà, elle s'abandonnait à cette caresse affolante, et commençait à gémir…

Fou de désir, Noah la saisit par la taille et la pénétra d'un puissant coup de reins, avant d'empoigner ses seins tandis qu'elle se cambrait pour mieux l'accueillir en elle. Ils gémirent tous deux, tandis que Noah accélérait le rythme, l'entraînant dans la danse immémoriale des amants.

Ils étaient au-delà des mots, désormais. Seul leur instinct les guidait, si fort et exigeant qu'il balayait tout sur son passage…

La peur, la fatigue, l'avenir ne comptaient plus. Pour la première fois de sa vie, Rebecca vivait le moment présent, l'ici et maintenant, avec Noah. On aurait dit qu'il la connaissait par cœur, qu'il connaissait son corps et savait comment lui donner le plus de plaisir possible.

Tout à coup, elle se sentit basculer. Ils ne faisaient littéralement plus qu'un, corps et souffles mêlés, et leur étreinte se faisait plus urgente… jusqu'à ce qu'une vague de fond les soulève tous deux pour les emporter au septième ciel. Éperdus, ils jouirent dans un même cri.

Lorsque la vague reflua, Rebecca se sentit à la fois épuisée et exaltée ; soudain, elle avait la sensation de flotter dans un océan de félicité languide…

Noah l'attira dans ses bras et la serra contre lui.

Après quelques instants de silence, et une fois qu'elle eut repris son souffle, Rebecca s'écarta et lui sourit.

— Tu veux retourner auprès de tes nièces ?

Il attrapa son téléphone portable pour vérifier s'il avait reçu des messages.

— Apparemment, elles se sont endormies après une double dose d'histoires…

Il la dévisagea, comme s'il revivait leur étreinte, puis sourit.

— Que dirais-tu d'une collation de minuit ?

— Pourquoi pas ? Et si on la prenait chez moi, plutôt ? proposa-t-elle avec un sourire malicieux.

Il feignit de protester, avant de l'attirer à lui pour un baiser fougueux. Puis, très vite, ils se rhabillèrent et quittèrent la pièce.

Leur deuxième étreinte fut aussi douce que la brise du soir. Les fenêtres grandes ouvertes sur le ciel nocturne, ils firent l'amour langoureusement, bercés par le bruit des vagues au loin.

Puis, épuisés et comblés, ils s'endormirent dans les bras l'un de l'autre, avec le sentiment confus d'avoir vécu une journée merveilleuse.

Rebecca sentit le soleil sur son visage avant même d'ouvrir les yeux. Elle bâilla, s'étira… puis réalisa que Noah était parti.

Elle sentit une étrange panique l'envahir. C'était la seule pensée qu'elle s'était interdite : que Noah regrette ce qui s'était passé entre eux.

Elle était sur le point d'éclater en sanglots lorsque ses yeux se posèrent sur l'horloge.

Hors de question d'être en retard au travail quand l'homme à qui vous vous êtes livrée corps et âme n'est autre que votre patron !

Elle se précipita sous la douche, puis enfila une blouse.

Elle descendit au rez-de-chaussée en espérant avoir le temps d'aller s'acheter l'une des boissons aux fruits dont elle était devenue accro ainsi qu'un café, lorsqu'elle vit une tasse fumante à côté d'un smoothie, sur le comptoir de la cuisine. Le tout était accompagné d'un message.

Elle s'en empara, les mains tremblantes, en priant silencieusement pour qu'il ne s'agisse pas d'un adieu.

Leurs étreintes de la veille l'avaient bouleversée, et elle se reconnaissait à peine dans la femme ardente et passionnée qui avait comblé Noah la nuit dernière. Elle avait caressé la moindre parcelle du corps de son amant. Ses tatouages, ses muscles, sa peau dorée…

Mais ce n'était pas seulement de ce corps qu'elle s'était entichée… Il ne s'agissait pas d'une aventure de vacances : elle était tombée amoureuse de Noah Cameron, tout en sachant que son cœur ne serait jamais à elle.

Elle se força à ouvrir les yeux, se préparant à l'inévitable.

Je voulais emmener les filles à l'école. Je te vois à la clinique ? Je pense qu'on devrait discuter avant qu'elles ne rentrent à la maison.

Son manque de confiance, qu'elle pensait avoir surmonté, revint la frapper avec la force d'un tsunami.

Ses objectifs professionnels, son désir de fonder une famille, d'être aimée pour ce qu'elle était, rien de tout cela n'était suffisant.

Une « discussion » avant que les nièces de Noah rentrent à la maison ne signifiait qu'une chose : Noah voulait étouffer ce qui s'était passé entre eux avant que les petites s'attachent à elle, et à leur couple, et ne fondent de faux espoirs.

Une douleur atroce l'envahit tout entière. Pourquoi les hommes qu'elle aimait finissaient-ils toujours par la rejeter ?

Elle connaissait la réponse, bien sûr. Parce que l'histoire se répétait et qu'une fois de plus, elle avait choisi un homme qui ne voulait pas se lier à elle.

Après sa rupture avec son ex, qui l'avait laissée désemparée, elle avait tenté de guérir son cœur brisé en se protégeant de tout. Or elle venait de constater qu'elle avait toujours l'instinct d'un papillon de nuit attiré par une flamme…

Un nouveau rejet la détruirait, surtout venant de Noah, à qui elle venait d'ouvrir son cœur.

Elle ne pouvait même pas lui en vouloir. Ses nièces devaient passer en premier, et si elle était libre d'aller s'établir où bon lui semblait, lui ne disposait pas du même luxe.

Il ne restait plus qu'une seule solution : mettre fin à leur idylle naissante au plus vite, afin qu'il n'ait pas à porter le poids supplémentaire de la culpabilité.

Elle prit son sac à dos et se mit en route pour la clinique. Elle allait redevenir la femme sensée et pragmatique d'avant Bali, celle qui se fiait à la science, aux statistiques et à la médecine. Grâce au travail qu'il lui avait donné, Noah lui avait rappelé dans quel domaine son énergie était la mieux employée, à savoir l'aide aux enfants d'autrui.

Les vives émotions de la veille leur avaient clairement fait perdre à tous les deux le sens des réalités. Bien qu'ils aient appris à ne pas s'investir émotionnellement avec leurs patients – en particulier en salle d'opération –, un drame humain, tel que celui de cette famille, les ébranlait parfois.

La situation avait dû être particulièrement difficile pour Noah, sachant ce qui était arrivé à sa sœur. Elle s'en voulait de n'avoir pas pris cet élément en compte, la nuit précédente. Il s'était senti vulnérable et elle n'avait rien trouvé de mieux que de se jeter à sa tête.

La honte vint redoubler sa peine.

Comment avait-elle pu se montrer aussi insensible ?

Ne l'avait-il attirée dans ses bras que pour chasser ses souvenirs douloureux ?

Il avait des responsabilités parentales, d'énormes décisions à prendre. Aucune chance, donc, qu'une femme en quête d'elle-même après une rupture difficile figure sur la liste de ses priorités.

Pourtant, elle ne s'était jamais sentie aussi désirée. Et c'était ce qu'elle devait retirer de l'expérience, au lieu de se laisser aller à la tristesse.

Dans un revirement émotionnel que son coach de vie aurait applaudi, Rebecca se jura de faire ce qui était juste pour Noah : elle lui indiquerait clairement que cette nuit n'avait été qu'un épisode sans lendemain. Elle arguerait qu'elle avait craqué pour lui à un moment où ils étaient tous les deux vulnérables, incertains.

Aurait-elle le cœur brisé ? C'était une certitude. Mais leur amitié lui avait donné de la force en lui rappelant qu'elle était une femme autonome, et que sa voix comptait.

Il était temps qu'elle trouve enfin le courage d'être ce qu'elle était.

Malgré sa détermination, elle sentit une immense tristesse lui serrer la gorge.

En arrivant à la clinique, elle alla trouver l'infirmière en chef, qui lui donna des nouvelles du nourrisson et du garçonnet de deux ans. Ils seraient bientôt transférés à l'hôpital principal, mieux équipé, dès que la clinique aurait reçu le feu vert.

Quant à Noah, il était auprès des petits patients.

— Parfait ! lança Rebecca. Dans ce cas, je vais pouvoir commencer mes consultations.

Deux cas de gastro-entérite, une morsure de singe et trois coupures dues au corail plus tard, Rebecca leva les yeux : on frappait à la porte du bureau où elle s'installait pour consigner ses observations.

Noah…

Toutes ses bonnes résolutions s'évanouirent dès qu'elle l'aperçut.

Comment aurait-il pu en être autrement ?

Il avait une peau dorée et des cheveux d'ébène. Des yeux outremer qui scintillaient comme le ciel nocturne. Ses jolis tatouages, sur lesquels elle avait posé ses lèvres, dépassaient des manches de sa blouse noire.

Ils restèrent quelques instants sans rien dire, puis ils parlèrent tous les deux en même temps.

— Désolé. Je… je n'aurais probablement pas dû…, commença-t-il.

— C'est moi qui devrais m'excuser…, répondit-elle.

Ils se turent, se dévisagèrent, cherchant activement des réponses dans le regard de l'autre.

Noah avait l'air différent, aujourd'hui, remarqua-t-elle.

Plus doux, plus accessible. Mais certainement pas parce qu'il était tombé amoureux d'elle…

Pourquoi veux-tu quitter aussi vite l'homme de tes rêves ? Parce que tu sais que c'est ce qu'il y a de mieux à faire.

— Nous devrions probablement tirer un trait sur ce qui s'est passé hier soir, déclara-t-elle sans préambule.

L'expression de Noah demeura neutre, mais la lueur qui s'alluma dans ses yeux lui indiqua clairement qu'il ne s'attendait pas à une telle réaction de sa part.

Il hocha la tête, puis, comme s'il fermait la porte sur cette parenthèse aussi brève qu'enchantée de leur vie, il lâcha, d'une voix presque dénuée d'émotion :

— Tu as raison. Les filles doivent être ma priorité.

La gorge de Rebecca se serra. Il avait essayé de le dissimuler, mais elle percevait le regret dans sa voix. Alors elle prononça le seul mot qui lui vint à l'esprit :

— Naturellement…

— Elles se sont réveillées la nuit dernière et ne m'ont pas trouvé.

Les larmes qu'elle retenait coulèrent sur ses joues.

— Je suis vraiment désolée. Elles vont bien ?

— Maintenant, oui.

Elle comprit le message. Maintenant qu'il les avait rassurées, en leur disant qu'il serait toujours là pour elles. Ils avaient subi trop de pertes pour endurer des moments de douleur inutile. Bien sûr, elle désirait être avec Noah, mais pas au détriment du bonheur et de la sécurité de ses nièces.

— Je suis vraiment désolée. Je l'ignorais.

— Et pourtant, c'est toi qui as voulu mettre un terme à tout ça.

— Je me suis simplement dit que tu avais déjà beaucoup de choses à gérer et que tu n'avais pas besoin de complications supplémentaires.

— C'est comme ça que tu vois ce qui s'est passé entre nous ? Comme une complication ?

Elle hésita, affolée à l'idée d'avoir mal interprété la situation.

— Pas pour moi… Je te trouve merveilleux. Je le pense depuis que je t'ai vu pour la première fois. Mais hier, c'était très fort, ce que nous avons partagé. Ce matin, après ton départ, j'ai pensé que tu avais bien d'autres sujets de préoccupation que ce qu'il venait de se passer. Il y a beaucoup de choses que je dois régler dans ma vie, moi aussi. Des choses avec lesquelles tu n'as rien à voir et dont tu n'es pas responsable.

Noah parut assimiler le sens de sa réplique, puis, à sa grande tristesse, elle le vit redevenir l'homme qu'elle avait rencontré quelques semaines plus tôt. Celui qui gardait ses émotions sous contrôle et dont les pensées étaient impossibles à déchiffrer.

— Tu as raison, dit-il, c'est probablement aussi bien comme ça. Mon père arrive aujourd'hui, et les filles et moi allons dîner avec lui ce soir, alors…

Il n'eut pas besoin d'achever sa phrase. Comme elle n'était pas invitée de toute façon, mieux valait ne pas compliquer la situation et rester à l'écart.

— D'accord.

Elle croisa les doigts, alors qu'elle brûlait d'enlacer Noah. De l'embrasser, de lui parler, pour tenter d'arranger les choses. Mais il devait agir au mieux. Cette nuit de bonheur, ce n'était pas la vraie vie, ni pour lui, ni pour elle. Il était temps d'affronter la réalité et de passer à autre chose.

Elle afficha un sourire qu'elle espérait amical et demanda :

— Tu préfères que je parte maintenant ? Ou que j'aille jusqu'au bout de mon contrat ?

13.

Noah avait la sensation d'être écartelé.

— Le personnel serait ravi si tu restais, répondit-il. Je sais que les filles aussi s'en réjouiraient. Comme tu le sais, elles n'aiment pas les départs brusques, qui leur rappellent le drame qu'elles ont vécu.

Rebecca avait de nouveau les yeux humides. Même si elle n'ouvrait pas la bouche, il lisait la question dans ses yeux : et lui, que voulait-il ?

Bien sûr, il voulait la voir rester. Mais cela ne ferait que rendre son inévitable départ encore plus douloureux.

La nuit précédente, il s'était senti lié à Rebecca d'une manière inédite. Elle était un baume pour son âme, lui donnait envie d'être un homme meilleur.

Pour la première fois de sa vie, il avait été à deux doigts de prononcer les trois mots si précieux. Heureusement qu'il s'en était abstenu ! Comment lui expliquer quelques heures plus tard qu'il n'était pas assez fort pour l'aimer tout en s'occupant au mieux de ses nièces ?

Il fouilla dans sa poche et lui tendit un mouchoir propre, qu'elle accepta sans croiser son regard.

Il aurait voulu lui dire qu'il s'était réveillé heureux. Et en paix. Pour la première fois, il avait hâte de voir son père, afin de lui présenter la femme qu'il espérait voir dans sa vie… pour toujours.

Il n'avait jamais présenté qui que ce soit à son père, faute de candidate. Et il n'y en avait pas davantage aujourd'hui, parce que le temps était enfin venu pour lui de commencer à prendre les décisions difficiles concernant leur avenir à tous. Or, il devait le faire indépendamment de Rebecca.

— Qu'est-ce que tu veux, toi, Noah ? insista-t-elle.

Toi. Mais il ne pouvait pas l'avoir. Pas quand il était incapable de lui donner tout ce qu'elle méritait.

Il sortit la pièce britannique de sa poche et la posa sur le bureau entre eux.

— C'est ta vie, Rebecca. C'est à toi de choisir.

Sur ces mots, il tourna les talons.

Il ne se retourna pas, même quand elle le rappela. Il allait se noyer dans le travail, avant d'affronter les difficultés de sa vie.

Quelques heures plus tard, sans que ses patients lui aient permis de refouler les pensées qui le tourmentaient, Noah boutonnait une nouvelle chemise quand Isla et Ruby frappèrent à sa porte.

— Coucou, les filles ! Entrez…

Elles n'avaient pas très bien réagi en apprenant que Rebecca ne se joindrait pas à eux. Il ne leur avait pas révélé la véritable raison de son absence, bien sûr, mais elles s'en étaient désolées.

Il se maudit en silence. Il savait ce qu'il ressentait pour Rebecca depuis le jour où il l'avait rencontrée. Et, stupidement, il s'était imaginé que garder ces sentiments pour lui était la meilleure chose à faire. S'il en avait parlé plus tôt, aurait-il réussi à lui faire comprendre à quel point leur histoire comptait à ses yeux ?

Pas étonnant qu'elle n'ait pas voulu poursuivre. Qui voudrait d'un homme incapable de prendre une décision et de s'y tenir ? De définir clairement ses priorités, d'écouter son cœur ?

Sa cousine avait raison : il était temps pour lui de rentrer en Australie et de donner aux filles un socle stable.

— Oncle Noah ? fit Ruby avec l'un de ses regards les plus suppliants.

Il sursauta, interrompu dans ses pensées.

— Oui, ma puce ?

— Tu crois que si on faisait un *carrot cake* à Rebecca, elle viendrait dîner avec nous, ce soir ?

— Je ne pense pas qu'on ait le temps, tu sais. Ton grand-père nous retrouve au restaurant dans une demi-heure.

— On devrait peut-être lui laisser un mot pour lui dire où on est ? Juste au cas où elle finirait à temps ? ajouta Isla, visiblement inquiète.

Noah s'accroupit pour se mettre à la hauteur de sa nièce.

— Je suis sûr qu'elle se serait jointe à nous, si elle avait pu. Elle a beaucoup de patients à voir aujourd'hui.

— Peut-être qu'ils vont vite guérir ? On devrait vraiment la prévenir !

Manifestement, ses nièces s'étaient concertées. Il allait refuser, mais leurs petits visages étaient si remplis d'espoir qu'il céda.

Après leur conversation de l'après-midi, Rebecca avait laissé entendre à l'infirmière en chef – qui avait transmis la nouvelle à Noah – qu'elle honorerait jusqu'au bout son engagement de trois mois.

— Elle est avec des patients en ce moment, mais pourquoi ne pas lui faire une jolie carte ou un dessin ? Ça lui ferait plaisir.

Les filles s'écrièrent avec enthousiasme que c'était une bonne idée.

— Tu vas lui faire une carte, toi aussi ?

Il sourit et secoua la tête. La seule chose qu'il voulait faire, pour l'instant, c'était demander à Rebecca de rester. Mais cela reviendrait pour elle à vivre à Bali, ou peut-être à Sydney, à abandonner définitivement sa vie en Angleterre. Non, la décision raisonnable, c'était de mettre un terme à cette situation bancale, qui n'avait que très peu de chances de permettre à une relation de s'épanouir.

— Oncle Noah, tu as l'air triste, constata Ruby.

— Tu aimerais que Rebecca vienne, toi aussi ?

— Oui, admit-il. Mais comme elle ne peut pas être avec nous, on sera juste tous les trois.

Les filles se jetèrent à son cou, comme pour le consoler en même temps qu'elles se réconfortaient elles-mêmes de l'absence de Rebecca.

À sa demande, ses nièces partirent chercher leurs crayons pour dessiner une carte à la jeune femme. Puis, une fois leur œuvre achevée, elles coururent la déposer à la villa. Noah les fit alors grimper dans la jeep, à la rencontre de son père. Encore quelques heures à serrer les dents, après quoi il rentrerait chez lui et déterminerait enfin comment il allait affronter le reste de sa vie.

14.

— Voici votre ticket pour le service de voiturier, docteur Cameron.

— Merci.

— C'est chic, ici ! commenta Isla en glissant sa main dans la sienne, après avoir donné son petit pull à l'employée du vestiaire.

D'aussi loin que Noah se souvienne, son père n'avait jamais dîné que dans des restaurants étoilés.

Bien qu'il en parle rarement, celui-ci venait d'un milieu modeste. Vraiment pauvre, même. C'était cette pauvreté qui lui avait fourni le moteur pour devenir l'homme d'affaires dynamique et prospère qu'il était aujourd'hui.

Noah balaya le restaurant du regard, cherchant instinctivement la table du chef, le seul endroit où son père consentait à s'asseoir. Il était là, dominant les autres convives. Cheveux blancs en bataille, yeux bleus perçants, carrure d'acier.

Noah guida ses nièces vers leur grand-père, souhaitant déjà que le repas ne s'éternise pas.

— Bonjour, mon fils…

— Papa, répliqua Noah d'un ton formel qu'il réservait… à son père.

Même si leurs regards ne se croisèrent qu'une fraction de seconde, Noah crut déceler une fragilité qu'il n'avait encore jamais remarquée chez son géniteur. La vieillesse ? Il en doutait. C'était un homme robuste de soixante-cinq ans.

La solitude ?

Ce mot s'attarda dans son esprit. Récemment séparé. Une fille décédée. Un fils avec lequel il n'avait pas de véritable lien… Peut-être était-ce l'explication ?

Son père adressa un signe de tête aux fillettes plutôt que de les prendre dans ses bras. Elles levèrent les yeux vers lui, confuses. Noah les réconforta avant de leur indiquer des chaises.

Pendant qu'elles s'installaient, Noah commanda des boissons gazeuses pour ses nièces et une grande bouteille d'eau pour lui.

— J'ai commandé un délicieux chablis, indiqua son père.

Ce n'était pas l'idéal pour une conversation sereine.

— Merci, papa, mais je conduis. Je vais rester à l'eau.

Son père soupira, sans doute pour lui rappeler que la bonne cuisine se dégustait avec du bon vin, lorsque ses yeux se posèrent sur quelqu'un, à l'entrée du restaurant. Noah tournait le dos à la porte, mais les filles suivirent le regard de leur grand-père.

— Rebecca ! s'écrièrent-elles de concert avant de sauter de leurs chaises pour aller l'embrasser.

Noah se retourna et en eut le souffle coupé. Elle était belle au quotidien, mais ce soir, elle était spectaculaire.

Elle avait laissé ses cheveux détachés, qui lui tombaient sur les épaules en cascades de feu. Elle portait une robe bleu turquoise, drapée sur une épaule, tout en dénudant l'autre. Le tissu soyeux glissait sur ses courbes généreuses, qu'il soulignait discrètement.

Elle soutint le regard de Noah.

— Désolée, je suis en retard. J'espère que l'invitation tient toujours ?

— Que fais-tu ici ? murmura-t-il en s'approchant d'elle.

— Je ne voulais pas te laisser tomber. Pas ce soir…

Avant qu'il ne puisse répondre, elle lui tendit la carte que les filles avaient dessinée pour elle.

On y voyait deux fillettes tenant la main de deux adultes. L'un avait des cheveux noirs et des yeux bleu foncé, l'autre des cheveux roux et des yeux verts. Des cœurs étaient dessinés tout autour et, sous le dessin, une main enfantine avait tracé les mots : « Famille = Amour ».

Intrigué, le père de Noah se leva et fit signe à un serveur d'apporter une chaise pour Rebecca.

— Une belle femme comme celle-ci ne se verra jamais refuser une place à notre table, n'est-ce pas, Noah ? dit le vieil homme.

— Voici Rebecca, répliqua-t-il, faute de savoir comment la présenter.

— C'est la petite amie d'oncle Noah ! déclara Ruby.

Noah sentit son cœur se serrer, tandis que Rebecca affichait un sourire gêné. Il comprit alors ce qu'il aurait dû voir depuis longtemps : elle l'aimait, elle aussi…

Un étrange soulagement l'envahit, suivi presque aussitôt d'une sourde angoisse.

Si elle l'aimait, pourquoi avait-elle coupé court à leur relation ?

Il repensa alors au message qu'il lui avait laissé.

On devrait discuter.

Il avait eu l'intention de lui parler de son père, parce que ce dernier venait sans doute avec un projet en tête. Or Noah tenait à ce que Rebecca et lui présentent un front uni.

On devrait discuter.

Soudain, il comprit : Rebecca avait pensé qu'il avait l'intention de rompre.

Alors bien sûr, elle avait pris les devants. Après avoir été traitée de façon désinvolte par son ex, elle n'allait pas se laisser maltraiter. Ou bien, elle avait pensé agir pour le mieux en trouvant la solution simple à une situation compliquée. Elle savait qu'il se débattait dans les difficultés. Elle avait essayé de l'aider.

— Avant que tu t'assoies… J'aimerais te poser quelques

questions sur un patient, si tu n'y vois pas d'inconvénient. C'est assez urgent.

Les yeux de Rebecca s'enflammèrent lorsqu'ils rencontrèrent les siens. Comment avait-il pu s'éloigner d'elle ?

— Pas du tout, répondit-elle.

Elle embrassa les filles et pria son père de demander des crayons de couleur et du papier au serveur avant de s'excuser auprès de lui.

— Nous n'en aurons que pour quelques instants…

Ils sortirent dans le jardin à l'arrière du restaurant. Contournant des palmiers enturbannés de guirlandes, ils se dirigèrent vers le pont qui enjambait un étang de carpes koï, à quelques mètres du bâtiment.

Noah tendit la main pour la guider.

— J'espère que je n'ai pas dépassé les bornes, déclara-t-elle avant qu'il ne puisse ouvrir la bouche. Je me suis dit que si ton père et toi aviez besoin d'être seuls, je pourrais emmener les filles avant la fin de la soirée. Mais… Oh ! mon Dieu ! J'ai mal interprété la situation, c'est ça ? Je suis désolée. Je…

— C'est moi qui te dois des excuses, coupa-t-il.

Elle mêla ses doigts aux siens, avant de lever les yeux vers lui.

— Je pense que j'ai brûlé les étapes, ce matin.

— À mon avis, le constat vaut pour nous deux.

— Le message que tu m'as laissé…

— La discussion devait concerner mon père. C'était censé être le début de quelque chose, expliqua-t-il. Pas la fin.

Elle lui adressa un sourire penaud.

— C'est ce que je me suis dit, mais seulement beaucoup plus tard.

Il lui attrapa le bras.

— Cette situation est nouvelle pour nous deux. Les malentendus risquent de se reproduire. Mais je suis très heureux que notre amitié se soit muée en quelque chose de plus… important.

Elle lui montra la carte dessinée par les filles.

— Je ne pensais pas qu'un dessin au crayon puisse être aussi puissant, pourtant… celui-ci m'a montré quelque chose dont j'avais besoin de me souvenir.

— Et c'est ?

— Que l'amour, le véritable amour, est fort. Il survit aux malentendus. Il résiste aux blessures et triomphe de tous les obstacles. Je t'aime, Noah, avoua-t-elle en plantant ses yeux dans les siens. Je voulais te le dire ce matin. Mais même en pensant que tu pourrais ne pas m'aimer…

— Moi aussi je t'aime, ma chérie. Mon magnifique cadeau du destin… Je t'aime, Rebecca, ce dont, dans ma grande bêtise, je ne me suis aperçu que quand tu as été assez forte pour t'éloigner de moi.

— Forte ? fit-elle en grimaçant. Pour moi, c'était de la lâcheté !

Il secoua la tête.

Rebecca pressa une main sur son cœur en un geste qui valait mieux que mille promesses. Leurs vies seraient liées, dorénavant. Plus fortes parce qu'ils étaient deux.

— Tu as dit que tu voulais me parler de ton père ?

Il grimaça.

— Je suis presque certain qu'il va proposer de me racheter la clinique pour la transformer en hôtel, afin que les filles et moi puissions déménager à Sydney sans être encombrés.

Rebecca pâlit.

— C'est ce que tu veux ?

— C'est ce que je pensais vouloir, mais depuis que je t'ai rencontrée, j'ai changé d'avis.

Il l'attira plus près de lui. Elle esquissa un sourire.

— Quel est le rapport entre ta rencontre avec moi et la clinique ?

— Ma sœur et moi avons créé la clinique en hommage à notre mère. Mais, pour être honnête, tout le mérite de sa transformation revient à ma sœur.

— Tu y as mis beaucoup d'argent, pourtant ! protesta Rebecca.

— Des tas de gens auraient été d'accord pour y investir.

— Comme ton père ?

— Notamment.

— Mais tu ne voulais pas de son argent ?

Noah secoua la tête.

— Non. C'était son approbation que je cherchais.

Rebecca ferma les yeux. Quand elle les rouvrit, ils brillaient d'une émotion brute.

Noah se pencha pour lui donner un doux baiser.

— Elle m'indiffère désormais, précisa-t-il. Quelqu'un de très sage m'a suggéré d'ouvrir les yeux sur ce que le destin m'offrait, et il se trouve que cela me permet de tourner la page sur cette partie de ma vie.

— Noah… C'est merveilleux !

— Voilà pourquoi je voulais te parler. Est-ce que tu aimerais prendre un nouveau départ ici, avec les filles et moi ?

Rebecca battit des paupières.

— À Bali ? Mais… et ta vie à Sydney ?

— Ce n'était pas vraiment une vie, pour être honnête. J'ai quelques idées que je pourrais soumettre à mon directeur, notamment la création d'une clinique orthopédique ici… mais je me sentirais beaucoup mieux en travaillant avec toi, si tu es d'accord.

Elle afficha un sourire malicieux.

— Tu veux dire que tu veux faire fonctionner la clinique avec ta petite amie ?

— Si tu acceptes d'être ma petite amie, oui.

La phrase était ringarde, mais Rebecca était la femme qu'il voulait. De toute son âme.

— Et ça, est-ce que ça te va comme réponse ? demanda-t-elle en se hissant sur la pointe des pieds pour lui donner un langoureux baiser.

— Il faudra bien que je m'en contente pour l'instant,

répondit-il avec une indifférence feinte. Parce qu'on ferait mieux d'aller rejoindre les filles, maintenant !

— Tu as raison, concéda-t-elle.

Et après un autre baiser plus doux que le miel, ils rentrèrent dans le restaurant, pour affronter leur avenir main dans la main.

15.

Quelques jours plus tard, après avoir bordé les filles, Noah gagna le rez-de-chaussée de sa villa, où son père riait d'une anecdote que Rebecca lui racontait sur sa grand-mère.

Noah secoua la tête, sidéré par les dizaines de petits miracles survenus depuis qu'il avait ouvert son cœur à Rebecca.

Son père n'avait pas dévoilé de grand projet, en fin de compte. Ils avaient profité du repas, partagé une nourriture délicieuse. La soirée avait été à la fois banale et extraordinaire.

Rebecca leva les yeux et s'illumina en le voyant.

— Tout va bien ?

Il acquiesça et la rejoignit sur le canapé en face de son père, auquel il sourit avec réticence.

— Merci pour ce nouveau repas, papa. C'était délicieux.

Son père se racla la gorge et Noah se rendit compte, stupéfait, qu'il luttait contre une vague d'émotion.

Il sentit la main de Rebecca se glisser dans la sienne et la serrer avant qu'elle ne se lève pour aller chercher de l'eau. L'union faisait la force.

— Tenez, monsieur Cameron.

— Appelez-moi Reggie.

Le ton était presque suppliant, dépourvu des intonations charmeuses auquel son père recourait d'ordinaire.

Noah s'approcha de lui.

— Tu vas bien, papa ?

— Oui, fiston, répondit-il, avant d'ajouter, au bout de

quelques instants : J'ai reçu quelques avertissements ces derniers mois.

— Oh ?

— Il ne s'agit pas de ma santé.

Le soulagement qu'éprouva Noah le prit au dépourvu.

— Tant mieux…

— Mais je pense qu'il est temps pour moi de profiter un peu de la vie. Tu vois ce que je veux dire ?

— Tu ferais mieux d'être plus clair.

Son père jeta un coup d'œil à Rebecca.

— Ça ne te dérange pas que notre charmante convive entende ce que j'ai à dire ?

— C'est une femme intelligente. Je prends souvent conseil auprès d'elle.

Noah sentit la chaleur du sourire de Rebecca.

— Soit. Eh bien, alors… j'ai vendu l'entreprise.

— Quoi ?

— Dans sa totalité. C'est pour ça que Caroline m'a quitté. Bref, j'ai beaucoup d'argent de côté et j'aimerais qu'il soit utilisé à bon escient.

Noah fut aussitôt sur la défensive.

— Je ne retournerai pas à Sydney.

— Et je ne te le demande pas.

Rebecca et lui le dévisagèrent, surpris.

— Qu'est-ce que tu demandes, alors ? s'écria-t-il.

Son père se pencha sur sa chaise et finit par répondre :

— Je sais que j'ai été un mari terrible. Infidèle. Aigri. J'ai déversé toutes mes insécurités sur ta mère alors qu'elle était mon roc. Elle m'a donné deux merveilleux enfants… J'aurais dû être un bien meilleur père, ajouta-t-il en guise d'excuse. Je ne pourrai jamais me racheter, mais j'ai l'intention de commencer à devenir celui que j'aurais dû être.

— D'accord, lâcha Noah, méfiant. Et qu'est-ce que ça implique ?

— J'aimerais investir dans la clinique. Et ouvrir une école qui dispenserait une éducation de qualité aux fillettes.

— Il y a déjà des écoles ici, papa.

— Oui, mais il n'y en a pas qui offrent des bourses au genre de gamins que vous soignez ici.

— Vous parlez de subventionner les traitements médicaux et l'éducation des pauvres ? intervint Rebecca.

— C'est ça, confirma le père de Noah. Elle a compris. Elle est brillante, cette jeune femme. Tu ferais bien de me dire que c'est du sérieux, entre vous !

Même s'il était encore sous le choc de la métamorphose de son père, Noah avait suffisamment de ressources pour savoir quelle était sa priorité.

— Je vais faire tout mon possible pour la garder à mes côtés.

Rebecca sourit et lui donna un petit coup de coude.

— Minute, nous avons quelques détails à régler d'abord.

— Comme ?

— Comme l'approbation de ma grand-mère, par exemple.

Il sourit, très impatient de rencontrer la femme qui avait élevé l'amour de sa vie.

Il voyait à son sourire effronté qu'elle plaisantait… mais aussi qu'elle ne plaisantait pas. Elle voulait être prise au sérieux. Qu'on la traite en partenaire.

— Ne t'inquiète pas. Il faudra une armée de rabat-joie pour m'effrayer. Et même dans ce cas…

Il effectua quelques mouvements de karaté, à l'amusement évident de Rebecca qui sourit en montrant son téléphone.

— Tu ferais mieux de te préparer au combat, parce qu'elle débarque dans une semaine.

— Tiens-toi tranquille, mamie ! Laisse-moi ajuster les fleurs dans tes cheveux.

Rebecca épingla les fleurs tropicales, dont l'odeur se mêlait au parfum familier de sa grand-mère. Elle avait toujours autant de mal à croire que sa mamie Bea avait fait tout ce chemin avec Nathan dans le simple but de lui annoncer qu'ils allaient se marier. Quand elle eut terminé, elles reculèrent toutes les deux, main dans la main, pour s'examiner mutuellement.

— Tu es magnifique, déclara sa grand-mère.

— Eh bien, toi aussi. Et, en tant que future mariée, c'est surtout toi qui comptes.

Noah frappa à la porte et poussa un petit sifflement après les avoir examinées.

— Nathan est un homme très chanceux !

Mamie Bea gloussa.

— Vous dites ça pour m'amadouer, jeune homme, le réprimanda-t-elle en le fixant de son plus beau regard d'acier. Vous savez, le pasteur a dit qu'il serait ravi de célébrer un double mariage.

Rebecca et Noah échangèrent un regard affolé, puis, après que mamie Bea se fut éclipsée pour aller parfaire son maquillage, ils se rendirent compte qu'ils étaient en fait en train de s'accoutumer à l'idée.

— Tu es très bien habillée, commenta Noah avec un clin d'œil appréciateur. La plus belle demoiselle d'honneur que j'aie jamais vue.

— Et ton costume n'est pas mal non plus. Le lin te va bien.

Rebecca ne regardait même pas le costume. Elle plongeait droit dans les yeux de Noah, tentant de déterminer s'il ressentait la même chose qu'elle : un mélange de peur et d'excitation.

— Ce n'est pas que j'aie beaucoup imaginé la chose, plaisanta-t-elle. Mais pour une raison qui m'échappe, je t'ai visualisé en blouse quand… si nous devions nous marier un jour.

— Je peux tout à fait aller me changer, répliqua Noah. Je suis sûr de pouvoir dénicher un nœud papillon quelque part.

— Ton père ne trouverait rien à y redire ?

— Sur le port d'un nœud papillon ? plaisanta Noah. Sans doute pas. Sur toi ? ajouta-t-il plus sérieusement. Il a été sous le charme à l'instant où il t'a vue. Tout comme moi, d'ailleurs…

— Et il faudrait en informer les filles. Tu crois qu'elles seraient heureuses ?

Noah opina.

— En fait, elles m'ont apporté ça, ce matin… juste au cas où.

Il plongea la main dans sa poche et en sortit un coquillage auquel l'usure de la mer avait donné la forme d'un anneau.

— C'est magnifique ! s'écria-t-elle.

— Né de la mer. Tout comme toi, le jour où je t'ai vue pour la première fois, ma sirène…

Il marqua une pause avant de poursuivre :

— Le destin nous apporte sans cesse du bon et du mauvais, lui rappela Noah. Nous ne nous serions jamais rencontrés si ma sœur n'était pas morte. Ou si ton ex ne t'avait pas quittée.

C'était vrai. Elle ferma les yeux et essaya d'imaginer ce que serait son monde si les choses s'étaient déroulées selon ce qu'elle avait planifié. À son grand étonnement, rien n'apparut. En revanche, lorsqu'elle ouvrit les yeux, son cœur bondit dans sa poitrine. Il était toujours là, un roc auquel s'appuyer quand elle vacillait.

— Mamie Bea va avoir besoin de nouveaux témoins pour son mariage, constata-t-elle avec malice.

Noah avait recouvré son sérieux.

— Soyons leurs témoins. Laissons-les profiter de la lumière du soleil d'aujourd'hui. Puis, plus tard, ajouta-t-il en lui déposant un petit baiser sur la clavicule, nous nous marierons avec eux deux comme témoins. Parce que je veux te faire une demande en mariage dans les règles.

Rebecca désigna la bague en coquillage et fit signe à Noah de la lui passer au doigt.

— On dit que c'est notre bague de fiançailles ?

— Absolument. La promesse d'une vie ensemble.

Il lui glissa la bague à l'annulaire et, quand elle fut en place, Rebecca sentit quelque chose changer dans son cœur. Elle était plus légère et plus sûre d'elle en même temps. Entière, enfin…

Une nuée de papillons voltigea dans son ventre alors qu'elle se perdait dans les yeux de Noah. Ils brillaient d'un bonheur qu'elle n'y avait jamais vu auparavant. Peut-être était-ce un sentiment plus profond, qui s'approchait de la paix qu'ils recherchaient tous les deux. D'une forme d'harmonie. C'était en tout cas ce qu'elle ressentait aux côtés de Noah Cameron.

Elle vit par la fenêtre le pasteur prendre sa place et les musiciens commencer à chauffer leurs instruments pour entonner la marche nuptiale.

— On va voir les tourtereaux se marier ? demanda-t-elle.

— Rien ne me ferait plus plaisir, répondit Noah en lui déposant sur les lèvres un baiser qui promettait infiniment plus : une vie d'amour, de bonheur et de respect mutuel.

— Viens, dit-elle en lui prenant les mains. Le reste de notre vie commence maintenant…

Épilogue

Rebecca regardait le service pour enfants récemment rénové de la clinique de l'île. Les murs avaient été ornés de magnifiques fresques qui donnaient l'impression de se trouver au cœur de la forêt des singes d'Ubud. De grands aquariums étaient encastrés dans les parois, des lucarnes laissaient entrer la lumière filtrée par les palmiers, et au centre de la salle d'attente se trouvait une boîte à souhaits.

La plupart des meubles étaient destinés aux petits, mais il y avait des coins discrets où les parents pouvaient se retirer s'ils avaient besoin d'un peu de temps pour se ressaisir avant de pouvoir sourire à leur enfant.

Bien que le service ne puisse être plus parfait, il était étrange de le voir de son point de vue actuel : revêtue d'une blouse de patiente et poussée dans un fauteuil roulant. Mais bon, il était aussi complètement inhabituel pour elle de tenir son propre enfant dans les bras.

Elle baissa les yeux sur le tout petit bébé, puis suivit du doigt la courbe de sa joue.

Une fois le fauteuil roulant stationné dans un coin tranquille, Noah tira une chaise pour s'asseoir à côté d'elle et lui passer doucement un bras autour des épaules. Il tendit un doigt de sa main libre à Indah, leur fillette de deux jours, qui le serra aussitôt dans sa petite main.

Ruby s'approcha pour demander si elle pouvait emmener le bébé voir un aquarium.

— Bien sûr, ma puce.

Ruby sourit à son grand-père, qui était devenu en quelque sorte un habitué de la clinique. Même s'il s'était acheté une maison très chic à quelques kilomètres de là « pour leur donner de l'espace », il était le plus souvent ici, à la clinique devenue un hôpital impressionnant. La réalité, c'était qu'il adorait faire partie d'une famille heureuse en train de s'agrandir. Il avait même construit un bungalow dans son jardin pour que mamie Bea et Nathan puissent y loger pendant leurs séjours.

— Les merveilles ne cesseront-elles jamais ? dit Noah en désignant son père, à qui Isla apprenait à sauter à la corde tandis que Ruby portait précautionneusement le bébé jusqu'à l'un des immenses aquariums.

Rebecca sourit à son mari.

— Tu sais quoi ? Je ne pense pas qu'elles cesseront. Plus on ouvre les yeux sur les cadeaux de la vie, plus ils nous apparaissent.

Noah repoussa quelques mèches de son front.

— Tu m'as inquiété l'autre jour.

Elle inclina son front vers le sien. Son accouchement avait été long et difficile, et elle avait finalement dû subir une césarienne dans la toute nouvelle maternité.

— J'étais inquiète aussi. Mais… c'était assez incroyable de mettre au monde le premier bébé de ce nouveau service, non ?

— Ce n'était pas incroyable, mon amour, répliqua Noah avec détermination. C'était le destin… J'espère que tu sais à quel point je t'aime, murmura-t-il en lui effleurant la joue de ses lèvres.

— Oui, souffla-t-elle à son tour. Mille fois oui !

JUDY CAMPBELL

Un médecin bien trop séduisant

Traduction française de
CHRYSTELLE POULAIN

BLANCHE

HARLEQUIN

Titre original :
CELEBRITY IN BRAXTON FALLS

Ce roman a déjà été publié en 2017.

1.

Paradise Island : sa mer turquoise, ses longues plages de sable fin… Un voyage d'exception qui vous offrira détente et dépaysement pour un séjour inoubliable…

Kerry Latimer eut un sourire désabusé en contemplant la brochure de papier glacé qu'elle tenait à la main. Elle froissa la feuille, en fit une boulette puis la lança dans la poubelle à la manière d'un basketteur.

Dire que depuis six mois elle rêvait de palmiers et de baignades dans les lagons bleus ! Elle avait été tout près de connaître ce bonheur, mais maintenant adieu, paysages exotiques ! Elle ne prendrait pas l'avion ce soir comme prévu. Il s'écoulerait même sûrement plusieurs mois avant qu'elle ne soit en mesure de le faire.

Se postant à la fenêtre de son cabinet, elle scruta la rue principale de Braxton Falls battue par le vent et la pluie.

Depuis quelques jours, des trombes d'eau s'abattaient sur la petite bourgade d'Angleterre où elle exerçait en tant que médecin généraliste. La rivière qui traversait la ville menaçait de quitter son lit, et la météo ne prévoyait aucune amélioration rapide.

Dans ces conditions, une escapade au soleil aurait été vraiment bienvenue ! Si seulement Frank, son associé, avait roulé moins vite sur les routes détrempées ! Il n'aurait pas perdu le contrôle de sa voiture dans un virage, n'aurait pas fini sa course contre un arbre, ne se serait pas blessé grièvement…

Elle pivota sur elle-même avec un soupir, et son regard

tomba sur la robe de soie corail suspendue au portemanteau dans sa housse transparente.

Elle aurait dû la porter trois jours plus tard, au mariage de sa cousine Jane, qui avait choisi les Caraïbes pour une cérémonie d'exception planifiée de longue date.

Un rassemblement familial auquel elle n'assisterait pas, alors qu'elle devait tenir la place de demoiselle d'honneur ! C'était bien sa chance ! Cette simple pensée la rendait malade…

Enfin, inutile de ressasser. Comme disait sa mère, il fallait « faire contre mauvaise fortune bon cœur ». Une longue journée l'attendait, et avant de commencer elle avait une mission délicate à accomplir.

Elle compulsa l'agenda récupéré dans le bureau de son collègue à la recherche d'un numéro de portable. Puis elle pianota sur les touches de son téléphone.

Une voix masculine s'éleva au bout de deux sonneries.

— Bonjour, dit-elle. Denovan O'Mara ?

— Lui-même.

— Je m'appelle Kerry Latimer. Je suis l'associée de votre frère au cabinet médical de Braxton Falls. Je suis terriblement navrée, monsieur O'Mara, je vous appelle pour vous dire… que Frank a eu un accident de voiture la nuit dernière. Ses jours ne sont pas en danger, mais son état est sérieux.

Silence.

Elle imaginait sans peine la stupeur et l'angoisse de Denovan O'Mara. Frank était son demi-frère, et pour autant qu'elle sache son plus proche parent.

Néanmoins, elle comprit qu'elle s'était trompée lorsqu'un grognement exaspéré s'éleva à l'autre bout du fil.

— Quel crétin ! Qu'a-t-il encore fabriqué, cet idiot ?

Abasourdie, elle fixa le téléphone.

Pour une réponse inattendue, c'en était une !

— Votre frère possède une voiture automatique. Les policiers supposent qu'il a confondu la pédale de frein et l'accélérateur. Il a glissé dans un virage, fait un tonneau, et finalement il a percuté un arbre.

— Voilà qui ne m'étonne pas, lâcha Denovan O'Mara d'un ton méprisant. Je suis même surpris qu'il n'ait pas eu d'accident plus tôt. Il a toujours eu un comportement irresponsable sur la route. Y a-t-il d'autres blessés ?

Même si elle partageait l'opinion de cet homme au sujet de la conduite de Frank, elle n'allait pas le lui dire. Elle trouvait sa réaction choquante.

— Non, répliqua-t-elle froidement. Il était seul en cause.

— Tant mieux ! Avec un pareil danger public, il y a de quoi craindre pour la vie des gens.

En son for intérieur, elle repensa au nombre incalculable de fois où son collègue était arrivé en bougonnant parce qu'il avait enfoncé son pare-chocs ou plié un rétroviseur. Certes, il était nul au volant. Mais de là à l'accabler au lieu de compatir… Son frère était au-dessous de tout !

Elle allait exprimer vertement son opinion quand Denovan O'Mara reprit la parole.

— Où est-il hospitalisé ? demanda-t-il, abrupt.

— Pour l'instant, il est à Laystone, mais le chef des urgences envisage de le faire transférer à Derby demain au cas où son état empirerait. Il est touché à la tête, et son dos est très commotionné.

Aucune réponse.

— J'ai cru bon de vous avertir puisque vous êtes sa seule famille, ajouta-t-elle en s'efforçant de rester calme.

Denovan poussa un long soupir.

— Il faut que je vienne, je suppose ?

— Eh bien…

— Pour être honnête, cela ne m'arrange pas du tout. Ce déplacement tombe très mal.

Elle faillit s'étrangler de colère.

Comment pouvait-il se montrer si égoïste, alors qu'elle-même avait dû sacrifier ses vacances ? C'était un comble !

— *Pardon ?*

— Écoutez, mademoiselle… docteur Latimer. Je suis en

train de négocier un renouvellement de contrat qui engage mon avenir. Je ne peux pas m'absenter longtemps.

— Faites donc pour le mieux, *docteur* O'Mara. En tout cas, je suis certaine que votre frère serait heureux de vous voir près de lui à son réveil.

Elle avait riposté sur un ton mordant. D'habitude, elle gardait son sang-froid en toutes circonstances, mais les récents événements lui avaient mis les nerfs en boule, et l'attitude de cet homme était la goutte d'eau qui faisait déborder le vase.

Denovan O'Mara émit un rire bref.

— Vous croyez ?

— Cela va sans dire ! s'écria-t-elle, outrée. Vous allez vous installer chez lui, je suppose ?

— Non, je préfère loger à l'hôtel du bourg. Cela s'appelle Le Pêcher fleuri, si je ne m'abuse ?

— Absolument. Je peux vous réserver une chambre si vous n'avez pas le temps de vous en occuper.

Il dut enfin prendre la mesure de son exaspération, car il répliqua d'un ton radouci :

— Ce serait très aimable de votre part. Et merci… de vous être occupée de mon frère. J'imagine que vous allez assumer une double charge de travail. Cet accident doit vous compliquer la vie.

Elle ne prit pas la peine de confirmer.

Oui, les semaines à venir risquaient d'être infernales. Mais elle ne devait pas compter sur cet homme pour l'aider à trouver une solution !

— Je pense arriver en fin d'après-midi, conclut Denovan O'Mara. Je vous verrai à ce moment-là.

Sans attendre sa réponse, il raccrocha.

Elle se laissa aller dans son fauteuil en soupirant.

Si leur rencontre prenait la même tournure que cette conversation, cela ferait des étincelles. Elle n'était pas d'humeur à supporter l'arrogance et l'égoïsme du célèbre Dr O'Mara.

Quel contraste avec l'homme qu'elle avait vu à maintes

reprises animer le talk-show « M. Santé et vous » sur une chaîne de télévision nationale !

Denovan O'Mara était une gloire du petit écran, apprécié pour ses qualités de conseiller médical autant que pour son charisme. Son beau visage s'étalait régulièrement à la une des magazines. Il écrivait des articles qui lui valaient les éloges du public, mais aussi — fait assez rare pour être souligné — de ses collègues. Jamais elle n'aurait cru que ce personnage séduisant aux mèches brunes en bataille et au regard bleu azur dissimulait sous ses airs charmeurs un cœur de grigou.

Néanmoins, elle venait de découvrir le revers de la médaille. Le médecin soignait peut-être son image publique, mais dans la vraie vie c'était une autre histoire.

Comment pouvait-on être insensible à ce point-là ? Ce Denovan n'avait pas du tout l'esprit de famille. D'ailleurs, signe révélateur, elle n'avait encore jamais vu les frères O'Mara ensemble…

Frank, l'aîné, n'évoluait pas du tout dans les mêmes sphères que son illustre cadet. Il excellait dans la médecine de terrain et n'avait pas son pareil pour poser un diagnostic, atout majeur chez un généraliste. Elle le tenait en haute estime pour son sérieux et ses compétences, et s'il se montrait parfois un peu soupe au lait depuis son divorce, l'année précédente, elle ne lui en tenait pas rigueur. Elle savait quel degré d'exigence il s'imposait, alors quoi de plus normal qu'il soit surmené certains soirs ?

En tout cas, après ce qu'elle venait d'entendre, elle ne s'étonnait plus que deux frères aussi dissemblables se côtoient peu.

À sa connaissance, Denovan n'était jamais revenu à Braxton Falls depuis la mort de leur père, six ans plus tôt. Lorsque Frank parlait de lui, il employait un ton ironique, sous-entendant que son cadet se prenait au sérieux parce qu'il travaillait pour la télévision. Son occupation essentielle, prétendait-il, consistait plutôt à séduire les beautés qu'il croisait dans les cocktails mondains qu'à soigner les gens.

Elle avait cru qu'il exagérait, mais à présent elle était disposée à le croire.

Elle alluma son ordinateur, se sentant coupable d'avoir fait attendre ses patients.

Elle ne pouvait pas passer la matinée à se préoccuper des frères O'Mara. Elle avait une consultation à tenir, et même une double consultation puisqu'elle devait assumer la charge de Frank.

Comme elle devait partir en vacances, une vacataire était censée arriver le mercredi suivant. Elle avait donc pensé pouvoir compter sur celle-ci d'ici quelques jours. Mais, comble de malchance, elle avait eu une très mauvaise surprise en écoutant son répondeur ce matin-là : finalement, sa remplaçante ne viendrait pas. Suite à une pénurie de praticiens, cette personne avait été redéployée sur une zone où les besoins étaient plus sensibles.

Quelle malchance ! Pendant combien de temps devrait-elle tenir la barre seule ?

Elle l'ignorait, et elle croisait les doigts pour ne pas craquer. Après l'année douloureuse qu'elle venait de vivre, un break aurait été plus que souhaitable. D'ailleurs, elle s'étonnait d'avoir aussi bien résisté depuis la mort d'Andy.

La disparition brutale de son fiancé lui avait causé un tel choc qu'elle avait maintenant encore l'impression d'évoluer dans un épais brouillard. Depuis ce jour cauchemardesque, son existence s'était réduite au strict minimum. Elle se levait le matin, partait au travail comme un automate. Le soir elle rentrait, vaquait aux tâches ménagères puis se couchait en sachant qu'elle mettrait des heures à s'endormir.

Si seulement elle avait pu partir au soleil et insuffler un peu de joie à son quotidien morose ! À présent, l'avenir lui paraissait vide, terne, sans aucune perspective…

Deux coups discrets frappés à sa porte l'arrachèrent à ses réflexions.

Daphne Clark, la réceptionniste du cabinet, se matérialisa

sur le seuil, une tasse de café à la main, avec son sourire qui respirait la douceur et la gentillesse.

— Bonjour, Kerry, dit-elle d'un ton enjoué. J'ai pensé que tu en aurais besoin…

— Bonjour, Daphne. Merci, c'est gentil. Effectivement, une rude journée s'annonce. J'ai mal au crâne rien que d'y penser.

Daphne déposa le mug au coin de son bureau.

— As-tu des nouvelles de Frank ?

— J'ai appelé les urgences ce matin. Son état est stable, ils le transféreront à Derby demain s'il ne va pas mieux. Il lui faudra du temps pour se rétablir. En espérant qu'il ne gardera pas trop de séquelles…

— Comment vas-tu gérer ? Il faut recruter quelqu'un, sinon tu risques de devenir folle !

Kerry secoua la tête. Faute d'aide disponible, elle devrait assurer au mieux. Elle n'avait pas le choix.

— Dans ces conditions, rien de tel qu'un bon café pour se donner du courage ! conclut-elle d'un ton faussement enjoué.

Elle but quelques gorgées sous l'œil consterné de Daphne.

— Rassure-toi, tout ira bien. Si tu pouvais juste ôter ce fourreau de ma vue, tu serais un amour ! J'ai un pincement au cœur chaque fois que je le regarde…

— Oui, bien sûr. Je comprends.

— Au fait, j'ai un autre service à te demander.

— Vas-y. Si je peux t'aider, n'hésite pas.

— Il faudrait que tu réserves une chambre au Pêcher fleuri pour ce soir, au nom de Denovan O'Mara.

Daphne ouvrit des yeux ronds comme des soucoupes.

— Quoi ? Es-tu en train de me dire que nous allons faire la connaissance du génialissime « M. Santé » ? Oh, là là ! Quand je vais annoncer cela à ma mère ! C'est une vraie groupie, elle ne rate aucune émission… Et moi non plus d'ailleurs, ajouta-t-elle en rougissant légèrement.

— Au risque de te décevoir, je l'ai trouvé ultra-désagréable au téléphone. Il n'avait pas envie de venir. Ce déplacement bouleverse son planning de ministre, tu comprends ! Il a tout du vieux garçon autoritaire et égoïste.

— Par pitié, ne me casse pas mon rêve ! protesta la secrétaire en riant. Même si je trouve encore au bout de dix-sept ans de mariage qu'aucun homme n'arrive pas à la cheville de mon Nigel, ce Denovan est la perfection incarnée.

Kerry s'esclaffa à son tour.

— Rien que ça ! Nous en reparlerons, mais à mon avis tu déchanteras vite. Et en attendant, le devoir m'appelle. Y aura-t-il des visites aujourd'hui ?

— Liz Ferris a téléphoné, elle voudrait que tu passes chez Mme Styles quand tu auras un moment. La pauvre Nellie est encore tombée dans sa cuisine, et Liz pense qu'un bilan médical s'impose. D'après elle, le recours à un service d'aide à la personne est inévitable — sauf que Nellie refuse catégoriquement cette option.

— Voilà qui ne m'étonne guère. J'irai la voir en fin d'après-midi. Espérons qu'elle ne me claquera pas la porte au nez !

— C'est sûr qu'elle a son petit caractère…

— Normalement, je devrais être rentrée à temps pour l'arrivée du *Dr* O'Mara, conclut-elle avec une grimace. Dans le cas contraire, tant pis, il m'attendra. De toute manière, je ne suis pas pressée de le rencontrer.

En pénétrant dans le petit cottage de Nellie Styles, Kerry fut surprise par le froid qui régnait à l'intérieur de la maisonnette. Après avoir frappé sans obtenir de réponse, elle entra et se dirigea vers le salon, où elle découvrit la vieille dame assise dans un fauteuil, une couverture drapée autour des épaules.

Un désordre indescriptible régnait autour de celle-ci. Des piles de journaux et de magazines jonchaient le sol, et une épaisse couche de poussière recouvrait les meubles anciens autrefois cirés avec amour. Kerry remarqua également deux assiettes presque pleines ainsi que des paquets de biscuits entamés. Quelques mouches volaient autour de la nourriture.

Il semblait clair que Nellie, qui avait toujours veillé à bien entretenir sa maison, n'était plus en état de se débrouiller seule. Son état devait s'être dégradé en très peu de temps, car Frank lui rendait souvent visite et la surveillait comme le lait sur le feu.

Comme Kerry s'avançait dans la pièce, Nellie se leva avec effort en prenant appui sur les accoudoirs de son siège.

— L'infirmière a dit qu'elle m'enverrait le Dr O'Mara, dit-elle, revêche. Qu'est-ce que vous fabriquez ici ?

— Bonjour, madame Styles, répondit Kerry d'un ton apaisant. Je suis désolée de vous l'apprendre, mais Frank a eu un accident de voiture hier soir. Il est grièvement blessé et ne travaillera plus pendant un certain temps.

La vieille dame pinça les lèvres.

— Cela devait arriver ! Il a même de la chance d'être encore en vie. Quand je pense à la manière dont ce garnement fait crisser ses pneus quand il traverse le village…

Voyant Nellie chanceler, Kerry se précipita pour l'aider à se rasseoir.

— Il fait un peu frais chez vous, observa-t-elle gentiment. Je vais allumer le chauffage.

Elle se dirigea vers le radiateur électrique situé sous la fenêtre, tourna le bouton puis revint vers la patiente.

— Comment vous sentez-vous, madame Styles ?

— Pas trop mal, marmonna Nellie en haussant les épaules. L'humidité me glace jusqu'aux os, elle réveille mes vieilles douleurs. Avec toute cette pluie, que voulez-vous…

— Nous ne sommes pas gâtés, c'est vrai, admit Kerry.

Elle avait dû emprunter des routes à demi inondées pour venir jusqu'au cottage, situé dans le bas de Braxton Falls. Il suffisait de tendre l'oreille pour percevoir les grondements de la rivière, à une trentaine de mètres.

— Avec un peu de chance, le déluge cessera d'ici quelques heures, dit-elle gaiement, car elle ne voulait pas alarmer la patiente. Mais en attendant, il faut vous requinquer un peu. Avez-vous mangé quelque chose aujourd'hui ?

L'air penaud de Nellie confirma ses soupçons.

— J'allais me préparer un en-cas lorsque vous êtes arrivée, docteur.

— Ce qu'il vous faudrait, c'est une soupe. En avez-vous ?

— Oui, je garde toujours des boîtes d'avance.

— Dans ce cas, je vais vous en préparer.

Nellie commença à protester, mais elle fit la sourde oreille et se rendit dans la cuisine. Elle dénicha une brique de potage aux légumes qu'elle fit chauffer dans une casserole. Puis elle le versa dans un bol et le porta à Nellie, qui s'en empara avec reconnaissance.

Après que la patiente eut bu quelques gorgées, ses joues livides se colorèrent.

— Merci beaucoup, docteur. J'aurais pu le faire moi-même, vous savez.

Kerry secoua la tête en souriant.

— Oui, je sais. Mais je suis contente de m'occuper un peu de vous. D'ailleurs, vous semblez avoir besoin de repos. Votre bronchite du mois dernier vous a fatiguée, je pense.

À l'époque, Frank avait fait hospitaliser Nellie en pneumologie, non sans mal car la vieille dame avait protesté vigoureusement.

— Si vous croyez que je vais retourner là-bas, c'est hors de question ! s'écria la vieille dame.

Kerry lui tapota la main.

— Je ne veux pas vous renvoyer là-bas. Simplement, j'aimerais qu'une dame vous aide pendant quelques semaines, le temps que vous repreniez des forces. Elle vous apporterait vos repas, ferait un peu de ménage… Si vous n'êtes pas raisonnable, je serai obligée de demander une nouvelle hospitalisation, conclut-elle avec fermeté.

Pendant une minute, Nellie soutint son regard. Puis ses frêles épaules se voûtèrent, et elle poussa un grand soupir.

— Vous avez raison, je suis fatiguée. Si vous pouviez me trouver quelqu'un… Mais pas pour longtemps, nous sommes d'accord ? Je me passerai de ses services dès que j'irai mieux.

— Nous sommes d'accord, madame Styles.

Fallait-il que la pauvre Nellie soit à bout pour capituler si vite ! Liz Ferris avait eu raison de tirer la sonnette d'alarme.

— Liz continuera de passer tous les matins. Elle contrôlera votre tension et veillera à ce que vous preniez bien vos médicaments, ajouta-t-elle.

— Cette infirmière, quelle tête de mule ! Elle me harcèle pour que j'allume le chauffage et pour que je me nourrisse mieux. Croit-elle que je roule sur l'or ?

— Elle ne veut que votre bien, voyons ! Comme nous tous, d'ailleurs. Nous serions très malheureux si vous refusiez de vous soigner correctement.

Kerry avait parlé d'un ton enjôleur qui produisit l'effet escompté. Nellie Styles se recala dans son fauteuil avec un sourire contrit.

— Je le sais, mon petit.

— Si vous êtes sage, vous irez vite mieux, assura Kerry, le cœur serré par l'image fière et digne de la vieille dame.

À bientôt quatre-vingt-dix ans, celle-ci gardait toutes ses facultés de raisonnement. Il n'était pas difficile d'imaginer ce qu'elle pouvait ressentir.

— Je reviendrai vous voir en fin de semaine, promit-elle. N'hésitez pas à me rappeler au besoin.

— Je ne voudrais pas vous déranger, docteur. Vous serez sûrement débordée. Comment allez-vous faire, pour les patients de Frank ?

— Nous aviserons au jour le jour, répondit-elle en soupirant. J'espère pouvoir recruter un remplaçant, mais ils ne courent pas les rues…

— Pauvre Frank, quel malheur ! Je le connais depuis sa plus tendre enfance. Saviez-vous que j'avais travaillé comme cuisinière pour les O'Mara ?

— Non, je l'ignorais.

— Une drôle de famille, vraiment ! Frank et Denovan étaient comme chien et chat, toujours à se disputer. Il faut dire qu'ils étaient souvent livrés à eux-mêmes. D'abord, leur père a perdu sa première femme. Puis la deuxième Mme O'Mara a quitté la maison du jour au lendemain, et la situation est devenue plutôt chaotique.

— J'imagine, murmura Kerry, surprise. Mais tout ceci appartient au passé. Denovan O'Mara arrive ce soir, il vient voir son frère. C'est plutôt bon signe, non ?

Nellie eut un rire moqueur.

— Si vous le dites ! D'après mes informations, ils ne s'entendent pas mieux maintenant qu'à l'époque. Quand la seconde épouse du Dr O'Mara est partie, je me suis demandé si c'était parce que l'ambiance devenait invivable avec son beau-fils ou parce que son mari la trompait régulièrement… Au fond, peu importe. Mais cette histoire a laissé des traces. Vous risquez de faire l'arbitre, docteur. Vous essayerez d'arranger les choses entre mes deux petits gars ?

Pour ne pas contrarier Mme Styles, Kerry promit, bien qu'elle n'en ait aucune intention.

S'interposer dans une querelle familiale était la dernière chose qu'elle souhaitait, elle avait d'autres chats à fouetter !

Sur le chemin du retour, elle dut presque terminer le trajet au pas, tant la visibilité était restreinte à cause de la pluie battante. Elle arriva au cabinet sur les dents, et son irritation monta d'un cran lorsqu'elle trouva un coupé sport garé sur son emplacement de parking tout près de la porte, alors que le reste de la cour disparaissait sous d'énormes flaques.

Elle n'avait pas le choix : elle allait devoir se garer et descendre de voiture dans l'eau.

En maugréant, elle attrapa sa sacoche et courut vers l'entrée, mais gênée par ses escarpins elle dut ralentir. Au final, elle atteignit le hall complètement trempée.

À demi aveuglée par sa chevelure ruisselante, elle s'engouffra à l'intérieur, furieuse.

— Si je tenais l'idiot qui s'est garé…

Elle s'interrompit, stupéfaite.

En lieu et place de Daphne, un homme brun qu'elle reconnut immédiatement était assis à l'accueil.

Denovan O'Mara.

Un garçonnet d'environ quatre ans l'accompagnait. Perché sur le comptoir, l'air maussade, l'enfant donnait de grands coups de talons dans le bois bien ciré.

Denovan O'Mara se leva, contourna le comptoir et vint se poster devant elle.

Elle leva la tête pour rencontrer son regard et se troubla devant deux prunelles azur qui la fixaient intensément, s'attardant sur ses cheveux plaqués contre son visage, son trench qui lui collait au corps, ses chaussures boueuses.

— Je crains d'être l'idiot en question, dit-il d'une voix profonde. Bonsoir, mademoiselle… Docteur Latimer ?

Elle opina en grelottant.

— Je vous présente mes excuses, docteur. Vous avez l'air trempé.

Bravo pour son sens de l'observation !

Elle faillit riposter de façon acide mais se contint.

— Bonsoir, docteur O'Mara. Je ne vous attendais pas avant une heure au moins. Qui est donc ce jeune homme ? ajouta-t-elle, pivotant vers le bambin qui dessinait maintenant au stylo bille sur le dessus du comptoir.

Denovan O'Mara se rapprocha du garçonnet et, gentiment, lui enleva le crayon des mains.

— Je vous présente Archie, mon fils. Archie, dis bonsoir à la dame.

— B'soir, articula le bout de chou de mauvaise grâce.

— Sa nourrice a la grippe, elle ne pouvait pas aller le chercher à l'école ni le garder ce soir, précisa le médecin.

Penché sur l'enfant, il le contempla avec une affection qui, d'un coup, adoucit ses traits.

— Je n'allais quand même pas te laisser seul à la maison avec le chat, mon cœur ? Je ne sais pas lequel de vous deux aurait surveillé l'autre…

Archie secoua la tête, boudant toujours, et Kerry nota la ressemblance frappante entre ses deux visiteurs.

Le bambin avait hérité des boucles brunes de son père,

de ses yeux, de sa mâchoire volontaire. Seule différence, il portait des lunettes ornées de personnages de dessins animés, ce qui lui donnait un air irrésistible de petit hibou grognon.

Rien de plus normal, le voyage avait dû lui paraître interminable. Mais où était donc sa mère ? N'aurait-elle pu s'occuper de lui ? Elle exerçait peut-être un métier prenant qui l'occupait jusqu'à une heure tardive…

Décidément, elle allait de surprise en surprise avec la famille O'Mara. D'ailleurs, force était d'admettre que Denovan lui-même ne correspondait pas à l'image qu'elle avait de lui.

Il était beaucoup plus impressionnant que ses apparitions télévisuelles ne le laissaient deviner. Grand et bien bâti — il devait mesurer un bon mètre quatre-vingt-dix —, il portait le costume à la perfection. Son complet bleu marine probablement coupé par l'un des meilleurs tailleurs de Londres accentuait l'éclat de ses prunelles azur. Une chemise grise et une cravate assortie parachevaient l'ensemble, avec un indéniable raffinement.

Non sans effarement, elle croisa son propre reflet dans le miroir du hall.

À l'inverse de Denovan, elle était loin d'apparaître sous son meilleur jour. Ses mèches pendaient telles des queues de rat le long de son visage blême. Son mascara avait coulé, lui donnant un côté raton laveur. Elle était affreuse !

Mortifiée, elle se dirigea vers le placard de la réserve, en extirpa une serviette-éponge puis entreprit de se sécher les cheveux tout en revenant vers son hôte.

— Vous devez être épuisée, commenta Denovan O'Mara.

Son ton compatissant la surprit.

Peut-être était-il moins égoïste qu'elle ne l'avait supposé ?

Au fond, quelle importance ? Pour elle, il demeurait un étranger. Qu'il compatisse ou non ne résoudrait en rien ses problèmes. Sa présence à Braxton Falls risquait plutôt de lui compliquer la vie !

L'arrivée de Daphne confirma son sentiment. La secrétaire

venait de s'engouffrer dans le hall en refermant son parapluie, l'air catastrophé.

— Kerry, Dieu merci, tu as pu revenir ! Comme cela, vous avez fait connaissance… Hélas, j'apporte de mauvaises nouvelles. Pendant que j'attendais les résultats d'analyses au laboratoire, trois pompiers sont passés. Ils s'arrêtaient un peu partout pour mettre les gens en garde dans le bas de la ville. La rivière déborde, il y a beaucoup de rues impraticables. Malheureusement, cela vous concerne, docteur O'Mara. On ne peut pas accéder à l'hôtel. L'établissement est fermé jusqu'à nouvel ordre.

Le médecin se rembrunit.

— Il ne manquait plus que ça ! Je vais devoir rentrer à Londres après ma visite à Frank. Je n'ai pas le choix.

À ce moment-là, Archie s'accrocha aux jambes de son père.

— Papa, j'ai faim, dit-il d'un ton plaintif. Tu avais promis que je pourrais goûter en arrivant.

Daphne eut un sourire indulgent.

— Je peux arranger cela, trésor. Viens, suis-moi.

Archie ne se le fit pas dire deux fois. Il enfila le couloir derrière la réceptionniste, direction la petite pièce qui tenait lieu de cuisine, de salle de réunion et de local de rangement.

Kerry hésita un instant.

Elle avait une chambre d'appoint, certes exiguë et encombrée, mais elle ne pouvait pas faire autrement que de l'offrir à Denovan O'Mara. Sinon, le pauvre Archie allait passer une partie de la nuit en voiture.

— Vous pouvez dormir à la maison, proposa-t-elle sans enthousiasme, sa décision prise. J'ai une chauffeuse pour Archie. Et pour vous, il y a un lit d'une place dans la chambre d'amis, ajouta-t-elle avec un coup d'œil dubitatif sur sa haute silhouette.

Il allait devoir se plier en deux, mais tant pis. Il n'était pas en posture de faire le difficile.

Le sourire qu'elle obtint en réponse lui parut étonnamment

chaleureux. Le visage sévère du médecin s'était illuminé. D'un coup, il semblait plus jeune, plus gentil. Plus accessible.

— C'est très aimable de votre part, merci beaucoup. Je suis conscient que vous héritez d'une situation délicate à cause de notre famille.

— Ne vous inquiétez pas pour cela, répliqua-t-elle. Vous n'y êtes pour rien.

Aussitôt, la sévérité reparut sur les traits de Denovan.

— Maudit Frank ! vitupéra-t-il. Il commence à me sortir par les yeux. Quand va-t-il enfin apprendre à tenir un volant ? Et à se tenir tranquille tout court ?

Elle le fixa, stupéfaite.

Au téléphone, elle avait déjà deviné le ressentiment qu'il nourrissait à l'égard de son frère. Mais s'il venait, c'était que Frank comptait quand même pour lui, non ?

Denovan dut se rendre compte qu'il était allé trop loin, car il inspira profondément. Puis il fixa le sol quelques instants dans un effort visible pour se calmer.

— Je vous présente mes excuses, dit-il, contrit. Cette sortie était très maladroite, cela ne se reproduira plus. Je vais aller voir Frank, à présent.

— Bonne idée, approuva-t-elle d'un ton calme. Il sera content de vous voir.

— Je n'en suis pas certain. Notre dernière rencontre, il y a six ans, ne s'est pas déroulée dans les meilleures conditions.

Elle laissa passer cette remarque, par discrétion et aussi car l'heure n'était pas aux confidences.

— J'ai déjà beaucoup abusé de votre gentillesse, mais puis-je vous demander un dernier service ? enchaîna Denovan.

Elle réprima un soupir.

— Allez-y.

— Si cela ne vous dérange pas trop, pourriez-vous garder Archie pendant que je serai aux urgences ?

Comment refuser ? La place d'Archie n'était effectivement pas à l'hôpital. Tant pis pour ses dossiers en retard. Elle les mettrait à jour quand elle pourrait.

— D'accord. Mais dans ce cas, vous devrez attendre un peu. Les consultations du soir vont bientôt commencer. Je serai de retour vers 19 heures.

Se penchant, elle prit son sac abandonné sur le carrelage, en extirpa ses clés et les lui tendit.

— J'habite au 18, Murray Hill, expliqua-t-elle. C'est en haut de la montée, deux cents mètres au-dessus du cabinet. Vous ne pouvez pas vous tromper. Installez-vous tranquillement et n'hésitez pas à vous servir si vous avez faim. Je vous rejoindrai dès que possible.

— Merci… Vraiment.

Elle le regarda s'éloigner dans le couloir, songeuse.

Quel événement tragique pouvait justifier que deux frères restent six ans sans se parler ? Que s'était-il donc passé dans cette famille ?

Allons, cela ne la concernait pas. Elle espérait juste, pour le bien de Frank, que Denovan saurait se tenir. Un accidenté avait besoin de réconfort, pas de stress supplémentaire !

De toute façon, les retrouvailles seraient de courte durée. Denovan repartirait probablement pour Londres le lendemain comme prévu. Il avait clairement exprimé son désir de s'attarder le moins possible.

Et compte tenu des circonstances, c'était mieux ainsi.

2.

Depuis vingt minutes, Archie regardait les dessins animés, assis sur le sofa, en picorant une grappe de raisin qu'il tenait à la main.

Dès que Kerry était rentrée, Denovan était parti pour l'hôpital de Laystone, situé à environ sept kilomètres. Il allait y passer une heure et faire le point avec les collègues concernant l'état de Frank, avait-il expliqué. Archie ayant pris un goûter copieux au cabinet, elle n'avait pas besoin de s'inquiéter pour lui, il l'emmènerait dîner à son retour.

Néanmoins, songea-t-elle, cette visite risquait de durer plus longtemps que prévu. Elle ferait bien de préparer un repas rapide pour Archie et elle-même. Au moins, si le bout de chou s'endormait, il n'irait pas se coucher le ventre vide.

— Veux-tu manger des pâtes ? demanda-t-elle.

Archie secoua la tête sans détourner les yeux de l'écran.

— Non, merci. Je n'aime pas les pâtes.

Elle passa mentalement en revue les réserves de son réfrigérateur.

— Dans ce cas, je peux te donner des carottes ou des haricots verts et du jambon…

— Non, merci. Je n'aime pas les légumes.

— Mais alors, qu'est-ce que tu aimes ?

Le bambin pivota vers elle, l'air sérieux.

— Les hamburgers, les frites, les glaces et le chocolat, répliqua-t-il d'un ton décidé.

Elle ne put réprimer un sourire.

À l'évidence, les parents ne s'embarrassaient guère de considérations diététiques !

— C'est ce que tu manges à la maison ?

— Oui ! Papa dit que le soir, c'est moi qui choisis. Parce que le midi, c'est ma nounou.

— Ah. Je vois.

Et la mère d'Archie, dans tout cela ? Décidément, cette famille était une énigme…

— Je vais voir ce que je peux faire pour toi, dit-elle gentiment. Si tu finissais le raisin en attendant ?

— D'accord.

Quelques minutes plus tard, elle déposa sur la table basse une assiette de spaghettis pour elle, plus un pot de glace au chocolat pour Archie.

L'enfant s'en empara avec enthousiasme et commença à manger sans quitter le téléviseur des yeux.

Elle s'installa à côté de lui, son dîner sur les genoux, le journal posé sur l'accoudoir du canapé.

Elle n'avait même pas eu le temps de jeter un coup d'œil aux nouvelles ce matin-là. Depuis la veille, elle ne touchait plus terre !

Elle se sustenta tout en parcourant les pages des actualités locales. Après quoi elle reposa son assiette et se focalisa sur le dessin animé qui passionnait son compagnon.

Comme Archie s'était rapproché d'elle, la tête nichée contre son bras, elle lui entoura les épaules, émue.

Il avait l'air d'être assez gâté, et pourtant, il était poli et facile à vivre. En réalité, elle le trouvait adorable. Quel dommage qu'il ait un père aussi égoïste et arrogant !

Harassée par cette journée chaotique, elle battit des paupières.

Qu'elle était bien là, confortablement installée avec ce petit bonhomme qui lui servait de bouillotte ! Elle avait besoin d'une bonne nuit de sommeil. Dès le retour de Denovan, elle irait se coucher. Elle devait reprendre des forces pour gérer les consultations du lendemain, et du surlendemain, et des jours suivants.

Dormir…

Étonné par le calme qui régnait dans la maison de Kerry Latimer, Denovan poussa la porte du salon et s'arrêta sur le seuil, stupéfait.

Archie s'était endormi, appuyé contre la jeune femme qui somnolait également. Les boucles brunes de Kerry formaient un halo autour de son visage menu, qui avait repris des couleurs.

Ce tableau charmant lui rappela à quel point leur vie londonienne à Archie et lui manquait d'une présence féminine. Il faisait de son mieux pour compenser, mais plus les jours passaient, plus il déplorait que son fils doive grandir sans la présence de sa mère.

Hélas, il n'avait pas eu le choix…

Mais l'heure n'était pas à ruminer des regrets. Une urgence vitale les attendait, lui et la collègue de Frank. Il devait la réveiller.

Il se rapprocha du canapé et posa une main sur l'épaule de Kerry. Puis il la secoua gentiment.

— Navré de vous déranger, dit-il d'une voix douce. Vous aviez l'air si bien, là, tous les deux…

Elle eut un sursaut et se redressa, très raide, le dos droit, tandis qu'Archie émergeait en se frottant les paupières.

— Déjà ! s'exclama-t-elle.

— En fait, je n'ai pas pu aller bien loin. Braxton Falls est coupé du monde : une des piles du pont a cédé sous la pression des eaux de la rivière.

— Oh ! non !

— Malheureusement, il y a plus grave. Une femme qui rentrait chez elle à pied n'a pas eu le temps de s'enfuir. Elle est restée coincée sous un amas de béton. Des riverains ont donné l'alerte, et à l'heure qu'il est ils aident les pompiers à la secourir. Les ambulances de l'hôpital ne pourront pas passer. Je suis revenu vous chercher parce qu'il faut qu'on aille là-bas tous les deux.

Il croisa le regard de Kerry et comprit qu'elle pensait à la même chose que lui : le pire était à craindre. Néanmoins, ils ne pouvaient pas formuler cette angoisse devant un enfant de quatre ans.

Tandis qu'elle sautait sur ses pieds, il prit Archie dans ses bras, puis il la suivit dans le couloir où elle était déjà en train d'enfiler des bottes en caoutchouc.

— Nous allons prendre ma voiture, dit-elle d'un ton décidé. C'est un utilitaire, nous allongerons plus facilement cette personne si besoin. En chemin, nous nous arrêterons au cabinet pour récupérer une civière pliante, des attelles et des couvertures.

— Excellente idée.

Pendant cet échange, le regard d'Archie passa de l'un à l'autre. Il était à moitié endormi et avait du mal à refaire surface.

Denovan allait demander à Kerry où ils pouvaient l'emmener pendant le sauvetage, mais elle le devança.

— Ne t'inquiète pas, mon grand, dit-elle à Archie. Nous allons te déposer chez Daphne. Tu sais, la dame qui t'a donné des biscuits et du chocolat chaud ? Elle habite dans ma rue. Elle s'occupera de toi pendant que ton papa et moi allons soigner quelqu'un qui a besoin de nous. Tu comprends ?

Soulagé, Denovan vit un large sourire éclairer le visage de son fils.

Vu leur mode de vie, celui-ci s'adaptait facilement et était en général à l'aise en société. Néanmoins, il avait craint que ce déplacement ne le perturbe un peu, aussi était-il reconnaissant à Kerry de sa gentillesse.

— Je pourrai avoir d'autres gâteaux ? s'enquit Archie, plein d'espoir.

Denovan s'esclaffa, imité par Kerry.

— Tu mangeras tous les gâteaux que tu voudras, promit celle-ci. Allez, en route !

Un groupe d'une vingtaine de personnes s'était réuni à l'entrée de Braxton Falls, au pied du pont qui enjambait la rivière pour rejoindre le centre-ville. Trois automobilistes avaient laissé leurs phares allumés pour aider les sauveteurs qui terminaient d'installer un éclairage de fortune. Il pleuvait toujours à seaux, et les millions de gouttes qui venaient s'écraser sur les projecteurs conféraient à la scène un aspect de film-catastrophe, songea Kerry.

Sauf qu'on n'était pas au cinéma mais dans la vraie vie. En témoignaient ces eaux boueuses qui n'en finissaient pas de monter et qui tourbillonnaient en grondant.

Réprimant un frisson, elle suivit Donovan et prit soudain la mesure du problème.

La victime, dont on n'apercevait que les chaussures, avait été clouée sur place par l'effondrement de la pile du pont. Cinq pompiers et quelques riverains munis de pelles déblayaient le site avec difficulté.

— Oh, mon Dieu ! murmura-t-elle. Comment allons-nous la sortir de là ? Les gars n'auront pas le matériel nécessaire. Dans ce genre de situation, ils appellent des renforts.

— Nous y arriverons d'une manière ou d'une autre. À cœur vaillant, rien d'impossible…

Le sang-froid de Donovan la stupéfia.

Pour un médecin qui avait perdu tout contact avec le terrain, il semblait très sûr de lui.

— Rapprochez-vous de la dame pour établir un bilan, même partiel, et réconfortez-la de votre mieux, ajouta-t-il. Moi, je vais aider les hommes à déblayer ce chantier.

— Ça marche.

Elle se tourna vers deux riveraines qui observaient la scène, tétanisées.

— Sait-on qui est là-dessous ? demanda-t-elle.

— Bien sûr, docteur, répondit la plus âgée des deux. C'est Sirie Patel.

Kerry se figea, horrifiée.

Oh, non ! Pas Sirie, c'était impossible !

La jeune femme qui tenait l'épicerie-bureau de poste de Braxton Falls l'avait accueillie à bras ouverts lors de son installation. Au fil du temps, elles étaient devenues des amies très proches. S'il lui arrivait malheur…

— La pauvre, elle ne méritait pas cela, commenta l'autre femme en secouant la tête. Elle est si gentille, si dévouée ! Toujours en train de se démener pour les autres…

Le cœur serré, Kerry opina. Puis, s'efforçant de basculer en mode professionnel, elle contourna l'amas de béton pour se rapprocher de Sirie.

— Coucou, ma belle, dit-elle gentiment.

— Kerry… J'ai mal…

— Je le sais, ma chérie. Je vais rester près de toi, ne t'en fais pas. Les hommes vont te sortir de là. Si tu restes bien calme, il ne pourra rien t'arriver.

Elle croisa mentalement les doigts pour que le scénario ne tourne pas à la catastrophe absolue. Si la rivière continuait de monter avant la fin du sauvetage, alors…

Non, cela ne pouvait pas, ne devait pas se produire !

Du mieux qu'elle put, elle enveloppa le buste de Sirie dans les couvertures qu'elle avait apportées. Puis elle lui prit la main et continua de lui parler doucement, tandis que les sauveteurs s'activaient autour d'elles.

Donovan s'était couché à plat ventre pour mieux voir les jambes de la blessée et prévenir tout risque de lésion supplémentaire dans les manœuvres de dégagement. Il avait pris la direction des opérations avec beaucoup de bon sens.

Jamais elle n'aurait pu soupçonner qu'il se montre aussi efficace ! Elle avait cru à tort qu'une star des médias comme lui ne s'embarrassait plus des pratiques de base depuis belle lurette.

Au bout d'un moment, il se redressa et s'agenouilla près d'elle.

— Alors ? interrogea-t-il à mi-voix.

— Vives douleurs, pouls irrégulier, chuchota-t-elle. Il faudrait lui injecter de la morphine. J'en ai dans ma trousse.

Elle désigna du menton le sac qu'elle avait laissé quelques mètres plus haut sur la berge.

Donovan opina puis alla récupérer la mallette. À son retour, il se mit à la recherche de l'analgésique et prépara la piqûre avec une célérité qui l'étonna une fois encore.

— J'ai prévenu les secours aériens, expliqua-t-il. La liaison était mauvaise, mais ils ont compris l'essentiel. Apparemment, le pilote va se poser sur le terrain de football, c'est le seul endroit accessible. Ils devraient atterrir d'ici vingt minutes.

— Est-ce que… vous m'aurez sortie de là dans vingt minutes ? demanda Sirie en gémissant. Je ne sais pas si je vais tenir le coup…

Elle avait les traits de plus en plus tirés.

S'efforçant de contenir son inquiétude, Kerry raffermit la pression sur sa main pendant que Denovan lui injectait la morphine.

— Accroche-toi, ma grande ! Encore un peu de courage.

— Bien sûr que vous allez tenir le coup, renchérit Denovan avec une confiance sidérante. Vous êtes une battante, Sirie. Et avec la morphine, vous vous sentirez vite mieux. Faites-moi confiance, cela vaut bien deux doubles whiskys…

La blessée eut un pauvre sourire.

— Si vous le dites, docteur… Je ne bois pas d'alcool.

— Quand vous serez remise sur pied, il faudra faire une exception et sabler le champagne. Promis ?

— Je… Oui, d'accord.

Denovan essayait de déstresser la victime, mais Kerry savait qu'il était lui aussi conscient des enjeux. Les jambes de Sirie risquaient d'avoir subi des dommages sérieux suite à l'écrasement. D'où l'importance d'une évacuation rapide par hélicoptère.

Tandis qu'elle réconfortait son amie, Denovan prêta de nouveau main-forte aux hommes qui s'activaient sans relâche, galvanisés par les grondements de plus en plus intenses de la rivière. L'eau et la boue freinaient leurs mouvements, mais ils ne se décourageaient pas.

Au bout d'une dizaine de minutes, Kerry vit Denovan se pencher à son oreille.

— On y est presque, lui chuchota-t-il. Croisez les doigts.

Les sauveteurs approchèrent un brancard, et sitôt le dernier bloc de béton retiré, ils soulevèrent Sirie avec une extrême délicatesse.

Il s'agissait d'un moment tendu, car il fallait éviter tout geste susceptible d'aggraver les lésions dont elle souffrait.

Dès qu'elle fut en sécurité sur la berge, Kerry se pencha sur elle, imitée par Denovan. Ils s'accordèrent sur le fait que la jambe droite, bien que contusionnée, ne semblait pas présenter de blessure majeure. Mais hélas, il n'en allait pas de même pour la gauche.

— L'angle qu'elle forme ne me plaît pas, commenta Denovan. Elle est probablement cassée en plusieurs endroits. Le point positif, c'est qu'on ne voit pas d'os. Vous avez eu la « chance » d'éviter la fracture ouverte, Sirie.

— Est-ce que… je vais devoir être opérée ? s'enquit la malheureuse d'une voix tremblante.

— Je ne peux rien affirmer tant que vous n'aurez pas passé de radios, répondit Denovan. Nos collègues des urgences vont vous prendre en charge, ne vous inquiétez pas.

Il prit la main gauche de la blessée, la tapota gentiment, puis ajouta :

— Vous êtes exceptionnelle. J'ai rencontré peu de gens aussi courageux que vous. Et dans un tout petit moment, vous serez bien au chaud et en sécurité à l'hôpital.

Cette douceur, ce côté prévenant laissèrent Kerry perplexe.

Quel contraste avec le Denovan irritable et agressif qui témoignait si peu de compassion envers son frère ! Elle en venait presque à croire qu'il souffrait d'un dédoublement de la personnalité !

Non sans inquiétude, elle le vit se redresser et scruter la rivière.

Focalisée sur l'état de Sirie, elle avait presque oublié les conditions climatiques, mais il était clair que le niveau des eaux montait encore. Les sauveteurs avaient remercié les riverains pour leur aide et leur avaient conseillé de quitter le secteur. Tous les véhicules étaient en train de s'éloigner.

— Nous emmènerons la civière à pied pendant que vous bougerez votre voiture, décida Denovan. Ensuite, nous installerons Sirie à l'arrière.

— C'est préférable, en effet, répondit-elle en s'efforçant au calme pour ne pas inquiéter son amie.

Elle courut vers la voiture et se gara un peu plus haut, sur un petit terre-plein. Quand les hommes la rejoignirent cinq minutes plus tard, elle avait rabattu la banquette arrière afin de ménager un espace suffisant pour le brancard.

Deux personnes devraient s'accroupir près de la civière pour la stabiliser. Il faudrait aussi maintenir la porte du coffre, qui ne pouvait plus être refermée.

Denovan se chargea de cette mission avec deux pompiers tandis que Dan, le chef du centre de secours, prenait place à l'avant à côté d'elle, portable en main pour tenir les secours aériens informés de leur progression.

Elle démarra sur-le-champ et prit la direction du village au ralenti.

Elle roulait depuis environ une minute lorsqu'un craquement sinistre se produisit derrière eux.

Dan se retourna sur son siège et poussa un juron étouffé.

— Que se passe-t-il ? s'enquit-elle, le nez collé au pare-brise sur lequel la pluie s'abattait toujours.

— Les berges ont cédé ! s'exclama Dan. Nous l'avons échappé belle.

Elle réprima un frisson, s'efforçant de se concentrer sur sa conduite.

Elle ne voulait pas penser au drame qui avait failli se nouer. Sans la détermination de la petite équipe, Sirie serait morte, et d'autres personnes auraient perdu la vie en essayant de la sauver.

Elle remontait avec prudence la rue ruisselante d'eau en direction du cabinet quand elle vit deux silhouettes vêtues de combinaisons orange descendre la rue du stade en courant, matériel de secours à l'épaule. Quelques instants plus tard, les deux équipes unissaient leurs efforts pour sortir Sirie du véhicule.

— Avant de partir, nous allons vérifier ses constantes à l'intérieur, décida Mark, le chef des urgences. Maintenant que le pire est passé, nous pouvons nous le permettre.

— Tu as raison, approuva Kerry, envahie d'un profond soulagement.

Pendant que Mark et elle s'occupaient de Sirie, elle vit Denovan s'entretenir avec John, l'infirmier qui accompagnait le médecin chef.

— … et n'hésitez pas à expliquer que nous sommes coupés du monde, disait-il. Les portables passent par intermittence, et notre téléphonique fixe est hors-service. Je viens de vérifier.

— Bien sûr, docteur, répondit John. Nous leur demanderons de rétablir la ligne du cabinet en priorité.

Au bout de quelques minutes, Mark se déclara satisfait du bilan de Sirie. John enveloppa la blessée dans une couverture chauffante, après quoi Dan et ses hommes les accompagnèrent sous la pluie battante vers le stade situé à une cinquantaine de mètres de là.

Postée avec Denovan à la porte du cabinet, Kerry guetta le bruit caractéristique de l'hélicoptère. Quand elle l'entendit passer au-dessus d'eux, elle poussa un profond soupir et se frotta les yeux d'une main lasse.

Cette journée calamiteuse allait-elle enfin se terminer ? Depuis vingt-quatre heures, elle avait eu plusieurs poussées d'adrénaline, et maintenant elle se sentait épuisée.

— Vous êtes fatiguée, dit Denovan d'un ton calme.

C'était un constat, pas une question.

Elle frissonna sous son regard perçant.

— Un peu, admit-elle. J'ai l'impression que je pourrais dormir la moitié de la semaine… Je vais laisser ma voiture ici. Il doit y avoir des tas de branches sur la route, ce n'est pas la peine de risquer un accident. Je la reprendrai demain.

— Oui, demain est un autre jour ! Ce qu'il vous faut à présent, c'est une boisson chaude avant de vous mettre au lit, répliqua-t-il d'un ton faussement sévère. Et même un bon cordial, si vous avez ça en magasin. Je vais vous raccompagner. Ensuite, j'irai chercher Archie.

— Mais non, il est tard, protesta-t-elle. Allons d'abord chez Daphne.

— Votre maison est à mi-chemin, la contra-t-il gentiment. Donc, on s'arrête chez vous d'abord. Vu l'accueil royal de votre secrétaire, Archie n'est pas à deux minutes près !

Trop lasse pour argumenter, Kerry éteignit les lumières. Puis ils sortirent et commencèrent à monter la rue.

La pluie les fouettait si fort qu'ils devaient courber la tête, et la nuit gênait leur progression car ils ne voyaient pratiquement pas où ils mettaient les pieds.

Bien qu'elle avance avec précaution, Kerry heurta soudain un obstacle, sans doute une branche, et sentit sa cheville se dérober sous elle. De manière réflexe, elle tendit les bras vers l'avant pour se réceptionner…

Mais c'était sans compter sur Denovan. Réagissant à la vitesse de l'éclair, il lui encercla la taille et l'attira à lui.

— Restez avec moi, murmura-t-il.

Elle poussa un petit cri de surprise en se trouvant plaquée contre son torse puissant.

Ils étaient trempés. Leurs vêtements humides leur collaient au corps, rendant cette proximité embarrassante. Mais curieusement, elle n'avait pas envie de rompre le contact. Cela faisait des mois qu'elle n'avait pas éprouvé un tel bien-être, un pareil réconfort.

Une pareille attirance physique, aussi.

Le souvenir douloureux d'un autre homme afflua d'un coup à sa mémoire.

Andy.

Andy qui n'était plus là depuis un an. Un an qui lui avait paru un siècle. Une éternité. C'était comme si elle sentait son cœur battre contre le sien, comme si elle se ressourçait de nouveau dans ses bras si tendres…

C'était ridicule ! Comment pouvait-elle se sentir attirée par un homme qu'elle avait détesté dès le premier contact au téléphone ? Elle n'était vraiment pas dans son état normal.

Une bourrasque glacée la ramena à l'instant présent, et elle se rendit compte qu'elle avait les larmes aux yeux.

Le souvenir d'Andy demeurait très vif en elle, tout comme la douleur de l'avoir perdu. Et voilà que maintenant, un curieux sentiment de culpabilité se mêlait à son chagrin. En restant là, blottie contre Denovan, elle avait l'impression de trahir son fiancé défunt.

Elle s'écarta avec un petit rire nerveux.

— Désolée… Je n'ai pas fait attention.

— Ne vous excusez pas, voyons. Avec ce temps, plus la nuit noire, c'est normal de perdre l'équilibre. J'espère que vous n'aurez pas d'entorse, ajouta Denovan d'un ton malicieux. Nous avons eu assez de misères pour ce soir !

Comme il souriait, ses dents blanches luisaient dans le peu qu'elle distinguait de son visage aux pommettes hautes, à la séduction incontestable.

Oui, cet homme avait un charme fou !

De manière incongrue, elle eut soudain la vision de ses lèvres sensuelles posées sur les siennes. Ce fut comme si elle éprouvait le feu de cette étreinte brûlante, comme si elle s'enflammait à son contact. Ils se trouvaient là, sous la pluie, ils s'embrassaient à perdre haleine…

Elle se détourna, honteuse.

Comment pouvait-elle imaginer embrasser un autre homme, un an seulement après la mort d'Andy ? C'était lui qu'elle aimait, lui et personne d'autre. Lui qui avait laissé un vide si profond dans son existence qu'elle doutait de pouvoir le combler un jour.

— Rassurez-vous, tout va bien, dit-elle d'un ton distant. J'ai juste perdu l'équilibre une seconde.

— Heureusement tout de même que j'étais là ! répondit Denovan avec bonne humeur.

Peut-être n'avait-il pas remarqué son trouble ?

Elle l'espérait vivement. Aussi, quand il lui prit le bras, jugea-t-elle plus prudent de ne pas se dégager pour éviter d'éveiller ses soupçons.

Ils atteignirent le cottage en quelques minutes, et à son grand soulagement la lumière jaillit quand elle appuya sur l'interrupteur du couloir.

— Un vrai miracle, commenta Denovan. Tous les habitants de Braxton Falls n'ont pas cette chance.

— C'est vrai, répondit-elle en soupirant.

Il la regarda en secouant la tête.

— Vous avec une mine affreuse, observa-t-il, sévère. Allez vous mettre au lit. Je vous monte une boisson chaude.

Elle voulut protester mais s'en trouva incapable.

Elle tombait en effet d'épuisement. D'ailleurs, Denovan lui-même avait l'air harassé. Son élégant costume n'était plus qu'un vieux souvenir, avec le pantalon déchiré et couvert de boue, et les manches lacérées.

Mais ce furent ses mains qui attirèrent son attention. Elles présentaient de multiples entailles et écorchures. Quant à ses ongles ils étaient couverts de terre, cassés…

Oubliant son antipathie à son égard, elle se précipita, lui captura les deux mains et les observa.

— Il va falloir nettoyer ça sérieusement. Il y a du désinfectant dans la salle de bains.

— Oui, docteur. À vos ordres, répliqua-t-il d'un ton léger.

Elle le lâcha, confuse.

Qu'est-ce qu'il lui avait pris de le toucher ? Quelle idée d'établir un contact physique avec un homme qu'elle trouvait désagréable à ce point !

Mais le trouvait-elle vraiment si antipathique ? Elle ne savait plus quoi penser…

— Bon, je vais vous préparer un chocolat et mettre un soupçon de cognac dedans si vous en avez, enchaîna-t-il.

— Euh… Oui. C'est gentil, merci beaucoup. Il y a tout ce qu'il faut dans la cuisine.

Désirant échapper à son regard pénétrant, elle tourna les talons et monta droit à sa chambre, où elle s'affala sur le lit sans même se déshabiller.

Ses vêtements étaient maculés de boue, mais elle n'en avait cure. Elle avait sommeil, elle allait se détendre cinq minutes avant de passer sous la douche. Elle était au calme. Elle voulait juste dormir.

Dormir sans penser à rien, et surtout pas au lendemain.

Denovan poussa la porte de la chambre, entra puis déposa sans bruit le mug fumant sur la table de chevet.

Voilà pourquoi Kerry n'avait pas répondu lorsqu'il avait frappé : elle dormait profondément !

Avec sa chevelure noire étalée sur l'oreiller blanc, ses traits délicats et son teint de porcelaine, elle paraissait si vulnérable. Qui pourrait imaginer qu'une femme aussi frêle puisse faire preuve d'une pareille détermination ?

Et pourtant, elle l'avait sidéré, tant par sa compétence que par sa force de caractère.

Il se prit à sourire en pensant qu'il avait tenu cette ravissante créature dans ses bras l'espace de quelques secondes.

Le contact de son corps souple et gracile lui avait procuré un plaisir inattendu, une délicieuse sensation de bien-être.

La sphère mondaine dans laquelle il évoluait à Londres ne compensait en rien la solitude de sa vie personnelle. Chez lui, il menait une existence quasi monacale qui laisserait ses admiratrices incrédules. Mais comment pourraient-elles deviner ce qu'il cachait sous ses dehors de séducteur ?

Depuis que la mère d'Archie l'avait quitté, il avait volontairement limité les contacts avec la gent féminine. Il avait entretenu deux liaisons discrètes, qui ne lui avaient en aucun cas donné envie d'aller plus loin. Il était devenu trop méfiant pour laisser quiconque entrer dans son univers.

D'autant qu'il n'était plus seul, à présent. S'il nouait un jour une relation sérieuse, Archie resterait sa priorité absolue. Il faudrait que sa nouvelle compagne s'entende avec lui, qu'elle l'aime autant que lui-même l'aimait, et surtout qu'elle accepte de jouer le rôle que la mère du bambin n'avait pas voulu assumer…

Il haussa les épaules, balayant ces réflexions incongrues. Si la vue d'une belle endormie suffisait à déclencher en lui de telles questions existentielles, il avait besoin de repos ! Il allait imiter Kerry dès qu'il aurait récupéré son fils.

L'espace d'un instant, il se demanda pourquoi cette jolie femme habitait seule dans cette petite maison.

Dynamique et intelligente comme elle l'était, elle aurait dû être mariée, ou en tout cas avoir un petit ami… Peut-être en avait-elle un, après tout. Il existait toutes sortes de raisons pour ne pas vivre en couple.

Avec douceur, il remonta la couette sur Kerry puis tourna les talons.

Arrivé près de la porte, il trébucha presque sur une valise qu'il n'avait pas remarquée en entrant. Cédant à la curiosité, il se pencha pour lire l'étiquette fixée à la poignée.

Apparemment, Kerry s'apprêtait à partir en vacances au soleil, et ce beau projet avait dû tomber à l'eau suite à l'accident de Frank…

Voilà pourquoi elle s'était montrée impatiente à son égard, au téléphone d'abord puis à son arrivée au cabinet !

Sincèrement navré pour elle, il descendit dans la cuisine et s'attabla devant le chocolat qu'il s'était préparé.

Cette journée particulière avait réveillé des émotions qu'il croyait éteintes depuis longtemps, comme le plaisir d'un sauvetage réussi ou la satisfaction de travailler dans l'urgence, sur le terrain, là où personne ne trichait. Pour la première fois en six ans, il avait eu une poussée d'adrénaline en volant au secours de Sirie. Il s'était senti utile, en phase avec ces hommes qui donnaient tout pour que la jeune femme s'en sorte. Par comparaison, les avis médicaux qu'il dispensait sur le petit écran lui semblaient creux et dépourvus de sens. Son ascension fulgurante dans le monde des médias l'avait éloigné de la médecine de base, celle qu'il avait juré de mettre au service des autres lorsqu'il avait prêté son serment de médecin.

Compte tenu des circonstances, il n'aurait pas pu travailler à Braxton Falls au côté de Frank comme leur défunt père l'avait espéré, une telle association aurait été vouée à l'échec. Il avait donc préféré partir et prendre une option différente, en commençant de zéro pour ne rien devoir à l'héritage familial. Vue de l'extérieur, sa carrière pouvait paraître passionnante, il évoluait sous le feu des projecteurs et gravitait dans un cercle social privilégié. Mais, au plus profond de lui-même, il sentait qu'il tournait en rond.

Et maintenant, il devait se poser les bonnes questions, peser le pour et le contre dans le dilemme qui était le sien.

Allait-il accepter le pont d'or qu'on lui offrait pour présenter un nouveau talk-show dont il aurait cette fois la maîtrise en tant que rédacteur en chef ? Souhaitait-il continuer sur cette voie ou se réorienter vers une pratique plus conforme à ses aspirations de départ ?

Il doutait qu'Archie puisse s'épanouir pleinement si lui-même n'était pas disponible pour s'occuper de lui. Même en adaptant ses plannings au maximum, il avait conscience d'être moins présent pour son fils qu'il ne l'aurait voulu. Et cela ne risquait pas de s'arranger s'il signait le nouveau contrat qu'on lui proposait…

Dans l'immédiat, la priorité était justement d'aller chercher Archie.

En soupirant, il gagna le couloir et enfila son manteau.

Demain était un autre jour. Un jour où il aurait les idées plus claires. Du moins l'espérait-il, car il avait une décision à prendre.

Il n'avait déjà que trop tardé à rendre sa réponse.

3.

Kerry ouvrit les paupières, réveillée par des bribes de conversation animée.

Elle s'étira plusieurs fois pour émerger des brumes cotonneuses qui l'enveloppaient, s'étira en bâillant… Et se figea, incrédule, en entendant une voix enfantine fredonner *Dans la ferme de Mac Donald.*

Denovan O'Mara et Archie !

Les événements de la veille envahirent sa mémoire tel un flash, et elle ferma de nouveau les yeux.

Tant de choses s'étaient produites en vingt-quatre heures ! Le film de cette journée avait hanté son sommeil, et une image tenace, plus vive que les autres, lui donnait l'impression de flotter sur un petit nuage : le moment où Denovan l'avait serrée dans ses bras pour l'empêcher de tomber.

Elle avait ressenti une attirance si forte que, maintenant encore, une étrange vibration la parcourait rien qu'à y repenser.

Pourtant, cet homme était loin d'être son genre. Elle avait toujours fui comme la peste les séducteurs infatués d'eux-mêmes, et il appartenait sans nul doute à cette catégorie. D'accord, elle avait apprécié le courage et la ténacité dont il avait fait preuve pendant le sauvetage de Sirie. Il l'avait surprise, elle devait l'admettre. Mais cela ne changeait rien à ses défauts, dont l'arrogance n'était pas le moindre. Si elle avait éprouvé ce bouleversement bizarre à son contact, ce devait être parce qu'elle n'était pas dans son état normal !

Elle s'assit dans son lit, aperçut le mug de chocolat froid

abandonné sur la table de chevet… et arrondit les lèvres lorsque son regard tomba sur le réveil.

9 heures ! Elle avait dormi comme une masse, mais malgré cela elle ne s'était pas levée à temps pour ses consultations.

D'un bond, elle gagna la salle de bains.

La délicieuse odeur de café qui provenait d'en bas lui fit prendre conscience qu'elle avait faim. À quand remontait son dernier vrai repas ? Elle ne s'en souvenait même plus.

Une fois prête, elle descendit rejoindre ses hôtes.

Denovan était posté à la fenêtre de la cuisine, son portable vissé à l'oreille, en grande conversation, tandis que son fils dévorait ses tartines, sagement attablé.

— Bonjour, Kerry ! dit-il, un grand sourire éclairant sa bouille ronde. Papa, c'est Kerry ! Elle est réveillée.

— Bonjour, Archie, répondit-elle, amusée. As-tu bien dormi ?

— Moi oui, mais papa non. Il n'a pas arrêté de tomber !

Denovan rangea son téléphone et pivota en souriant.

— Bonjour, Kerry.

— Bonjour… Denovan.

— N'écoutez pas Archie, j'étais très content d'avoir un lit pour m'effondrer hier soir. Fatigué comme je l'étais, j'aurais pu dormir sur un tas de cailloux ! Et vous aussi, je pense, ajouta-t-il d'un ton gai.

Elle opina, perturbée par son regard chaleureux.

En jean délavé et pull marin, les cheveux humides de la douche, il dégageait une séduction plus décontractée que la veille. Plus troublante, aussi.

Elle se servit un café puis s'assit en face d'Archie.

— Quelles sont les nouvelles ? Ont-ils dégagé la route principale ?

— Non, hélas. Braxton Falls est coupée du monde, et dans certaines zones il n'y a ni électricité ni téléphone. Les maisons du bas de la ville sont presque toutes inondées, les gens écopent en essayant de sauver ce qu'ils peuvent. Vous risquez d'avoir fort à faire aujourd'hui.

En soupirant, elle prit un toast et commença à manger.

— Je m'en doutais. Il faut que je prenne des forces.

— Absolument. Mais ne vous inquiétez pas, vous avez le temps de déjeuner. Je suis descendu au cabinet prévenir Daphne que vous seriez en retard. D'ailleurs, à ce sujet, j'ai une bonne nouvelle.

— Ah bon ? répliqua-t-elle, morose. Je me demande bien quoi.

— Ils ont rétabli votre ligne téléphonique en priorité. C'est déjà quelque chose.

— C'est vrai. Avez-vous pu joindre l'hôpital ?

— Oui, je les ai appelés. L'état de Frank s'améliore. On n'envisage plus de le transférer à Derby pour l'instant. On préfère le laisser émerger doucement pour ne pas lui causer de choc supplémentaire.

— Mais c'est formidable ! s'écria-t-elle.

Ça, c'était la première information positive qu'elle entendait depuis longtemps. Voilà qui lui remontait le moral.

— Ils m'ont également donné des nouvelles de Sirie, continua Denovan. Ils doivent l'opérer de la jambe ce matin. Elle a développé un syndrome post-traumatique dans la nuit. Avec les toxines que son corps a emmagasinées suite au choc, la fonction rénale s'est détériorée. Ils l'ont mise sous traitement, et les choses commencent à rentrer dans l'ordre.

— La pauvre… J'espère pouvoir lui parler au téléphone ce soir, ou demain peut-être. J'ignore ce que j'aurais fait si…

— N'y pensez pas ! coupa Denovan. Dites-vous que, dans leur malheur, mon frère comme votre amie ont eu de la chance.

— Bien sûr. Vous avez raison.

Balayant ses idées noires, elle reposa sa tasse.

— Je vais y aller. J'ai déjà perdu trop de temps ce matin.

Denovan la considéra, l'air hésitant.

— Je me demandais si je ne pourrais pas vous donner un coup de main. Bien sûr, il faudrait trouver quelqu'un pour garder Archie, mais…

Elle eut un rire ironique.

— Vous ? Je croyais que vous aviez hâte de rentrer à Londres ?

— Oui, c'est ce que j'ai dit. Mais dans un tel contexte… La nationale est coupée. Je ne suis pas assez casse-coû pour tenter ma chance sur des routes secondaires inondées, même si on les rouvre à la circulation, et je ne me considère pas non plus comme un cas prioritaire pour une évacuation aérienne. Croyez-le ou non, conclut-il avec un sourire qui ressemblait davantage à une grimace.

Son air dépité donna honte à Kerry de sa réaction.

Elle n'avait pas apprécié l'attitude de Denovan vis-à-vis de Frank, mais il s'était largement racheté depuis. Et puis, il avait prouvé qu'il était compétent et efficace. Compte tenu de la situation, refuser son aide serait de la folie.

— Si cela ne vous dérange pas… J'accepte votre proposition, merci, dit-elle d'un ton calme. Je suis certaine que vous me serez d'un grand secours. Et pour Archie, la solution est toute trouvée : il y a une école maternelle à côté. Il n'y aura pas beaucoup d'élèves aujourd'hui. Je suis sûre que la maîtresse l'accueillera avec plaisir.

Et les mères de famille se pâmeraient en voyant « M. Santé », songea-t-elle, non sans malice.

Mais il n'aurait pas le temps de signer des autographes !

Elle termina son petit déjeuner, et ils quittèrent rapidement le cottage.

La pluie avait cessé, laissant place à un soleil radieux qui éclairait un paysage de désolation. Une impression de chaos total subsistait après la tempête, et elle fut bouleversée de voir les rues du village transformées en champ de bataille.

Partout, on voyait des arbres déracinés, des toitures arrachées, des pare-brise qui avaient volé en éclats lorsque des tuiles ou des branches mortes étaient tombées sur les voitures. Les gens qui ne s'affairaient pas à réparer quelque chose déambulaient, échangeant leurs impressions avec leurs voisins. La consternation se lisait sur tous les visages.

Lorsqu'ils atteignirent leur but, ils découvrirent que la

maternelle était devenue un Q.G. de crise. Dans la salle de réfectoire, on avait retiré les petites tables pour installer de grands tréteaux. Une vingtaine de personnes âgées étaient assises sur des bancs, l'air hagard. Plusieurs enfants couraient dans tous les sens, surexcités, tandis que des dames bénévoles s'affairaient à préparer du thé et du café, qu'elles distribuaient ensuite à la ronde. Daphne faisait partie du lot.

Kerry se dirigea vers elle.

— Salut, toi, dit-elle, abasourdie. Peux-tu m'expliquer ce qu'il se passe ?

— Les riverains des quartiers sud ont dû évacuer leurs habitations au milieu de la nuit, expliqua la secrétaire. Toutes les grandes salles de la ville, publiques ou privées, ont été ouvertes en catastrophe pour les accueillir. C'était vraiment la pagaille ce matin. Alors, en attendant que tu arrives, je suis venue donner un coup de main ici.

— Tu as eu raison, approuva-t-elle gentiment. C'est Freda qui gère les appels ?

Daphne hocha la tête avec un sourire contrit.

— Oui. Je n'avais pas le choix.

Freda Knight, la standardiste remplaçante, venait juste d'obtenir son diplôme de secrétariat. Elle avait effectué ses stages pratiques au cabinet, et ils l'avaient gardée par gentillesse, mais on ne pouvait pas dire que ces vacations la passionnaient. Elle passait le plus clair de son temps à lire la presse people et avait déjà commis plusieurs bévues, que Frank s'obstinait à mettre sur le compte de son jeune âge.

Inutile d'imaginer sa réaction lorsqu'elle se trouverait devant Denovan O'Mara en chair et en os. La tête risquait de lui tourner au point de perdre le peu d'efficacité qu'elle avait !

— Je serai vite de retour, assura Daphne. Le temps de servir un petit déjeuner à tout le monde, et je reviens.

— Ne t'inquiète pas, prends le temps qu'il faut, la rassura Kerry. Si la solidarité ne joue pas maintenant, elle ne jouera jamais…

Elle embrassa la pièce du regard.

— À l'évidence, il n'y aura pas d'école aujourd'hui. Denovan voulait m'aider pour les consultations, et j'avais pensé qu'Archie pourrait rester ici avec les autres enfants, mais là je ne vois pas trop ce que nous pouvons faire.

Daphne pivota vers Denovan.

— Cela doit vous poser un gros problème d'être bloqué ici, observa-t-elle d'un ton compatissant. Le pont ne sera pas réparé avant la semaine prochaine. La seule option serait de partir en hélicoptère.

Il secoua la tête en souriant.

— Je n'en ai pas l'intention. Ils se débrouilleront très bien sans moi à la télévision. C'est un cas de force majeure, ils le savent. Voilà pourquoi, tant que je suis à Braxton Falls, j'aimerais me rendre utile. Mais je ne peux pas laisser Archie tout seul…

Daphne réfléchit un instant, puis son visage s'éclaira.

— J'ai une idée ! Mes trois fils sont là pour le moment. Ils vont rentrer à la maison, puisque les établissements scolaires sont fermés. Peut-être pourraient-ils garder Archie avec eux. Ils ont fait connaissance hier soir, et ils se sont bien entendus. Larry a quinze ans, il est très raisonnable. S'il y a un problème, ils n'auront que vingt mètres à faire pour venir au cabinet…

Archie, qui n'avait pas perdu une miette de la conversation, tira sur la manche de son père.

— Oh oui, papa ! Dis oui, s'il te plaît ! J'aimerais bien retourner jouer là-bas. Jack a un grand train électrique qui fait du bruit. Il voudra bien me le prêter, il me l'a dit.

La secrétaire s'esclaffa.

— Cet enfant a une bonne nature, commenta-t-elle. Vous avez de la chance, docteur O'Mara.

Kerry vit une ombre traverser le regard de Denovan.

— Espérons qu'il n'aura pas hérité du mauvais caractère des O'Mara, répondit-il avec une gaieté un peu forcée. C'est tout le mal que je lui souhaite.

Dans la salle d'attente, les patients échangeaient leurs impressions, encore sous le choc après une nuit marquée par la peur et le chaos. Un certain nombre d'entre eux portaient des bandages. D'autres présentaient des contusions, des égratignures ou des plaies plus ou moins importantes qu'ils avaient soignées tant bien que mal.

La matinée s'annonçait rude. Elle s'y attendait.

— Bonjour, tout le monde, dit-elle à la cantonade. Désolée pour le retard, mais aujourd'hui les choses ne tournent pas rond. Heureusement, j'ai amené du renfort. Vous serez tous reçus avant midi, ne vous inquiétez pas. Comme vous le savez, le Dr Frank O'Mara a eu un grave accident de voiture. Inutile de vous présenter son frère, le Dr Denovan O'Mara, que beaucoup d'entre vous ont vu à la télévision. Il a gentiment proposé de m'aider ce matin.

Lorsqu'elle eut présenté Denovan, les conversations reprirent, animées. L'atmosphère était devenue à la fois plus électrique et plus joyeuse.

Denovan risquait d'être étouffé dans une émeute si les gens se précipitaient pour se faire examiner par lui ! Encore un peu, et elle allait devoir le rajouter à la liste des patients.

Quand ils ressortirent dans le couloir, Freda les fixa, bouche bée. Elle était occupée au téléphone lorsqu'ils étaient arrivés, mais là, sa réaction risquait d'être savoureuse.

— Je rêve ! s'écria-t-elle en écarquillant les yeux. Vous êtes « M. Santé », c'est bien vous ! Quand je vais raconter ça à Tina, et Mary, et Claire…

Denovan s'avança vers le comptoir en riant. Il tendit la main à la jeune fille, qui la serra longuement.

— Je m'appelle Denovan, dit-il d'un ton gai. Vous devez être Freda. Le Dr Latimer m'a parlé de vous.

Formidable ! songea Kerry, mi-amusée, mi-irritée. S'il agissait comme cela avec toutes ses groupies, ce n'était pas étonnant qu'il ait un tel fan-club. Il fallait intervenir avant que la jeune standardiste ne perde tous ses moyens pour le reste de la matinée.

— Il y a déjà beaucoup de monde, observa-t-elle. Freda, pouvez-vous m'indiquer combien de personnes avaient pris rendez-vous ? J'aimerais savoir à quoi m'attendre.

Freda leva les mains en signe d'impuissance.

— Aucune idée, les ordinateurs sont hors service. Qui dois-je vous envoyer en premier ?

— Les enfants et les personnes âgées sont prioritaires. À moins, bien sûr, que vous ne voyiez quelqu'un arriver avec des blessures sérieuses. En cas de doute, appelez-moi.

Elle jeta un coup d'œil dans la salle d'attente dont la porte était restée ouverte.

— Les gens sont vraiment choqués, ajouta-t-elle. Quand Daphne arrivera, préparez-leur du café et du thé, s'il vous plaît. Il doit y avoir assez de gobelets en plastique dans la cuisine. Offrez-leur aussi des biscuits secs. Ils vont devoir patienter plus longtemps que d'habitude.

Laissant la réceptionniste, elle entraîna Denovan vers le bureau de Frank.

Le médecin inspecta la pièce avec un sourire qui ressemblait à une grimace.

— Je me demande comment mon frère réagirait s'il me voyait là, prêt à le remplacer. Il serait probablement furieux.

— Il devrait plutôt se réjouir, protesta-t-elle. Moi, en tout cas, je vous suis très reconnaissante. Vous allez être plongé dans le bain jusqu'au cou. Puisque vous n'aurez pas accès aux données informatiques, n'hésitez pas à frapper à ma porte s'il vous faut un renseignement.

— Je le ferai, assura Denovan. Mais j'essaierai de vous embêter le moins possible, ajouta-t-il, non sans malice.

Troublée par son regard chaleureux, elle gagna la porte.

— Bon courage, dit-elle d'une voix un peu enrouée.

— Bon courage à vous aussi. À tout à l'heure.

Comme Kerry l'avait prévu, la matinée se révéla extrêmement chargée. Les patients ne cessaient d'affluer au cabinet, et Denovan s'efforça de remplir sa mission au mieux sans déranger sa collègue, aussi débordée que lui.

Il se réjouissait de constater qu'il n'avait pas perdu ses bases bien qu'il n'ait pas pratiqué la médecine de terrain depuis longtemps. Au contraire, il prenait plaisir à établir des diagnostics, tout comme il appréciait le contact avec les malades. De plus, il compatissait sincèrement à leur détresse, car certains, outre le fait d'être choqués et blessés, avaient perdu beaucoup dans la tempête.

On ne comptait plus les habitations endommagées, et certaines familles se retrouvaient dans des situations précaires. Néanmoins, la solidarité villageoise jouait à fond, à son avis, on n'aurait pas trouvé un tel esprit communautaire dans le quartier chic qu'il habitait à Londres.

Il était près de midi lorsqu'il raccompagna son dernier patient. Il referma la porte de la salle de consultation puis se rapprocha à pas lents de la fenêtre.

La vue sur le paysage alentour était magnifique, et il comprit soudain combien ce paysage lui avait manqué.

Certes, il n'avait pas eu une enfance heureuse à Braxton Falls, mais au moins avait-il profité des joies de la campagne. Il avait également eu le plaisir de grandir dans un environnement où tout le monde connaissait tout le monde. À Londres, il menait une existence impersonnelle qui, tout bien considéré, lui pesait de plus en plus.

Évidemment, revenir ici serait impossible, et d'ailleurs il ne le souhaitait pas. Jamais Frank et lui ne pourraient faire table rase du passé. Quant à s'installer dans une autre région…

Un coup léger frappé à la porte l'arracha à ses réflexions, puis Kerry se matérialisa sur le seuil, tout sourires.

— Alors, cette matinée ? demanda-t-elle gentiment. Je ne vous ai pas vu une seule fois. Vous vous êtes débrouillé comme un chef !

— Franchement, je n'ai pas eu de cas compliqués, répliqua-t-il modestement. Le plus dur a été de convaincre Mme Cummings de partir pour la maternité en hélicoptère.

Elle doit accoucher ces jours-ci, et mieux vaut ne courir aucun risque. Il faut que je téléphone au central pour savoir quand elle pourra décoller.

— À 14 heures, un appareil vient chercher un de mes patients, un homme âgé à qui j'ai diagnostiqué une pneumonie. Si vous rappelez Mme Cummings maintenant, elle aura le temps de préparer sa valise pour partir en même temps.

Cinq minutes plus tard tout était réglé, et il raccrocha, soulagé.

— Mission accomplie. Je crois que nous avons bouclé la boucle pour ce matin ! Je vais aller récupérer Archie, je ne veux pas abuser de la gentillesse des fils de Daphne. Ensuite, je l'emmènerai marcher jusqu'au pont. Cela lui fera du bien de prendre l'air, et je mesurerai l'étendue des dégâts. Qui sait, peut-être pourrai-je me rendre utile ?

— J'avais la même idée, répondit Kerry en souriant. Je vais y aller tout de suite, avant d'être appelée pour une urgence quelconque. On se retrouve là-bas ?

— Oui. À plus tard, Kerry. Faites bien attention à vous.

Le soleil de midi brillait haut dans le ciel. On n'entendait guère que le chant des oiseaux. Cela semblait incroyable qu'un pareil calme succède à la tempête.

Plus Kerry marchait vers le sud, plus elle lisait la désolation sur les visages des habitants. Le bas de la rue principale était devenu une rivière, la cour de l'école publique ressemblait à un lac, et partout les gens essayaient de sauver quelques meubles de leurs maisons inondées.

Lorsqu'elle atteignit le petit square qui abritait la veille encore une aire de jeux pour enfants, elle remarqua un homme équipé de guêtres et de bottes en caoutchouc, appareil photo en bandoulière et magnétophone portatif à la main. C'était le correspondant du journal local, occupé à interviewer sir Vernon Hood, le député de la circonscription. Depuis quelques mois, ce dernier se faisait discret dans les manifestations régionales. Mais le fait que la ville ait les honneurs de la presse valait bien qu'il monopolise un hélicoptère pour venir sur le terrain, songea-t-elle, cynique.

Mais elle s'attardait systématiquement sur le mauvais côté des choses, ces temps-ci. sir Vernon paraissait en petite forme. Peut-être avait-il eu des ennuis de santé récemment ?

En tout état de cause, sa place était bien là, près de ses concitoyens.

Tout comme il était normal qu'elle-même, en tant que médecin, vienne réconforter ses patients dont certains étaient devenus des amis.

Pendant près d'une heure, elle passa de cottage en cottage, discutant avec les uns, consolant les autres, s'assurant qu'il n'y avait ni malade ni blessé dans les familles. Elle était en train de remonter la grand-rue lorsqu'elle découvrit Denovan sur le trottoir d'en face, en grande conversation avec les habitants d'une maison qui écopaient devant leur porte.

Elle se dirigea vers lui, surprise.

— Salut, Kerry, dit-il gentiment. Voilà un moment que je tourne dans le quartier et que je vous cherche.

— Archie n'est pas avec vous ? demanda-t-elle, surprise.

Il secoua la tête en souriant.

— Les fils de Daphne sont vraiment des garçons en or. Ils l'ont invité à pique-niquer dans le champ derrière leur maison. Comme il a rarement l'occasion de vivre ce genre d'aventures à Londres, il ne s'est pas fait prier.

Jetant un coup d'œil sur sa montre, Denovan ajouta :

— Je ne sais pas vous, mais moi, je meurs de faim. J'ai remarqué un petit pub sur la place de la mairie…

— Ah, le *Fishermen's Arms* ! On y mange très bien, mais un jour comme aujourd'hui, ce doit être l'émeute.

— On tente notre chance ?

— Allons-y.

Comme elle le craignait, le pub était bondé quand ils arrivèrent. Ils réussirent néanmoins à se glisser à l'intérieur, puis à dénicher une table minuscule dans un coin.

Gênée, elle se tortilla sur sa chaise.

L'espace était tellement exigu qu'ils avaient dû s'asseoir côte à côte et que leurs cuisses se frôlaient. À leur entrée, tout le monde s'était retourné sur eux, ou plutôt sur Denovan, et elle imaginait les interrogations des villageois. Et maintenant, sous les regards inquisiteurs de l'assemblée, elle n'avait que trop conscience de son pouvoir de séduction et de sa prestance.

Tout en lui, son visage, sa carrure, exsudait un charme inclassable qui le distinguait du commun des mortels.

Elle serait bien inspirée de se souvenir qu'il n'était que de passage et qu'elle ne le reverrait jamais après son départ ! Et puis, pourquoi s'intéresser à lui ? Il était antipathique, et de surcroît marié puisqu'il avait un enfant.

L'arrivée de Megan, la serveuse, ne fit qu'accentuer son malaise. Comme elle s'y attendait, la jeune femme se planta devant Denovan, un sourire béat aux lèvres.

— Waouh, vous êtes encore mieux en vrai qu'à la télé ! s'exclama-t-elle.

Kerry crut entendre Denovan réprimer un soupir, mais il ne se départit pas de sa bonne humeur.

— Je prends cela pour un compliment, répliqua-t-il. Pourrions-nous avoir deux grands cafés et deux *fish and chips*, s'il vous plaît ?

— Mais bien sûr. Tout de suite, « Monsieur Santé » !

Après le départ de la serveuse, Kerry jeta un coup d'œil intrigué à Denovan.

— N'en avez-vous pas assez que tout le monde vous reconnaisse ?

Il haussa les épaules.

— On s'y habitue à la longue. Au moins, cela veut dire que les scores d'audience de cette fichue émission ne sont pas trop mauvais.

— « Cette fichue émission » ? répéta-t-elle, étonnée. Vous n'aimez pas ce que vous faites ?

— Disons que je ne m'y retrouve peut-être pas autant qu'au début, répliqua-t-il avec une indéniable sincérité. Bien sûr, la vie à Londres présente de nombreux avantages, mais le fait de revenir ici me rappelle combien j'adorais la campagne autrefois. Le grand air, l'espace, les heures passées à pêcher au bord de la rivière…

— Mais alors, pourquoi êtes-vous parti ?

— Il y avait trop de O'Mara à Braxton Falls. L'air devenait irrespirable.

Denovan avait répondu sur le ton de la plaisanterie, mais elle ne s'y trompa pas : un problème familial avait dû laisser en lui des traces profondes.

Comme elle ne se voyait pas l'interroger davantage, mieux valait orienter la conversation sur un terrain moins glissant.

— N'empêche que vous menez une vie palpitante, observa-t-elle d'un ton gai. Beaucoup de gens aimeraient être à votre place.

— C'est parce qu'ils ont une vision déformée de l'univers des *people*. Je vous assure qu'on s'en lasse vite. Et puis, j'ai un enfant. Je suis tellement pris la journée que le soir, je limite mes sorties au maximum.

— Je comprends. Archie est donc un Londonien pure souche, lui ?

— Non, pas du tout. Il est né en Nouvelle-Zélande. Il avait six mois quand je suis rentré en Angleterre.

Elle le fixa, interloquée.

Décidément, cet homme était une énigme. Tout le monde entretenait un jardin secret, mais elle avait l'impression qu'il avait, lui, érigé de véritables remparts autour — sans doute parce qu'il était un personnage public ?

— La mère d'Archie travaille-t-elle aussi dans les médias ?

Elle comprit trop tard qu'elle avait gaffé : le visage de Denovan s'était fermé comme une trappe.

— Je vous prie d'excuser ma curiosité, murmura-t-elle. C'était une question indiscrète et maladroite.

Il secoua la tête.

— Non, il n'y a pas de problème. Simplement… C'est difficile à expliquer. Disons que la mère d'Archie a toujours été un électron libre, instable et allergique aux contraintes de toute nature. Nous nous sommes connus en Nouvelle-Zélande, où j'effectuais un stage d'urgentiste après mon départ de Braxton Falls. À l'époque, elle travaillait comme mannequin sur place. Très vite elle est tombée enceinte, et j'ai insisté pour qu'elle garde le bébé. Mais à notre retour, elle a rejoint une communauté baba cool en Cornouailles, et je n'ai plus jamais entendu parler d'elle. En quatre ans, pas une seule fois elle n'a demandé des nouvelles de notre fils.

Elle regarda Denovan boire son verre d'eau à petites gorgées, peinée par la tristesse qu'elle lisait dans ses yeux.

Derrière le masque séduisant de « M. Santé », sous le vernis de l'homme public, se cachait un père de famille aimant qui portait le poids d'une histoire difficile.

— Je… suis désolée, dit-elle maladroitement.

— Il n'y a pas de quoi. Si quelqu'un doit être désolé, c'est moi. Lorna m'avait expliqué qu'elle n'avait aucun instinct maternel. J'espérais que les choses s'arrangeraient à la naissance du bébé, mais j'avais tort.

— Vous n'êtes pas responsable, voyons !

— Si, la contra Denovan d'un ton morne. On ne peut pas forcer les gens à changer leur nature profonde. Lorna ne serait jamais devenue une mère. Je m'étais bercé d'illusions.

Il eut un sourire amer.

— Peut-être aussi que je suis trop compliqué à vivre. Quoi qu'il en soit, il faut une bonne dose de concessions de part et d'autre pour qu'un couple fonctionne. S'engager dans une relation est un pari délicat. Quant à moi, j'ai été échaudé, on ne m'y reprendra plus !

Kerry sentit une vague déception s'insinuer en elle sans qu'elle sache pourquoi. La réaction de Denovan n'était pas surprenante vu son expérience malheureuse. Après tout, cela ne la concernait en rien…

— Bon, assez parlé de ma petite personne, décréta-t-il, l'arrachant à ses réflexions. Racontez-moi plutôt où vous aviez prévu de partir en vacances.

— Comment savez-vous…

— Hier soir, dans votre chambre, j'ai trébuché sur une valise.

Elle haussa les épaules.

— À l'heure où nous parlons, je devrais être en train de me prélasser sur une plage des Caraïbes. Ma cousine se marie là-bas vendredi. J'étais censée être sa demoiselle d'honneur.

— Oh ! Je suis vraiment terriblement navré. Peut-être y aura-t-il une autre occasion ?

Elle eut un rire sans joie.

— Il n'y a plus de mariage prévu cette année. Ni les suivantes, d'ailleurs.

— Dans ce cas, c'est à vous de montrer l'exemple…

— Un jour peut-être, répliqua-t-elle d'un ton léger, s'efforçant d'ignorer le coup de poignard qui venait de lui transpercer le cœur.

— Ne me dites pas que vous n'y avez jamais pensé, protesta Denovan, une lueur indéfinissable au fond des yeux. Il doit bien y avoir quelques admirateurs cachés dans votre vie…

— Pas un seul. Ni caché, ni déclaré.

À son grand soulagement, la serveuse arriva à ce moment, mettant un terme à cet échange embarrassant.

— Voilà pour vous. Bon appétit !

Denovan eut un sourire malicieux.

— Il va l'être, je vous le promets.

Kerry aurait voulu partager son enthousiasme, mais quelque chose l'en empêchait. Leur conversation l'avait perturbée, elle avait du mal à faire comme si de rien n'était.

Pour sa tranquillité d'esprit, mieux vaudrait que Denovan O'Mara ne s'attarde pas à Braxton Falls. Elle espérait que les routes deviendraient vite praticables pour qu'il puisse partir. En ce qui la concernait, le plus tôt serait le mieux.

4.

De retour au cabinet après leur déjeuner au pub, Kerry et Denovan firent le point avec Daphne. Celle-ci les informa que l'armée avait établi un pont provisoire et rouvert un tronçon de la route principale.

Kerry hocha la tête, soulagée.

Elle allait donc pouvoir s'aventurer dans les secteurs inondés pour ses visites à domicile. Cela signifiait aussi que Denovan était en mesure de quitter Braxton Falls…

— Oh, j'oubliais ! ajouta Daphne. Denovan, le neurologue de l'hôpital vient de téléphoner.

— Merci, Daphne. Je le rappelle tout de suite.

Quand Denovan revint du bureau de Frank où il s'était isolé pour téléphoner, Kerry lui lança un coup d'œil interrogateur.

— Alors, tout est arrangé ? Je suppose que vous allez partir dès que vous aurez vu votre frère ?

— Oui, sans doute. Finalement, ils ont pratiqué une craniotomie ce matin pour drainer le sang qui s'était répandu dans son cerveau. Il a bien supporté l'intervention. Je vais donc m'assurer qu'il se rétablit tranquillement, après quoi je m'en irai. Je ne lui suis d'aucune utilité particulière, alors que j'ai des tas de choses à régler à Londres.

— Bien sûr. Je comprends, répondit-elle d'un ton détaché.

Mais elle se sentait un peu triste. Contre toute attente, Denovan allait lui manquer. En moins de vingt-quatre heures, ils avaient partagé beaucoup de choses. Son opinion à son sujet, très mauvaise au départ, s'était améliorée au point qu'elle n'avait plus hâte de le voir partir. Au contraire, bien qu'elle se défende de céder à son charme, elle aurait voulu avoir le temps de mieux le connaître.

Néanmoins, leurs routes étaient vouées à se séparer. Et elles avaient peu de chances de se croiser de nouveau.

— Saluez Frank de ma part, pria-t-elle, faussement enjouée. Dites-lui que je ne l'oublie pas et que je passerai à l'hôpital dès qu'il y aura un creux dans mon planning.

— Cela ne sera sans doute pas demain la veille, répondit gentiment Denovan. Mais je transmettrai le message, rassurez-vous. Et à présent, je vais chercher Archie.

— Vous n'y songez pas ! se récria Daphne. Il est beaucoup mieux à la maison. Vous n'allez pas le laisser tout seul dans une salle d'attente !

Il secoua la tête en souriant.

— Daphne, vous êtes un ange, et vos garçons aussi. Dans ce cas... Si cela ne les dérange pas, je vais abuser de leur gentillesse et leur faire faire des heures supplémentaires.

— Vous n'abusez de rien du tout. Ne vous inquiétez pas.

Sur le parking, Denovan tendit la main à Kerry.

— Vous ne serez probablement pas rentrée quand je reviendrai chercher Archie tout à l'heure. Je préfère vous dire au revoir au cas où... Merci pour votre accueil, Kerry.

Elle reçut un véritable choc électrique lorsqu'elle plaça sa paume dans la sienne, et elle recula, troublée.

— Mais de rien. Merci pour votre aide.

— Cela a été un plaisir. J'aurais voulu pouvoir faire plus. Bon courage, et à bientôt peut-être.

Tandis que Denovan marchait vers son coupé sport, elle fixa quelques instants sa haute silhouette pour la graver dans sa mémoire. Puis elle monta en voiture et mit le contact en soupirant.

Elle venait probablement de voir Denovan O'Mara pour la dernière fois. Cet « à bientôt » de politesse ne rimait à rien. Un « à jamais » aurait été plus proche de la réalité.

La ferme de l'Orée du bois se situait sur une petite colline à l'extérieur de Braxton Falls. Bill Thompson et son épouse Laura y habitaient avec leurs deux enfants en bas âge. Laura avait appelé le cabinet parce que Tilly, leur fillette de dix-huit mois, avait une vilaine toux qui ne cédait pas au traitement prescrit quelques jours plus tôt.

Kerry avait choisi de s'y rendre en début de tournée. La vie à la ferme n'étant pas de tout repos, elle voulait vérifier que la jeune femme n'était pas elle-même mal en point, car Daphne l'avait trouvée très abattue au téléphone.

Apparemment, la pauvre Laura n'avait pas fermé l'œil de la nuit. Elle semblait épuisée, et des traces de larmes marquaient ses joues livides.

— Docteur, je suis tellement contente de vous voir ! balbutia-t-elle d'une voix étranglée. Je m'excuse de vous avoir dérangée alors que vous devez avoir du travail par-dessus la tête, mais… Je ne sais plus quoi faire de Tilly.

— Ne vous inquiétez pas, Laura, répondit Kerry gentiment. Les médecins sont là pour ça, et je vous connais. je sais que vous ne téléphoneriez jamais sans raison.

« Contrairement à d'autres qui nous font déplacer pour rien », aurait-elle pu ajouter. Certains patients avaient pris cette fâcheuse habitude, et il était difficile de leur opposer un refus car on risquait toujours de passer à côté d'une urgence.

Laura l'entraîna vers la cuisine où elle avait installé un lit-parc pour sa fille.

Kerry n'eut pas besoin de franchir le seuil pour entendre une petite toux rauque, ponctuée de stridors qui l'alertèrent immédiatement.

Laura avait eu raison d'appeler. Quelque chose de grave était en train de se produire.

— Nous l'avons mise ici car il fait plus chaud que dans sa chambre, expliqua la maman. Et je n'arrête pas de faire bouillir de l'eau avec du thym. J'ai lu que la vapeur pouvait aider.

— Vous avez eu un excellent réflexe. Tout ce qui peut contribuer à ouvrir ses voies respiratoires est positif.

Tilly était assise au milieu du lit, l'air malheureux, les joues écarlates. Elle pleurait faiblement, et chaque inspiration semblait lui coûter un énorme effort.

— Coucou, ma puce, murmura Kerry. Je sais que tu n'es pas bien, mais nous allons vite arranger cela. Laura, pourriez-vous la prendre et l'installer sur vos genoux ?

La jeune maman souleva son bébé et prit place sur une chaise en la berçant pour l'apaiser.

— Là, là, ma chérie. Cette gentille dame va t'ausculter avec le drôle de tuyau qui est accroché à son cou. N'aie pas peur. Elle ne te fera pas mal.

Kerry ferma les paupières afin de mieux se concentrer sur les bruits qu'elle percevait.

L'état de sa patiente était préoccupant, pour ne pas dire plus. Sa poitrine sifflait, et ses bronches étaient tellement encombrées qu'elle peinait à trouver son souffle. En conséquence, son petit cœur battait beaucoup trop vite.

Il fallait agir immédiatement.

Raccrochant son stéthoscope, elle se redressa.

— Où est votre mari, Laura ?

— Il répare une clôture dans un champ. Pourquoi ?

— Si c'est possible, j'aimerais qu'il vienne garder Tim. Nous devons emmener Tilly à l'hôpital. Nous allons prendre ma voiture. Ça va aller, je vous assure, ajouta-t-elle, voyant la jeune mère prête à fondre en larmes. Elle a simplement besoin d'être mise sous une tente à oxygène. Les médecins lui administreront peut-être de l'adrénaline ou de la cortisone par nébuliseur pour l'aider à respirer. Je sais que cela fait peur mais, rassurez-vous, ils ont l'habitude de ces affections virales qui dégénèrent en bronchite.

Laura inspira à fond, dans un effort visible pour se ressaisir.

— Je vais appeler Bill sur son portable. Il n'est pas loin.

Pendant qu'elle contactait son époux, Kerry composa sur son mobile le numéro des urgences.

— Ici le Dr Latimer, dit-elle à la secrétaire. Je vais arriver d'ici dix minutes avec une fillette de dix-huit mois en détresse respiratoire aiguë. Dites à l'anesthésiste et au pédiatre de se tenir prêts, au cas où.

— Sans problème, docteur. Nous vous attendons.

Laura, qui avait saisi la fin de sa conversation, se tordit les mains, terrifiée.

— Docteur, pourquoi voulez-vous que…

— Pas de panique, coupa-t-elle d'un ton doux. J'ai demandé à ce que mes collègues soient prévenus par pure précaution.

— Je… D'accord. Je suis désolée, j'ai du mal à rassembler mes esprits.

— Moi, je vous trouve très courageuse, au contraire. Ne vous en faites pas, le cauchemar sera bientôt terminé. Tilly va être entre de bonnes mains.

Dès que Bill se matérialisa sur le seuil, elles sortirent et montèrent en voiture avec le bébé. En dépit de l'urgence, Kerry s'engagea prudemment sur la route, veillant à éviter les ornières remplies d'eau.

Ce n'était pas le jour pour une telle évacuation, mais il n'y avait pas d'autre solution. Il en allait de la survie de l'enfant.

Quarante-cinq minutes plus tard, elle embrassa du regard le box 4 des urgences avec la satisfaction du devoir accompli.

Comme elle le prévoyait, Tilly avait été placée sous une tente à oxygène. La puce s'était endormie, et le pédiatre avait expliqué à Laura que son état allait s'améliorer de façon spectaculaire au cours des heures suivantes. Néanmoins, il souhaitait la garder en observation jusqu'au lendemain, au grand soulagement de la jeune mère. Celle-ci avait pris ses dispositions pour passer la nuit à l'hôpital avec sa fille et semblait un peu rassérénée. Jenny, la surveillante de garde, ne tarda pas à lui apporter une tasse de thé et des biscuits.

— Merci beaucoup. Vous êtes adorable, balbutia Laura. Et merci à vous, docteur Latimer, ajouta-t-elle. Je ne sais pas ce que nous serions devenues sans votre aide.

— Je n'ai fait que mon travail, répondit Kerry en souriant.

Je vous rappellerai demain pour prendre des nouvelles de Tilly. Tout va vite rentrer dans l'ordre. D'ici quelques jours, elle trottera comme un lapin.

— Le ciel vous entende…

— Après toutes ces émotions, vous aimeriez peut-être aller boire un café dans la salle des médecins, docteur ? proposa Jenny d'un ton affable.

— Non, merci. C'est très gentil, mais tant que je suis là, j'aimerais aller voir mon collègue.

— Bien sûr, je comprends. Bon courage pour la suite !

Kerry sortit dans le couloir, plus sereine qu'elle ne l'avait été ces dernières quarante-huit heures.

Malgré sa fatigue, malgré le chaos ambiant, elle venait de gérer sans encombre une situation de crise. Andy aurait été fier d'elle.

Andy. Avec son courage et son abnégation, il la poussait toujours à dédramatiser le quotidien pour donner le meilleur d'elle-même. Il n'aurait pas voulu qu'elle craque, elle ne craquerait pas. Elle s'en faisait le serment.

Elle parcourut rapidement le long corridor qui séparait les urgences des soins intensifs. Un portillon spécial barrait l'entrée du service, et une infirmière vint lui ouvrir.

— Le Dr O'Mara va mieux, lui expliqua celle-ci. Il n'est plus sous assistance respiratoire depuis cet après-midi.

— C'est une excellente nouvelle !

— Oui, et en plus il a de la compagnie. Son frère, « M. Santé » — enfin, le Dr O'Mara — est avec lui en ce moment. Les collègues et moi, on a eu un choc en le voyant !

Pas étonnant, songea Kerry, amusée. Denovan créait le buzz partout où il passait, et apparemment il venait de faire tourner quelques têtes !

Puis une autre réflexion lui traversa l'esprit : si elle avait su que Denovan était encore là, elle se serait abstenue de rendre visite à Frank. Elle le croyait parti depuis longtemps, et la perspective de lui dire au revoir une seconde fois ne lui plaisait guère.

Mais elle n'allait pas reculer.

À pas lents, elle se rapprocha de la chambre 3 et se posta derrière la baie vitrée.

Frank dormait paisiblement, la respiration régulière, constata-t-elle. Il recevait du glucose et une solution saline par perfusion, et deux machines mesuraient sa saturation en oxygène et sa tension artérielle. Les courbes du monitoring étaient normales. L'infirmière n'avait pas menti, l'état de son collègue s'améliorait.

En toute logique, cette évolution positive aurait dû réjouir Denovan, mais si tel était le cas, il le cachait bien. Son profil altier ne révélait aucune émotion. Il paraissait curieusement indifférent. Il aurait sans doute manifesté plus de compassion envers un patient inconnu !

Inspirant à fond, elle poussa la porte et entra dans le box.

— Salut, Denovan, chuchota-t-elle. Apparemment, tout va bien ?

Il pivota vers elle, l'air surpris.

— Kerry, que fabriquez-vous à l'hôpital ? Vous n'aviez pas prévu de venir aujourd'hui…

Elle lui raconta l'arrivée de Tilly aux urgences.

— Étant sur place, je fais d'une pierre deux coups, conclut-elle. Au moins, à quelque chose, malheur est bon. Cela m'ennuyait de ne pas avoir encore vu Frank.

— Comme vous le constatez, il se remet bien, répondit Denovan d'un ton morne. Je voudrais juste…

Sa voix s'éteignit sur les mots, et elle le fixa, perplexe.

— Que voudriez-vous ?

— J'aimerais éprouver davantage de sentiments fraternels.

Elle ne fit aucun commentaire, mais Denovan dut lire sur son visage à quel point elle était choquée car il précisa :

— On ne s'est jamais bien entendus, Frank et moi. À l'âge adulte, nous avons fini par nous opposer franchement. Sans doute avions-nous des personnalités trop différentes, conclut-il en haussant les épaules.

Un silence gêné retomba, qu'il rompit le premier.

— Si nous sortions dans le couloir une minute ? Je voudrais vous parler.

Que souhaitait-il lui dire hors de la présence de Frank ? D'une, le blessé n'était pas réellement conscient. De deux, elle ne voyait pas ce que Denovan pouvait avoir de confidentiel à révéler.

Elle le suivit hors de la chambre et lui lança un regard interrogateur.

— J'ai pensé à vous, déclara tout à trac Denovan.

— Ah bon ?

— Oui. Depuis tout à l'heure, je me demande sans arrêt comment vous allez faire au cabinet.

— Il ne me viendrait pas à l'idée de m'apitoyer sur mon sort quand je vois l'état de Frank, répondit-elle en soupirant. Et comme je vous l'ai expliqué, notre secteur souffre d'une pénurie de vacataires. Donc… Je vais gérer, conclut-elle d'un ton ferme. Je ne perdrai pas de temps à chercher des solutions hypothétiques. Je me débrouillerai, point.

Denovan s'esclaffa.

— Petite, mais déterminée ! plaisanta-t-il. Je sais que vous êtes capable de vous en sortir, poursuivit-il, recouvrant son sérieux. Mais les journées sont longues, et…

Il s'interrompit et, à sa grande surprise, baissa le nez sur ses chaussures. Quand il reprit la parole, ce fut d'une voix moins assurée.

— J'ai eu mon agent au téléphone tout à l'heure. Au besoin, les producteurs de la télévision accepteraient de retarder ma signature de contrat. Donc, si vous étiez d'accord, je pourrais vous assister au cabinet pendant… Disons deux semaines ?

Elle le fixa, bouche bée.

— Je croyais qu'il y avait urgence, pour cette signature ?

— J'ai fait valoir un besoin de changer d'air. Ils se sont rangés à mes arguments. Heureusement, les dernières émissions de la saison ont été enregistrées d'avance. De la sorte, je peux m'octroyer un break.

— Un break ? répéta-t-elle avec un sourire incrédule.

Je ne pense pas qu'on puisse considérer un remplacement à Braxton Falls comme des vacances !

— Croyez-le ou non, ce contact avec les patients m'a rendu le goût du terrain. En réalité, je ne l'avais pas perdu, ce sont juste les circonstances qui m'en ont déconnecté. Et à présent, j'ai très envie de poursuivre l'expérience. Je suis un peu frustré de donner des consultations factices sur des plateaux de télévision…

Son regard bleu se riva au sien, et elle sentit un curieux frisson la parcourir.

— Nous avons prouvé que nous sommes capables de bien travailler ensemble, vous et moi, ajouta-t-il d'une voix profonde. Qu'en pensez-vous ?

— Oui, vous avez raison. Mais que faites-vous d'Archie dans votre scénario ?

— Qui veut la fin veut les moyens. Quand je lui aurai expliqué la situation, la directrice de la maternelle acceptera certainement de l'accueillir à titre provisoire.

Comme elle se taisait, il la dévisagea en fronçant les sourcils.

— Il y a un problème ? Est-ce que cela vous gênerait de collaborer avec moi, Kerry ?

— Non, bien sûr que non ! Simplement, Frank et vous n'êtes pas en bons termes. Il risque de voir votre présence au cabinet d'un mauvais œil.

— C'est avec vous que je vais travailler, pas avec lui ! Et s'il s'intéresse à ses malades, ce dont je suis convaincu, il se réjouira pour eux.

Elle sentit sa résistance faiblir.

Après tout, Frank était sur son lit d'hôpital. C'était à elle de prendre les décisions, et la proposition de Denovan, pour sidérante qu'elle soit, tombait à pic. D'ailleurs, avait-elle le choix ? Sans remplaçant, sa vie tournerait au cauchemar.

— Si mon frère proteste, je jure de retourner à Londres *illico presto*, insista Denovan, malicieux. Mais en attendant, groggy comme il l'est, nous sommes tranquilles pour quelques jours !

Elle essaya de prendre un air sévère mais finit par secouer la tête en riant.

— Pauvre Frank ! Vous n'êtes pas charitable. Sérieusement, je vous suis très reconnaissante de votre offre. Si cela ne chamboule pas trop vos projets, alors j'accepte, merci beaucoup. Vous m'enlevez une énorme épine du pied.

Souriant toujours, il lui tendit la main.

— Topez là, Kerry. Je vais prévenir ma gouvernante, elle me fera parvenir une valise de vêtements. Et ce soir, j'apporte le dîner, plus une bouteille de vin pour fêter le début de notre collaboration !

Elle plaça sa paume dans la sienne avant de la retirer presque aussitôt, troublée.

En toute honnêteté, la joie qu'elle éprouvait n'était pas seulement liée à cet accord professionnel. Elle se félicitait de passer une quinzaine entière avec Denovan O'Mara, l'homme. Bien sûr, une telle proximité ne serait pas exempte de danger, d'où l'importance de rester sur ses gardes. Mais ces deux semaines passeraient vite, et après cela ils ne se reverraient plus. Elle devait garder cette échéance à l'esprit pour ne pas trop fantasmer.

Denovan sourit en regardant Kerry s'éloigner dans le couloir d'un pas rapide, la tête haute, comme si elle repartait au combat.

Si elle savait quelle bataille il avait dû livrer pour obtenir ces quinze jours de délai ! Il avait fallu que son agent — elle-même paniquée de le savoir si loin à un moment crucial de sa carrière — insiste auprès des producteurs de la chaîne de télévision. Vu sa notoriété, ils avaient fini par lâcher du lest, mais non sans protestations.

Enfin, peu importait. Il avait eu ce qu'il souhaitait : deux semaines de retour aux sources à Braxton Falls, la ville de son enfance, qui lui avait manqué plus qu'il ne l'aurait cru.

Ce séjour à la campagne donnerait à Archie l'occasion

de découvrir de nouveaux paysages, d'évoluer dans un autre milieu. Il n'avait guère eu l'occasion de croiser des vaches et des moutons depuis sa naissance, il était temps de rectifier cette lacune !

Et à titre personnel, il aurait l'opportunité de mieux connaître Kerry, ce qui ne gâtait rien.

Même s'il s'en défendait, sa nouvelle collègue l'attirait de plus en plus. Elle évoluait à mille lieues du monde des *people*, mais il ne l'en trouvait que plus intéressante. Pour une femme aussi menue, elle ne manquait ni de résistance ni d'énergie. Son élégance simple, sans affectation, sa beauté délicate ne cachaient pas un caractère bien trempé. Cerise sur le gâteau, elle avait de l'humour, et il appréciait son attitude envers Archie. Voilà pourquoi il s'était autant battu pour travailler avec elle. S'il avait croisé quelqu'un comme elle plus tôt, peut-être ne se serait-il pas considéré comme irrécupérable ?

Il secoua la tête, sidéré par la tournure que prenaient ses réflexions.

Dans un premier temps, il allait faire en sorte de soulager Kerry. S'ils arrivaient à s'entendre, tant mieux, mais ce ne serait pas une raison pour dresser des plans sur la comète. La parenthèse n'allait durer que quinze jours, il serait bien inspiré de s'en souvenir.

Pour Kerry, le reste de l'après-midi fila à la vitesse de l'éclair.

Soulagée par l'offre de Denovan, ce fut le cœur léger qu'elle passa au cabinet en fin de journée pour réorganiser le planning du lendemain. Cette aide providentielle changeait tout. Maintenant, elle avait une chance de traverser cette crise sans s'écrouler de fatigue.

Pour la première fois en quarante-huit heures, elle rentra chez elle l'esprit libéré, avec l'impression de voir la lumière au bout du tunnel.

À peine avait-elle refermé la porte qu'elle perçut des cris et des rires joyeux en provenance de la salle de bains.

Sans doute était-ce l'heure du bain pour Archie. Métier ou pas, responsabilités ou pas, la journée était loin d'être finie lorsqu'on avait des enfants !

Malgré son épuisement, l'excitation déferla en elle à l'idée qu'elle allait retrouver Denovan et Archie.

Elle gagna son cabinet de toilette, où elle prit une douche rapide et rafraîchit son maquillage.

Son reflet dans le miroir en disait long sur son état d'esprit. En dépit de la fatigue, ses yeux brillaient, et elle avait les joues roses.

Elle glissa deux mini-peignes dans sa chevelure, en se traitant d'idiote d'accorder une telle importance à cette soirée. Finalement, depuis un an, elle n'avait pas eu l'occasion de se détendre, et encore moins de passer du temps en tête à tête avec un homme. De toute manière, elle n'en aurait pas eu envie…

Lorsqu'elle descendit, une délicieuse odeur de plats chinois s'échappait de la cuisine. Denovan avait déjà mis le couvert, et ils s'installèrent à table avec Archie.

Le garçonnet était intarissable sur sa journée. Elle rit de bon cœur au récit de ses aventures avec les fils de Daphne, et à la fin du repas, elle se rendit compte que Denovan et elle s'étaient mis à se tutoyer spontanément.

Quand Archie commença à piquer du nez sur son assiette, Denovan décida que l'heure du coucher avait sonné.

— Tu as encore plein de choses à faire demain, mon bonhomme. Il faut que tu reprennes des forces, dit-il en prenant son fils dans ses bras.

Archie ne protesta pas, et Kerry, attendrie, l'embrassa sur les deux joues avant que son père ne monte le coucher.

Denovan ne tarda pas à la rejoindre dans le salon, muni de deux verres et de la bouteille qu'il avait rapportée. Avant de s'asseoir, il insista pour allumer la cheminée, et une délicieuse chaleur ne tarda pas à se répandre dans la pièce.

Elle se blottit sur le sofa, les paupières closes.

Dieu, qu'elle était bien !

Elle rouvrit les yeux en sentant la présence de Denovan à côté d'elle.

Il lui tendit un verre et l'entrechoqua au sien.

— Santé ! dit-il d'un ton gai. À notre collaboration.

— Tchin… Merci encore d'être resté.

— Tout le plaisir est pour moi. Je me réjouis vraiment de passer quelques jours ici.

— Alors, Braxton Falls t'a manqué ?

Denovan eut un rire bref.

— Contre toute attente, oui. N'ayant pas eu une enfance très heureuse, j'ai été ravi de partir. Mais en revoyant ce paysage, la campagne, les petites rues, je me dis qu'ils font toujours partie de moi. Et toi, tu te plais ici ?

— Oui, beaucoup, répondit-elle, sincère. Je n'envisage pas de bouger. Du moins, pas tout de suite.

— Quand on exerce un métier aussi dur que le nôtre, l'équilibre personnel compte énormément. Tant mieux si tu as trouvé le tien.

À son grand désarroi, elle sentit des larmes brûlantes lui piquer les yeux.

Cet équilibre, elle l'avait trouvé, et perdu… Toute perspective d'avenir s'était évaporée. Apparemment, elle donnait le change, mais pour combien de temps ?

Elle vit que le regard bleu de Denovan la sondait jusqu'aux tréfonds de l'âme. Il avait perçu son malaise et la dévisageait avec compassion.

— Désolé, murmura-t-il. Je crois bien que j'ai gaffé.

D'une main tremblante, elle déposa son verre sur la table basse.

— Ce n'est rien, marmonna-t-elle.

Il lui releva le menton d'un doigt et, délicatement, repoussa la mèche qui lui barrait le front.

— Non, Kerry, ça n'a pas l'air d'être « rien ». Je t'en prie, parle-moi. Nous allons travailler ensemble. Si quelque chose te préoccupe, si tu as de la peine, il faut me le dire.

La délicatesse dont il faisait preuve la toucha. Il n'avait

plus rien à voir avec l'homme arrogant qui lui avait tellement déplu au téléphone. À l'inverse, il lui semblait humain, à l'écoute, et doué d'une grande sensibilité.

Au fond, pourquoi lui cacher la vérité ? Tout Braxton Falls était au courant du drame qu'elle avait vécu, ce n'était pas un secret.

— Ça... Ça n'a aucun rapport avec le travail, commença-t-elle d'une voix hachée. C'est quelque chose de personnel... Il y a eu... quelqu'un dans ma vie.

Alors qu'elle cherchait ses mots, Denovan lui pressa la main en un geste d'encouragement.

— J'imagine la suite, dit-il gentiment. Tu aimais quelqu'un, mais les choses ont mal tourné ?

Elle grimaça.

— On peut le voir comme ça, oui. Il y a un an, j'étais fiancée à Andy Robinson, un champion d'escalade. Lorsqu'il n'était pas en montagne, Andy travaillait dans une équipe d'intervention en milieu périlleux. Il a fait une chute en portant secours à un couple d'alpinistes imprudents qui s'étaient retrouvés coincés sur une falaise. Il est mort sur le coup... Depuis, j'ai du mal à refaire surface.

Le choc se peignit sur le visage de Denovan.

— Je suis terriblement désolé, Kerry.

D'un revers de main, elle balaya les larmes qui lui ruisselaient sur les joues.

— Excuse-moi. Je suis ridicule.

— Mais pas du tout, voyons ! Il est naturel que tu aies du chagrin. Viens là.

Quand il lui entoura les épaules d'un bras pour l'attirer à lui, elle n'eut pas le courage de s'écarter. Bien que ce geste amical émane d'un presque inconnu, elle y trouvait du réconfort, au point de ne plus souhaiter bouger.

Étrange. Quarante-huit heures plus tôt, elle était prête à détester cet homme. Et voilà que, maintenant, elle se laissait consoler par lui. Le fait de lui parler avait été comme un baume sur une plaie à vif. Depuis un an, jamais elle ne s'était sentie apaisée à ce point.

— Tu sais, dit-il, des choses terribles se produisent parfois. On croit qu'on ne s'en remettra jamais. On s'imagine que la terre a cessé de tourner. Mais en fait, non. D'une manière ou d'une autre, on apprend à surmonter.

Il semblait à la fois triste et résigné.

Elle leva les yeux vers lui.

— Tu parles d'expérience, on dirait. Cela a dû être difficile pour toi lorsque la mère d'Archie vous a quittés…

— Non, je ne pensais pas à elle.

Étonnée, elle l'interrogea du regard.

Denovan se passa une main nerveuse dans les cheveux.

— Le départ de Lorna m'a plus soulagé que peiné. J'avais compris depuis longtemps que nous n'avions aucun avenir commun. En revanche, j'ai été malheureux pour Archie, et je le suis encore. Savoir qu'il grandira sans sa mère me brise le cœur, alors que moi-même …

Il s'interrompit et secoua la tête.

— Assez parlé de moi. Ce soir, c'est toi qui as besoin de réconfort. Après ce drame, tu dois gérer les bêtises de mon frère par-dessus le marché. Sincèrement, je t'admire !

— Penses-tu que je mérite une médaille ? demanda-t-elle sur le ton de la plaisanterie, un peu gênée par le compliment.

Se décalant sur le sofa, il lui captura le menton et rapprocha son visage du sien.

— Hmm, tu n'en es pas loin.

Elle se sentit fondre sous la chaleur de son sourire.

— Ne t'inquiète pas pour moi, chuchota-t-elle, le souffle court. Je vais m'en sortir. Avec ton aide, ça ira.

Depuis une minute, l'atmosphère avait changé. Ou était-ce le fruit de son imagination ? En tout cas, chaque fibre de son corps réagissait à la troublante proximité de Denovan.

— Nous avons appris pas mal de choses l'un sur l'autre, ce soir, murmura-t-il.

— Oui, en effet.

— Ce que j'ai découvert, moi, c'est que tu es une femme exceptionnelle.

Sans la lâcher, il se pencha vers elle et l'embrassa tendrement sur le front.

Une petite voix intérieure lui ordonnait de le repousser, mais elle s'en trouva incapable. Elle imaginait déjà le goût de ses lèvres sur les siennes, leur douceur…

Saisie d'un vertige, elle se blottit contre lui et posa les lèvres à la commissure de sa bouche si bien modelée.

S'il tournait la tête d'un millimètre…

Le bruit de la porte qui s'ouvrait la fit sursauter. Denovan pivota en même temps qu'elle pour voir ce qu'il se passait.

Archie était planté sur le seuil, son doudou dans les bras, l'air perdu.

— Papa, j'ai soif. Je n'arrive pas à dormir…

Denovan se leva avec un petit sourire résigné. Il prit Archie dans ses bras et le berça avec tendresse.

— Je vais te donner un verre d'eau, mon chéri, dit-il d'un ton apaisant. Ensuite, je te lirai une autre histoire, d'accord ? Et après cela, tu t'endormiras bien vite.

— Qu'est-ce que tu faisais avec Kerry ? questionna le bambin de sa voix flûtée.

Denovan s'esclaffa.

— Nous faisions la causette. Tu dis bonne nuit ?

— Bonne nuit, Kerry.

— Bonne nuit, Archie, répondit-elle. Fais de beaux rêves.

Elle regarda Denovan s'éloigner, son bout de chou dans les bras, et poussa un profond soupir.

L'arrivée d'Archie avait été providentielle. Le garçonnet avait interrompu un moment magique, mais il l'avait aussi empêchée de commettre une énorme erreur.

Jamais, sous aucun prétexte, elle ne devrait oublier que Denovan O'Mara était inaccessible. Entre sa carrière et ses obligations familiales, il menait une existence bien remplie où il n'y avait pas de place pour elle. Non seulement il vivait loin de Braxton Falls, mais il refusait toute relation sérieuse. À quoi s'exposerait-elle en ayant une liaison avec lui ?

D'abord, ce n'était pas son genre. Elle n'avait jamais eu de goût pour les aventures éphémères et n'allait pas commencer maintenant. Ce serait trahir sa personnalité profonde, et aussi la mémoire d'Andy. Elle tiendrait Denovan à distance, quoi qu'il lui en coûte. C'était le seul moyen d'éviter d'avoir le cœur brisé quand il retournerait à Londres.

5.

Kerry avait vécu les deux dernières semaines comme un film en accéléré.

Tous les matins, Denovan et elle traitaient des patients victimes des inondations et de leurs conséquences. Rhumes, bronchites, mais aussi entorses, coupures et traumatismes mineurs étaient le lot quotidien. Ils s'entendaient à merveille pour l'organisation des tournées, c'était comme s'ils travaillaient ensemble depuis toujours.

Bien sûr, il n'en était rien. L'équipe de fortune qu'ils constituaient allait vite se défaire. Leur quinzaine de collaboration se terminait. Denovan retournerait à Londres au début de la semaine suivante, et leurs chemins se sépareraient pour toujours.

À la pause de midi, alors qu'ils faisaient le point dans le bureau de Frank, elle s'autorisa, fait rarissime, à le regarder à la dérobée.

Il était assis devant l'ordinateur, en train de compulser les mails de l'hôpital, totalement inconscient de son pouvoir de séduction.

Comme elle avait dû batailler pour maintenir ses distances pendant quinze jours ! Après ce premier soir où ils avaient failli s'embrasser, elle s'était montrée aussi distante que possible. Amicale et détendue le jour, mais prudente quand ils se retrouvaient dans l'intimité du cottage. Les tâches administratives lui avaient fourni une excuse pour traîner le plus tard possible au cabinet. Elle avait tout fait pour éviter de se rendre ridicule de nouveau, et elle y était parvenue au-delà des espérances.

Encore deux jours, et l'épreuve se terminerait. La tristesse l'emporterait sans doute sur le soulagement quand elle verrait Denovan partir, mais au moins il ne le saurait pas.

Cela n'aurait servi à rien.

Denovan leva les yeux de l'ordinateur et jeta un bref coup d'œil sur Kerry, qui, après leur point rituel de la mi-journée, venait de s'asseoir dans le fauteuil près de la fenêtre pour envoyer des SMS.

Il la trouvait sublime aujourd'hui, à la fois élégante et sexy en chemisier blanc et jupe de tailleur noir. Elle avait attaché ses longs cheveux en une tresse soyeuse qui lui retombait sur l'épaule et bougeait à chacun de ses mouvements. Elle était belle à couper le souffle.

De manière involontaire, il crispa les poings.

Pourquoi n'avait-il pas su tirer parti de cette quinzaine pour se rapprocher d'elle ? Il avait travaillé avec elle, il avait dormi pendant deux semaines sous son toit, et malgré cela il n'avait pas réussi à rompre la glace.

Non sans ironie, il songea qu'il aurait eu plus de succès à Londres. Dans son milieu professionnel, il ne se passait pas une journée sans qu'il doive décourager les approches d'une jeune femme envahissante. Mais avec Kerry, c'était le contraire : depuis qu'ils avaient failli s'embrasser, elle lui témoignait une froideur incompréhensible.

Et pourtant, que n'aurait-il donné pour renouveler l'expérience ! Le bref contact des lèvres de Kerry sur sa joue, la sensation de son corps mince pressé contre le sien avaient réveillé en lui des sensations disparues depuis trop longtemps. Cette étreinte l'avait conduit dans un univers magique et lui avait donné envie d'aller beaucoup plus loin.

Il la trouvait délicieuse. Sa méfiance à l'égard de la gent féminine s'évaporait dès qu'elle apparaissait dans son champ de vision. Non seulement elle était belle, mais aussi intelligente, drôle, pleine de compassion. Le récit de son malheur l'avait bouleversé, renforçant la tendresse qu'elle lui inspirait.

Cela avait été maladroit d'essayer de l'embrasser juste après cette confidence. Peut-être avait-elle cru qu'il cherchait à profiter de la situation ?

Si tel était le cas, il aurait dû lui présenter ses excuses. Hélas, maintenant il était trop tard.

Le principal point positif de cette quinzaine, c'était le rapprochement qui s'opérait entre Frank et lui. Son frère se rétablissait de façon spectaculaire, et à chacune de ses visites à l'hôpital ils réussissaient petit à petit à communiquer. Certes, ils étaient encore loin d'une relation chaleureuse, mais ils avaient renoué un semblant de dialogue.

Au moins n'était-il pas resté à Braxton Falls pour rien…

— Papa ! Papa ! Je suis rentré !

La voix d'Archie mit un terme à ses réflexions.

Son fils arrivait de l'école où Daphne était allée le chercher, et maintenant il devait lui consacrer tout le temps de la pause-déjeuner. Voilà qui lui éviterait de ruminer des idées sombres !

— Tu m'écoutes, papa ? claironna Archie d'une voix indignée. Tu m'avais promis qu'on irait faire des courses pour pique-niquer demain. Et puis, j'ai faim, moi… Kerry, dis-lui que j'ai faim !

Kerry s'accroupit et planta un baiser sur la houppette brune d'Archie.

— Que veux-tu, trésor, papa est dans la lune…

— Voilà, voilà, j'arrive ! dit-il, avec un air faussement bougon qui déclencha l'hilarité de son fils. Nous allons déjeuner ici. Ensuite, nous irons au supermarché, puis je te reconduirai à la maternelle. C'est ton dernier après-midi, il faut que tu dises au revoir à tout le monde.

— On doit vraiment partir ? J'aime bien être ici, moi…

L'air triste du bambin lui déchira le cœur.

Évitant de croiser le regard de Kerry, il se baissa et le prit dans ses bras.

— Oui, mon ange, nous devons rentrer à Londres. Cette fois, les vacances sont terminées.

Kerry n'eut pas besoin de consulter sa liste pour reconnaître son premier patient de l'après-midi.

Il s'agissait de sir Vernon Hood, le député, qu'elle avait trouvé passablement fatigué quinze jours auparavant, sur le site des inondations. La veille, il avait donné une interview télévisée pour faire le point sur la situation, et de nouveau il lui avait semblé pâle et amaigri. Maintenant qu'elle l'avait en face d'elle, c'était encore pire. Son teint gris, ses cernes et son air abattu étaient alarmants, vu la superbe qu'il affichait quelques mois plus tôt.

— Que puis-je faire pour vous, monsieur ? demanda-t-elle d'un ton encourageant.

À sa grande surprise, il se décomposa.

— Je ne sais pas si vous pourrez m'aider, docteur.

Il y avait dans son accent quelque chose de pathétique qui, décidément, ne collait pas avec son image. D'habitude, il en imposait, mais là, il paraissait au bout du rouleau.

— Si vous m'expliquiez ce qui ne va pas ? proposa-t-elle gentiment. Nous autres médecins, nous sommes là pour ça. Avez-vous mal quelque part ?

— Je… Non. Je suis un imbécile, voilà tout. J'ai mis ma vie en danger, j'ai semé le malheur dans mon entourage familial. Quel gâchis, chuchota sir Vernon d'une voix étranglée.

Elle savait par les médias qu'il avait une épouse dévouée et trois enfants qui fréquentaient les établissements scolaires de la région. En apparence, il s'agissait d'une famille-modèle.

Qu'avait-il bien pu faire pour mettre cet équilibre en péril ?

Dans un premier temps, cet homme avait besoin de parler.

Elle lui adressa un regard compatissant et attendit la suite.

Au bout d'un long moment, il reprit la parole.

— Quand les inondations se sont produites, je me trouvais à Londres. Mon attaché parlementaire a eu un mal fou à me joindre car j'avais coupé mon portable. De plus, je n'étais pas au Parlement.

— Ah, bon ? Mais où étiez-vous ?

— Dans une chambre d'hôtel. J'avais perdu toute notion du temps et de l'espace. J'étais… sur une autre planète, par la grâce de certains produits.

Elle le fixa, incrédule.

Sir Vernon Hood, toxicomane ? Elle s'était attendue à beaucoup de choses, mais pas à cela !

Il haussa les épaules, l'air résigné.

— Eh oui, docteur, je me drogue. Le jour des inondations, je n'étais pas censé rentrer chez moi, mais il a fallu que je revienne en urgence. Comme j'étais dans un triste état, je n'ai pas pu mentir à mon épouse.

— Je comprends, murmura-t-elle. Depuis combien de temps prenez-vous ce genre de substances ?

— Quelques mois. Je ne sais plus exactement. Tout a commencé lorsque j'ai rencontré cette femme… J'étais seul à Londres, je m'ennuyais, alors j'ai cédé à la tentation. Rapidement, elle m'a proposé d'utiliser certains produits qui m'aideraient à combattre ma fatigue. Un peu de cocaïne, un verre de vin… J'avais l'impression d'être le maître du monde. Rapidement j'ai voulu rompre, mais maintenant elle me fait chanter. Elle menace de révéler notre histoire et mon addiction à la presse, imaginez-vous !

L'intonation geignarde de sir Vernon déplut à Kerry. Elle avait pour principe de ne jamais juger ses patients, quels qu'ils soient, mais là elle avait l'impression qu'il regrettait ses actes essentiellement par peur du scandale.

— Je suis venu vous voir pour que vous m'aidiez à me désintoxiquer, enchaîna-t-il comme elle se taisait. Si Claudia parle à la presse, les journalistes me tomberont dessus comme des charognards. Au moins, si je suis sevré, je pourrai dire que j'ai saisi le problème à bras-le-corps et que je m'en suis sorti. J'ai désespérément besoin de reprendre le contrôle de ma vie, conclut-il d'un ton implorant.

— Autant vous prévenir, ce sera dur, répliqua-t-elle. Pour vaincre une addiction, il faut une réelle volonté et le soutien de l'entourage. Qu'en pense votre femme ?

Le député baissa la tête en se tordant nerveusement les mains.

— Elle a réagi de manière formidable. Elle a promis de me soutenir quoi qu'il advienne. Je ne la mérite pas.

— Disons plutôt que, dans votre malheur, vous avez de la chance. Maintenant, la balle est dans votre camp.

— Que faut-il que je fasse, docteur ?

— Je vais vous adresser à l'hôpital de Laystone, au centre de lutte contre les addictions. Mes confrères établiront un bilan précis avec vous. Ensuite, ils vous prescriront des substituts médicamenteux. Vous bénéficierez également d'un suivi psychologique.

— Ne pourriez-vous rédiger cette ordonnance vous-même ? Après tout, vous êtes médecin et…

— Je suis désolée, c'est impossible. Nous avons passé une convention avec l'hôpital lorsque le service a ouvert. Il se situe dans les nouveaux bâtiments de l'aile ouest.

— Oh ! je connais ! répondit sir Vernon avec une moue triste. C'est moi qui ai coupé le ruban inaugural il y a cinq ans. Jamais je n'aurais imaginé à l'époque que l'on m'y enverrait un jour en tant que patient…

— Si vous acceptez d'être suivi là-bas, les symptômes associés au manque et tous les problèmes de sevrage seront traités par la même équipe. Cette prise en charge globale augmentera vos chances de guérison tout en limitant les risques de rechute.

Le député poussa un grand soupir. Il réfléchit longuement, et elle ne chercha pas à rompre le silence.

— J'accepte, dit-il enfin, d'un ton décidé prouvant qu'il avait pesé le pour et le contre. Je n'ai pas le choix.

— Vous prenez la bonne décision, sir Vernon.

Elle rédigea une lettre à l'intention du spécialiste, la cacheta et la remit à son patient.

— Je vous souhaite bon courage, conclut-elle. Si vous mettez tous les atouts de votre côté, il n'y aucune raison que cela ne fonctionne pas. Quand on entame cette démarche, on peut considérer qu'on a déjà parcouru la moitié du chemin.

— Merci infiniment, docteur.

Après le départ de sir Vernon, elle marqua une pause de quelques minutes pour consigner ses notes.

Cette entrevue atypique l'avait étonnée. Décidément, le métier de généraliste réservait bien des surprises. Il obligeait aussi à entrer dans la vie des gens et à connaître des détails dont on se serait volontiers passé, comme l'infidélité de sir Vernon et ses déboires personnels. Mais, bien sûr, cela faisait partie du métier.

Ce rendez-vous atypique avait pris un certain temps, elle avait déjà du retard sur son planning, constata-t-elle en accueillant le malade suivant. Puis, en milieu d'après-midi, deux urgences se présentèrent, occasionnant un décalage dans les consultations. Au final, il était donc 18 heures lorsqu'elle raccompagna sa dernière visiteuse, une personne âgée dont la maison était toujours inhabitable et pour laquelle il avait fallu contacter l'assistante sociale.

Complètement épuisée, elle débrancha son ordinateur et étira sa nuque et ses épaules raidies. Puis elle alla vérifier si Daphne ou Freda n'avaient pas laissé des notes à son intention.

Heureusement, ce n'était pas le cas. En revanche, Freda avait abandonné à côté du téléphone de l'accueil un des magazines people dont elle était si friande.

Tant mieux si elle avait eu le temps de lire ! pensa Kerry, agacée.

Comme elle allait tourner les talons, la photo à la une attira son attention.

Mais oui, il s'agissait bien de Denovan !

Curieuse, elle s'empara du tabloïd et le feuilleta pour

dénicher l'article qui l'intéressait. Elle appréciait peu ce genre de littérature, mais là, c'était plus fort qu'elle.

Elle s'absorba dans sa lecture.

Le scoop de la semaine

Le chouchou de nos lectrices, le Dr Denovan O'Mara, alias « M. Santé », semble enfin avoir trouvé chaussure à son pied ! Même s'il répète à qui veut l'entendre que le mariage n'est pas pour lui, on l'a croisé à plusieurs reprises au bras du top model Suzy de Forno, dont il aurait fait la connaissance à Noël lors d'un gala de charité. Sur cette récente photo, on les voit très complices pendant le tournage d'un talk-show enregistré voici une quinzaine de jours. C'était juste avant que le célibataire le plus en vue de notre paysage audiovisuel ne prenne quelques jours de congé.

A-t-il profité de ces vacances pour réfléchir ? La belle Suzy réussira-t-elle là où tant d'autres ont échoué ? La clé du mystère repose certainement sur la rencontre entre le joli mannequin et Archie, le fils de quatre ans que « M. Santé » élève seul. Il va de soi que Denovan O'Mara est un papa-poule hors du commun. Pour conquérir son cœur, il faudra aussi conquérir Archie.

C'est tout le mal que nous souhaitons à Suzy, et nous vous tiendrons informées en exclusivité de la suite de cette histoire.

Kerry observa la photographie, sur laquelle on voyait une superbe jeune femme blonde aux yeux bleus pendue au bras de Denovan. Puis elle referma le magazine avec brusquerie et le lança sur le comptoir.

À quoi s'attendait-elle ? Sortir avec des beautés riches et célèbres, cela faisait partie du quotidien de Denovan. Celle-ci s'appelait Suzy, mais il y en avait eu beaucoup d'autres avant. De même qu'il y en aurait d'autres après. Au fond, Frank n'avait pas menti lorsqu'il lui avait décrit son frère comme un coureur de jupons.

Comme elle avait eu raison de se méfier ! Même si elle avait secrètement fantasmé sur Denovan O'Mara, il ne risquait pas de s'intéresser à elle. Face à Suzy de Forno et ses semblables, elle n'avait aucune chance !

Sentant la mauvaise humeur la gagner, elle éteignit les lumières du cabinet, enfila son manteau et sortit.

Elle avait besoin d'air. Elle allait rentrer, se changer et repartir. Une petite marche lui ferait le plus grand bien pour se défouler et oublier Denovan et ses admiratrices !

Une demi-heure plus tard, en arpentant les vertes collines non loin de chez elle, Kerry songeait qu'elle aurait bien du mal à vivre ailleurs.

Comment pouvait-on se passer des charmes de la campagne ? Chaque fois qu'elle avait un souci, la nature l'apaisait, l'aidait à prendre de la distance. Et ce soir-là, le soleil couchant, qui projetait une douce lumière sur les champs inondés en contrebas, offrait un spectacle d'une rare beauté.

Oui, elle était dans son élément à Braxton Falls. Jamais elle ne pourrait devenir une citadine comme Denovan. Il allait partir, et elle s'en remettrait.

Elle s'était montrée naïve en se focalisant sur cet homme, le premier qui l'ait intéressée depuis la mort d'Andy. Mais cet épisode avait eu du bon. Cela lui avait fait prendre conscience de son état de fatigue et du danger qu'il y avait à trop tirer sur la corde. Jamais elle n'aurait eu la même attitude si elle avait été en pleine forme !

À compter de maintenant, elle allait se dorloter. L'été venu, elle s'adonnerait de nouveau à ses sports favoris, le tennis et l'équitation. Et d'une manière générale, elle éviterait le surmenage. Elle avait toutes les chances d'y parvenir, puisqu'un vacataire devait arriver le mardi suivant pour remplacer Denovan, en attendant le retour de Frank.

Galvanisée par ces bonnes résolutions, elle allongea le pas et se dirigea vers le petit bois qui surplombait la ville.

Ce fut alors qu'elle entendit un bruit de course derrière elle.

Ell se retourna… pour découvrir à vingt mètres de là Denovan qui s'approchait, flanqué d'un Archie hors d'haleine.

Ils avaient piqué un sprint pour la rattraper ?

Irritée, elle mit un point d'honneur à ne pas croiser le regard du médecin.

Au moment où elle croyait l'avoir chassé de son esprit, voilà qu'il la poursuivait ! Et pourquoi fallait-il qu'il soit si séduisant, en short kaki et T-shirt blanc ? Elle n'avait pas besoin de cette vision perturbante…

— Ma parole, tu marches vite ! s'exclama-t-il gaiement.

Souriant toujours, il détailla le maillot de fitness et le collant de jogging qu'elle avait enfilés à la hâte.

— Une vraie sportive, ajouta-t-il, taquin. Archie a été invité chez un camarade après l'école, et quand je suis allé le chercher, nous t'avons vue de loin. Il a insisté pour qu'on te rejoigne, expliqua-t-il, comme s'il percevait sa réticence.

Elle s'efforça de rester stoïque sous la chaleur de son regard.

— Ah, d'accord !

Impossible après cela de leur fausser compagnie. Le pauvre Archie serait déçu. Or, il n'était pour rien dans les sentiments que son père lui inspirait.

— Alors, Archie, comment s'est passé ton dernier jour à la maternelle ? demanda-t-elle gentiment. Y a-t-il eu une petite fête pour ton départ ?

Le garçonnet opina.

— Oui. Lynn n'a pas été gentille, elle prenait toutes les pailles ! La maîtresse l'a disputée. Et tout le monde m'a fait un dessin pour emporter à la maison… Mais moi, j'aimerais mieux rester ici, parce que chez Daphne, ils vont avoir un chiot. Larry a dit que je pourrai jouer avec lui quand je reviendrai. On va revenir, dis, papa ?

Kerry baissa le nez sur ses chaussures. Mais la réponse ne fut pas celle qu'elle attendait.

— Oui, nous reviendrons. Je ne sais pas quand, parce que je vais être débordé, mais nous essaierons de faire vite.

Archie leva vers son père une frimousse pleine d'espoir.

— Est-ce qu'on pourrait avoir un bébé chien, papa ?

— J'ai bien peur que non, répondit Denovan, l'air grave. Il

serait trop malheureux. Et puis, nous avons déjà Frimousse. Ton chat est parti en pension chez ta nounou, mais elle va le ramener à l'appartement…

Le visage d'Archie s'éclaira d'un coup.

— Je sais ce qu'on va faire ! On va acheter une grande maison ici. On prendra Frimousse, et en plus on pourra avoir un chiot, des poules, et puis des lapins !

— Et mon travail, qu'en fais-tu ? protesta Denovan, faussement sévère. Comment vais-je gagner assez d'argent pour nourrir ta ménagerie ?

Le bambin réfléchit un moment. Ses lunettes juchées sur son petit nez lui donnaient un air particulièrement attendrissant.

— Kerry a un travail. Tu nous aideras, Kerry ?

Elle eut un rire gêné.

— Ton papa n'a pas besoin de moi, trésor. Il gagne très bien sa vie à Londres, à la télévision. Et puis, n'oublie pas les choses intéressantes que tu peux faire là-bas. Tu peux aller au spectacle, te promener au parc…

— Oui, j'aime bien le parc, admit l'enfant, sentencieux. Oh, regardez, deux lapins ! Revenez, lapins ! Attendez-moi !

Archie se mit à courir sur le sentier, et Denovan le suivit du regard en riant.

— Il adore la campagne, observa-t-il. Ce week-end, je vais l'emmener en balade. Je veux lui faire découvrir quelques endroits où j'aimais bien traîner, étant enfant. Il y a notamment une grotte, entre Braxton Falls et Laystone, avec une jolie cascade. On y accède par le petit train touristique. La ligne a rouvert, je me suis renseigné à la gare.

Après un instant d'hésitation, il ajouta :

— Aimerais-tu te joindre à nous, Kerry ?

Elle secoua la tête.

— Non, merci, répondit-elle très vite. C'est gentil, mais je vais avoir un tas de paperasse à liquider pendant le week-end, et du rangement à la maison aussi…

Pourquoi lui avait-il fait cette proposition ? Par pitié,

pensant qu'elle n'avait pas beaucoup de loisirs le week-end ? Ou alors, fidèle à sa réputation de séducteur, voulait-il l'inscrire à son tableau de chasse avant de partir ?

Non, elle était injuste. Avait-elle jamais eu à se plaindre de son attitude ? Elle avait failli craquer il y a quinze jours, mais ce n'était pas la faute de Denovan. Elle n'avait qu'à rester sur ses gardes jusqu'au bout, et ça irait.

Il se planta devant elle et posa les mains sur ses épaules en un geste de persuasion.

— Mais si, viens ! insista-t-il. Je t'aiderai pour la maison. D'ailleurs, il n'y a pas grand-chose à faire : nous avons rangé au fur et à mesure. Après la quinzaine de folie que nous avons vécue, tu mérites bien un après-midi de détente, non ? Et puis, Archie serait aussi ravi que moi que tu nous accompagnes. Après tout, c'est notre dernier week-end…, ajouta-t-il, une lueur implorante au fond des yeux.

Troublée, elle réprima un frisson.

Quel besoin avait-il eu de la toucher ? Le contact de ses paumes lui avait provoqué un véritable choc électrique, au point qu'elle peinait à rassembler ses esprits. Toute pensée cohérente l'avait désertée. Elle ne savait plus où elle en était.

— Je… J'hésite, balbutia-t-elle.

Denovan la lâcha et laissa retomber ses bras, sans cesser de la regarder. Maintenant, il avait l'air perplexe.

— Écoute, dit-il au bout d'un moment. Si tu m'en veux… pour ce qu'il s'est passé le premier soir, je te prie de m'excuser. Mon attitude t'a-t-elle mise dans l'embarras ? Il ne fallait rien y voir d'équivoque. Je souhaitais juste te témoigner ma sympathie après ce que tu venais de me confier. Ne t'inquiète pas, cela ne se reproduira plus.

Feignant l'étonnement, elle haussa les sourcils.

— Oh, ça ? Rassure-toi, je n'en ai pas fait une montagne. Je sais que ton geste ne prêtait pas à confusion et que ton but était de me réconforter.

Une question, une réponse.

Denovan avait voulu lever le doute qui le taraudait depuis quinze jours, et à présent il savait. En toute logique, il aurait dû éprouver un certain soulagement, mais ce n'était pas le cas. À l'inverse, il se sentait triste.

Avait-il imaginé la réaction de Kerry pendant leur brève étreinte ? Il lui avait semblé que le corps de la jeune femme s'était animé, qu'une étincelle avait jailli entre eux, prélude à une connexion plus intime qui ne demandait qu'à s'établir.

Quel idiot !

« Chat échaudé », disait le proverbe. Lui qui avait été si souvent déçu — en premier lieu par la mère de son fils —, il aurait dû se montrer plus prudent. D'ailleurs, en général, il se méfiait de la gent féminine comme de la peste. Il n'espérait rien, ne s'engageait pas non plus.

Mais avec Kerry, ses repères avaient changé. Il la jugeait digne d'estime et de confiance. Il avait eu envie de mieux la connaître, de passer du temps avec elle. Il regrettait la tournure qu'avaient prise les événements.

Mais peut-être n'était-il pas trop tard pour inverser le cours des choses ? Après tout, il lui restait un week-end.

Abattant ses dernières cartes, il lui sourit.

— Puisque les choses sont claires, rien ne t'empêche de venir avec nous, dit-il gaiement. Tu verras, tu ne le regretteras pas.

Kerry hésita encore un instant puis lui rendit son sourire.

— D'accord, ça marche, acquiesça-t-elle. Va pour un après-midi de détente.

— Génial ! N'oublie pas tes bottes de sept lieues, il faut marcher un bon moment dans les bois avant de tomber sur la cascade. Je prendrai des bouteilles d'eau.

— Et moi, j'apporterai des biscuits. À force, j'ai cerné les goûts d'Archie !

— Oui, tu commences à bien le connaître, répliqua-t-il gentiment. Il va se réjouir que tu sois là.

Cette fois, il s'abstint d'ajouter « moi aussi ».

Kerry avait accepté de les accompagner, il était le plus heureux des hommes. Mieux valait ne pas tout gâcher par une maladresse.

6.

— Le voilà, papa ! Est-ce qu'on peut monter dans le premier wagon près du conducteur ? Je veux…

Depuis une minute, Archie trépignait, les yeux brillant d'excitation. Le petit train touristique venait d'apparaître au loin dans un nuage de fumée, déclenchant l'enthousiasme du bambin qui n'avait jamais rien vu de pareil.

C'était une journée idéale pour une sortie de ce genre, se réjouit Kerry. Le soleil brillait haut dans un ciel sans nuages, et plusieurs familles patientaient sur le quai, sacs au dos, prêtes à arpenter les chemins du parc naturel desservi par l'ancienne voie de chemin de fer.

Denovan tapota la tête d'Archie en riant.

— Du calme, jeune homme ! Laisse-lui le temps d'arriver.

Il embrassa les lieux du regard, puis ajouta :

— Rien n'a changé ou presque depuis mon enfance. Sauf qu'ils ont bien amélioré l'entretien des espaces verts. C'était déjà beau à l'époque, mais là, c'est encore plus dépaysant. On se croirait au dix-neuvième siècle.

Elle lui lança un coup d'œil curieux.

— Apparemment, cet endroit t'évoque de bons souvenirs…

— Oh, que oui ! Ma mère m'amenait souvent ici le dimanche. Pour moi, c'était le paradis sur terre.

Son visage s'assombrit de manière imperceptible. Puis il pivota vers Archie, l'attrapant par le bras pour l'empêcher de se précipiter vers le train qui venait d'entrer en gare.

Quelques dizaines de passagers, surtout des couples avec

des enfants, descendirent des wagons, libérant de la place. Archie fonça vers la voiture de tête.

— Allez, on y va ! Je veux voir le conducteur sonner la cloche !

Celui-ci se retourna sur son siège en souriant.

— Si le petit veut s'asseoir à côté de moi, il pourra sonner la cloche lui-même… Papa et maman n'auront qu'à s'installer derrière nous.

Elle sentit le regard de Denovan peser sur elle.

— « Maman » ! Dis donc, tu viens de prendre du galon…

— Oui, vous avez intérêt à être sages tous les deux, marmonna-t-elle, au comble de l'embarras.

Archie se hissa dans la cabine, tout fier. Il jubilait, et quand il se dressa sur la pointe des pieds pour actionner la cloche, on aurait dit qu'il venait de découvrir un trésor.

— Maintenant, je vais faire démarrer le train ! claironna-t-il. C'est le monsieur qui l'a dit.

— Génial, mon cœur ! répondit Denovan. Allez, grimpe, Kerry. En route pour la vallée des souvenirs.

Lorsqu'elle eut pris place sur le banc le plus proche de la cabine, il se glissa près d'elle.

Dans cet espace exigu, leurs cuisses se frôlaient. Elle se rencogna au bout du siège, gênée par cette proximité troublante.

Denovan s'était montré sans équivoque : il s'agissait d'une promenade amicale, pas d'un rendez-vous galant. Elle ne devrait l'oublier sous aucun prétexte.

D'ailleurs, elle devait admettre qu'elle appréciait cette sortie. Elle ne s'était pas accordé de réelle détente depuis des mois, et elle avait eu tort. Cela faisait un bien fou de mettre les soucis du quotidien entre parenthèses. Oui, vraiment, Denovan avait eu raison d'insister !

Pendant que Kerry s'absorbait dans la contemplation du paysage, Denovan lui jeta un coup d'œil à la dérobée.

Ses cheveux brillants encadraient son profil délicat, et

ses joues roses d'excitation lui donnaient un air juvénile particulièrement séduisant. Sa beauté naturelle, sans artifice, avait le don de l'émouvoir. Heureusement qu'Archie était là, sinon il aurait eu du mal à oublier ses bonnes résolutions !

Vus de l'extérieur, quelle image offraient-ils tous les trois ? Les gens pensaient-ils, comme le conducteur du train, qu'ils formaient une famille ?

Une vague de regret déferla sur lui à l'idée de ce qui aurait pu être, si seulement Lorna avait accepté son rôle de mère. Archie aurait été élevé différemment. Il n'aurait pas été confié dès son plus jeune âge à des gouvernantes, certes gentilles et efficaces, mais qui ne pouvaient en aucune façon remplacer une maman…

Le son de la cloche l'arracha à ces sombres réflexions.

— On y va ! s'exclama Archie. Le train démarre.

Kerry eut un sourire éclatant, et Denovan remarqua deux délicieuses fossettes au coin de ses joues.

— J'ai l'impression de partir à l'aventure, commenta-t-elle.

— Moi aussi ! D'ailleurs, nous ne sommes pas les seuls. Hé là, ça tangue…

Comme la voie décrivait une courbe, il se retrouva déporté vers la gauche. Dans un effort pour rester droit, il étendit le bras sur le dossier de la banquette, ce qui eut pour effet de le rapprocher encore de Kerry.

— Le wagon me paraît beaucoup plus petit qu'il y a trente ans, observa-t-il avec un sourire d'excuse. À l'époque, je pouvais m'étaler… Ah, voilà le tunnel, enchaîna-t-il, alors qu'une cavité creusée dans la roche se matérialisait devant eux. Je m'en souviens très bien.

La locomotive s'y engagea avec un sifflement strident.

— C'est moi qui ai sonné ! cria Archie, nullement effrayé par l'obscurité totale. J'ai tiré sur la cloche.

— Nous traversons actuellement le « Tunnel de l'Amour », expliqua le conducteur dans son micro. La légende veut que toutes les demandes faites à cet endroit donnent des mariages réussis. Alors, messieurs, si vous avez une déclaration à faire, n'hésitez pas. C'est le moment ou jamais !

Kerry eut un rire nerveux.

Le « Tunnel de l'Amour », vraiment ! Elle n'avait pas besoin de cela.

Le contact du bras de Denovan sur ses épaules, pour léger qu'il soit, lui déclenchait une multitude de petits frissons. Malgré le noir total, elle savait qu'il avait tourné le visage vers elle, car elle sentait son souffle tiède sur sa joue. Il s'en serait fallu d'un rien pour qu'elle cède à l'attirance presque magnétique qu'il exerçait sur elle.

Mais non, elle résisterait. Elle ne l'encouragerait pas à l'embrasser, même si elle en mourait d'envie. Figurer au tableau de chasse d'un séducteur, très peu pour elle.

Ce maudit tunnel n'en finirait-il donc jamais ? Chaque seconde écoulée décuplait son agitation.

Elle se tortilla nerveusement, et Denovan eut un rire bas.

— On est vraiment mal assis, murmura-t-il.

— Oui…

Alors, tout à coup, le train ressortit en pleine lumière.

Elle cligna des yeux, tandis que Denovan chaussait les lunettes noires qu'il avait gardées sur la tête. Elle ne voyait plus son regard.

C'était préférable, car la petite lueur qui y flambait parfois la troublait plus que de raison.

Elle se concentra sur le paysage, succession de forêts et de vallons pittoresques.

Au bout d'une dizaine de minutes, le conducteur ralentit puis s'arrêta dans un grand bruit de freins. Ils avaient atteint la gare suivante, où plusieurs passagers s'apprêtaient à monter.

Vif comme l'éclair, Archie sauta sur le quai.

— Regardez, il y a Daphne et les garçons ! Est-ce que je peux rester avec eux ?

À son tour, Denovan descendit du train.

— C'est impossible, mon cœur, répondit-il gentiment. Nous allons à la cascade.

Archie se renfrogna, enfonçant les poings dans ses poches.

— Je ne veux pas y aller !

— Laissez-le donc, intervint Daphne en riant. Il s'entend bien avec mes fils, et j'allais vous le proposer de toute manière.

— Non. Ce serait abuser de votre gentillesse. Vous vous êtes suffisamment occupée de lui pendant quinze jours.

— Allons, Denovan ! Archie est adorable, c'est un plaisir de l'avoir avec nous. Et puis, Kerry et vous avez besoin de souffler. Après cette quinzaine de folie, un petit break vous fera du bien ! Allez marcher tranquillement, détendez-vous. L'occasion ne se représentera peut-être pas de sitôt.

Archie leva un regard suppliant vers son père.

— Papa, s'il te plaît ! Puisque Daphne a dit oui…

Denovan leva les mains, résigné.

— D'accord, je capitule. Si vous êtes sûre qu'il ne vous dérangera pas… Mais alors, ajouta-t-il en sortant son portefeuille, je tiens à vous offrir le goûter. J'insiste !

Il tendit quelques billets à Larry, l'aîné de la fratrie.

— Te voilà préposé aux glaces.

— Avec plaisir, répondit l'adolescent avec un large sourire.

— Ne vous inquiétez pas de l'heure, Archie rentrera à Braxton Falls avec nous, conclut Daphne. Il y a de la place dans la voiture. Vous reviendrez le chercher ce soir.

— Eh bien, si tout est arrangé…

— Merci, papa ! s'écria Archie.

— C'est plutôt Daphne qu'il faut remercier. Tu as beaucoup de chance. Bon après-midi, conclut-il en agitant la main vers la petite troupe qui montait dans le train. Et merci encore.

Après que le tortillard eut redémarré, Denovan entraîna Kerry sur un chemin qui serpentait dans les bois.

— De mémoire, la cascade se situe à vingt minutes d'ici, expliqua-t-il.

Elle avait toujours adoré la marche, qu'elle pratiquait régulièrement avec Andy, un sportif de haut niveau. Néanmoins, elle n'était pas sortie depuis longtemps. De plus, Denovan avançait à grandes enjambées proportionnelles à sa taille, si bien qu'elle avait les joues rouges et le souffle court lorsque, enfin, ils entendirent un bruit d'eau caractéristique.

Sous aucun prétexte elle ne se serait abaissée à ralentir, mais elle était hors d'haleine.

— Où… est-elle donc, cette… cascade ? demanda-t-elle.

Denovan eut un sourire narquois.

— Derrière le bosquet. Nous devrions peut-être faire une pause avant de repartir…

— Pas pour moi ! Je suis en pleine forme.

— Ça oui, murmura-t-il.

Elle se troubla sous son regard appréciateur.

Essayait-il de flirter ? Si oui, il en serait pour ses frais.

— Je pourrais marcher pendant des heures, reprit-elle sèchement.

— Bien sûr, je n'en doute pas ! Ceci étant, rien ne presse. Autant profiter du paysage.

Ils avancèrent de quelques mètres.

Alors, au tournant du sentier, la chute d'eau apparut.

Elle cascadait entre les arbres depuis une concrétion rocheuse, pour finir sa course dans un petit torrent en contrebas.

Kerry s'arrêta, bouche bée.

— Waouh, c'est magnifique ! Dire que je ne connaissais pas cet endroit…

— Rappelle-moi depuis combien de temps tu vis à Braxton Falls ? répliqua Denovan, taquin.

— Plusieurs années, je l'avoue. Mais avec Andy, nous ne venions jamais par ici. Il préférait les endroits plus escarpés. Question d'habitude.

— Vous avez dû vivre des moments fantastiques, observa doucement Denovan. Penses-tu encore beaucoup à lui ?

Elle hésita avant de répondre.

— Oui, mais… de manière différente. Je n'ai plus envie de pleurer chaque fois que j'évoque sa mémoire. Bien sûr, il fera toujours partie de mon existence. Sauf que maintenant, je suis capable de me souvenir des belles choses que nous avons partagées plutôt que de me morfondre.

Et cette évolution très récente, c'était à Denovan qu'elle la devait. Sans le savoir, il avait joué un rôle important dans sa « guérison ». Elle aimait encore Andy, et d'une certaine façon, elle l'aimerait toujours. Mais la présence de Denovan la ramenait à la vie. Même s'ils ne gardaient pas contact, même si l'avenir les séparait, elle lui en serait toujours reconnaissante.

Ils s'assirent côte à côte sur l'herbe et demeurèrent pendant de longues minutes silencieux, à écouter le chant des oiseaux et le murmure de la cascade.

Ils étaient seuls dans ce coin de nature exceptionnel qui semblait n'appartenir qu'à eux. Quel contraste avec les journées chaotiques qu'ils avaient vécues !

Comme s'il avait lu ses pensées, Denovan ouvrit son sac à dos, d'où il sortit une petite bouteille de vin blanc rangée dans un rafraîchisseur portatif, plus deux gobelets.

— Nous devons fêter cet instant miraculeux, décréta-t-il. J'ai peur que l'un de nos téléphones ne sonne pour une urgence.

— Arrête ! Ne parle pas de malheur.

Il emplit les gobelets, lui en tendit un et leva le sien.

— À nous, Kerry. Nous avons bien mérité un toast.

— À toi, surtout ! répliqua-t-elle en souriant. Je ne te remercierai jamais assez de ton aide.

— Tout le plaisir était pour moi…

Elle but quelques gorgées, tout en essayant de détourner son esprit de Denovan qui, appuyé sur un coude, la regardait avec la petite lueur si familière au fond des yeux.

Jamais elle n'aurait pu imaginer que l'après-midi finirait comme cela. À elle de rester sur ses gardes pour maintenir sa ligne de conduite.

— Te voilà bien songeuse, observa-t-il. À quoi penses-tu ?

— À rien de spécial, mentit-elle. Cet endroit est superbe. J'ai l'impression d'être en vacances.

— Malheureusement, ce petit coin d'Angleterre ne peut pas remplacer les Caraïbes. As-tu des nouvelles de ta famille ?

— Oui, j'ai eu ma cousine en ligne avant, puis après la cérémonie. Tout s'est magnifiquement déroulé. Elle flottait sur un petit nuage !

À présent, elle réussissait à en parler sans amertume, sans pincement au cœur. Il lui semblait qu'une éternité s'était écoulée depuis l'accident de Frank qui l'avait privée de ce mariage. Au départ, elle l'avait vécu comme une catastrophe, puis la déception s'était estompée…

— As-tu des regrets ?

— Pas vraiment, non. S'il y a une chose que la vie m'a apprise, c'est que regretter ne sert à rien.

— Entièrement d'accord avec toi.

Denovan la débarrassa de son verre et, de manière insensible, se rapprocha d'elle. Puis il dit doucement :

— Tu auras d'autres occasions de voyager, Kerry. Tu as la vie devant toi…

Sa voix caressante fit courir une multitude de petits frissons sur sa peau. Graduellement, l'atmosphère se chargeait d'électricité. Elle sentit son cœur s'affoler quand les longs cils de Denovan lui frôlèrent la joue.

— Kerry, chuchota-t-il. Il faut que tu saches…

Dans un sursaut de lucidité, elle se redressa puis bondit sur ses pieds.

— Je reprendrais bien un peu de vin ! dit-elle, saisissant la première idée qui lui traversait l'esprit.

Denovan se mit debout, un sourire moqueur aux lèvres.

— Avec plaisir, susurra-t-il.

Dès qu'il l'eut resservie, elle commença à marcher sous les arbres. Puis elle s'adossa à un chêne et fit mine de contempler la cascade.

Il s'en était fallu d'un rien pour qu'elle oublie ses bonnes résolutions ! Encore un peu et…

Elle l'entendit venir vers elle et se retourna vivement.

— Puisque nous avons le temps, si nous en profitions pour faire le point sur nos dossiers ? suggéra-t-elle d'une voix aiguë. As-tu des données informatiques à mettre à jour ?

— Oublie le cabinet. Oublie le travail.

Incapable du moindre mouvement, elle vit Denovan se planter devant elle. Il posa les mains sur ses épaules et la regarda droit dans les yeux.

— De quoi as-tu peur, Kerry ?

— P… Peur ? Je… ne comprends pas. Nous devrions partir. Nous risquons de rater le dernier train.

— Comme tu l'as si bien dit, nous avons le temps, répliqua-t-il. Nous n'irons nulle part avant que tu n'aies répondu à ma question. De quoi as-tu peur ?

Il la fixait avec une gravité inhabituelle qui rendait toute échappatoire impossible. Le moment de vérité approchait, qu'elle le veuille ou non.

— Tu sais, reprit-il d'un ton enjôleur, je suis presque sûr que tu voulais m'embrasser à l'instant. Tu le désirais autant que moi. Est-ce que je me trompe ? Cette alchimie que je perçois entre nous est-elle le fruit de mon imagination ?

Elle inspira à fond, les poings serrés derrière le dos.

— Ne sois pas ridicule. Nous nous connaissons à peine. Tu te fais des idées.

— Je ne pense pas, non. Quand une étincelle jaillit, je sais la reconnaître…

Loin de la faire fléchir, cette remarque l'agaça.

Pour qui se prenait-il ? Était-il si sûr de son pouvoir de séduction qu'il l'imaginait totalement conquise ?

— Vraiment, tu t'égares ! s'écria-t-elle. Frank m'avait parlé de toi. Il te décrivait comme un coureur de jupons. Je croyais qu'il exagérait, mais en fait, c'était la stricte vérité !

Denovan secoua la tête. Il n'avait pas l'air vexé, plutôt perplexe.

— Donc, tu me « connais à peine », mais tu accordes un certain crédit aux propos de mon frère ?

Elle lui jeta un regard noir.

— Je n'ai pas besoin de Frank pour me forger une opinion. Il suffit de lire la presse people. Chaque semaine, plusieurs articles sont consacrés à tes aventures sentimentales avec des femmes belles, riches et célèbres !

Contre toute attente, il explosa de rire.

— C'est tout ? Oh ! Kerry ! Si tu crois ces imbécillités, alors tu peux te remettre à croire au Père Noël !

Désarçonnée, elle resta silencieuse.

Denovan avait réagi avec une spontanéité indéniable. S'il jouait la comédie, il était vraiment bon acteur.

Mais après tout, il travaillait pour la télévision !

— Et Suzy de Forno ? finit-elle par dire, les bras croisés sur la poitrine. Ce nom-là ne te rappelle pas quelque chose ? J'ai lu hier que vous alliez vous fiancer. Si c'est vrai, peux-tu m'expliquer à quel jeu tu joues avec moi ?

— Suzy de Forno et moi, nous nous connaissons à peine, répondit Denovan, riant toujours. La dernière fois que je l'ai croisée sur un tournage, elle devait partir en vacances aux Seychelles avec son fiancé, un homme d'affaires italien. Il était là, d'ailleurs. Il m'a paru très sympathique.

Avant qu'elle ait pu réagir, il la prit par la taille puis lui frôla la nuque de l'autre main. Il l'avait à peine touchée, mais cette caresse suffit à réveiller l'incendie qui couvait en elle.

Irritée, elle se raidit et détourna la tête.

— Voyons, Kerry, une photo dans un magazine, ça ne signifie rien du tout ! Crois-moi, il n'y a personne dans ma vie en ce moment… Et il n'y a eu personne depuis très longtemps. Donc, je te repose ma question : de quoi as-tu peur ? Après tout, je voulais juste te faire un petit bisou amical, en gentleman qui se respecte. Quelque chose comme ça…

Se penchant, il lui effleura les lèvres.

— Voilà. Alors, c'était si terrible ?

Ses yeux bleus pétillaient de malice.

Insensiblement, elle sentit sa bonne humeur la gagner.

Denovan ne cherchait peut-être pas une relation durable, mais quel bien cela faisait de se savoir désirée par lui ! Il était beau, intelligent, drôle, et célibataire. Dans ces conditions, quel mal y avait-il à cela ?

Elle s'apprêtait à répondre, mais elle n'en eut pas le loisir. Cette fois, Denovan lui donna un long baiser, exigeant et possessif.

Elle sentit ses jambes se dérober. Plaquée contre lui, elle leva les bras pour les lui nouer autour du cou.

Il promenait maintenant ses lèvres sur son visage, et lorsqu'il atteignit le petit creux à la base de son cou, elle crut mourir de plaisir. Puis il arrondit les mains sur sa poitrine, et l'univers explosa dans un feu de sensations.

Il avait beau dire, cette étreinte était tout sauf amicale. Sa manière de la toucher était excitante, sensuelle, exaltante… À cette minute précise, elle ne demandait qu'à se perdre dans l'univers éclatant dont il lui ouvrait les portes.

L'espace d'une seconde, elle se traita de folle.

Oui, elle devait avoir perdu l'esprit pour s'abandonner de la sorte aux caresses d'un inconnu, un homme dont elle avait toutes les raisons de se méfier, et qu'elle ne reverrait bientôt plus. Mais après tout, quelle importance ?

Cela faisait des mois qu'elle se débattait dans les ténèbres avec un cœur endolori. Elle avait voulu résister à Denovan. Elle n'avait pas réussi, et au fond, tant mieux. Avec lui, elle recommençait à vivre. Il serait temps plus tard de songer aux conséquences.

7.

Le coup de tonnerre assourdissant, puis l'éclair qui suivit, arrachèrent Kerry à son rêve éveillé.

Isolés dans leur bulle, dans un paradis bien à eux où le reste du monde n'existait plus, ni Denovan ni elle n'avaient vu le ciel s'assombrir. Pourtant, en quelques minutes, le paysage avait changé. Il faisait presque noir, et de grosses gouttes commençaient à s'abattre sur les feuillages au-dessus d'eux.

— Ne restons pas sous les arbres ! s'écria-t-elle, prenant la mesure de la situation. Nous risquons d'être foudroyés.

Alors qu'ils s'éloignaient vers le bord du torrent, l'averse tourna au déluge. En trente secondes ils étaient trempés. L'orage se déchaînait, on n'y voyait plus à cinq mètres alentour… Et ils étaient seuls en pleine nature !

Denovan la saisit par la main.

— Allons nous réfugier dans la grotte sous la cascade, décida-t-il d'une voix forte pour couvrir le bruit des éléments. Tiens-moi bien.

L'heure n'était pas à la discussion. Il fallait agir, se mettre le plus vite possible à l'abri était la priorité absolue.

Ils récupérèrent leurs sacs puis commencèrent à cheminer sur les pierres glissantes qui formaient un sentier naturel aux abords de la chute d'eau.

Quand enfin ils franchirent l'entrée de la grotte, leurs vêtements trempés leur collaient au corps et l'eau ruisselait de leurs cheveux.

Denovan rejeta en arrière ses mèches trempées puis s'essuya le visage du plat de la main.

— Voilà ce qui arrive quand j'embrasse une fille ! s'exclama-t-il en riant. Un vrai coup de foudre !

Elle secoua la tête et lui lança un regard faussement sévère.

Il plaisantait, mais en réalité il ne croyait pas si bien dire. Comme la tempête, leur étreinte avait été soudaine, électrique et incontrôlée. Ses baisers avaient provoqué en elle un séisme. Maintenant encore, elle en vibrait de la tête aux pieds. Qui sait ce qu'il se serait produit si l'orage ne les avait pas interrompus ?

En soupirant, elle tenta de secouer son pantalon et son T-shirt.

— Regarde-moi ça, commenta-t-elle. Nos vêtements sont dans un bel état !

— Hmm. Mieux vaudrait les enlever. Nous risquons d'attraper une pneumonie.

Joignant le geste à la parole, Denovan retira sa chemise et la suspendit à un gros rocher. Puis il pivota vers elle, des flammes dans les yeux.

— N'importe quoi, marmonna-t-elle, évitant de poser le regard sur son torse à la musculature parfaite. Elle ne séchera jamais.

— Si, parce que je l'étendrai dehors au soleil dès que la pluie cessera. Une bonne demi-heure, et le tour sera joué.

— Et que comptes-tu faire pendant cette demi-heure ? questionna-t-elle, les joues en feu.

En un éclair, il se rapprocha, glissa les paumes sous son T-shirt, et sa peau glacée la brûla là où il posait les mains.

— Avec un peu d'imagination, on peut trouver plein de choses à faire, chuchota-t-il contre son oreille. Nous avons été interrompus au mauvais moment, tout à l'heure. C'est dommage…

Elle inspira à fond et, fermement, se dégagea. Après quoi elle se posta à l'entrée de la grotte pour surveiller le ciel.

Il ne pleuvait presque plus. Comme Denovan l'avait prédit, le soleil pointait sous les nuages. Le beau temps allait revenir, c'était une question de minutes.

En son for intérieur, elle bénit la météo capricieuse.

Sans cet orage, elle aurait probablement cédé aux avances de Denovan et l'aurait regretté. Ce n'était pas du tout son genre de se conduire ainsi !

— Nous devrions rentrer, dit-elle d'un ton sec. L'averse se calme, et il se fait tard.

Denovan se rapprocha d'elle et, avec douceur, lui pressa l'épaule.

— Arrête de jouer les indifférentes, murmura-t-il. Les choses ont changé entre nous.

— Absolument pas, répliqua-t-elle avec toute la froideur dont elle était capable. Rien n'a changé, et rien ne changera jamais. Tu as ta vie à Londres, un travail sensationnel. Après mardi, nous n'allons plus nous revoir. Alors, autant ne pas attacher trop d'importance à ce petit… épisode.

Comme il la fixait sans rien dire, elle enchaîna.

— Allons-y, maintenant. Si nous voulons récupérer Archie avant le dîner, il faut se dépêcher !

Mais Denovan la saisit par le coude et l'attira à lui avec rudesse.

— Un « épisode » ? s'écria-t-il, ses prunelles bleues lançant des éclairs. Voilà tout ce que notre baiser signifie pour toi ? À mes yeux, c'est beaucoup, beaucoup plus que ça !

Sidérée, elle secoua la tête.

— Mais… Comment pourrions-nous envisager une relation suivie à des centaines de kilomètres l'un de l'autre ? C'est impossible.

— Rien n'est impossible lorsqu'on veut vraiment quelque chose, répondit-il d'un ton radouci. Je refuse de tirer un trait sur notre histoire alors qu'elle commence à peine. Oui, je dois m'en aller, mais je reviendrai. Pour toi.

Avec une infinie tendresse, il la serra dans ses bras.

— Je suis sérieux, murmura-t-il. Tu n'arriveras pas à me tenir à distance, ma belle. Et en attendant de savoir ce que la vie nous réserve, si nous essayions d'avancer petit à petit ? À quoi bon se torturer avec des questions sans réponse ? Il faut plutôt profiter de l'instant présent, tu ne crois pas ?

— Peut-être…

En théorie, Denovan avait raison, mais à quoi cela servirait-il de s'engager sur une voie sans issue ? Il avait beau dire qu'il voulait la revoir, elle imaginait mal comment ils pourraient concilier leurs plannings.

Néanmoins, en dépit de ces objections raisonnables, quelque chose en elle lui soufflait que, peut-être, ils trouveraient une solution.

Pour elle aussi, les choses avaient changé. Elle avait nié farouchement par souci d'autoprotection, mais cela n'avait servi à rien. Les faits étaient là : Denovan était en train de prendre une place énorme dans sa vie, elle ne pouvait rien y changer. Adviendrait ce qu'il adviendrait.

Il l'embrassa sur le front puis alla reprendre sa chemise et l'enfila.

— Et voilà, retour à la dure réalité ! commenta-t-il avec une grimace. Il faudra que je me rende présentable pour aller chercher Archie, sinon Daphne va prendre peur !

Kerry prit en souriant la main qu'il lui tendait. Puis ils quittèrent la grotte et repartirent d'un bon pas vers la gare.

Cet après-midi exceptionnel s'achevait. Même s'il n'y en avait pas d'autre, elle pourrait au moins garder ce souvenir comme un trésor dans sa mémoire.

— Vous avez bonne mine ! Vraiment, vous faites plaisir à voir.

Le lundi matin, après les consultations, Kerry et Denovan étaient venus retrouver les secrétaires à l'accueil pour le briefing quotidien. Ils étaient en train de boire un café tous ensemble, et Daphne les regardait, l'air soulagé, comme si elle avait eu de grandes craintes pour eux.

— La semaine dernière, vous aviez des mines de papier

mâché, ajouta la réceptionniste. Vous avez eu raison d'aller à la cascade samedi.

Kerry sentit le regard de Denovan s'attarder sur elle lorsqu'il répondit avec bonne humeur.

— Absolument, Daphne ! C'était sensationnel. Et hier, Kerry nous a emmenés à la ferme Plummer, à Laystone. Archie a donné le biberon à des agneaux. Ensuite, il a fait un grand tour de poney. Il ne voulait plus repartir.

— J'imagine, commenta Daphne en riant. C'est un petit garçon très enthousiaste.

— Merci encore de vous être occupée de lui samedi. Il adore la compagnie de vos fils.

— Mais de rien ! Le plaisir était partagé, je vous le garantis. Et au moins, vous avez pu marcher à votre rythme, tous les deux.

Kerry baissa le nez sur sa tasse pour masquer son trouble. Denovan et elle n'avaient pas fait que marcher, loin de là ! Et ce fameux week-end l'avait transformée à un point inimaginable. Elle avait l'impression de ne plus être la même personne.

Ses émotions oscillaient entre exaltation et découragement, mais elle ne regrettait rien. Suivant le précepte de Denovan, elle évitait de se tracasser inutilement. C'était leur ultime journée ensemble. Elle ignorait quand il reviendrait et ne voulait pas gâcher ces dernières heures précieuses.

Alors qu'ils parlaient avec Daphne, Freda était occupée à répondre au téléphone.

Comme tous les lundis, le standard sonnait de manière presque ininterrompue, il n'y avait pas de quoi se formaliser. Mais cette fois, la stagiaire pivota sur son siège tournant, l'air inquiet.

— Désolée de vous interrompre, mais il y a une urgence chez Mme Styles. J'étais en ligne à l'instant avec Betty, sa fille. Elle a trouvé sa mère sans connaissance sur le carrelage quand elle est venue lui apporter ses courses. Elle a aussitôt contacté l'hôpital, sauf que les urgences l'ont rappelée :

l'ambulance s'est embourbée dans une ornière, ils doivent envoyer un autre véhicule. Alors Betty se demandait si…

— J'y vais tout de suite ! décida Kerry.

Elle partit en trombe chercher sa mallette dans son bureau. Avant de sortir, elle s'adressa à Denovan :

— Nellie Styles est la dame très âgée dont je t'ai parlé.

— Mais bien sûr ! Elle travaillait à la maison quand j'étais petit, je m'en souviens parfaitement. Cela me ferait plaisir de t'aider à la soigner.

Elle jeta un coup d'œil sur sa montre.

— Si tu n'as pas d'autre visite prévue, oui, volontiers. Je pense qu'il va falloir l'hospitaliser. Ton assistance me sera précieuse pour l'installer sur la civière portative. En espérant que la deuxième ambulance ne tardera pas trop…

Ils partirent sur-le-champ.

Dans la voiture, elle expliqua à Denovan sa dernière intervention chez la vieille dame et lui résuma ses antécédents médicaux.

— Je soupçonne une attaque ischémique transitoire, conclut-elle. Elle en a fait deux au cours des six derniers mois. Par chance, les crises n'ont pas dégénéré en accident vasculaire cérébral.

— Hum. Espérons que ce soit encore le cas cette fois-ci.

Le trajet leur prit moins de cinq minutes. Lorsqu'ils arrivèrent, Betty Styles se tenait sur le perron, guettant leur arrivée. Elle avait les yeux rouges et l'air très anxieux.

— Oh, merci d'être venus ! s'écria-t-elle dès qu'ils sortirent de voiture. Maman est toujours allongée par terre. Non seulement je n'arrive pas à la bouger, mais je ne sais pas si elle souffre. Elle est incapable de prononcer le moindre mot.

Kerry lui pressa l'épaule en un geste de réconfort.

— Vous avez eu très peur, c'est normal. Rassurez-vous, le Dr O'Mara et moi saurons vite de quoi il retourne. Vous avez eu le bon réflexe en nous appelant après avoir contacté l'hôpital. Vous avez fait tout ce qu'il fallait.

Betty avait mis un oreiller sous la tête de sa mère et l'avait réchauffée au moyen d'une couverture, remarquèrent-ils en entrant dans la cuisine. Nellie avait de la chance que sa fille soit venue ce matin-là !

Kerry s'agenouilla près de la vieille dame. Elle lut l'angoisse dans son regard et lui caressa la joue.

— Alors, madame Styles, dit-elle gentiment. Vous nous faites encore des frayeurs ? Essayons de comprendre pourquoi vous êtes tombée. Avez-vous trébuché sur quelque chose, ou alors, avez-vous ressenti un vertige ?

Pendant un moment, Nellie ouvrit la bouche sans produire le moindre son.

— V… ertige, articula-t-elle enfin. Mais… ça… va. P… as d'hô… pital.

— Nous allons vous examiner, répondit-elle d'un ton calme, sans contredire la patiente. Regardez un peu qui j'ai amené avec moi ! Vous l'avez connu quand il était petit…

Denovan s'agenouilla à son tour, un sourire chaleureux aux lèvres.

— Bonjour, madame Styles. Je suis très content de vous revoir, même si j'aurais préféré que nous nous retrouvions dans de meilleures circonstances. Je garde un souvenir ému de vos brioches et de vos confitures, vous savez.

La vieille dame le fixa un moment, désorientée. Puis son visage s'éclaira, et elle lui rendit une ébauche de sourire.

— C'est… bien… toi, petit… coquin ! De… novan.

Lentement, elle leva une main frêle et lui agrippa la manche.

— Gentil… garçon.

Pendant cet échange, Kerry avait fixé le sphygmomanomètre au bras de la patiente. Elle pressa le ballonnet.

— Vous l'avez reconnu après toutes ces années, observa-t-elle d'un ton enjoué. Bravo ! Ce n'était pas évident.

— Dis tout de suite que j'ai l'air vieux, protesta Denovan, faussement contrarié.

Malgré sa faiblesse, Nellie s'esclaffa.

— Pas… difficile. Il a toujours été… très beau.

— Arrêtez, de grâce ! s'exclama Kerry. Vous allez le rendre vaniteux.

Elle desserra le tensiomètre et se pencha vers Denovan.

— 10,5/7, chuchota-t-elle. C'est un peu juste.

Puis elle releva la tête pour s'adresser à la fille de Nelly qui les observait en silence, les mains crispées.

— Votre mère parle-t-elle mieux qu'au moment où vous l'avez trouvée ? s'enquit-elle.

— Oui, beaucoup mieux, docteur, répondit Betty avec des larmes dans la voix. Au moins, elle réussit à dire quelque chose. Tout à l'heure, elle n'y arrivait pas.

— C'est bien ce que je pensais. Dans ce cas, soyez tranquille : son état devrait s'améliorer rapidement. Si vous alliez nous préparer du thé ? suggéra-t-elle, soucieuse d'épargner à Nellie le spectacle de sa fille en panique.

Cette diversion produisit le résultat escompté. Quand Betty reparut quelques minutes plus tard, elle semblait maîtresse de ses nerfs.

Dans l'intervalle, Denovan avait continué de s'entretenir avec la patiente, dont le débit était redevenu presque normal.

— Alors, verdict ? demanda Kerry.

— Altération de la parole, mais sans dysphasie prononcée. La gêne s'estompe. Ses phrases sont de plus en plus construites et intelligibles. Par ailleurs, elle bouge bien les membres. Je pencherais effectivement pour une attaque ischémique transitoire, d'intensité légère. Nous devrions contrôler le réflexe de déglutition.

Pour ce faire, il importait que Nellie se trouve en position assise. Kerry rapprocha donc une chaise. Après quoi, à eux deux, ils soulevèrent la malade pour l'adosser contre le montant du siège, en lui calant l'oreiller derrière le dos.

— Je… ne vais pas mourir ? interrogea Mme Styles.

— Bien sûr que non ! se récria Denovan. Quelle idée ! Nous aimerions que vous avaliez une gorgée d'eau, ajouta-t-il.

— De l'eau ? Je préférerais du thé et un biscuit !

Kerry s'esclaffa.

La vieille dame commençait à recouvrer ses esprits, et le tempérament qui allait avec !

— Prenez d'abord un peu d'eau, suggéra-t-elle. Nous voulons voir si vous êtes capable de boire correctement. Il serait dommage que vous vous étouffiez.

Nellie se tira brillamment du test du verre d'eau. Accédant à sa prière, Denovan lui octroya alors un fond de tasse de thé, sous le regard stupéfait de Betty.

— Tout va bien, déclara Kerry.

Elle emmena Mlle Styles un peu à l'écart.

— Votre mère présente tous les signes d'une attaque ischémique transitoire, lui expliqua-t-elle. Cela arrive quand l'une des artères qui irrigue le cerveau se bloque pendant un moment. Elle doit aller passer des examens à l'hôpital. Ainsi, nos confrères établiront un diagnostic plus précis.

— J'ai dit pas d'hôpital !

Nellie était peut-être malade mais pas sourde. Même si Kerry s'était exprimée à voix basse, la vieille dame avait entendu le mot « hôpital », et elle se rebellait, fidèle à son habitude.

— Voyons, madame Styles, vous n'y resterez qu'une journée, et encore, intervint Denovan, persuasif. Avec un peu de chance, vous sortirez avant la nuit. Il faut quand même qu'on sache de quoi il retourne.

Il arborait son sourire le plus charmeur, et Nellie céda après quelques instants de réflexion.

— D'accord, je vais y aller… Mais c'est bien pour vous faire plaisir !

Kerry, qui n'en pensait pas moins, se dispensa toutefois du moindre commentaire. Riant sous cape, elle sortit chercher la civière portative dans la voiture.

À peine avaient-ils installé la patiente sur le brancard que la sonnette retentit.

Betty alla ouvrir et revint avec deux ambulanciers.

— À ce que je vois, nous arrivons après la bataille, plaisanta l'un d'eux. C'est bien que vous ayez pu venir avant nous. Ces routes, quelle catastrophe ! La première équipe est toujours enlisée, nous avons dû téléphoner à un agriculteur pour le remorquage.

— Ne vous inquiétez pas, nous avons pris le relais, répondit gentiment Kerry.

Elle dressa un bilan rapide de la situation, après quoi les urgentistes sortirent avec la civière.

Betty avait mobilisé suffisamment d'énergie pour préparer quelques affaires de toilette et une chemise de nuit en cas de nécessité. Elle allait suivre l'ambulance dans sa propre voiture et rester à l'hôpital avec sa mère le temps qu'il faudrait. Tout était en ordre.

Restés seuls dans la cour, Kerry et Denovan suivirent un moment du regard les deux véhicules qui descendaient la colline.

Comme d'habitude, ils avaient agi en parfaite symbiose. La patiente avait été prise en charge à temps, et on avait évité la catastrophe.

Kerry poussa un long soupir, ce à quoi Denovan réagit en la prenant par la taille.

— Tout va bien, chuchota-t-il. Détends-toi.

Elle lui sourit.

— Je suis détendue. Je me disais juste que nous venions probablement de faire notre dernière intervention commune.

— J'y ai pensé, moi aussi, répondit-il d'un ton grave. Mais peut-être existe-t-il une solution ? Puisque je ne peux pas rester à Braxton Falls, toi, tu pourrais t'installer à Londres ? Tu trouverais facilement un poste à la hauteur de tes compétences, en cabinet ou en milieu hospitalier. Et nous pourrions être ensemble…

Elle le fixa, médusée.

Jamais elle n'aurait imaginé une telle suggestion de sa part. D'ailleurs, l'idée était tentante. À Londres, elle pourrait fréquenter Denovan sans souci du qu'en-dira-t-on, et surtout sans crainte de se brouiller avec Frank. Elle serait libre de commencer une vie nouvelle…

Allons, elle déraisonnait ! Elle n'allait pas tout lâcher sur un coup de tête parce qu'ils s'étaient embrassés une fois. D'autant que là-bas elle ne connaissait personne, alors qu'ici elle appartenait à une communauté. Les gens de Braxton Falls venaient de subir un choc sérieux. Il faudrait des mois pour que les choses rentrent dans l'ordre, et elle avait un rôle important à jouer auprès de ses concitoyens. Elle n'allait pas les laisser tomber maintenant.

— Je suis désolée, je ne peux pas, murmura-t-elle. Petit à petit, je me suis attachée à Braxton Falls. J'ai tissé des liens avec les gens. Tout le monde a été formidable avec moi après la mort d'Andy. Aujourd'hui, je dois me montrer digne de leur amitié. C'est eux qui ont besoin de moi. Si je partais, j'aurais l'impression de les abandonner.

Denovan resserra son étreinte et posa la joue sur ses cheveux.

— Je te comprends, Kerry. Et même, je te respecte davantage pour m'avoir répondu cela. Je n'en attendais pas moins de ta part… Mais on peut toujours rêver, non ?

Il l'écarta légèrement et lui sourit.

— Cela ne change rien à mes intentions, enchaîna-t-il. Je ne renoncerai pas à notre histoire, et pour prendre la vie « comme elle vient », je t'invite à dîner ce soir. Daphne ne verra certainement aucune objection à garder Archie. Mais attention : il ne s'agit pas d'un dîner d'adieu, au contraire !

Son air décidé la fit rire.

La perspective d'une soirée en sa compagnie la réjouissait. Pour quelques heures elle pouvait bien mettre ses doutes et ses inquiétudes entre parenthèses. Elle aurait tout le loisir de broyer du noir quand il serait parti.

8.

Kerry étudia son reflet dans le miroir d'un œil sceptique.

La robe de soie corail achetée pour le mariage de sa cousine n'était-elle pas trop « stylée » pour un lundi soir à la campagne ? Les fines bretelles lui dénudaient les épaules de manière osée. Quant au drapé fluide, il mettait sa silhouette en valeur, mais n'aurait-il pas mieux convenu pour un cocktail mondain ?

Et puis après tout, tant pis ! Si elle ne portait pas cette tenue ce soir-là, quand la mettrait-elle ? Denovan valait largement la peine qu'elle fasse un effort. Habitué qu'il était à côtoyer d'élégantes jeunes femmes, il ne s'étonnerait pas de sa toilette. Au contraire, il risquait d'apprécier…

Saisie d'une intense exaltation, elle tournoya sur elle-même.

Pour la première fois en douze mois, elle sortait au restaurant, et avec un homme séduisant et plein de charme, ce qui ne gâtait rien…

Avec quelle impatience elle attendait ce tête-à-tête ! Il y aurait le dîner, et ensuite… Denovan avait clairement laissé entendre qu'il la désirait. Les choses iraient-elles plus loin ? Même si elle mourait d'envie de s'abandonner, ne risquait-elle pas de le regretter le lendemain ?

Assez de questions ! Elle devait réapprendre la spontanéité, se laisser porter par la vague. À force de vouloir tout maîtriser, elle courait à la catastrophe.

Craignant d'être en retard, elle vérifia son maquillage puis se parfuma légèrement.

Elle s'apprêtait à descendre, lorsque le bruit de la sonnette la fit sursauter.

Qui que ce soit, elle espérait que le visiteur ne s'attarderait pas. Denovan était parti déposer Archie chez Daphne, mais il reviendrait vite. Ce soir, elle n'avait de temps pour personne, sauf urgence vitale.

Ses escarpins à la main, elle dévala l'escalier. Puis elle se chaussa rapidement, alla ouvrir…

Et resta bouche bée.

— F… Frank, bredouilla-t-elle. Que fais-tu là ? Aux dernières nouvelles, tu devais sortir dans quatre ou cinq jours.

Son collègue s'appuyait sur des béquilles, et elle lui trouva le teint blême et les traits tirés. Néanmoins, il souriait, l'air tout heureux de sa surprise.

— Je me sens mieux, et j'en avais plus qu'assez de cette chambre d'hôpital. Donc, j'ai signé une décharge, j'ai appelé un taxi, et je rentre chez moi ! Le chauffeur m'attend, mais je voulais quand même m'arrêter chez toi au passage.

Frank la regarda des pieds à la tête.

— Dis donc ! Tu es superbe ! Tu fêtes quelque chose ?

Au lieu de répondre, elle s'écarta et ouvrit la porte.

— Entre, voyons. On ne va pas discuter sur le seuil.

Elle le précéda dans le salon, où elle lui offrit une chaise.

Il s'installa en grimaçant, très raide, et elle réprima un soupir. Quelle imprudence d'avoir quitté l'hôpital ! Pourvu qu'il ne se blesse pas en faisant une chute ou un faux mouvement !

Elle s'apprêtait à le lui dire, mais il la devança.

— Tu n'as pas répondu à ma question, Kerry. As-tu quelque chose à fêter ?

— Non, je… Je suis juste invitée à dîner. Comme je n'ai pas eu l'occasion de porter ma robe de demoiselle d'honneur, je l'ai sortie du placard.

— Oh, ma pauvre, c'est vrai ! Je suis absolument désolé que tu aies dû annuler ton séjour.

Elle secoua la tête.

— Cela n'a aucune importance. Le principal, c'est que

tu t'en sois tiré. J'espère au moins que tu n'envisages pas de reprendre le travail avant plusieurs semaines ? Ce serait de l'inconscience !

— Voilà pourquoi je suis passé : je voulais en discuter avec toi. Denovan s'en va toujours demain ?

— Oui, comme prévu. Mais un remplaçant doit arriver, ne t'inquiète pas.

— Mon frère s'est bien adapté au terrain ?

— À merveille. Nous avons formé une bonne équipe, et il a noué d'excellents contacts avec les patients.

— Ça oui, j'imagine !

Frank avait répondu d'un ton mordant, et elle fronça les sourcils.

Son collègue eut un sourire d'excuse.

— Que veux-tu, je connais sa réputation, ajouta-t-il. Il a toujours attiré les groupies comme le miel les abeilles. Je suppose que les femmes de Braxton Falls n'ont pas fait exception à la règle.

Évidemment, il touchait juste. Cependant, elle trouvait injuste de réduire Denovan à cette image. D'une part il n'y pouvait rien s'il avait du succès, et d'autre part il n'en jouait pas. Il valait beaucoup mieux que cela.

— Tout le monde l'aime bien, répondit-elle d'une voix grave. Pas seulement les femmes.

— Dis donc, susurra Frank en plissant les paupières, tu as vraiment l'air de l'apprécier… Tu n'aurais pas un petit faible pour lui ?

Elle inspira à fond pour refluer le rouge qui lui montait aux joues.

Son associé la taquinait, voilà tout. Encore un peu et elle allait se trahir !

Ignorant sa remarque, elle se mit debout.

— Si j'allais nous préparer du thé ? proposa-t-elle d'une voix qui sonnait un peu faux. C'est dommage que tu ne m'aies pas avertie de ton retour. J'aurais pu aller mettre le chauffage chez toi, faire quelques courses…

— Ne t'inquiète pas, ma femme de ménage s'en est occupée. Tu avais assez de travail au cabinet sans que je t'ennuie avec…

Frank s'interrompit car la porte d'entrée venait de s'ouvrir, et Denovan les rejoignit quelques secondes plus tard.

Il souriait, mais son visage se ferma à la seconde où il vit son frère.

— Ils t'ont laissé partir, observa-t-il avec un calme glacial. C'est étonnant.

— J'ai signé le bon de sortie moi-même, expliqua Frank. Je devenais fou à l'hôpital.

— Ça n'a aucun sens ! s'écria Denovan, abandonnant tout self-control. Ta tête a subi un choc énorme !

— Je suis un grand garçon, je sais ce que je fais, riposta Frank avec un rire provocateur. Et puis, s'il m'arrive quelque chose, tu ne seras pas là pour le voir. Tu as sûrement hâte de repartir, non ? Le côté provincial de Braxton Falls a dû te paraître ennuyeux. Quand on est habitué aux feux de la rampe…

Il avait lancé cette remarque sur le ton de la plaisanterie, mais Denovan crispa les poings dans ses poches.

— Qu'est-ce que tu insinues, au juste ? Pour ta gouverne, sache que Londres ne m'a pas manqué. Au contraire, j'étais très bien ici. Mais puisque tu reviens sur le devant de la scène, il vaut mieux que je m'éclipse !

— Ne va surtout pas croire que je te chasse, petit frère. Apparemment, tu as bien travaillé ici. Comme d'habitude, tu as su y faire avec les gens…

Une flambée de colère traversa le regard assombri de Denovan.

— Arrête de prendre ces airs supérieurs avec moi !

— Mais pas du tout, je te suis très reconnaissant pour ton aide.

Muette de stupeur, Kerry avait la désagréable impression de compter les points.

Frank s'exprimait avec une courtoisie de surface qui sous-tendait une réelle envie d'agacer son frère. C'était là une facette de sa personnalité qui la surprenait, car même s'il s'emportait parfois, il s'était toujours montré amical envers elle. Quant à Denovan, il ne faisait rien pour masquer les sentiments que son aîné lui inspirait. Il semblait prêt à lui sauter à la gorge !

Jugeant opportun d'intervenir, elle avança d'un pas.

— Du calme ! dit-elle d'un ton enjoué. Je suis sûre que Frank n'avait pas l'intention de te prendre de haut.

Denovan pivota en fronçant les sourcils.

— Reste en dehors de ça, Kerry, s'il te plaît ! Je le connais mieux que toi.

Elle le fixa, bouche bée.

L'homme agressif et impatient qui lui avait tant déplu le premier jour au téléphone venait de réapparaître.

Mais ce n'était pas à elle de se taire. Après tout, elle était chez elle et n'avait pas demandé qu'une lutte fratricide éclate sous son toit !

— Écoutez-moi bien, répliqua-t-elle, très ferme. J'ignore les raisons de votre mésentente et je ne veux pas les connaître. Simplement, je trouve regrettable qu'à votre âge, vous soyez incapables de surmonter vos différends.

— Je ne pourrai jamais lui pardonner ! rugit Denovan.

Frank le toisa avec mépris.

— Toujours prêt à mordre, pas vrai, frangin ? Je ne suis pas un saint, je l'avoue, mais arrête de m'accuser de tous les maux. Change de disque, pour l'amour du ciel !

Il avait répondu d'un ton pugnace, mais Kerry constata qu'il tremblait sur sa chaise. Craignant pour sa santé, elle s'interposa franchement, en levant les mains.

— Stop ! s'écria-t-elle. Vous devriez avoir honte de vous entre-déchirer comme des vauriens ! Où vous croyez-vous ?

Pendant une minute, Denovan resta immobile, tendu comme un arc. Puis il haussa les épaules, et elle poussa un soupir de soulagement quand il recula vers la cheminée.

— Frank n'est pas venu ici pour te chercher querelle,

tu sais. Il passait juste me voir avant de rentrer chez lui, notamment pour parler du cabinet. Asseyez-vous tous les deux, ordonna-t-elle. Je vais préparer du thé.

Frank se leva.

— Tu es gentille, mais ne te dérange pas pour moi. Mon taxi attend dehors. Il faut que j'y aille.

Il lança un coup d'œil curieux à Denovan, qui portait un pantalon de toile grège, un blazer et une chemise blanche.

— Apparemment, tu es la personne qui a invité Kerry, commenta-t-il avec un sourire crispé. Où l'emmènes-tu ?

— À l'Auberge des Collines.

— Je vois. Superbe restaurant. Très chic… Eh bien, bonne soirée, conclut Frank, l'air entendu. Je t'appelle demain, Kerry.

— Ça marche. Surtout, repose-toi.

Après le départ de son collègue, un silence pesant retomba. Denovan avait toujours l'air contrarié.

Elle se planta devant lui, les mains sur les hanches.

— Bien joué, bravo ! attaqua-t-elle. Joli spectacle, digne d'une cour de récréation. Quand vas-tu enterrer la hache de guerre ?

— Tu ne poserais pas la question si tu savais ce qu'il s'est passé.

— Non, peut-être pas. Mais dans un premier temps, ce qui m'importe, c'est la santé de Frank. Tu oublies qu'il est fragile.

— Il était assez en forme pour me provoquer !

Elle soupira.

À l'évidence, elle perdait son temps. Denovan était trop énervé pour entendre raison. Elle n'allait pas gâcher une soirée prometteuse par une discussion sur un sujet aussi sensible…

Pour le coup, elle commençait mal, cette soirée ! S'ils devaient passer deux heures à se regarder en chiens de faïence, mieux valait renoncer tout de suite.

— Écoute, dit-elle sèchement. Si tu n'es pas d'humeur à sortir ce soir, je comprendrai. Vos histoires de famille ne me concernent en rien, mais une chose est sûre : je n'ai pas l'intention de dîner avec un homme furieux et vindicatif.

— Donc, tu rejettes la responsabilité sur moi ? Tu penses que tout est ma faute ?

— Il n'est pas question de faute. Je constate simplement que tu t'es emporté contre un homme malade. En tant que médecin, je ne peux pas te féliciter ! Et à titre personnel, j'ajoute que Frank a toujours eu un comportement irréprochable envers moi. J'ai été choquée le lendemain de son accident, lorsque nous avons parlé au téléphone. Je t'ai trouvé froid, insensible, et je m'interroge sur ton attitude.

— Dans ce cas, il va falloir que je t'explique certaines choses. Cela t'évitera de tirer des conclusions hâtives !

Elle haussa les épaules.

— À toi de voir si ça en vaut la peine. Je ne te juge pas, Denovan. J'essaie juste de comprendre. Mais c'est difficile, les apparences ne plaident pas en ta faveur.

Il la toisa, très raide, et elle se mordit la lèvre.

Comment avaient-ils pu en arriver là ? Elle peinait à croire que cet homme était le même qui, deux jours plus tôt, lui avait donné un baiser passionné !

Denovan se passa une main nerveuse dans les cheveux.

— Après tout, pourquoi pas, marmonna-t-il. C'est de l'histoire ancienne. Il y a prescription.

Il se redressa de toute sa hauteur et plongea son regard tourmenté dans le sien.

— Tu veux vraiment entendre cette histoire sordide ? Eh bien, soit. Il se trouve que *ton cher* Frank a eu une aventure avec ma mère.

Horrifiée, elle poussa un petit cri.

Jamais elle n'aurait pu soupçonner pareil scénario ! Les mots lui manquaient pour exprimer ce qu'elle ressentait.

— Mais… De quelle façon l'as-tu découvert ?

— À la mort de mon père, en classant des papiers, je suis tombé sur son journal intime. Il racontait tout dans le détail. Comment il avait épousé en secondes noces sa secrétaire — ma mère. À l'époque, elle avait tout juste vingt ans. Ils formaient un couple improbable, et bien sûr leur union n'a pas marché. Ils s'étaient mariés pour de mauvaises raisons : lui pour rompre sa solitude, elle dans l'espoir de construire une vie idéale avec le médecin du village. Elle était trop jeune, trop naïve. La suite est facile à deviner.

— C'est là que Frank…

— Oui. Je pense que maman s'est vite sentie délaissée. Elle manquait de repères. Frank était là, ils n'avaient que quelques années de différence… Ils ont entamé une liaison. Lorsque mon père s'en est aperçu, Frank n'a plus voulu entendre parler d'elle. Elle a dû paniquer. Elle a pris peur et s'est enfuie… Je ne l'ai jamais revue.

En quelques secondes, Kerry sentit une immense tristesse la submerger à la pensée de Denovan enfant, perdu dans sa grande maison, privé d'amour maternel à cause d'une histoire effarante.

— À l'époque, je n'ai rien soupçonné, ajouta-t-il comme s'il lisait ses pensées. J'avais six ans. On m'a raconté que mes parents ne s'entendaient plus, que ma mère avait préféré partir. Elle m'a écrit une fois pour me promettre qu'elle reviendrait. Hélas, elle n'est jamais revenue.

Elle se rapprocha de lui et, avec douceur, lui posa la main sur le bras.

— Denovan… Je suis tellement désolée ! Je comprends maintenant pourquoi tes rapports avec Frank sont si tendus.

Il eut un rire bref.

— Nous n'avions jamais eu d'atomes crochus, mais forcément, quand j'ai découvert la vérité, ça a été la guerre. Tu es la première personne à qui j'en parle, ajouta-t-il d'une voix rauque. En général, je préfère laisser dormir le passé. Sauf que voir mon frère m'évoque de mauvais souvenirs.

— Je comprends, répéta-t-elle. Tu aurais dû te confier davantage, en discuter avec des amis. Parfois, ça aide.

— J'en doute un peu. J'ai tendance à penser qu'il faut oublier les choses déplaisantes pour se consacrer à ce qui en vaut la peine. Mes relations avec Frank sont ce qu'elles sont, j'en ai pris mon parti. On ne peut pas réécrire l'histoire.

Elle secoua la tête en soupirant.

— Je ne sais pas quoi te dire. Le Frank que je connais est travailleur, honnête, agréable. Je suis navrée que vous soyez en mauvais termes, mais… Il était jeune quand cette affaire s'est produite. Ne t'es-tu jamais dit que la situation devait lui peser aussi ? Maintenant que vous êtes adultes, que vous avez chacun votre vie, cela vaudrait peut-être la peine d'en parler ? Si chacun fait un bout de chemin…

— J'admets que nous n'avons jamais essayé. Nous sommes tellement habitués à nous haïr que je n'avais même pas conscience que cette attitude pouvait être choquante, vue de l'extérieur. C'est toi qui m'ouvres les yeux.

Il arrondit les mains sur ses épaules et lui sourit.

— Écoute, ma belle, je te présente mes excuses pour cette scène pénible. Elle n'aurait jamais dû avoir lieu. Si nous remettions les compteurs à zéro ? Je ne veux plus penser aux choses qui fâchent. Je veux me consacrer à toi, rien qu'à toi. Tu es si belle ce soir que, si je ne t'avais pas promis un dîner…

Il n'acheva pas, mais les flammes qui dansaient dans son regard étaient aussi éloquentes que des mots.

La tension qui l'habitait se dissipa, et elle ferma les paupières tandis qu'une onde sensuelle la parcourait de la tête aux pieds.

— Profitons à fond de notre dernière soirée, conclut Denovan d'une voix caressante.

« Leur dernière soirée. » Voilà qui laissait bien peu de place à l'avenir. Elle aurait préféré entendre « notre dernière soirée avant mon retour », ou « notre dernière soirée avant le mois prochain »… Mais Denovan n'allait pas lui mentir. Nul ne savait quand il reviendrait, à supposer même qu'il revienne, car elle n'en était toujours pas persuadée.

Balayant ses doutes, elle lui sourit.

— Allons-y ! répondit-elle avec une gaieté forcée. Je meurs de faim.

L'Auberge des Collines se situait à cinq minutes, à l'orée du petit bois qui surplombait la ville. L'établissement, une ancienne ferme rénovée par ses propriétaires, avait ouvert quelques mois plus tôt seulement, mais tout le monde vantait déjà son luxe raffiné, sa cuisine inventive sans ostentation, ainsi que la qualité de l'accueil.

— C'est superbe, commenta Kerry en découvrant la grande salle où les poutres apparentes, la vaste cheminée et le piano concouraient à créer une ambiance chaleureuse. Qui t'a conseillé de venir ici ?

— Daphne, bien sûr. Elle a fêté son anniversaire de mariage ici, le mois dernier.

— Mais oui, c'est vrai ! Ils étaient repartis enchantés.

Une série de petites alcôves bordait la pièce principale où la plupart des tables étaient déjà occupées. Ce fut dans l'une d'elles qu'on les installa, pour la plus grande joie de Kerry qui appréciait les atmosphères intimes.

— Nous avons notre petit coin à nous, observa-t-elle. J'adore.

Denovan commanda une bouteille de champagne, que le maître d'hôtel apporta peu après dans un seau en argent. Il emplit leurs coupes puis s'éclipsa, et Denovan leva son verre.

— À l'avenir, dit-il. Ces deux semaines ont été chargées, mais je n'en avais pas connu de meilleures depuis des lustres ! J'espère que nous aurons d'autres bons moments, toi et moi.

— À l'avenir, répéta-t-elle, s'efforçant de refouler sa tristesse. Je te souhaite plein de belles choses pour ton retour à Londres. Tu n'imagines pas à quel point j'apprécie que tu aies mis ta carrière entre parenthèses pour m'aider. J'aurais eu beaucoup de mal à faire face toute seule.

Il la fixa, l'air grave.

— C'est moi qui devrais te remercier, Kerry. Grâce à toi, j'ai repris contact avec le terrain. Je m'en étais éloigné pendant trop longtemps.

Son sourire éclatant lui serra le cœur.

Comme c'était injuste que la vie les sépare alors qu'ils se

connaissaient à peine ! Et Archie aussi lui manquerait. Son univers allait lui sembler bien vide sans eux.

— Hauts les cœurs, ma belle, murmura Denovan, qui semblait avoir un sixième sens pour deviner ses pensées.

Comme le pianiste attaquait un air langoureux, il reposa sa coupe et lui tendit la main.

— Allez, un peu d'exercice avant le dîner. On danse ? suggéra-t-il d'un ton gai.

— Avec plaisir.

Ils se joignirent aux quelques couples qui évoluaient sur la piste.

Denovan l'enlaça puis la tint étroitement serrée contre lui, la joue posée sur ses cheveux, tandis qu'ils accordaient leurs pas.

Quel bonheur de sentir son cœur battre contre le sien, de pouvoir s'enivrer de son parfum subtil !

Mais en ce qui la concernait, le rapprochement s'arrêterait là. Quoi que la soirée leur réserve, elle ne passerait pas la nuit avec Denovan. Le risque était trop grand qu'elle figure comme une simple conquête à son tableau de chasse.

La nuit était fraîche, mais les étoiles brillaient par centaines dans un ciel sans nuages.

Kerry avait vécu ce dîner au restaurant comme dans un rêve. Le temps s'était écoulé bien trop vite à son goût, et maintenant, alors que Denovan et elle rentraient main dans la main, elle avait le cœur lourd.

Encore quelques heures, et ils se diraient au revoir. Elle ne pouvait rien contre le cours de choses.

Devant le cottage, tandis qu'elle cherchait ses clés, Denovan lui entoura les épaules.

— Si nous prenions un digestif ? proposa-t-il. À moins que tu ne sois fatiguée…

Le moment était venu de se montrer ferme, de tenir la promesse qu'elle s'était faite.

Elle tourna la poignée sans un mot.

Mais alors qu'elle allait entrer, Denovan se pencha et l'embrassa dans le cou. Puis il l'attira à lui dans le vestibule avant qu'elle ait pu se réfugier à l'étage comme elle en avait l'intention.

— Pour une fois, nous sommes seuls, murmura-t-il. D'habitude, il y a toujours du monde entre nous.

Avant qu'elle ait pu l'en empêcher, il retira les épingles de son chignon, et sa chevelure tomba en cascade sur ses épaules.

— Voilà qui est mieux, commenta-t-il. J'en rêvais depuis le début de la soirée.

D'une main nerveuse, elle repoussa ses mèches folles vers l'arrière.

— Tu n'aurais pas dû faire cela.

— Et pourquoi pas ? répliqua-t-il en riant. Tu es magnifique avec les cheveux dénoués.

Pendant quelques secondes il la contempla, les mains posées sur ses épaules.

— Kerry, chuchota-t-il d'une voix enrouée, si tu savais à quel point il me coûte de partir…

« Alors, reste avec moi ! Oublie Londres ! », faillit-elle crier. Mais elle s'abstint. À quoi cela aurait-il servi ?

Déjà, Denovan penchait la tête vers elle. Ses lèvres effleurèrent les siennes puis descendirent jusqu'à sa nuque avec la délicatesse d'un papillon butinant une fleur.

Saisie de vertiges, elle frissonna. Le tourbillon sensuel qui l'enveloppait était en train de saper tous ses efforts.

Elle se raccrocha au peu de bon sens qu'il lui restait.

— Je… Je me lève tôt demain, balbutia-t-elle, en le repoussant. Il faut que je dorme.

Aussitôt, il laissa retomber ses bras.

— Oui, tu as raison. Je dois me reposer aussi. J'aimerais prendre la route le plus tôt possible…

Dans un silence absolu, ils se dévisagèrent un long moment sans que ni l'un ni l'autre fasse le moindre geste. Puis, comme elle s'y attendait, Denovan l'enlaça de nouveau et l'étreignit follement.

Alors, elle oublia tout ce qui n'était pas leur univers et l'attraction irrésistible qui les poussait l'un vers l'autre.

Peu lui importait qu'il s'en aille le lendemain. Tant pis s'ils ne devaient jamais se revoir. Seul comptait le désir qu'elle avait de passer la nuit dans ses bras.

Quand il la souleva pour l'emporter jusqu'à sa chambre, elle s'abandonna, la tête au creux de son épaule.

Il poussa la porte du bout du pied et la déposa sur le lit avec douceur.

— Ma chérie, si tu savais combien j'ai rêvé de cet instant…

— Où est le garçon qui voulait se coucher tôt ? le taquina-t-elle.

Il eut un rire bas.

— J'ai changé d'avis.

Prestement, il se débarrassa de sa veste et de sa chemise. Puis, du bout des doigts, il fit glisser les bretelles de sa robe sans qu'elle fasse le moindre geste pour l'en empêcher, subjuguée qu'elle était par le charme conquérant de son regard.

— Je n'avais pas prévu que la soirée se termine ainsi, chuchota-t-il. Mais au fond, existe-t-il une meilleure manière de se dire au revoir ?

— Non, je ne crois pas…

Quand il s'allongea contre elle, elle s'abandonna à ses caresses expertes avec un soupir bienheureux. Chaque fibre de son corps réagissait à sa tendresse, à l'ardeur de ses baisers, à la douceur de ses mains qui, sans hâte, exploraient son corps enfiévré.

— Ma belle, ma douce Kerry. Tu es merveilleuse !

Ils culminèrent ensemble aux sommets du plaisir puis demeurèrent immobiles, enlacés, comme s'ils ne devaient plus jamais se séparer.

L'existence venait de prendre une nouvelle dimension pour Kerry, elle savait maintenant qu'elle ne pouvait plus revenir en arrière. Les tourments du passé s'estompaient, elle s'autorisait à regarder l'avenir. Un avenir où Denovan avait sa place. Il ne pouvait en être autrement après les moments magiques qu'ils venaient de partager.

Du moins l'espérait-elle. Elle ne voulait pas, ne pouvait pas croire que tout allait s'arrêter comme cela, après…

— Ce n'était pas une soirée d'au revoir, murmura Denovan, répondant à sa question muette.

Il l'embrassa tendrement sur le front, puis ajouta :

— J'ai hâte de savoir ce que l'avenir nous réserve. Tu n'imagines pas à quel point.

9.

Un calme inhabituel régnait dans le cottage.

Pour la première fois depuis presque trois semaines, ce matin, Kerry s'était levée sans entendre une voix d'enfant chantonner des comptines. Elle n'avait pas trébuché sur une petite voiture abandonnée au milieu du couloir. Elle n'avait pas replacé une chemise tombée de son cintre dans la salle de bains.

Cela faisait tout juste vingt-quatre heures que Denovan et Archie étaient partis, mais elle se sentait déjà terriblement seule.

La veille, Denovan l'avait appelée pour lui dire qu'ils étaient bien rentrés. Il s'était aussitôt rendu chez sa manager, qui lui avait détaillé le nouveau contrat mirifique proposé par la télévision. Et bien qu'il ait envisagé de revoir ses choix de carrière, il hésitait maintenant à refuser le pont d'or qui se présentait à lui. Il se donnait quelques jours de réflexion.

— Si tu venais à Londres le week-end prochain ? avait-il alors suggéré. Nous en parlerions ensemble… Entre autres choses, avait-il ajouté d'une voix caressante qui lui avait fait monter le rouge aux joues.

Non seulement elle avait apprécié qu'il pense à elle pour discuter de son avenir, mais elle avait ressenti une joie immense à l'idée qu'il veuille la revoir.

Cependant, elle avait décliné l'invitation, car ses parents, de retour des Caraïbes, devaient passer chez elle dimanche pour lui montrer les photos du mariage et fêter son anniversaire, qui tombait samedi. Même si elle n'était pas d'humeur festive, elle pouvait difficilement refuser !

— Je suis désolée, cela ne va pas être possible, avait-elle répondu, la mort dans l'âme. Mes parents ont confirmé leur venue.

— Ah, d'accord. Je comprends.

Ils s'étaient quittés là-dessus, et Dieu sait quand aurait lieu le prochain coup de fil. À supposer que Denovan signe son fameux contrat, il risquait d'être débordé. Voilà qui leur laisserait peu de temps pour communiquer au téléphone.

Quant à se revoir…

Assise à la table de la cuisine, elle s'aperçut soudain qu'elle était en train de boire un café froid.

Depuis combien de temps était-elle perdue dans ses réflexions ? Elle devait partir travailler !

Les patients n'avaient que faire de ses états d'âme. Avec ou sans Denovan, elle n'avait pas d'autre choix que de se montrer à la hauteur.

À peine Kerry eut-elle allumé son ordinateur que Frank O'Mara la rejoignit dans son bureau.

— Alors, ce dîner à l'Auberge des Collines ? Avez-vous bien mangé ?

Pour un convalescent, son associé se montrait bien matinal. Sans doute s'ennuyait-il du cabinet ? Et voilà que maintenant, il s'intéressait à sa sortie avec Denovan !

Au fond, ce n'était pas surprenant. Vu l'antagonisme qui existait entre les deux frères, il devait être contrarié qu'elle apprécie son cadet.

— Oui, j'ai passé une excellente soirée, répondit-elle d'un ton neutre.

— Voilà qui ne m'étonne pas. Mon frère a toujours su s'y prendre avec les femmes. Il va revenir te voir, je suppose ?

— Je l'ignore, répliqua-t-elle froidement.

Quel besoin son collègue avait-il de toujours mettre les

conquêtes de Denovan sur le tapis ? Elle appréciait de moins en moins son indiscrétion.

— Ou alors toi, tu iras peut-être à Londres ? questionna Frank.

Elle faillit l'envoyer promener mais se retint. En montrant son agacement, elle ne ferait que renforcer ses soupçons. Autant jouer la carte de la désinvolture.

— Moi, à Londres ? Tu n'y songes pas ! J'ai beaucoup trop de choses à faire ici en ce moment.

Frank, qui s'était perché au coin du bureau, en descendit pour s'installer sur une chaise.

— Oui, bien sûr ! approuva-t-il avec une gaieté qu'elle trouva un peu forcée. Justement, à ce propos, je voulais te parler. Avant mon accident, nous avions envisagé d'ouvrir le cabinet à un troisième associé. Vu les circonstances, peut-être faudrait-il accélérer les démarches ? Nous pourrions nous réunir, disons la semaine prochaine, pour régler les questions d'intendance ?

Soulagée que la discussion revienne sur le terrain professionnel, elle opina.

— Excellente idée, Frank. Nous en profiterons pour mettre à jour tous nos papiers du même coup.

Ils convinrent de se rencontrer le vendredi suivant, après quoi il se leva et gagna la porte.

— Bon, je te laisse travailler… Si tu es libre ce week-end, j'aimerais t'inviter à dîner. Je tiens à te remercier pour tout ce que tu as fait ici pendant mon séjour à l'hôpital.

Elle le regarda, mal à l'aise.

Jusqu'à présent, ils ne s'étaient jamais fréquentés. Ils buvaient l'apéritif avec les secrétaires à Noël et à l'occasion des anniversaires, mais leurs contacts s'arrêtaient là. De plus, depuis son divorce l'année précédente, Frank vivait en ermite. Il n'existait que pour son métier et ne sortait presque pas. Que signifiait ce revirement ?

Son attitude la gênait d'autant plus qu'elle connaissait maintenant la vérité sur l'histoire des O'Mara. Compte tenu des circonstances, elle ne supporterait pas qu'il essaie de dénigrer Denovan. Pire, c'était Denovan qu'elle aurait l'impression de trahir si elle acceptait ce dîner !

— C'est gentil, répondit-elle d'un ton courtois, mais vraiment, ne te donne pas cette peine. J'ai fait ce que tout le monde aurait fait en pareil cas. Le plus important, c'est ta santé. De plus, mes parents doivent venir dimanche.

— Et samedi soir ?

Avant qu'elle ait pu protester, Frank leva une main.

— S'il te plaît, Kerry ! J'en serais très heureux. Un dîner, c'est bien peu de chose comparé à ce que je te dois.

Elle réprima un soupir. Comme elle se taisait, il lui lança un regard inquisiteur.

— Il n'y a aucun souci, j'espère ? demanda-t-il, un peu tendu. Quoi que Denovan ait pu te dire, je n'ai pas l'habitude de jeter mon dévolu sur les femmes de mon entourage !

— Rassure-toi, cela n'a aucun rapport avec Denovan, mentit-elle. Je suis simplement fatiguée.

— Dans ce cas, une petite sortie te fera du bien.

Cette fois, le sort en était jeté. Si elle s'obstinait, Frank allait se vexer.

— D'accord, j'accepte avec plaisir, répondit-elle, espérant que sa voix ne sonnait pas trop faux.

— Génial, j'ai hâte d'être à samedi. Bon courage d'ici là.

La première patiente de la matinée était une dame d'environ quarante ans, jolie, mince et élégante.

Lorsqu'elle entra, Kerry la reconnut pour l'avoir vue plusieurs fois en photo dans les pages du journal local. Il s'agissait de lady Bethany Hood, la femme du député toxicomane.

Kerry l'invita à s'asseoir et, de plus près, remarqua que la pauvre avait les joues creuses et les yeux cernés.

Rien d'étonnant, après ce qu'elle avait dû vivre ces dernières semaines. Pourvu que les écarts de son mari ne la mènent pas tout droit à la dépression nerveuse !

— Que puis-je faire pour vous, lady Hood ? demanda-t-elle gentiment.

— Je… ne sais pas trop. J'ai du mal à m'exprimer…

— Surtout, prenez votre temps. Si quelque chose vous tracasse, même si cela ne semble pas être un problème médical, dites-le. De la sorte, il me sera plus facile de vous aider.

— En réalité, docteur, le problème concerne mon mari, sir Vernon. Rassurez-vous, je n'ai pas l'intention de vous demander des renseignements confidentiels. Cela ne sera pas nécessaire puisque Vernon m'a tout raconté. Sa dérive, la drogue, et aussi son passage par le centre de lutte contre la toxicomanie. Je suis au courant.

— Au moins, il vous en a parlé. C'est déjà une preuve de courage.

— De courage ou de lâcheté, répondit lady Hood avec un rire sans joie. Il a surtout eu peur que l'affaire ne s'ébruite et que je l'apprenne par les médias. Mais maintenant… Je ne sais pas quoi faire pour l'aider.

Ainsi, ce n'était pas pour elle-même que lady Bethany était venue consulter. Altruiste et dévouée, elle s'inquiétait pour son mari !

— Le fait que vous soyez restée près de lui compte beaucoup. À votre place, d'autres auraient quitté le domicile conjugal, observa gentiment Kerry.

— Mais je n'ai pas eu envie de partir ! Vous allez peut-être me prendre pour une folle, mais j'aime encore Vernon. Après tout ce que nous avons construit, je ne renoncerai pas à notre mariage sans me battre.

— Sir Vernon a vraiment beaucoup de chance de vous avoir.

Lady Hood soupira.

— Je fais mon maximum. Néanmoins, j'aimerais savoir dans quelle galère nous sommes embarqués. Le traitement fonctionnera-t-il ? Vernon peut-il guérir ?

Kerry plongea le regard dans celui de son interlocutrice.

Bethany Hood forçait son admiration : cette femme sincère

et combative avait mis sa fierté de côté pour venir chercher des réponses. Elle devait la renseigner sans détours.

— J'aimerais pouvoir vous répondre que oui, mais vous imaginez bien que la réalité est complexe, commença-t-elle. Cependant, avec votre appui, sir Vernon a toutes les cartes en main pour ne pas rechuter. S'il est volontaire, si vous l'épaulez au quotidien, il s'en sortira. Bien sûr, il y aura des étapes difficiles. Surtout, veillez à ce qu'il honore tous ses rendez-vous au centre. Ils lui feront des bilans sanguins réguliers et l'aideront à maintenir le cap.

— Comptez sur moi, docteur. Si cela ne tenait qu'à moi, il irait tous les jours… J'ai quand même beaucoup de mal à comprendre ce qui a pu lui passer par la tête, ajouta lady Hood d'une voix plus dure. Il avait tout pour être heureux : une position enviable, une famille soudée. Et malgré cela, il a pris le risque de tout détruire. Voilà pourquoi je m'interroge sur sa volonté. Il a beau me jurer ses grands dieux qu'il ne recommencera pas, j'ai quelques doutes.

Kerry tapota son stylo sur la table, songeuse.

— Je vous comprends, dit-elle au bout d'un moment. Je devine par quoi vous êtes passée. Mais je crois que maintenant, vous auriez intérêt à regarder l'avenir. Peut-être pourriez-vous lancer un projet commun qui redonnerait à votre mari le goût de l'action ?

La visiteuse parut réfléchir.

— Bonne idée, mais dans quel domaine ?

— Si vous organisiez une journée de solidarité qui permettrait de récolter des fonds pour les victimes des inondations ? Comme cela, sir Vernon aurait un but pendant ces prochaines semaines…

— Mais oui ! approuva lady Hood, les yeux brillants. Nous pourrions donner une garden-party dans le jardin de notre propriété. Les associations tiendraient des stands de gâteaux, de boissons, on pourrait vendre des objets artisanaux pour la bonne cause…

— Absolument. Vous savez, les gens d'ici apprécieront

cette action à sa juste valeur. Ils ont besoin de savoir qu'on ne les oublie pas. C'est à cela que servent les élus. Et s'il vous faut un coup de main, comptez sur moi !

Lady Hood hocha la tête.

— Merci infiniment, docteur. Plus j'y pense, plus je me dis que cela nous donnerait l'occasion de nous rapprocher, mon époux et moi. Vernon s'est éloigné du terrain trop longtemps. Il a besoin de se remotiver. La perspective d'une manifestation locale utile à ses administrés, c'est le coup de pouce dont il a besoin.

Tout sourires, elle se leva de son siège.

— Je vous suis très reconnaissante de m'avoir écoutée et conseillée. Grâce à vous, je me sens mieux.

Kerry se leva à son tour pour la raccompagner.

— Mais de rien. N'hésitez pas à revenir aussi souvent que nécessaire. L'important, c'est de ne pas rester isolée.

Et de garder le moral, songea-t-elle en regardant lady Hood traverser le cabinet d'un pas vif.

Pourvu que leur plan trouve un écho favorable auprès de sir Vernon et que la malheureuse ne soit pas de nouveau déçue !

Le Pêcher fleuri n'avait rouvert que depuis deux jours lorsque Kerry et Frank s'y rendirent pour dîner le samedi suivant.

Suite aux inondations, les propriétaires avaient dû restaurer le restaurant. Kerry embrassa la salle du regard, surprise des travaux réalisés en si peu de temps.

— C'est superbe, observa-t-elle, comme Frank et elle s'installaient à table.

— Oui, je trouve aussi, répondit-il en souriant. Rien à voir avec le standing de l'Auberge des Collines, mais je ne pouvais pas t'emmener là-bas. J'aurais eu du mal à monter la côte à pied. Et comme je n'ai pas le droit de conduire…

— Mais c'est parfait ici ! se récria-t-elle. Et j'aime autant ne pas aller deux fois de suite au même endroit, ajouta-t-elle, évitant de penser que cela lui aurait déplu de dîner à l'Auberge des Collines avec lui.

Après que le serveur eut apporté la carte, Frank explora ses poches et en sortit un paquet, qu'il tendit à Kerry.

— Je veux te remercier pour ta gentillesse, expliqua-t-il. Et d'après mes informations, aujourd'hui est un jour spécial, non ? Joyeux anniversaire !

Extrêmement surprise, elle accepta le présent avec un sourire gêné.

— C'est gentil. Tu n'aurais pas dû…

Elle défit le papier et découvrit une magnifique écharpe de soie sauvage.

La douceur et la qualité du tissu ne laissaient planer aucun doute, il s'agissait d'un présent de valeur.

— Merci beaucoup, Frank, vraiment ! C'est trop…

Il se pencha en avant et lui sourit.

— Je me suis dit que ces teintes vives t'iraient bien.

Avant qu'elle ait pu répondre, il ajouta :

— En fait, j'ai beaucoup pensé à toi ces derniers temps. Je me réjouis que tu sois venue ce soir, cela nous donne l'occasion de mieux nous connaître. Nous travaillons ensemble, mais jusqu'à présent nous menions des vies très différentes qui ne nous ont pas permis de nous rapprocher.

— Tu as raison, murmura-t-elle, mal à l'aise.

Elle n'était pas convaincue qu'il faille « se rapprocher » pour pouvoir travailler ensemble. D'ailleurs, la conversation était en train de prendre une tournure beaucoup trop personnelle à son goût.

— Au moins, ce dîner va nous permettre de faire le point sur le cabinet ! enchaîna-t-elle d'un ton faussement enjoué.

— Ne discutons pas boutique ce soir ! protesta Frank. Tu te souviens que nous avons rendez-vous vendredi pour cela ?

Tant pis pour son essai de diversion.

— Je préférerais que tu me parles de toi, Kerry, poursuivit Frank. Après tout, c'est ton anniversaire, et si nous n'étions pas sortis, tu aurais passé la soirée seule chez toi. L'absence d'Andy te pèse-t-elle encore ? Cette année, j'ai eu des problèmes, et j'ai conscience de ne pas avoir été assez présent pour toi. Tu as dû traverser des moments pénibles.

Elle haussa les épaules.

Évoquer cette période était la dernière chose dont elle avait envie. Elle avait tourné la page et ne souhaitait pas s'appesantir sur le passé.

— Tout va bien, répondit-elle d'un ton ferme. J'ai souffert, je souffre encore, mais je vais mieux.

Par chance, le serveur arriva à ce moment-là, apportant une bouteille de vin blanc. Puis il prit les commandes — steak-salade pour elle, rôti-légumes pour Frank —, et après son départ ils burent leur apéritif en silence.

— As-tu des nouvelles de mon frère ? demanda Frank au bout d'un moment.

— Je l'ai eu au téléphone mardi. Il étudiait son nouveau contrat. Apparemment, il a reçu une proposition en or.

— Denovan est né pour réussir, répondit Franck, pensif.

Elle perçut une pointe de fierté dans sa voix, ce qui l'étonna au plus haut point. Se pouvait-il que, derrière toute l'acrimonie et la rancœur, subsiste un sentiment fraternel ?

Elle voulut en avoir le cœur net.

— Tu n'as pas dû avoir une enfance facile, dit-elle sans détour. Voir arriver une belle-mère puis un petit frère dans sa vie, ce n'est pas ce qu'il y a de plus plaisant…

Frank secoua la tête.

— Non, en effet. Et puis, Denovan et moi avons tous les deux un sale caractère, ce qui n'a rien arrangé. Mais en toute franchise, j'aimerais que nous soyons plus proches. J'ai été vraiment étonné et heureux qu'il vienne me voir à l'hôpital…

Il lui lança un regard contrit.

— Je voulais d'ailleurs te présenter mes excuses pour notre querelle de l'autre jour, chez toi. C'était inadmissible.

— Ne t'inquiète pas. J'ai bien compris que vous n'étiez pas dans votre état normal, plaisanta-t-elle.

Cela eut le mérite de détendre l'atmosphère. Quand le

serveur apporta leurs plats, ils commencèrent à manger en bavardant de tout et de rien. Ils discutèrent notamment de Braxton Falls et des inondations. Puis la conversation roula sur les beaux jours qui approchaient.

— As-tu des projets pour l'été ? demanda Frank.

— Non, aucun.

— Si tu as envie de te détendre un soir, nous pourrions aller à l'Opéra de Buxton ? Je viens de recevoir leur dépliant, ils ont une programmation superbe à partir de juin.

Cette fois, le doute n'était plus permis, Frank essayait de donner une tournure plus intime à leur relation. Après une année difficile, puis son accident, peut-être s'était-il rendu compte qu'il n'avait pas de famille, qu'il était seul et que la vie était trop courte pour rester dans son coin ?

Cependant, il se fourvoyait s'il croyait possible de nouer une relation avec elle. Et pour cause.

Toute la difficulté consistait à lui faire comprendre qu'elle voulait bien sortir avec lui en amie, mais rien d'autre. Elle allait marcher sur des œufs !

— Oui, pourquoi pas, répondit-elle d'un ton neutre.

Puis elle embraya rapidement sur la visite de ses parents, le lendemain.

Frank lui donna quelques suggestions de sentiers pédestres qu'elle ne connaissait pas encore, et à son grand soulagement il n'y eut plus d'allusion personnelle jusqu'à la fin du repas.

Denovan exultait. Il avait réussi !

Quitter Londres un samedi après-midi avait été un cauchemar, mais par chance la circulation sur l'autoroute était fluide, et il avait bien roulé. Encore quelques minutes, et il retrouverait Kerry.

Comme elle lui avait manqué cette dernière semaine !

Il avait appris par hasard, en surprenant une conversation entre Daphne et Freda, que c'était son anniversaire ce jour-là et que, bien sûr, elle refusait de le fêter. Mais il allait lui faire une surprise dont elle se souviendrait.

Avec quelle impatience il attendait leurs retrouvailles !

Avant de la rencontrer, il n'imaginait pas qu'un jour il puisse trouver la femme de ses rêves. Une personne belle, honnête, intelligente, et adorable avec les enfants. Pire, il avait fallu qu'il parte pour comprendre à quel point il s'était attaché à elle. Et maintenant, il brûlait de la serrer contre lui, de lui dire qu'il l'aimait et qu'il était prêt à tout pourvu qu'elle accepte de l'épouser. Il renonçait à Londres, à son univers qui ne lui apportait qu'une gloire superficielle. Il voulait bâtir une nouvelle existence, ici ou ailleurs mais avec elle et Archie.

Le cœur battant, heureux de revoir les rues familières, il traversa Braxton Falls puis tourna au coin du cabinet et monta la colline pour se rendre chez Kerry.

Alors qu'il manœuvrait pour se garer en face de chez elle, il remarqua deux silhouettes sous le porche de la maison.

Kerry venait apparemment de rentrer, et un homme l'accompagnait. Il aurait pu jurer que c'était…

Mais oui, c'était Frank !

Il n'avait pas envie de lui parler après leur dernière rencontre désastreuse. Il attendrait qu'il soit parti pour descendre.

Il coupa son moteur, éteignit ses phares. Puis, sans réfléchir, il descendit sa vitre pour capter quelques bribes de conversation.

— … et j'ai passé une très bonne soirée, disait Kerry. Merci encore pour le dîner, et pour ton cadeau.

— Mais de rien ! répondit Frank. Crois-moi, le plaisir était partagé. On remet ça quand tu veux. Et pense à ce que je t'ai dit pour l'Opéra de Buxton.

Quand son frère se pencha pour embrasser Kerry sur la joue, Denovan, incrédule, eut un sursaut de colère.

Ainsi, ces deux-là n'avaient pas dîné ensemble pour des motifs professionnels. Le but de la soirée était bien différent !

Comment Kerry pouvait-elle se comporter ainsi ? Quelques jours plus tôt ils s'étaient aimés avec passion, et maintenant, voilà qu'elle batifolait avec son frère. Son frère, entre tous ! Quelle honte !

Amer, il regarda Frank descendre la ruelle en boitillant.

Il se sentait trahi, malheureux. Il avait cru que Kerry et lui partageaient quelque chose de spécial, mais à l'évidence il s'était trompé.

Néanmoins, si elle pensait s'en tirer à bon compte, elle rêvait ! Il avait parcouru des centaines de kilomètres, et il ne s'en irait pas avant d'avoir obtenu une explication.

Ivre de rage, il sortit de voiture, claqua la portière et traversa la rue à grandes enjambées.

Dans le cottage, les lumières du salon brillaient et il hésita quelques secondes, avant de tambouriner à la porte.

Lorsque Kerry vint ouvrir, son étonnement fut vite remplacé par un sourire radieux.

— Denovan ! Mais que… Que fais-tu ici ?

Sa beauté rayonnante, son air chaleureux faillirent avoir raison de sa colère. Puis il se rappela le baiser de Frank, et toute sa rancœur fit surface.

Il la poussa dans le couloir et referma la porte d'un coup.

— Je suis venu te voir, mais apparemment, je ne suis pas le bienvenu ! cria-t-il. Je comprends mieux pourquoi tu ne voulais pas venir à Londres ce week-end ! Tu avais prévu quelque chose de plus intéressant. Tout de même ! Tu aurais pu avoir l'honnêteté de me dire que tu sortais avec Frank !

— Mais… Je…

— Pourquoi m'as-tu pris pour un imbécile, Kerry ?

10.

Un silence de mort était tombé sur le cottage. On n'entendait plus que le tic-tac de la pendule de cuisine.

Pendant un long moment, Kerry chercha ses mots, abasourdie. Puis elle inspira à fond pour affronter Denovan, dont le regard furieux semblait la transpercer.

— Un « imbécile » ? répéta-t-elle, incrédule. Je ne comprends pas !

Denovan eut l'air encore plus irrité.

— Mais bien sûr ! s'exclama-t-il. Encore un peu, et tu vas soutenir que tu m'as dit la vérité. Quelle menteuse !

Elle étudia son visage transfiguré par la colère.

Voilà que, d'un coup, il arborait le masque agressif et dominateur qui lui déplaisait tant. Même si elle se sentait malheureuse comme les pierres, elle ne l'accepterait pas !

— Arrête de m'insulter, ordonna-t-elle, glaciale. Je ne t'ai jamais menti.

— Ah, non ? Tu as refusé de venir à Londres, soi-disant parce que tu attendais la visite de tes parents. Jamais tu n'as fait allusion à un dîner avec Frank. Tu aurais pu me dire qu'il se tramait quelque chose.

— Si je ne t'ai rien dit, c'est qu'il ne se passe rien ! Frank m'a invitée pour me remercier, voilà tout. Et entre parenthèses, je n'ai pas besoin d'autorisation quand je veux sortir avec quelqu'un. Je suis encore libre !

Les prunelles bleues de Denovan se réduisirent à deux minces fentes.

— Donc, tu n'accordes aucune signification à ce qu'il

s'est passé entre nous ? J'étais juste une distraction pour toi, rien d'autre ?

À son grand désarroi, elle sentit des larmes de colère et de frustration rouler sur ses joues.

Elle les balaya d'un geste rageur avant de répondre.

— Tu dis vraiment n'importe quoi !

Pourquoi avait-il fallu qu'elle tombe amoureuse de lui ? Seigneur, il ne comprenait rien ! En tout cas, une chose était certaine : elle ne voulait pas d'une relation avec un homme qui l'accusait de tous les maux et lui faisait aussi peu confiance !

Se redressant de toute sa hauteur, elle le toisa.

— J'estime ne pas avoir à me justifier, assena-t-elle. Je suis libre de sortir avec mon collègue si cela me chante.

— Mais enfin, tu sais qu'il faut se méfier de Frank !

Elle faillit taper du pied tant il la mettait hors d'elle.

Au lieu de cela, elle agrippa la rampe de l'escalier et la serra de toutes ses forces.

— Change de disque, Denovan ! Je commence à en avoir par-dessus la tête de cette guéguerre ridicule entre vous.

Résolument, elle pointa l'index vers la porte.

— D'ailleurs, il vaudrait mieux que tu t'en ailles. Si tu me juges aussi peu fiable, ce n'est pas la peine de discuter.

Il lui décocha une œillade assassine.

— Rassure-toi, je m'en vais. Quand je ne suis pas le bienvenu quelque part, je le sens très vite. Excuse-moi d'avoir cru en quelque chose qui n'existait pas.

Cette fois, on touchait le fond. La situation était tellement ridicule qu'elle avait l'impression d'halluciner.

— Moi aussi, j'y ai cru…, répondit-elle d'une voix étranglée.

— Pourquoi, dans ce cas, as-tu accepté de sortir avec l'homme qui a gâché ma vie ? Pourquoi Frank, alors que tu as l'embarras du choix ?

Il ouvrit la porte en grand, puis sortit sur le perron. Elle s'avança, excédée.

— Cela n'a rien à voir avec moi ! s'écria-t-elle. Le problème, comme d'habitude, est entre toi et Frank. Inutile de rejeter la faute sur les autres. Tant que tu n'auras pas tiré un trait sur le passé, tu n'arriveras à rien !

Il lui jeta un regard noir par-dessus son épaule avant de s'éloigner dans l'allée. Quelques instants plus tard, elle l'entendit démarrer dans un hurlement de pneus.

Tout était fini.

Il pleuvait à seaux, mais Denovan n'en avait cure. Il roulait à tombeau ouvert sur la nationale détrempée.

Même s'il avait l'impression de s'être comporté comme un imbécile, il ne se voyait pas revenir en arrière. Son attitude impardonnable lui avait enlevé toute chance de reconquérir Kerry.

— Qu'ai-je fait ? marmonna-t-il à voix haute, les mains crispées sur le volant.

Même s'il vivait cent ans, il garderait toujours à la mémoire la vision de sa silhouette fragile, de ses yeux noyés de larmes.

Quel imbécile ! C'était elle qui avait raison. Il avait laissé cette stupide histoire de famille gâcher sa vie et son avenir.

Un coup de Klaxon insistant suivi d'un appel de phares le ramena d'un coup à la réalité : il venait de frôler un poids lourd dans un virage, évitant la collision de justesse.

Comme l'aurait dit Kerry, il faisait vraiment n'importe quoi ! Il avait un fils, des responsabilités !

Il se gara sur le bas-côté, coupa le moteur et se rejeta en arrière sur son siège, le visage dans les mains.

Quel gâchis ! Sa relation avec Kerry venait de se terminer par sa faute. Comment avait-il pu lui dire toutes ces horreurs, alors qu'il l'aimait comme un fou ?

Oui, il l'aimait ! Il était tombé amoureux d'elle dès le premier jour, pendant le sauvetage de Sirie. Jamais, de toute son existence, il n'avait rencontré une femme aussi exceptionnelle.

Il l'aimait… Et il l'avait perdue. S'il continuait, il perdrait aussi définitivement tout espoir de se réconcilier avec son frère. Et d'ailleurs, pourquoi s'était-il enferré dans cette attitude puérile ? Il avait détesté Frank pendant plus de vingt ans, de manière absurde, sans penser une seconde que son aîné avait pu souffrir.

Après tout, Frank aussi avait grandi sans sa mère. Il avait dû également composer avec un père absent, débordé, trop accaparé par son métier pour témoigner de l'affection à ses deux fils. Lui, Denovan, n'avait pas le monopole de la tristesse et du chagrin ! Il était temps qu'il apprenne à pardonner et à oublier s'il voulait passer à autre chose. L'amertume ne donnait rien de bon, il venait d'en avoir la preuve. Par sa jalousie maladive, il avait gâché toutes ses chances avec Kerry. S'il continuait, sa méfiance et sa rancœur allaient déteindre sur Archie, et il ne se le pardonnerait jamais.

En soupirant, il rouvrit les paupières, regardant sans la voir la pluie qui s'écrasait sur le pare-brise.

Il était temps qu'il se ressaisisse.

Cette fois, il allait déployer un véritable effort sur lui-même pour se reprendre en main. En premier lieu, il allait accepter ce nouveau contrat à la télévision. Comment avait-il pu faire le difficile devant le pont d'or qu'on lui offrait ? Il aurait plutôt dû s'estimer heureux !

Il avait été fou de croire à la possibilité d'une vie nouvelle.

Le jardin de la famille Hood était absolument superbe sous le soleil radieux. Des massifs colorés entretenus avec soin bordaient de vastes pelouses, qui s'ouvraient en contrebas sur un immense verger. En cette fin de printemps, les cerisiers étaient en fleur et les oiseaux chantaient à tue-tête dans les feuillages.

Il était environ midi, et une foule nombreuse se pressait sur place. Les enfants criaillaient, tout excités, en escaladant les structures gonflables et autres toboggans disséminés dans le parc. Les adultes déambulaient de stand en stand au gré de leur inspiration, tandis que les bénévoles chargés de la collecte de fonds vendaient qui des pâtisseries, qui des plantes à repiquer. Un espace « vide-greniers » proposait aussi des livres, des jouets et toutes sortes d'objets donnés par des familles en signe de solidarité avec les sinistrés.

Que sir Vernon et lady Bethany Hood aient pu mobiliser autant de bonnes volontés en à peine quinze jours relevait du miracle. Et ils voyaient leur action récompensée, car les habitants du secteur avaient répondu largement présent. D'ailleurs, une ambiance joyeuse régnait, signe que cette bouffée d'oxygène était bienvenue pour tout le monde après la catastrophe.

En ce samedi, il n'y avait guère que Kerry pour ne pas se sentir au diapason. Occupée à servir thés, cafés et sandwichs, elle s'était plaqué un sourire de commande sur ses lèvres, mais le cœur n'y était pas. Un sentiment de vide profond la submergeait depuis la terrible scène avec Denovan huit jours plus tôt.

Tout était fini entre eux…

Malgré ses efforts, elle ne s'en remettait pas. Bien qu'ils se soient fréquentés peu de temps, elle avait nourri l'espoir qu'ils pourraient construire quelque chose ensemble. Le début de leur histoire avait recelé mille promesses, tuées dans l'œuf par cette rupture aussi douloureuse qu'absurde.

Cette dernière semaine, elle avait passé beaucoup de temps à réfléchir, pour déboucher sur une conclusion radicale.

Elle ne pouvait plus rester à Braxton Falls.

Certes, elle avait tissé des liens solides avec les habitants du secteur. Certes, elle éprouverait une peine immense à les abandonner. Néanmoins, si elle ne déménageait pas, elle serait plus malheureuse encore. Travailler au quotidien avec Frank, le frère de Denovan, serait au-dessus de ses forces. Et puis, elle aurait trop de souvenirs douloureux. Chaque coin de rue, chaque endroit lui rappellerait la quinzaine intense qu'elle avait vécue avec Denovan, et qui l'avait ramenée à la vie… Avant de sombrer en plein cauchemar.

Trois jours plus tôt, elle avait contacté une agence spécialisée dans le recrutement de médecins pour l'Australie. Elle avait envoyé son C.V. par mail dans la foulée et attendait une offre. D'après le responsable, elle avait des chances d'être sélectionnée compte tenu de son expérience.

Pour ne pas perturber Frank, elle ne lui avait encore rien dit — elle préférait attendre la réponse définitive. En revanche, elle en avait touché deux mots à Daphne la veille, pendant la rituelle pause-café. Quand la secrétaire lui avait demandé si elle avait des projets pour les vacances d'été, elle n'avait pas eu la force de lui mentir.

— Pas vraiment, avait-elle répondu. Autant te le dire maintenant, je… j'envisage de quitter le cabinet.

Daphne avait ouvert des yeux ronds. Puis son visage s'était éclairé d'un large sourire.

— Mais oui, bien sûr ! s'était-elle exclamée. Je devine pourquoi tu t'en vas : tu vas rejoindre Denovan ! Il est fou de toi, ça se voit comme le nez au milieu de la figure. Oh ! Kerry, comme je suis contente !

— Non, tu te trompes. Je ne vais pas à Londres. J'attends une réponse pour l'Australie.

— L'Australie ? avait répété Daphne en fronçant les sourcils. Je ne comprends pas. Pourquoi veux-tu aller si loin si ce n'est pas pour… Les gens d'ici t'adorent, tu fais partie de la communauté. Et je pensais que tu te sentais bien parmi nous.

— C'est le cas, mais…

Daphne l'avait regardée avec une inquiétude évidente.

— Ma chérie, que se passe-t-il ? Tu es tristounette, tu as les yeux cernés. Corrige-moi si je me trompe, mais je pense qu'il y a autre chose qu'une envie de changer d'air…

Elle avait secoué la tête sans répondre, mais son expression avait dû la trahir.

— C'est à cause de Denovan, n'est-ce pas ? avait repris la secrétaire. Oh, mon Dieu ! Qu'est-il arrivé ? J'aurais pourtant juré que vous étiez amoureux l'un de l'autre…

— Il s'est bien passé quelque chose, avait-elle répondu d'une voix étranglée, mais c'est terminé. Je l'aime, il ne partage pas mes sentiments. Fin de l'histoire. J'ai besoin de tourner la page.

— Et la solution consisterait à fuir à l'autre bout du monde ? Je t'en prie, Kerry, ne prends pas de décision hâtive ! Tu risquerais de le regretter. Peut-être qu'avec le temps, les choses s'arrangeront ?

— Je ne crois pas, non.

— Dans ce cas, c'est un imbécile. Il ne sait pas ce qu'il perd.

Daphne avait encore essayé de la convaincre, mais sans succès. Sa décision était prise. Si son projet australien n'aboutissait pas, elle s'en irait de toute façon. Ce n'étaient pas les cabinets médicaux qui manquaient, même en Angleterre.

— Je prendrais bien un café, docteur…

S'arrachant à ses réflexions, elle découvrit sir Vernon Hood devant elle, l'air un peu gêné.

Elle lui tendit un gobelet en souriant.

— Bravo pour toute cette organisation, dit-elle gentiment. Votre femme et vous-même avez bien travaillé.

— J'ai suivi vos conseils, répondit-il à voix basse. Je respecte mon programme, même si c'est dur. Et Bethany a été formidable. Elle m'a expliqué qu'elle était allée vous voir, que l'idée de ce projet vient de vous. Je voulais vous en remercier du fond du cœur.

— Mais de rien, voyons ! Je vous avais dit qu'avec de l'aide et de la volonté, vous seriez capable de vous en sortir.

À peine avait-elle fini sa phrase qu'une fillette d'environ huit ans vint les rejoindre, l'air surexcité.

— Papa, papa ! On joue au jeu des bonbons ? Si on trouve combien il y en a dans la boîte, on les gagne tous !

— Au travail, sir Vernon ! commenta Kerry en riant. Je crois que vous n'allez pas manquer d'occupation pour la journée.

— Non, en effet. Merci encore, docteur Latimer.

Songeuse, elle regarda sir Vernon s'éloigner main dans la main avec sa fille.

Il revenait de loin ! Il n'était pas encore tiré d'affaire, mais il progressait indéniablement.

Enfin une pensée positive. Il était temps !

Si Vernon Hood avait pu remettre sa vie sur les rails, elle aussi y arriverait. L'Australie n'avait qu'à bien se tenir !

La garden-party avait tenu toutes ses promesses. À l'heure de démonter les stands, les responsables d'associations affichaient des mines réjouies. La journée avait permis de récolter une somme importante pour les sinistrés, et tout le monde s'accordait à dire que l'initiative de sir Vernon et lady Bethany était un succès.

Comme tous les bénévoles, Kerry s'était attelée au rangement. Elle se dirigeait vers la maison, portant un grand sac-poubelle, lorsqu'une voix enfantine résonna dans son dos.

— Kerry, Kerry ! Coucou !

Le timbre, clair et gai, avait quelque chose de familier. Elle abandonna son sac et se retourna… pour découvrir Archie qui courait vers elle, tout sourires, un ballon de football dans les bras.

— Regarde ce que j'ai gagné, Kerry ! J'ai marqué un but, et c'est mon cadeau, expliqua-t-il, un peu essoufflé et les lunettes de travers.

Il avait visiblement traversé la pelouse en courant pour la rejoindre !

Elle se pencha et l'embrassa sur la joue.

— Archie ! Je suis contente de te voir. Mais qu'est-ce que tu fais là ? Je te croyais à Londres…

— Papa a dû revenir pour régler quelque chose d'important, alors je vais dormir chez Daphne et les garçons ce soir. Je suis trop, trop content !

— Oui, j'imagine… Tu es venu avec eux, alors ?

— Non, je suis avec papa !

Prise de panique, elle embrassa les jardins du regard, le

cœur battant la chamade à l'idée de tomber sur Denovan au détour d'une allée.

— Où est-il ? demanda-t-elle d'une voix tremblante.

— Par là-bas, répondit Archie avec un geste vague de la main.

Puis il lança son ballon et se mit à courir sur la pelouse.

Restée seule, elle tourna la tête vers l'endroit qu'il lui avait montré… Et aperçut Denovan qui se tenait au coin d'un bosquet, les yeux fixés sur elle.

Voyant qu'elle le regardait, il commença à marcher dans sa direction, et elle resta immobile, hypnotisée, jusqu'à ce qu'il se trouve face à elle.

Incapable d'articuler un son, elle le dévisagea, émue à l'extrême devant sa haute silhouette, ses traits virils, ses lèvres pleines.

Depuis une semaine, il hantait ses rêves sans relâche. Comme il lui avait manqué !

— Pourquoi vas-tu en Australie ? demanda-t-il tout à trac. Tu ne m'as jamais fait part de ce projet.

Elle fronça les sourcils, perplexe. Au lieu de répondre à sa question, elle posa celle qui la taraudait :

— Qu'est-ce que tu fabriques ici ? Et d'ailleurs, comment sais-tu ? Je n'en ai parlé à personne, sauf à… Daphne ! C'est elle qui te l'a dit ?

Il hocha la tête, le visage grave.

— Elle m'en a touché deux mots, oui. Quand comptes-tu partir ?

— Je ne sais pas. J'attends une proposition définitive. Ensuite, il y aura un tas de papiers à remplir.

— Donc, rien n'est encore fixé ?

— Non… Tu n'as pas répondu à ma question, Denovan. Pourquoi es-tu venu ? Archie m'a expliqué que tu avais une affaire à régler.

— C'est exact, mais… Je préférerais en discuter ailleurs, si cela ne t'ennuie pas, répondit-il d'un ton hésitant. Si nous allions dans ce grand pré, là-bas ?

— Je n'en vois pas l'utilité, répondit-elle, glaciale. Je pense que nous n'avons plus rien à nous dire.

— Oh, mais si, au contraire !

Fermement, il lui prit le bras pour l'entraîner vers le petit portail qui ouvrait sur la pâture.

Médusée, elle se laissa faire, avec l'impression que la terre s'était mise à tourner. Le sang bourdonnait à ses tempes, les interrogations se bousculaient dans sa tête.

Qu'avait-il donc de si important à lui dire ?

Tétanisée, elle n'esquissa pas le moindre geste lorsque, résolument, il arrondit les mains sur ses épaules.

— Je sais que tu as toutes les raisons de m'en vouloir, commença-t-il. Je me suis comporté comme un idiot. J'ai gâché notre relation, et j'avais d'ailleurs perdu tout espoir que les choses s'arrangent… Jusqu'à ce coup de fil, hier soir.

— Oh non ! Daphne…

— Oui, elle m'a appelé. Elle n'y est pas allée par quatre chemins. Elle m'a demandé ce que j'avais bien pu faire pour que tu te mettes dans des états pareils, au point de vouloir fuir à des milliers de kilomètres.

Le regard de Denovan était devenu très tendre, et elle frissonna, émue à l'extrême.

— Elle m'a aussi laissé entendre que tu avais des sentiments pour moi, chuchota Denovan d'une voix à peine audible. Est-ce vrai, Kerry ?

— Apparemment, Daphne s'est montrée très bavarde, répliqua-t-elle, luttant pour contrôler les battements assourdissants de son cœur.

— Oui, et je ne la remercierai jamais assez d'avoir décroché son téléphone. Elle m'a fait prendre conscience que j'étais un imbécile. Je ne pourrai pas vivre sans toi, Kerry. Je ne supporterai pas que tu t'en ailles à l'autre bout de la planète.

En quelques secondes, l'univers s'était mis à chanter autour de Kerry. Une irrépressible vague de bonheur déferlait sur elle, balayant la tristesse, sans qu'elle ose encore croire à son bonheur.

Elle ouvrit la bouche pour parler, mais Denovan la devança.

— Je t'en conjure, dis-moi que tout n'est pas fini entre nous, murmura-t-il. Je sais que je t'ai blessée, insultée, mais au fond de moi, je ne pensais pas un mot de toutes ces horreurs. Pourras-tu un jour me pardonner ?

Avec douceur, il lui releva le menton du bout des doigts.

— S'il te plaît, ma chérie, accorde-moi une seconde chance. Je t'aime et je souhaite plus que tout au monde que tu fasses partie de notre univers, à Archie et moi. Je ne veux plus jamais te quitter.

Comme elle le fixait, le regard embué, il l'attira à lui et la serra contre son cœur.

— Si tu me renvoies, sache que je reviendrai, encore et encore, jusqu'à ce que tu changes d'avis. Autant te prévenir, je suis têtu. Je n'abandonnerai pas tant que tu n'auras pas accepté de m'épouser.

Ivre de joie, elle lui sourit à travers ses larmes.

— Dans ce cas, ne perdons pas de temps. Mieux vaut que je capitule tout de suite… Je t'aime, Denovan…

Elle lui noua les bras autour du cou, et ils scellèrent leurs retrouvailles par un long baiser.

— Où allons-nous bâtir notre nid ? demanda-t-elle ensuite. Chez toi ?

Il secoua la tête.

— Non, mon ange. À moins que tu tiennes particulièrement à vivre à Londres, je préférerais quitter la capitale pour revenir ici, à Braxton Falls. Maintenant que j'ai renoué avec mes racines, il serait bon que je me rapproche de mon frère, tu ne crois pas ? S'il accepte, j'aimerais me joindre à vous au cabinet, au moins à mi-temps pour commencer. J'allégerais mon planning à la télévision. De la sorte, je n'irais plus à Londres qu'une ou deux fois par semaine…

— Frank verra ton retour d'un très bon œil. Lui aussi était malheureux de cette situation. Malgré tous vos différends, il existe un lien spécial entre vous.

Denovan eut une grimace comique.

— Il faudra que je le remercie, en tout cas ! S'il n'avait pas eu cet accident, je ne t'aurais jamais rencontrée. Finalement, ce qu'il nous arrive, c'est grâce à lui ! Crois-tu qu'il acceptera d'être mon témoin ?

— C'est à lui qu'il faut le demander. Mais à mon avis, il en sera très honoré.

— J'avais pensé que nous pourrions nous marier dans trois ou quatre mois, le temps de tout organiser.

— Tu as déjà une idée pour notre voyage de noces ? s'enquit-elle, malicieuse.

— Non, mon amour, je pensais à la cérémonie. Que dirais-tu d'un mariage dans les Caraïbes ?

— Oh ! Denovan…

Emue aux larmes, elle se pressa contre lui. Puis ils échangèrent un baiser ardent, bientôt interrompu par un bruit de galopade effrénée.

Ils se retournèrent en même temps et virent Archie qui arrivait avec son ballon, l'air courroucé.

— Ah, vous voilà ! s'écria-t-il. Je vous avais perdus !

Denovan s'agenouilla et le prit dans ses bras.

— J'ai une excellente nouvelle pour toi, déclara-t-il. Nous allons déménager et venir vivre ici avec Kerry. Alors, qu'en penses-tu ?

— Waouh… Ça veut dire que je vais habiter à côté de Daphne et des garçons ?

— Absolument.

Le petit garçon virevolta sur lui-même en poussant des cris de Sioux.

— Oui, oui, oui !

Puis il s'arrêta net et leur jeta un coup d'œil sérieux.

— J'ai très faim, moi. Je mangerais bien une pizza.

Denovan et Kerry s'esclaffèrent en chœur.

— Va pour la pizza, approuva Denovan. Ce soir, c'est fête. Et ce n'est qu'un début !

BLANCHE

Un mystérieux vétérinaire, de Rachel Dove - N°1643

Colère, tristesse, frustration. Voilà les sentiments qui habitent le vétérinaire Chris Jennings quand il s'installe à Puddle Lake, un petit village du Yorkshire. Mais sa rencontre avec Susannah, une jeune femme aussi belle qu'exubérante, chasse bientôt sa morosité, sans même qu'il s'en rende compte. Auprès d'elle et malgré leurs différences, Chris se prend à envisager la vie sous un jour nouveau. Jusqu'à risquer son cœur pour être enfin heureux ?

Le bébé secret de Rio, de Luana DaRosa

Lorsque de passage à Rio de Janeiro la chirurgienne Eliana rencontre Diego Ferrari dans un bar, il n'est encore qu'un inconnu pour elle. Un homme avec lequel elle décide d'oublier ses soucis le temps d'une nuit inoubliable. Mais, un mois plus tard, elle est stupéfaite de le retrouver au Santa Valeria General, l'hôpital dont elle est l'héritière. Plus fou encore, Diego sera bientôt le papa de son bébé !

Un pacte à honorer, d'Alison Roberts - N°1644

SÉRIE : MÉDECINS EN MISSION - 1/2

« Faisons un pacte. Si nous sommes encore célibataires à trente-cinq ans, marions-nous. » Lorsque Luke Anderson, après lui avoir ravi un baiser passionné, lui demande d'honorer sa promesse d'adolescente, Kate est bouleversée. Car Luke – qu'elle vient à peine de retrouver, lors d'une compétition entre équipes médicales, après des années de silence – lui fait toujours autant d'effet qu'autrefois…

Des jumeaux pour le Dr Martini, d'Alison Roberts

SÉRIE : MÉDECINS EN MISSION - 2/2

Elle, enceinte ? Georgia peine à y croire. Elle, qui a fui au plus vite le lit du Dr Matteo Martini juste après leur brûlante étreinte, bien décidée à ne jamais s'engager, attend aujourd'hui non pas un mais deux enfants ! Or, si le désir de donner la vie l'habite depuis toujours, il n'a jamais été dans ses plans de s'encombrer d'un père. Ni même d'un homme au charme ravageur…

HARLEQUIN

Leur mission : sauver des vies.
Leur destin : trouver l'amour.

HARLEQUIN
www.harlequin.fr

BLANCHE

Un héritier à chérir, de Marion Lennox - N°1645

Ellie lui a menti ! Marc explose de colère lorsqu'il apprend que cette femme, avec laquelle il a eu une brève liaison neuf ans auparavant, a eu un enfant de lui. Bien sûr, à l'époque, il avait été contraint de mettre fin à sa relation avec Ellie. Mais servir le royaume de Falkenstein n'était-il pas plus important qu'une simple amourette ? À présent qu'il doit monter sur le trône, Marc se le promet : il fera du jeune Felix son héritier…

Le médecin qui avait peur d'aimer, de Kate Hardy

Lorsqu'elle fait la connaissance de son nouveau collègue, le Dr Marc Bailey, Laurie est troublée. Cet homme visiblement tourmenté éveille bientôt en elle de profonds sentiments – sentiments dont elle a bien conscience qu'ils sont réciproques, malgré la réserve de Marc. Si seulement elle réussissait à le soulager du fardeau de son passé, alors peut-être pourraient-ils envisager un avenir ensemble… ?

HARLEQUIN

Leur mission : sauver des vies.
Leur destin : trouver l'amour.

HARLEQUIN
www.harlequin.fr